Das Geheimnis von Abaelard und Heloïse

ECON Historischer Kriminalroman

Zum Buch

Catherine LeVendeur ist eine junge Schülerin im Paraklet, einem Konvent, der berühmt ist für die Vermittlung hoher Bildung, seine strengen Gebete und für seine berühmte Äbtissin, die sagenumwobene Heloïse. Catherines natürliche Wißbegierde und ihr Individualismus haben sie schon immer zur Außenseiterin gemacht, sie ist ins Kloster gegangen, um ihre Sünde, ihren übermäßigen Stolz zu überwinden. Aber der Dienst am Kloster kann vielfältiger Art sein ... Ein Manuskript, das der Konvent für den großen Abt Suger erstellt hatte, ist verschwunden, und Gerüchte gehen um, daß das Buch ketzerische Stellen enthielte, so daß es dazu verwendet werden könnte, Heloïses berühmten Geliebten, Peter Abaelard, zu verurteilen.

Um die Aufgabe zu erfüllen, um die Heloïse sie bittet, wird Catherine viel riskieren: Ungnade, den Zorn ihrer Familie und der Kirche - und sie wird dem Bösen gegenübertreten, das älter ist als die Zeit selbst. Sie muß die Schriften finden und entdecken, wer sie verändert hat, bevor es all das zerstört, was ihr lieb und teuer ist, doch wenn sie so handelt, kann sie noch mehr verlieren: ihre unsterbliche Seele ...

Die Autorin

Sharan Newman hat vor kurzem ihre Dissertation in mittelalterlicher Geschichte abgeschlossen. Sie hat bereits drei weitere Romane veröffentlicht. Sie lebt in Santa Barbara, Kalifornien.

Sharan Newman

Das Geheimnis von Abaelard und Heloïse

Ein Kriminalroman
aus dem Mittelalter

Aus dem Amerikanischen
von Christiane Bergfeld

ECON Taschenbuch Verlag

Ökologisch handeln:
Dieses Buch ist gedruckt auf 100% Recyclingpapier,
chlorfrei gebleicht.

Deutsche Erstausgabe

© 1994 by ECON Taschenbuch Verlag GmbH,
Düsseldorf und Wien
© 1993 by Sharan Newman
First published in The United States of America
Titel des amerikanischen Originals: Death Comes As Epiphany
Aus dem Amerikanischen übersetzt von Christiane Bergfeld
Umschlaggestaltung: Molesch/Niedertubbesing, Bielefeld
Titelabbildung: Picture Book of Devils, Demons and Witchcraft (p. 6)
von Ernst und Johanna Lehner, Dover Publications
Lektorat: Kristina Raub
Gesetzt aus der Bodoni und der Charlemagne
Satz: HEVO GmbH, Dortmund
Druck und Bindearbeiten: Ebner Ulm
Printed in Germany
ISBN 3-612-25072-8

Für Don Congdon, der größeres Vertrauen in mich setzt als ich selbst.

Danksagung

Ein Buch, das in der Recherche derart aufwendig ist, läßt sich nicht ohne Hilfe fertigstellen. Ich möchte Dr. Jeffrey Russell für seine Beratung, Korrektur der lateinischen Texte, Textredaktion und Ermutigung danken; Jennifer Russell und Pauline Cramer für das Korrekturlesen und für ihre ausgezeichneten Vorschläge; all den Mediävisten an der University of California at Santa Barbara, besonders Jan und Debbie, die sich drei Jahre lang ein Büro mit mir teilen mußten, und Miriam und Fiona, denen keine Frage zu sonderbar ist. Dankbar bin ich auch Dr. Penelope Johnson, die mich ihr Buch über das Klosterleben von Frauen, *Equal in monastic profession*, schon im Manuskriptstadium lesen ließ, sowie Frater Chrysogonus Waddell, der die Liturgie des Paraklet besser kennt als jeder andere und seine Zeit und sein Wissen äußerst großzügig zur Verfügung gestellt hat. Falls dennoch Fehler in diesem Buch zu finden sind, bin ich allein dafür verantwortlich.

Außerdem danke ich meiner Familie, die mich hin und wieder mit Gewalt ins zwanzigste Jahrhundert zurückholte, sowie der Pacific Palisades Writers' Group, die sich das Rohmanuskript anhören mußte und deren Vorschläge ungemein hilfreich waren, obwohl ich sie nicht immer gleich zu schätzen wußte.

PROLOG

Eine kleine Hütte im Wald von Iveline, nicht weit von Paris, Anfang September 1139

Man sagt, daß zwei Wesen von Gott erschaffen wurden, Christus und der Teufel, und man glaubt, daß Christus das Haupt des zukünftigen Zeitalters des Guten sei, der Teufel jedoch Herrscher über das gegenwärtige Zeitalter des Bösen.

EPIPHANIUS
Was die Gnostiker glauben

Nirgendwo brannte ein Feuer. Der Mond schien nicht. Fluchend bemühte sich der Bote, den Pfad zu finden. Zweige schlugen nach ihm, und der Boden unter seinen Füßen verlief ständig in einem anderen als dem von ihm vermuteten Winkel.

Vor ihm krachte es, als ob ein Reh einer Falle entkäme. Irgend jemand, eine Frau, tauchte plötzlich aus der Dunkelheit auf. Ihr Gesicht war verschleiert, und im Vorübergehen wandte sie es ab. Vielleicht hatte sie auch kein Gesicht. Dem Boten lief es eiskalt über den Rücken, doch er setzte seinen Weg fort.

Oben auf dem Berg wartete der Mann. Er zweifelte nicht am Kommen des Boten; Angst und Habsucht würden ihn sicherlich so sehr antreiben, daß sie ihn auf dem schnellsten Weg herbeibringen würden.

Der Bote betrat die Lichtung.

»Habt Ihr's dabei?« fragte der Mann.

Der Bote keuchte. Langsam konnten seine Augen die Gestalt des Mannes von der Schwärze unterscheiden.

»Ich habe Euch nicht im Stich gelassen«, sagte er.

»Gebt es mir.«

Der Bote kniete vor ihm nieder und überreichte ihm das Paket. Der Mann beschnupperte es wie ein Wolf, ließ seine Nase über die Verpackung gleiten.

»Alles da. Ihr habt Eure Sache gut gemacht«, sagte er.

Er holte einen kleinen Ring aus einer Holzschatulle und warf ihn dem Boten zu.

»Ein Extralohn. Eine kleine Gabe aus meiner Jüngerschar.«

Der Bote fing ihn auf und verneigte sich.

»Danke, Herr. Der Scholar läßt Euch ausrichten, daß er auf einen schönen perlenbesetzten Kelch gestoßen ist.«

»Sagt ihm, er möge die Perlen entfernen und den Kelch zurücklassen. Es fällt zu sehr auf.«

»Ja, Herr.«

»Ihr könnt ihm auch sagen, daß er beim Sammeln mit größerer Vorsicht zu Werke gehen soll«, fügte der Mann hinzu. »Sie haben des Nachts zusätzliche Wachen aufgestellt. Und kümmert Euch nicht um die Kelche und Hostienteller. Sie lassen sich schwer lagern und noch schwerer verkaufen. Er braucht nicht so raffgierig zu sein. Unser Herr wird für uns sorgen.«

»Ich sag's ihm«, erwiderte der Bote.

Plötzlich schlug der Mann die Kapuze zurück und enthüllte ein Antlitz, das im eigenen Licht leuchtete.

Der Bote schrie auf, dann wappnete er sich, wandte der leuchtenden Erscheinung den Rücken zu und trat den

12

Rückweg an. Einen Ekelschauer konnte er nicht unterdrücken. Der Mann lachte.

»Wünscht Ihr nicht meinen Segen?« fragte er. »Oft stößt denen etwas zu, die es versäumen, meinen Meister zu achten. Ihr wollt ihm doch nicht plötzlich gegenüberstehen, ohne einen Fürsprecher zu haben, oder?«

Alle Würde über Bord werfend, rannte der Bote von der Lichtung, schwang sich auf sein Pferd, und ohne sich um die Dunkelheit zu scheren, gab er dem armen Tier die Sporen, auf daß es ihn so weit wie möglich von diesem verfluchten Ort wegbrächte.

Erstes Kapitel

*Im Kloster Paraklet, am Tag der heiligen Thekla, Sonn-
abend, den 23. September 1139*

[Im Konvent] ... ziemt es sich, daß eine Schwester über allen steht, ... während die anderen Soldatinnen sind ...
und offen gegen den Bösen und seine Horden kämpfen sollen.

Peter Abaelard
Lehrbriefe

An dem Morgen, als die Familie kam, um Schwester Ursula abzuholen, arbeitete Catherine mit den anderen Novizinnen im Gemüsegarten. Im ganzen Kloster war Ursulas Flehen und Weinen zu hören.

»Was kann sie bloß getan haben?« flüsterte Schwester Emilie, als sie weiter die Kohlreihen hackten.

»Ich habe keine Ahnung«, antwortete Catherine. »Sie schien immer so fromm.«

»Pst!« warnte Schwester Adeline. »Schwester Bertrada kommt auf uns zu.«

Die Novizenmeisterin trat behutsam zwischen die Reihen, bis sie zu Catherine kam.

»Die Äbtissin Heloïse verlangt nach dir«, war alles, was sie dem Mädchen mitteilte, »zweifellos, um dir eine gerechte Strafe zu erteilen.«

»Zweifellos«, sagte Catherine. »Aber wofür?«

»Dieses Mal wohl für etwas Schlimmeres als Unverschämtheit, Mädchen«, versetzte Schwester Bertrada grimmig. »Mach dich sofort auf den Weg! Ihr anderen, geht wieder an die Arbeit!«

Sie stolzierte davon.

»Los!« Emilie stieß Catherine in die Seite. »Versuche herauszufinden, was mit Ursula geschehen ist.«

»Ich kann nur hoffen, daß mir nicht das gleiche bevorsteht.« Catherine legte die Hacke nieder und straffte die Schultern, um sich ihrem Schicksal zu stellen.

Die Priorin antwortete sofort auf ihr schüchternes Klopfen. Wortlos führte sie Catherine in Heloïses Zimmer, und mit einem vorwurfsvollen Blick ging sie wieder hinaus und schloß die Tür hinter sich. Catherine stand regungslos mitten im Zimmer, die Augen gesenkt, und erwartete den Tadel der Äbtissin.

Heloïse stand auf und hob sanft Catherines Kinn, so daß das Mädchen sie ansehen mußte.

Heloïse, Äbtissin des Klosters Paraklet, war eine sehr zierliche Frau mit riesengroßen dunklen Augen. Zwanzig Jahre voller Kummer und Selbstbeherrschung hatten diese nicht trüben können. Vor langer Zeit schon hatte sie gelernt, die Sinnlichkeit von ihren Lippen zu verbannen und eine gleichmütige Miene aufzusetzen, doch jene Augen würden sie immer verraten.

Sie lächelte Catherine aufmunternd zu, dann trat sie zur Seite. Sie wandte sich zu einem Tisch neben der schmalen Lagerstätte und griff nach einer Pergamentrolle. Sie schien nervöser als Catherine zu sein, als sie das Pergament entrollte, einen Blick hineinwarf und es dann wieder zusammenrollte, wobei sie das Siegel zerbröselte.

Endlich sprach sie.

»Kind«, sagte sie, »du bist ja von oben bis unten voller Schlamm.«

Catherine errötete. »Ja. Heute nachmittag bin ich mit Kohlhacken an der Reihe.«

»Muß man sich dazu flach auf den Boden legen?«

»Nein«, räumte Catherine ein. »Ich habe die Schnüre, welche die Reihen der Setzlinge markieren, übersehen und bin über eine davon gestolpert. Und dann beim Aufstehen bin ich auf dem Mulch ausgerutscht und ...«

Heloïse schüttelte entgeistert den Kopf. »Einerlei, was sonst noch war. Dir ist vermutlich bekannt, daß eine unserer Schwestern von uns genommen wurde?«

»Ja, Mutter.«

»Ihre Familienangehörigen trafen heute morgen ganz plötzlich hier ein. Sie überbrachten mir einige Informationen, welche, wie sie sagten, Zweifel darüber aufkommen ließen, ob ich mich als Aufsicht über das geistliche Wohl ihrer Tochter eigne.«

Ihre feingliedrigen Finger zerknitterten das gerollte Papier.

»Es tut mir leid«, sagte Catherine. Dabei war sie sich gar nicht sicher, worum es ging.

Sie wartete darauf, daß die Äbtissin fortfahren würde. Heloïse schien keine Eile zu haben. Sie legte die Rolle auf den Tisch zurück und starrte einen Augenblick lang aus dem Fenster zum Fluß, dem Ardusson hinüber. Das nachmittägliche Licht beleuchtete ihr Gesicht, und Catherine dachte, wie schön Heloïse immer noch war, selbst nach so vielen Jahren im Kloster. Es war nicht schwer, sich vorzustellen, wie sie ausgesehen haben mußte, als Peter Abaelard sie kennengelernt und sich in sie verliebt hatte. Doch das

19

war lange her, und Heloïse hatte sich seitdem ausgesprochen mustergültig benommen. Wie sprach man wohl jetzt von ihr? Catherine strich sich nervös den Schmutz von den Röcken. Heloïse zog die Brauen hoch, als einige Erdklumpen auf den frisch gefegten Fußboden fielen. Catherine errötete.

»Ich wäre ja noch ins Dormitorium gegangen, um mich umzuziehen«, erklärte sie. »Aber Schwester Bertrada meinte, es sei dringend. Was auch immer ich dieses Mal getan habe, Mutter, ich bedaure es zutiefst. Ich werde jede Buße auf mich nehmen, die Ihr mir auferlegt.«

»Meine liebe Catherine.« Heloïse wandte sich vom Fenster ab und umarmte sie, ungeachtet ihres schmutzigen Gesichts und ihrer schlammigen Kleider. »Ich habe keine Buße für dich, sondern eine Mission.«

Sie forschte in Catherines Gesicht. Catherine hielt ihrem Blick stand. Sie hoffte, daß sie sich der dringlichen Notwendigkeit, die aus diesen Augen sprach, würdig erweisen würde, was auch immer die Aufgabe sein möge. Heloïse streckte eine Hand nach ihr aus und schob sanft eine widerspenstige Locke unter den Novizinnenschleier zurück. In der Berührung lag so viel Sanftheit, daß Catherine mit den Tränen kämpfen mußte.

»Ich werde alles tun, was Ihr verlangt, Ehrwürdige Mutter. In meinem ganzen Leben ist der einzige Ort, an dem ich Liebe und Akzeptanz gefunden habe, hier, im Paraklet. Sagt mir nur, was ich tun muß.«

Heloïse stieß einen tiefen Seufzer aus und wandte sich ab. Sie spielte eine Weile mit ihrem Rosenkranz, bevor sie antwortete.

»Ich möchte, daß du von hier fortgehst, Catherine, und in Unehren nach Hause zurückkehrst.« Sie erhob die Hand, um Catherines Aufschrei zu unterbinden. »Und darüber hinaus möchte ich, daß du dich mir gegenüber erbittert und wütend gibst und bereit bist, deine Familie und die kirchlichen Würdenträger zu belügen. Du mußt deine Absichten für dich behalten und darfst niemandem vertrauen. Vielleicht ist es sogar mit Gefahr für Leib und Leben verbunden. Obwohl ich bete, daß es nicht dazu kommt«, setzte sie rasch hinzu.

Catherine spürte, wie der Boden unter ihr nachgab. Das konnte nicht wahr sein. Sie taumelte. Mit einem Ausruf des Schreckens ergriff Heloïse sie am Arm und führte sie zu einem Holzschemel. Catherine setzte sich schwankend nieder. Nach einer kleinen Weile erhob sie sich wieder.

»Ist das eine Strafe, Mutter«, fragte sie, »oder stellt Ihr mich auf die Probe?«

»Ach, Catherine, weder noch«, antwortete Heloïse. »Ich habe wohl nicht den rechten Anfang gefunden. Ich wollte nur, daß du verstehst, um was für eine schwerwiegende Angelegenheit es sich handelt, bevor ich die Einzelheiten erkläre.«

Erneut entrollte sie das zerknitterte Pergament und reichte es Catherine. Diese las den Brief mit zunehmender Verwirrung und Wut.

»Aber das ist unmöglich!« rief sie aus. »Wie könnte Euch denn irgend jemand einer solchen Sache beschuldigen? Ich habe mitgeholfen, das Psalmenbuch zu kopieren und zu binden. Wir haben nichts Ketzerisches hineingebracht.«

»Ja, ich weiß«, antwortete Heloïse. »Aber der Mann, der an Ursulas Vater schrieb, sagt, daß er es mit eigenen Augen gesehen hat. Er schwört, daß nicht nur einige der Kommentare übel nach ›Dualismus und Verleugnung der Sakramente‹ riechen, sondern daß sie auch ›ganz eindeutig den verderblichen Einfluß Abaelards‹ zeigen würden.«

Sie hielt inne. Catherine las zu Ende.

»Das sind Lügen, Ehrwürdige Mutter!« sagte sie. »Wir haben nur orthodoxe Quellen verwendet. Ein Teil der Buches war aus den Psalmen der Zisterzienser zusammengestellt, welche uns sowohl aus Clairvaux als auch von Meister Abaelard gesandt wurden. Wer könnte sie denn derart falsch auslegen?«

Heloïse setzte sich wieder auf ihr hartes, schmales Lager. Sie beugte sich mit geschlossenen Augen vor. In ihren drei Jahren im Paraklet hatte Catherine die Äbtissin nie so verletzlich erlebt. Sie ging ans Bett und kniete nieder, legte ihren Kopf auf den Schoß der älteren Frau. Heloïse fuhr fort, noch ganz versunken in leidvolle Erinnerungen.

»Adam Suger vertrieb mich und meine Nonnen unter nicht halb so schlimmen Anschuldigungen aus Argenteuil. Ich habe ihm das Psalmenbuch als Symbol meiner Verzeihung und meines Respekts geschickt. Ich hoffte, wir hätten Frieden geschlossen. Doch leider bedurfte es nur einer Kleinigkeit, um das Verhältnis wieder abzukühlen. Weißt du, Kind, was Abaelard tat, als man ihm Zuflucht in St. Denis gewährte?«

»Ja, Mutter.« Catherine konnte sich ein Lächeln nicht verkneifen. »Er beschloß, Nachforschungen über die Gründung des Klosters anzustellen und entdeckte, daß man den falschen heiligen Dionysius verehrt hatte.«

»Und er war dumm genug, es ihnen mitzuteilen.« Heloïse lächelte ebenfalls, dann stieß sie einen Seufzer aus. »Für ihn war es eine intellektuelle Entdeckung, jenen ging es jedoch um die Ehre. Er hat nie begriffen, warum sie so wütend waren.«

»Aber das war, bevor Suger Abt wurde. Bestimmt trägt er Meister Abaelard nichts nach.«

»Nein, vermutlich nicht, aber Suger hat auch keine Veranlassung, für ihn einzutreten. In letzter Zeit geht das Gerücht, daß Wilhelm von St. Thierry Briefe geschrieben hat, in denen er die alten Anschuldigungen gegen Abaelard erneut vorbringt. Daß er Dinge analysiert, die der Mensch nicht verstehen soll. Daß er die Macht Unseres Herrn leugnet und sagt, der Heilige Geist sei ein Geschöpf Platons.«

»Wie bitte?«

»Es spielt keine Rolle. Alles nur Worte. Abaelard hat sich in seinem Leben viele Feinde geschaffen. Wilhelm ist einer davon. Sie werden ihn nie in Ruhe lassen. Aber von allem, was Abaelard geschaffen hat, ist das Paraklet dasjenige, was er in meine Obhut gegeben hat. Es ist seine und unsere Zuflucht. Ich werde es nicht zulassen, daß man uns gegen ihn stellt, und ich werde seinen Feinden nicht erlauben, uns von hier zu vertreiben.«

»Ach, Mutter! Das geschieht doch gewiß nicht!«

Heloïse richtete sich auf. »Das weiß ich nicht, Catherine«, sagte sie mit fester Stimme. »Und darum sehe ich mich gezwungen, so viel von dir zu verlangen. Ich brauche eine, die weiß, wie das Psalmenbuch aussieht, die jede Veränderung erkennt. Du bist die beste Scholarin hier ..., das weißt du ja. Du liebst deine Bücher mehr als deinen Schöpfer. Das ist der Grund, warum du das Gelübde noch nicht abgelegt hast, nicht wahr?«

»Woher wißt Ihr ...?« Catherine war zu verblüfft, um es sich nicht anmerken zu lassen.

»Außerdem hat deine Familie Beziehungen zu St. Denis«, fuhr Heloïse fort. Und da du offiziell noch nicht der Welt entsagt hast, ist es für mich nicht eine gar so schwere Sünde, dich dorthin zurückzuschicken.«

Inzwischen stieg Catherines Spannung. Natürlich sah sie

im Kloster ihre wahre Berufung. Sie hegte nur geringe Zweifel. Wo sonst hatte sie die Freiheit, ihre Studien zu betreiben? Doch die Anpassung an die Disziplin des Ordens war ihr schwergefallen. Ihr Gewissen erinnerte sie jeden Tag daran, selbst wenn Schwester Bertrada es einmal unterließ. Dem Paraklet und Heloïse dienen und gleichzeitig die Freiheit des weltlichen Lebens wieder schmecken zu können! Sie roch förmlich das Rosenöl auf der Frisierkommode ihrer Mutter. Vielleicht würde sie sogar zu den Diskussionen auf dem Petit Pont gehen können. Sie hatte die intellektuelle Stimulation von Paris vermißt.

»Ich werde alles tun, was Ihr verlangt«, sagte sie.

Heloïse schüttelte den Kopf. Catherine errötete. Die Äbtissin schien ihre Gedanken lesen zu können.

»Ich habe dir nichts geschenkt, Kind«, sagte sie. »Es handelt sich um eine ernste Angelegenheit. Wenn das Paraklet ein normales Kloster wäre, würde man ein paar nichtkanonische Seiten als Beispiel für das mangelnde Theologieverständnis der Frauen abtun. Doch unser Gründer war Peter Abaelard, und nach der Überzeugung vieler bedeutet das, daß wir uns vorsätzlich in Abweichlertum und Korruption suhlen.«

»Ich weiß«, sagte Catherine. »Gut, daß wir davon erfahren haben, bevor man das Buch auf einem Konzil hervorholt, um Euch zu verdammen.«

»Nicht über mich würden sie das Urteil sprechen, Catherine, sondern über Abaelard. Wilhelm versucht gerade, Bernhard von Clairvaux dazu zu bewegen, der Sache nachzugehen. Falls es ihm gelingen sollte, schweben wir alle in Gefahr. Im Kampf zwischen Papst Innozenz und dem Gegenpapst Anaklet haben sich die Menschen daran gewöhnt, Bernhard die Beilegung ihrer Streitigkeiten zu überlassen.

Abaelard glaubt immer noch, daß jeder die Wahrheit erkennt, wenn er einfach seine Thesen logisch darlegt. Daß die Leute aus reiner Gewohnheit Bernhard beipflichten, kann er sich nicht vorstellen. Catherine, du mußt herausfinden, was in dem Buch steht. Die Zukunft des Paraklet hängt davon ab.«

»Aber ich weiß doch, daß darin nichts Unrechtes geschrieben steht!« beharrte Catherine.

»Dann bringe in Erfahrung, wer so sehr auf unser Verderben sinnt, daß er Ketzereien hineinfälscht und sie als unser Werk erscheinen läßt.«

Catherine nickte. »Mutter Heloïse«, begann sie. Sie hielt inne. Das war nicht ihre Sache. Die Frage war unverzeihlich unhöflich. Aber dennoch, sie mußte es einfach wissen.

»Mutter«, sagte Catherine leise, »was ist Euch wichtiger, das Paraklet zu beschützen oder Meister Abaelard?«

Zu Catherines Überraschung begann Heloïse zu lachen. »Catherine, ich habe nie einen Hehl daraus gemacht. Ich liebe Peter Abaelard mehr als mein Leben, mehr als Gott, mehr als du deine Bücher liebst. Ich sähe ruhig zu, wie das Kloster verwaist und ginge auf den Straßen für mein täglich Brot betteln, wenn ich ihn dadurch in Sicherheit wüßte.«

»Nach so vielen Jahren?« entfuhr es Catherine.

»Liebe ist zeitlos«, antwortete Heloïse. Sie schloß die Augen. »Sie hat nichts mit Logik oder Dialektik oder gar gesundem Menschenverstand zu tun. Und wenn du dein Leben ohne Stürme genießen möchtest, rate ich dir, dich ausschließlich Unserem Vater im Himmel zu weihen und eine Lehre aus meinem Beispiel zu ziehen.«

Ihre Stimme wurde lebhaft, und Catherine spürte, daß das Thema erledigt war.

»Also, wenn du tatsächlich nach Hause geschickt würdest, meinst du, daß du in der Lage wärst, einen Ausflug in die Bibliothek von St. Denis zu unternehmen?«

»Ja, Ehrwürdige Mutter, ich glaube schon. Abt Suger hat mir früher schon erlaubt, dort zu lesen, wenn ich mit meinem Vater zu Besuch kam.«

»Gut. Falls das Buch unverändert sein sollte, ermittele den Urheber dieser Verleumdungen. Und falls es du es tatsächlich anders vorfindest, kopiere die Passagen.«

»Und dann?« fragte Catherine. »Soll ich versuchen, die verantwortliche Person festzustellen?«

»Natürlich nicht. Das wäre sowohl gefährlich als auch unangemessen. Bring mir die Kopie. Ich werde dann dafür Sorge tragen, daß sie jene erreicht, die uns verteidigen.«

Heloïse hielt inne und begann, mit dem Fuß zu wippen. »Wenn ich selbst gehen könnte, würde ich es tun. Aber es gibt keinen Vorwand, unter dem ich das Kloster verlassen könnte. Dennoch verspüre ich ein gewisses Unbehagen. Du könntest alte Ressentiments, wenn nicht gar Haß zu spüren bekommen.«

»Dann muß ich Unsere Liebe Frau darum bitten, mich zu beschützen«, sagte Catherine.

»Natürlich. Und heute abend werden wir beide die heilige Thekla besonders um Gnade bitten, da wir ihren Festtag begehen.« Heloïse ging zu ihrem Brevier und schlug die Tageslosung auf. »Sie ist eine Heilige, die im Westen nur wenig verehrt wird. Kennst du ihre Geschichte?«

»O ja. Sie war Griechin. Eines Tages hörte sie den heiligen Paulus von ihrem Fenster aus predigen und ließ sich bekehren. Sie lief ihrer Familie und ihrem Verlobten davon und verkleidete sich als Mann, um dem Apostel Unseres Herrn nachzufolgen. Sie predigte auch selbst und bekehrte viele Menschen, obwohl der Teufel wilde Tiere und ruchlose Männer schickte, um sie zu quälen.« Catherine hielt inne.

»Sie könnte sich als geeignete Beschützerin für dich erweisen, da du in eine Welt zurückkehrst, in der es noch viele
wilde Tiere gibt«, sagte Heloïse.

»Nicht in Paris, Mutter.«

»Gerade in Paris. Du weißt doch, ich habe einst dort gelebt.«

»Also gut«, pflichtete Catherine ihr bei. »Ich werde mich
der heiligen Thekla mit besonderer Andacht widmen.«

»Heute abend schreibe ich deinen Eltern«, sagte Heloïse.
»Ich teile ihnen nur mit, daß du dich außerstande gesehen
hast, dich mit gebührender Demut der Autorität zu unter-
werfen, doch daß du eventuell zurückkehren darfst, falls du
ehrlich bereust. Ich deute an, daß dir ein paar Monate elter-
licher Strenge und die Führung durch reife Geister wohl-
tun dürften.«

Sie holte ihre Schreibutensilien. »Sie werden dich doch
nicht etwa schlagen?« fragte sie.

An der Tür blieb Catherine stehen und überlegte. »Das
glaube ich nicht, Ehrwürdige Mutter.« Plötzlich mußte sie
lächeln. »Vater hat gesagt, er kann es nicht ausstehen, wenn
ich ihm jedes Mal so übertrieben verzeihe, wenn er mich
bestraft. Mutter ... ich weiß nicht recht. Sie war erfreut, als
ich mich entschloß, ins Kloster zu gehen. Ich glaube, sie
könnte sehr böse sein.«

»Ich verstehe. Falls du in den nächsten Tagen zu der An-
sicht gelangst, daß du die Schande und die Täuschung nicht
ertragen kannst, mache ich dir keinen Vorwurf«, sagte
Heloïse.

»Das tue ich nicht. Ich fühle mich geehrt, daß Ihr mich
gewählt habt«, antwortete Catherine. »Schließlich ist es nur
zu glaubhaft, daß man mich wegen der Sünde des Stolzes
nach Hause schickt. Für mich ist es gut, einmal meinen
Mund halten zu müssen.«

»Das mußt du, Catherine«, sagte Heloïse mit Nachdruck.
»Es ist besser, als für immer zum Schweigen gebracht zu
werden.« Ein eiskalter Schauer durchfuhr Catherine.

»Ich verstehe, Mutter Heloïse«, sagte sie. »Ich werde es
nicht vergessen.«

ZWEITES KAPITEL

Im Paraklet, Sonntag, den 1. Oktober 1139, Fest des heiligen Remigius, Bischof von Reims

Die Zunge ... ist ein unausrottbares Übel ... sie wird nicht müde, wenn sie sich bewegt und empfindet Untätigkeit als Last.
PETER ABAELARD
Lehrbriefe

Das Gezischel verfolgte Catherine all die Tage hindurch, in denen sie sich auf die Abreise aus dem Kloster vorbereitete. Es klang wie Laub, das unter Dutzenden schlurfender Füße raschelte, hörte auf, wenn sie auftauchte und brandete wieder auf, wenn sie vorübergegangen war. Sie konnte es nicht ignorieren, sondern fühlte sich unablässig vom bösen Summen gestaltloser Stimmen verfolgt. Denn keine der Frauen sagte die hinter vorgehaltener Hand geflüsterten Worte laut. »Pschpschpsch ... immer so stolz ... sssss ... muß immer alles in Frage stellen ... ssssssch ... geschieht ihr recht ... arrogantes Ding.«

Dann sanken die Hände wieder hinunter, und die Gesichter wurden weich und mitleidig. Vielleicht bedauerten einige von ihnen sie aufrichtig, doch Catherine konnte sich dessen nicht sicher sein. Christliche Nächstenliebe ließ sich so leicht vortäuschen. Einzig Schwester Emilie, die so vornehmer Herkunft war, daß sie tun konnte, was ihr gefiel, trauerte um Catherine.

»Lass' dich nicht in ein anderes Kloster abschieben«, riet sie ihr. »Falls sie das tun, gib mir Nachricht, und ich lasse meinen Vater einen netten, reichen, uralten Ehemann für dich suchen, der dich in Ruhe studieren läßt. Das verspreche ich dir.« Sie umarmte Catherine. »Was auch geschehen mag«, sagte sie, »denke immer daran, daß ich deine wahre Freundin bin.«

Diese freundlichen Worte betrübten Catherine mehr als der böse Klatsch und Tratsch. In ihrem Eifer hatte sie nicht berücksichtigt, daß die Täuschung irgend jemanden außer ihrer eigenen Person verletzen könnte. Als sie nun Emilies ehrliche Tränen sah, wünschte sie sich, ihr alles erzählen zu können. Und wenn sie jetzt schon in Versuchung geriet, sich zu verraten, wieviel schwerer würde es ihr dann erst fallen, ihrer Familie mit den Neuigkeiten unter die Augen zu treten! Ihr Vater würde jede Einzelheit ihrer Verfehlungen erfahren wollen. Sie fürchtete den verbissenen Zorn, den er sichtlich unter Kontrolle zu halten versuchen würde. Vielleicht wäre es einfacher, wenn er sie auspeitschen würde. Wenigstens könnte sie dann die Wonnen des Märtyrertums durchleben statt dieser unverdienten Schande.

Schande fürwahr! schalt ihr Gewissen sie. *Nur ein kleines Opfer. Und wer sagt denn, es sei unverdient? Hast du in deinem tugendhaften Leben nie etwas getan, dessen du dich schämen mußtest? Du hast deine Aufgabe noch gar nicht in Angriff genommen und schwankst schon? Vielleicht solltest du lieber wieder Kohl hacken.*

Zu Catherines Glück gab es bald etwas, wodurch das Interesse der Frauen von ihren Problemen abgelenkt wurde.

Eines Tages betrat sie das Refektorium und sah, wie alle jüngeren Nonnen sich um eines der schmalen Fenster drängten.

»Rück mal beiseite, Hedwig, du hast lange genug gegafft«, sagte eine, während sie sich nach vorn schob.

»Aber was tun die denn da?« fragte Hedwig.

»Sie legen eine Turnierpause ein«, erklärte Emilie und drängte sich an den Platz, von dem aus sie den besten Blick hatte. »Sie täten besser daran, die Flaggen bis in den Fluß hineinzustecken, sonst können die Ritter die Pferde nicht sicher tränken. Wer wohl da kämpft?«

»Meinst du etwa, sie halten unmittelbar neben dem Kloster ein Turnier ab?« stieß Hedwig atemlos hervor.

»Anscheinend ja.« Emilie gab ihren Platz auf und ging nach hinten.

»Glaubst du, daß Mutter Heloïse etwas davon weiß?« fragte sie Catherine.

Catherine schüttelte den Kopf. »Ich glaube, normalerweise erzählen sie es keiner Autoritätsperson, wenn sie ein Turnier abzuhalten gedenken. Offiziell ist es verboten ... seit acht Jahren, seit dem Konzil zu Clermont«, fügte sie hinzu, als Emilie eine zweifelnde Miene aufsetzte.

»Schön, wenn du es sagst, aber kein Geistlicher in meiner Diözese hat je den Tjost mit einem Bann belegt. Allein der Versuch würde sie ihre Pfründe kosten.«

Die Nonnen hörten eine Tür aufgehen und verstreuten sich, als Schwester Bertrada eintrat.

»Was macht ihr denn hier?« polterte die Novizenmeisterin. »Jede von euch sollte eigentlich ihren Pflichten nachgehen. Heute abend bleibt ihr alle nach der Komplet noch eine Stunde in der Kapelle, und zwar auf den Knien, während ich euch unsere Regel vorlese. Offenbar müßt ihr an euer Gelübde erinnert werden.«

33

Sie sah Catherine und rümpfte die Nase.

»Ich hätte mir denken können, daß du hier bist«, sagte sie. »Heute nacht darfst du ohne Decke und Kopfkissen schlafen. Zweifellos wirst du noch früh genug durch Genußsucht der Verdammnis anheimfallen. Aber nicht, solange du meiner Aufsicht unterstehst.«

Emilie machte Anstalten zu sprechen, doch Catherine hinderte sie daran.

»Ja, Schwester«, sagte sie und verließ den Saal.

Emilie folgte ihr.

»Wie konntest du das zulassen?« fragte sie Catherine. »Keine andere hat eine Sonderstrafe bekommen.«

»Ich übe mich in heiterem Gehorsam«, antwortete Catherine.

»Sehr schicklich«, bemerkte Emilie. »Ich bin allerdings überrascht, denn das habe ich bei dir noch nie erlebt.«

Am nächsten Nachmittag waren alle Nonnen zur Vesper in der Kapelle versammelt. Die Kantorin gab den Takt mit dem Stock an, als die Schwestern anstimmten: »Deus, creator omnium, polique rector, vestiens diem decoro lumine, noctem soporis gratia ... «

»Hier ist es, du stinkender Bastard! Beim Barte Christi! Selbst mit einer ellenlangen Lanze könntest du nicht mal deinen Arsch finden!«

Schwester Hermaline schrie auf und ließ das Gesangbuch fallen. Die Kantorin kam aus dem Takt. Schwester Emilie fing an zu husten, während Catherine ihr den Rükken klopfte und sie im Flüsterton verzweifelt anflehte, nicht zu lachen. Die Äbtissin fuhr im Alleingang fort, anscheinend völlig taub gegenüber den rauhen Stimmen und dem Geklirr auf der anderen Seite der Mauer.

Schwester Bertrada beugte das Knie und ging rasch hinaus. Catherine empfand großes Mitleid für die armen Ritter, die nun mit ihr zusammentreffen mußten.

Doch der Lärm schwoll an, statt sich abzuschwächen. Das Hämmern an den Klostertoren wurde vom Scheppern der Rüstungen und dem Gelächter mehrerer Männer noch übertönt.

Einzig das Beispiel der Äbtissin Heloïse hielt die Nonnen auf ihren Plätzen. Die sangen das Lied erbärmlich schief zu Ende und zogen dann eisern schweigend in langer Reihe ins Refektorium zurück. Die Pförtnerin ging hinaus, um auf das Klopfen zu antworten, welches inzwischen ein rasendes Tempo erreicht hatte, begleitet von einem Geräusch, das wie ein Hämmern auf Metall klang.

Die sanfte weibliche Stimme, welche sich erkundigte, was sie denn mit einem Gotteshaus zu schaffen hätten, konnten die Nonnen nicht hören, wohl aber die Antwort darauf.

»Ich bin gekommen, meine arme Nichte Euren Fängen zu entreißen, Alte! Catherine! Catherine LeVendeur! Hier kommt dein Rettungstrupp!«

Alle drehten sich schlagartig um und starrten Catherine an, die sich sehnlichst wünschte, der Boden möge sich unter ihr auftun und sie verschlingen oder besser noch ihren Onkel Roger.

Schwester Bertrada und die Priorin kamen bald zurück. Die Novizenmeisterin lächelte voller Genugtuung. Sie stierte Catherine mit selbstgefälliger Miene an, während die Priorin leise mit der Äbtissin sprach.

Heloïse nickte und winkte Catherine herbei.

»Anscheinend nahm dein Onkel gerade an einem Turnier zwischen Nogent-sur-Seine und Troyes teil, als ihn eine

Nachricht von deiner Mutter erreichte, daß er dich heimbringen soll.« Sie erhob sich. »Komm' mit.«

Catherine folgte ihr. Trotz ihrer Verlegenheit konnte sie sich ein Lächeln nicht verkneifen, sah es doch ihrem Onkel ähnlich, ihre Schande als eine Episode aus einem *chanson de geste*, natürlich mit ihm als Helden, darzustellen. Nun, es wäre schon angenehm, einen kühnen Recken zur Seite zu haben. In den schweren Tagen, die ihr nun bevorstanden, würde sie jemanden zu ihrer Verteidigung brauchen.

»Es bereitet mir Unbehagen, dich diesen Männern zu übergeben, Catherine«, sagte Heloïse auf dem Weg zum Schlafsaal, wo sie Catherines Habseligkeiten zusammenpacken wollten. »Schwester Felice meinte, sie hätten getrunken.«

»Bitte sorgt Euch nicht«, beruhigte Catherine sie. »Roger ist der jüngste Bruder meiner Mutter. Er ist ein Ritter im Dienst des Grafen von Champagne. Er war schon immer ein bißchen stürmisch, aber er ist vertrauenswürdig. Ich kenne ihn von klein auf. Ihm gefällt es, Leute zu erschrecken. Und wo könnte ich denn sicherer sein als in Begleitung bewaffneter Soldaten? Wer würde es wagen, uns anzugreifen?«

»Das klingt soweit vernünftig«, gab Heloïse zu. »Aber vergewissere dich, daß sie das Turnier nicht fortsetzen, wenn du dich zu ihnen gesellst. Ich möchte nicht erfahren müssen, daß du einer der Preise in diesen Wettkämpfen bist. Die Tochter eines reichen Kaufmanns würde man als besondere Trophäe erachten.«

Catherine errötete. »Daran habe ich nicht gedacht.«

»Du mußt allmählich anfangen, ›daran‹ und an Schlimmeres zu denken. Da draußen wirst du kaum Menschen finden, die nach der Regel leben.« Heloïse schob Catherine eine Locke unter den Schleier zurück. »Vielleicht hört das auf, wenn dein Haar für das Gelübde geschnitten wird.«

Sie blinzelte, als müßte sie ihre Tränen zurückhalten und umarmte Catherine rasch.

»Alle meine Gebete begleiten dich, meine liebe Tochter«, sagte sie. »Schreibe mir so oft wie nötig, aber sei diskret in der Wahl deiner Worte. Solltest du sofortigen Rat brauchen, scheue dich nicht, dich an Abaelard zu wenden. Er hält sich im Moment in Paris auf. Und denke daran, ob du nun Erfolg hast oder nicht, bei mir wirst du immer ein Zuhause finden.«

»Ich werde herausfinden, wer uns mit übler Nachrede verfolgt, Mutter«, antwortete Catherine. »Nein, keine weiteren Warnungen. Ich werde vorsichtig sein, aber ich muß es wagen. Für uns alle.«

Heloïse wollte noch etwas sagen, doch dann zuckte sie mit den Achseln und nickte. Catherine war dankbar, daß es jetzt nicht noch zu einer Auseinandersetzung kam. Es reichte ihr, daß sie bei ihrer Heimkehr damit zu rechnen hatte.

Sie gingen gemeinsam zum Tor. Es schien Catherine ewig lange her zu sein, daß sie dort hindurchgeschritten war. Hier drinnen herrschten Vernunft und Ordnung. Auf der anderen Seite lag die Welt. Durch die Tür konnte sie das ungeduldige Stampfen der Pferde hören. Jemand erzählte gerade einen Witz: » ... seine Frau fand sie, wie sie vor dem Fenster hingen, ohne ihn, also hat sie seitdem die *braies* an!« Spöttisches Gelächter. Das Tor schwang auf.

Ein halbes Dutzend Ritter mit ihren Knappen drehten sich um und starrten sie an. Einer murmelte etwas und wurde mit einem Schlag auf den Helm belohnt, während der Anführer abstieg und mit ausgebreiteten Armen auf Catherine zukam. Sie lief ihm entgegen.

»Catte! Kleine Catte!« rief er. »Was haben diese verwelkten Weiber dir angetan! Meine hübsche Nichte in grober Wolle und nicht einmal eine Spange für ihren Umhang? Es ist höchste Zeit, daß du zu uns zurückkehrst!«

»Ich freue mich, dich zu sehen, Onkel.« Catherine entzog sich sanft seiner Umarmung. »Danke, daß du mich abholen kommst.« Sie befreite sich und ging zu Heloïse zurück, die mit ihrem Bündel wartete.

»Ehrwürdige Mutter«, flüsterte sie. »Ich hatte vergessen, wie stark Männer riechen!«

»Es ist ein stechender Geruch, aber nicht durchweg unangenehm«, antwortete die Äbtissin. »Diese Männer haben anscheinend den natürlichen Geruch durch Starkbier und schwere körperliche Anstrengung intensiviert. Ich bin mir immer noch nicht sicher, ob sie eine passende Begleitung darstellen.«

»Roger wird nicht zulassen, daß mir jemand irgend etwas zufügt«, sagte Catherine mit Nachdruck.

»Also gut.« Heloïse zog sie an sich. »Ich erlege dir eine schwere Bürde auf. Unser Überleben hängt vielleicht von deinem Handeln ab. Aber es gibt keinen Grund, tollkühn zu sein. Es drohen so viele Gefahren da draußen; sei vorsichtig, mein Kind.«

»Ich bin achtzehn und kein Kind mehr«, gab Catherine zu bedenken. »Und ich habe keine Angst.«

»Aber ich bin vierzig«, erwiderte Heloïse. »Und ich habe gelernt, Angst zu haben. Komm schnell zu uns zurück.«

Das Tor schloß sich, und Catherine stand draußen. Sie hielt ihr Bündel mit beiden Armen umklammert.

»Sigebert«, befahl Roger. »Hilf meiner Nichte hinter mir auf. Jehan, lade ihre Sachen auf das Packpferd.«

»Mit Vergnügen«, sagte Sigebert.

Er packte Catherine um die Taille, um sie hochzuheben.

Seine Rechte verirrte sich etwas weiter nach unten, suchte nach einem festen Halt.

»Sigebert, untersteht Euch!« sagte Catherine.

Roger schaute herunter. »Sie ist Nonne, verdammt noch mal! Mach' einen Steigbügel mit deinen Händen, damit sie aufsitzen kann. Wenn du das noch einmal versuchst, schneide ich dir die Finger ab!«

Sigebert murmelte irgend etwas in seinen Bart. Er kniete nieder und bildete mit seinen Händen einen Steigbügel für Catherine. Als sie den Fuß hineinstellte, hob er sie so rasch in die Höhe, daß ihre Röcke hochflogen. Sigebert grinste.

Catherine hielt den Mund. Würde ziemte ihr mehr als Schelte, die sie nur zu gern ausgeteilt hätte. Sigebert würde lernen müssen, daß sie kein kleines Mädchen mehr war.

Sie ritten los, Catherine saß aufrecht hinter ihrem Onkel auf dem Zelter, sie hielt sich fest und versuchte, nicht zu tief einzuatmen. Er trug sein Kettenhemd unter dem Übermantel, und dessen Glieder drückten sich in ihre Wange. Sie folgten dem Flußlauf, der sich der Seine entgegenschlängelte, und das Kloster verschwand hinter den Bäumen. Ganz plötzlich ertappte sich Catherine beim Weinen. Sie versuchte, einen Arm freizubekommen, der unter Rogers Ellbogen festklemmte, um sich das Gesicht abzuwischen. Er drehte sich um, um nach ihr zu sehen.

»Catherine, Liebste, weine nicht!« rief er aus. »Jetzt ist es vorbei. Du bist frei. Für Tränen gibt es keinen Grund mehr. Dafür sorge ich schon. »Und —«, fügte er hinzu, »von dem vielen Wasser rostet mir noch die Rüstung.«

Catherine schniefte und lachte.

Roger lachte. »So ist es besser. Also, was haben diese Vetteln meiner Catte angetan?«

Sie schickte sich an, ihr Kloster zu verteidigen, sogar Schwester Bertrada, dann erinnerte sie sich an ihre Rolle.

»Es war nicht so, wie ich es mir vorgestellt hatte«, erzählte sie ihm, wobei sie einen gewissen Groll in ihre Stimme legte. »Dumme, hirnlose Sklavenarbeit, Schrubben und Wienern den ganzen Tag, wenn wir nicht gerade gebetet haben. Sie haben mich für jede Kleinigkeit bestraft. Schwester Bertrada« — hier konnte sie mit Leichtigkeit aufrichtig klingen — »war nie zufrieden. Alles mußte perfekt sein. Die Töpfe müßten selbst für Engel rein genug sein, sagte sie. Ich habe sie nur darauf aufmerksam gemacht, daß es nicht erwiesen ist, ob Engel überhaupt essen, und sie hat mich drei Stunden lang auf Trockenerbsen knien lassen, für die Sünde der Leichtfertigkeit.«

Roger lachte. »Meine arme Catte! Um dich so behandeln zu lassen, hättest du ebenso gut Zögling des Grafen Thibault werden können, so wie ich. Nur wärst du dann inzwischen eine Dame mit einem Schloß, schönen Kleidern und eigenen Dienern, die du schikanieren könntest.«

»So etwas wollte ich nie, Onkel.«

Er drehte sich wieder nach vorn und sah auf den Weg. Er blieb eine Weile stumm. Hinter ihm hatten die anderen Männer angefangen zu singen. Es war ein schönes Trinklied, eine Parodie auf ein kirchliches Osterlied. Mittendrin befahl Roger ihnen, damit aufzuhören.

»Bedaure«, sagte er. »Es ist so lange her. Ich hatte ganz vergessen, wie wenig du mit den meisten Frauen gemein hast. Du hattest ja immer schon Höheres im Sinn.«

Sie ritten eine Weile schweigend weiter. Catherine war dankbar, in Ruhe nachdenken zu können, obwohl die Nähe zu ihrem Onkel es ihr erschwerte. Sie drückte sich enger an ihn, trotz des Metalls, und er antwortete, indem er seine freie Hand über ihre beiden Hände legte.

Sie fühlte sich so sicher bei ihm. Seltsam, daß er immer

noch Junggeselle war, immer noch für Thibault von Champagne kämpfte.

Ein Mann von solchem Aussehen und solcher Geschicklichkeit hätte sich schon vor Jahren eine Erbin erobern müssen. Bei ihrer Heimkehr würde sie ihre kleine Schwester Agnes dazu befragen. Agnes würde über alle Familienangelegenheiten Bescheid wissen.

Sie hatte ihn so mühelos belogen! Es brachte sie aus der Fassung. Sie war daran gewöhnt, neugierig, streitlustig, eigensinnig – und – ja, etwas stolz auf ihren Verstand zu sein. Wegen dieser Fehler war sie allzuoft gestrauchelt, noch öfter als wegen ihrer tolpatschigen Füße. Aber noch nie zuvor hatte sie vorsätzlich gelogen. Das hatte sie nie nötig gehabt. Lag ihr das Täuschen etwa im Blut? Der Gedanke bereitete ihr Unbehagen.

Sie zappelte nervös. Roger hielt an.

»Schon müde?« fragte er.

»O nein«, erwiderte sie rasch. »Mir geht's gut. Wie lange brauchen wir bis nach Paris?«

»Hast du es so eilig, meiner Schwester unter die Augen zu treten?« scherzte er. »Ihre Nachricht klang nicht so, als ob sie dich mit einem gemästeten Kalb empfangen würde.«

»Wohl eher mit Schwarzbrot und Wasser«, seufzte Catherine. »Ist sie sehr böse?«

Roger zuckte mit den Achseln. »Du weißt ja, wie sie ist. Bei deinem Eintritt ins Kloster war sie überglücklich. Na, mach dir jetzt deswegen noch keine Sorgen. Wir sind noch vier bis fünf Tage unterwegs. Heute nachmittag kommen wir nicht weiter als Nogent. Es ist schon spät. Dort gibt es ein Kloster, wo du übernachten kannst. Ich dachte mir, es wäre so besser, als dich in der Kemenate im Bergfried des Grafen Mondron schlafen zu lassen. War das richtig so?«

»Es war sehr umsichtig von dir, Onkel.« Sie küßte ihn auf den Nacken. »Ich möchte nicht von einem ganzen Zimmer voller Frauen ausgefragt werden. Ich brauche Zeit, um mich wieder an die Welt zu gewöhnen.«

Roger tätschelte ihr die Hand. »Du brauchst dich nicht so sehr davor zu fürchten. Ich lasse nicht zu, daß deine Eltern zu streng mit dir sind. Oh, ich weiß! Vielleicht können wir die Reise nutzen, um einen netten, aristokratischen Ehemann für dich auszuwählen. Wenn wir dann zu deinem Vater kommen, kannst du ihn mit der freudigen Botschaft überwältigen, so daß er alles über das Paraklet vergißt.«

Die Vorstellung ließ Catherine schaudern. Laut sagte sie: »Und wo würden wir so schnell einen Kandidaten finden?«

Roger dachte nach. »Wie wäre es denn mit Sigebert? Sieht nicht schlecht aus, ist zwar ein bißchen grob, versteht aber etwas von Pferden und soll die Ländereien seines Bruders erben.«

»Sigebert!« lachte sie. »Er hat sich überhaupt nicht verändert. Als ich elf war und Agnes acht, sind wir einmal im Ententeich bei Vielleteneuse schwimmen gegangen. Sigebert stahl uns die Kleider und wollte sie uns auslösen lassen.«

»Wirklich? Und habt ihr's getan?«

»Agnes fing an, ihn mit Matsch zu bewerfen, und ich habe laut zum heiligen Stephan gebetet, er möge ihm Warzen im Gesicht sprießen lassen, falls er uns nicht in Ruhe ließe.«

»Und das hat geklappt?«

»Nein, Vater ist gekommen und hat ihn verhauen, weil er uns drangsaliert hat, und dann mußten Agnes und ich eine Woche lang unsere Abende damit verbringen, Mutters Predigten darüber zu lauschen, was Mädchen widerfahren kann, die sich ausziehen, um in Ententeichen zu schwimmen.«

»Sigebert also nicht.« Roger klang erfreut. »Wie wäre es mit Jehan?«

»Du vergißt, Onkel«, sagte Catherine leise, »daß ich niemals den Wunsch hatte, die Braut eines anderen als die Unseres Herrn zu sein.«

Roger sagte nichts mehr.

Am nächsten Nachmittag ritten sie gemächlich den Pfad am Fluß entlang, als eine Gesellschaft von Rittern sie überholte, die am Turnier teilgenommen hatten.

»Ihr habt ja wohl den falschen Weg eingeschlagen?« brüllte der Anführer ihnen zu. »Oder ist Roger von Boisvert eine Memme geworden? Was hast du da bei dir, Roger, deine *soignant?* Ist die dir denn nicht zu häßlich?«

Roger zog sein Schwert, wobei er das Heft in Catherines Rippen stieß.

»Catherine, steig ab«, befahl er. »Jehan, Rohart, beschützt sie. Der Rest kommt mit mir. Gautier! Dafür werde ich deine gebratene *nache* zum Nachtmahl verzehren.«

»Dazu mußt du sie erst einmal entfernen!« sagte Gautier grinsend, während er sich im Sattel aufrichtete.

Ohne große Umschweife wurde Catherine von dem, was folgte, weggedrängt. Jehan und Rohart waren ganz und gar nicht erfreut, sie auf dem Hals zu haben.

»Dein Vater täte wohl daran, uns für den entgangenen Gewinn zu entschädigen«, sagte Rohart zu ihr. »Wir könnten den Haufen mit rostigen Löffeln bewaffnet aus dem Sattel heben, aber nein, wir müssen hier Kindermädchen für eine verdammte Nonne spielen.«

Catherine saß auf einem Baumstumpf und bemühte sich, fromm und würdig auszusehen. Das fiel ihr schwer, da sie ihrerseits in Erwägung zog, an den Aufpassern ein bißchen ihr Mütchen zu kühlen.

»Arrogante *mesels*«, murmelte sie. »Hoffentlich werdet ihr beide ... «

Würde! Vergebung! Die Stimme in ihrem Kopf hörte sich wie Schwester Bertrada an. Catherine flüchtete sich in Latein. Jehan und Rohart traten ein paar Schritte zurück.

»Meinst du, sie verflucht uns?« flüstere Jehan.

»Na und wenn schon!« gab Rohart zurück. »Hast du etwa Angst vor einem Weiberfluch?«

»Nein, aber vor Rogers Faust«, antwortete Jehan.

Sie schienen sich damit zu begnügen, sie aus der Entfernung zu bewachen, aber für alle Fälle ließ Catherine die Hand langsam in den linken Ärmel gleiten und zog das Fleischmesser aus der Scheide.

Ein paar Stunden später kamen die Männer zurück, sehr mit sich zufrieden.

»Hast du Sir Gautier besiegt?« fragte Catherine, während sie ruhig das Messer wieder an seinen Platz zurücksteckte.

Roger deutete auf ein neues Schwert, das von seinem Sattel herabbaumelte.

»Ich habe nicht das Organ erwischt, das ich von ihm haben wollte«, erwiderte er, »aber ich habe dafür gesorgt, daß er bereut, was er über dich gesagt hat.«

»Danke, Onkel.« Catherines Gewissen regte sich. »Du hast doch niemanden getötet, oder?«

»Dafür besteht kein Anlaß«, versicherte er ihr. »Wir haben keinen Krieg.«

Für Catherines Geschmack kam es dem jedoch nahe genug.

An diesem Abend überdachte sie genauestens, auf was sie sich eingelassen hatte. Irgendwie würde sie ihre Sehnsucht nach dem Konvent verbergen und die von Heloïse gestellte

Aufgabe erfüllen müssen. In der winzigen Zelle der Äbtissin war ihr alles so einfach erschienen. Doch jetzt begann sie sich zu erinnern, warum sie damals so entschlossen davongelaufen war, um sich hinter hohen Mauern zu verbergen. Rogers Männer waren nicht schlimmer als die meisten ihrer Sorte. Sie hegten keine besondere Antipathie gegen sie. Was würde erst geschehen, wenn sie auf jemanden träfe, der von Haß erfüllt wäre?

Catherine faltete die Hände unter der Bettdecke.

»Lieber Herr, hochheilige Jungfrau, ihr tapferen Heiligen Thekla und Katherina, beschützet mich in dieser Lage und geleitet mich sicher zum Paraklet zurück. Ich lege mein Schicksal in eure Hände.«

Nachdem sie soweit alles getan hatte, was ihr zu Gebote stand, schlief sie ein.

Am letzten Tag folgten sie dem Fluß stromabwärts bis Paris. Schiffe und Kähne, beladen mit Holz, Getreide und Heu, um die Stadt zu versorgen, zogen an ihnen vorüber, ließen sich träge von der Strömung zu ihrem Ziel treiben. Ein Kahn mit Wein aus Auxerre war dabei, Catherine warf einen Blick darauf und sah dann genauer hin. Die Fässer trugen auf dem Holz das eingebrannte Siegel ihres Vaters.

»Importieren wir jetzt auch Wein?« fragte sie Roger.

»Ich glaube, es ist ein Sonderauftrag von Abt Suger«, antwortete er. »Dein Vater nimmt in der Regel keine solch sperrige Ware an.«

»Heißt das, er ist zu Hause, wenn wir ankommen?« Die letzten Worte brachte sie krächzend heraus.

»Sehr wahrscheinlich«, antwortete Roger. »Möchtest du lieber mit mir durchbrennen, dir die Haare schneiden und mein Knappe sein, wie in den Geschichten?«

45

»Führe mich nicht in Versuchung«, sagte sie. »Und lass' mich auch nicht allein. Ich brauche jetzt einen Kämpen.«

»Stets zu deinen Diensten, Catte«, versprach er ihr.

Sie ritten auf der rechten Uferseite nach Paris ein, durch die Palisaden an der Porte Baudoyer. Die Pferde rutschten auf dem schwarzen Schlamm der Ruga Sancti Germani, bis sie in die enge Gasse einbogen, die zu dem Stadthaus Hubert LeVendeurs führte, seines Zeichens Händler in Spezereien und Raritäten und Freund des Abtes von St. Denis. Roger ritt unter den vorspringenden Dächern der Häuser entlang und hielt sich von der offenen Gosse, die von der Straßenmitte bis zum Fluß hinunter verlief, möglichst fern. Die Straße endete am Grève, einem offenen Feld, auf welchem Märkte abgehalten wurden. Die Ritter zogen daran vorbei, weiter zu den eingezäunten Häusern der Wohlhabenden, jedes mit einem eigenen langgestreckten Garten dahinter, welcher zu einem privaten Kai führte, wo Waren abseits von der Mautstelle am Grand Chastelet, die nur eine Meile weiter flußabwärts lag, ausgeladen werden konnten.

Roger ritt zu dem Tor und hämmerte mit der ganzen Autorität, die er bereits im Paraklet gezeigt hatte, dagegen.

Das Tor tat sich auf.

Catherine LeVendeur war wieder daheim.

DRITTES KAPITEL

Paris, Freitag, den 6. Oktober 1139, Tag der heiligen Foy,
Jungfrau und Märtyrerin

An jenem Tag ritten sie, bis sie Paris sahen, die ehrfurchtge-
bietende Stadt, mit ihren vielen Kirchen und überaus vor-
nehmen Abteien. Sie sahen die Seine mit den tiefen Furten
und vielen Mühlen; sie erblickten die Schiffe, welche Wei-
zen, Wein, Salz und großen Reichtum brachten ...
Les Narbonnais, Vers 1870 ff.

Hubert LeVendeur hatte sich dank einer kleinen Erbschaft, eines scharfen Verstandes und eines guten Rufs, den er wegen seiner Ehrlichkeit, seiner Beziehungen und seiner Diskretion genoß, durch den Handel mit Spezereien und gelegentlich auch mit anderen seltenen Gütern ein Vermögen erworben. Er hatte eine gute Partie gemacht, als er sich mit Madeleine de Boisvert, der Tochter eines verarmten Ritters, vermählte, wodurch er einen Anschein von Ehrbarkeit erlangte, der anderen Kaufleuten abging. Sein Sohn war Burgvogt, hielt Ordnung für den Abt von St. Denis. Ursprünglich hatte er beabsichtigt, seine beiden Töchter in den Adel zu verheiraten, doch dann hatte er schließlich dem Wunsch der älteren nachgegeben und sie ins Kloster eintreten lassen. Es konnte durchaus von Nutzen sein, auch in der Kirche durch ein Familienmitglied vertreten zu sein. Er hatte sich den Tag ausgemalt, an dem Catherine Priorin wäre und für Kauf und Verkauf im Kloster verantwortlich wäre, vielleicht sogar in einer Position, in der sie ihn dem Bischof würde empfehlen können. Und natürlich konnte es seine Beziehung zu Abt Suger nur festigen, Gott eine Tochter geschenkt zu haben.

Daher bereitete es Hubert Unbehagen, bei seiner Heimkehr von einer langen und nicht gerade erfolgreichen Geschäftsreise seine Tochter vorzufinden. Seine Halsadern schwollen an und traten hervor, als er die kurze Nachricht las, die Heloïse geschickt hatte. Zornig funkelte er Catherine an, die mit gesenktem Blick vor ihm stand.

»›Unverschämtheit‹? ›Eigensinn und Stolz‹?« zitierte er. »›Braucht weitere Führung.‹ Allmächtiger Gott, Catherine!« Sie fuhr zusammen. »Was soll das alles bedeuten? Du hast ein Jahr lang gequengelt, damit ich dich in das verdammte Kloster schicke. Du hast versprochen, alles zu tun, was man von dir verlangt, wenn du nur gehen dürftest. Das Kloster sei der einzige Ort, an dem du glücklich sein könntest, hast du gesagt. Ich hätte nicht auf dich hören sollen. Und ich glaube auch kein Wort von diesem Brief. Was hast du denn tatsächlich getan, Tochter, hast du dich zu sehr mit deinem Beichtvater angefreundet?«

Catherine starrte ihn mit offenem Mund an. »Vater! Natürlich nicht! So etwas würde ich nie tun!«

»Hoffentlich nicht, Catherine«, versetzte Hubert grimmig. »Aber man hört viele Geschichten über das Leben im Kloster. Meist darüber, welch lockere Sitten dort tatsächlich herrschen.«

»Nicht im Paraklet«, sagte Catherine.

»Deinetwegen hoffe ich, daß das stimmt, Mädchen. Denn falls die Frauen dort nicht in der Lage gewesen sein sollten, dich gut genug zu führen, müßte ich ernsthaft darüber nachdenken, dir einen Ehemann zu suchen, dem das gelingt. Und ich genieße einen tadellosen Ruf dafür, daß ich keine beschädigte Ware liefere.«

»Vater, bitte hör' mir zu.« Catherine kniete vor ihm nieder und sah auf.

Hubert blinzelte. Selbst in seinem Zorn war er verblüfft zu sehen, wie sie sich herausgemacht hatte. Nicht schön, kein dunkles Haar und kein markantes Kinn, aber diese Augen! Normannisch blau. Noch hinreißender unter den schwarzen Brauen. Sie schienen durch ihn hindurchzustarren.

»Ich bedauere es zutiefst, Vater«, beteuerte sie. »Ich habe mir nicht genug Mühe gegeben. Aber ich eigne mich nicht für die Ehe. Ich weiß, daß ich mich darauf vorbereiten kann, zurückzugehen und das Gelübde abzulegen. Vielleicht, wenn ich weitere Unterweisungen bekäme ...«

»Vielleicht könntest du ein paar Schläge bekommen, damit du zur Vernunft kommst!« schrie Hubert. »Jeder andere Mann würde dich tüchtig dafür auspeitschen!«

»Ich weiß, Vater. Es tut mir leid.«

»Und was ist mit deiner Mutter? Was sagt sie zu alledem?«

»Ich habe sie noch nicht gesehen, Vater. Sie war in der Messe in St. Julien-le-Pauvre, als ich eintraf. Sie ist noch nicht heimgekehrt.«

»Verdammt, warum ist sie ausgerechnet in eine Kirche gegangen, die so weit weg ist? Wir haben eine gute Kirche nur zwei Straßen weiter, an der ist doch nichts auszusetzen. Nun, du kannst davon ausgehen, daß sie dir einiges zu sagen hat, wenn sie dich sieht. Du hast sie bitter enttäuscht, da bin ich mir sicher.«

»Ja, Vater, gewiß.«

Verflucht seien ihre Augen! Hubert blickte in die unend-
lichen Tiefen voller Trauer und seufzte. Er verstand das
nicht. Sie war ein überaus irritierendes, wunderliches,
schwieriges Kind. Immer schon zu klug für eine Frau; immer fragte sie nach dem Wieso und Warum. Eigentlich war
es eine Erleichterung gewesen, daß sie und ihre Fragen ihm
durch Gott abgenommen worden waren. Und hier war sie
wieder, im denkbar schlechtesten Augenblick. Diese Geschäfte in St. Denis wurden von Tag zu Tag schwieriger. Anscheinend konnte er den Abt Suger nicht von der Notwendigkeit zur Mäßigung überzeugen.

»Vater?«

Hubert stellte sich widerstrebend dem Problem, das er
gerade vor seiner Nase hatte. Beim Blute Christi! Was sollte
er nur mit ihr anfangen?

»Weitere Diskussionen sind unnütz«, befand er. »Im
Augenblick bist du hier. Heute muß nichts entschieden
werden. Alles, was ich möchte, ist, mir die sechs Wochen
Schmutz von der Reise abzuwaschen und dann mein
Abendessen. Was auch immer im Kloster vorgefallen ist,
welche Missetaten du auch immer begangen haben magst,
ich erwarte, daß du dich hier benimmst, wie es sich ziemt.
Wenn du auch nur ein wenig Rücksichtnahme von mir
willst, wirst du sanftmütig, gehorsam und SCHWEIGSAM sein.
Ist das klar?«

Sie nickte.

Hubert brummte. Ihr Kopf war unterwürfig geneigt, aber
er würde hundert Solidi darauf wetten, daß ihr Herz so un-
beugsam war wie immer. Er warf noch einmal einen Blick
auf Heloïses Brief. Stolz, eigensinnig. Ja, das war Catherine.
Aber auch wißbegierig. Und sie hatte schon drei Jahre dort
im Kloster verbracht, zu lange eigentlich, um plötzlich ge-

gen Einschränkungen zu rebellieren. Irgend etwas ging hier vor. Aber es war kein Mann im Spiel. Das sah Catherine nicht ähnlich. Ja, wenn es Agnes gewesen wäre ... Also, was führte Catherine im Schilde? Hubert rieb sich die schmerzenden Schläfen. *Verdammt, ich habe nie jemanden schlimm genug betrogen, um mit so einem Kind geschlagen zu sein.*

Er entließ sie mit einer resignierten Handbewegung. Dann ging er erleichtert in den Garten, um sich dort im hölzernen Badezuber zu entspannen, während ein Diener warmes Wasser über ihn goß und ihm stumm den Rücken schrubbte.

Catherine zitterte immer noch, als sie die Kammer im oberen Stock betrat, welche sie mit Agnes teilte. Das war bestimmt nicht sein letztes Wort gewesen, soviel wußte sie. Ihr Vater hatte immer noch zu viele Fragen. Es mußte eine einfachere Methode geben, über das Psalmenbuch nachzuforschen. Es mußte jemanden geben, der die Sache besser handhaben könnte.

Aber diese Aufgabe, wurde dir gestellt.

Sie sah sich um. Sie war allein. Ihr Rücken versteifte sich.

Ja, es war ihre Aufgabe, und Bedenken waren zwecklos. Was sie jetzt tun mußte, war, nach St. Denis gelangen, sich Zugang zur Bibliothek verschaffen, die anstößigen Seiten aus dem Buch kopieren und zu Mutter Heloïse heimkehren.

Nein, korrigierte sie sich. Zuerst mußte sie ihre Reisekleider ablegen und etwas Passendes zum Abendessen anziehen. Wie ihr Vater bereits gesagt hatte, war es wenig sinnvoll, die Dinge in der falschen Reihenfolge zu erledigen. Sie kniete vor der Kleidertruhe, die sie zurückgelassen hatte, und zog das erstbeste Stück heraus.

Es war nicht ihre Schuld, daß sie ausgerechnet ein strahlendblaues *bliaut* herauszog, mit rosenbestickter Borte und Ärmeln, die so lang und spitz ausfielen, daß man sie knoten mußte, damit sie nicht über den Boden schleiften. Unwillkürlich empfand Catherine Vergnügen dabei, wieder einmal etwas Hübsches zu tragen.

Eitelkeit ist eine Sünde, Catherine, flüsterten ihr die Klostergeister zu.

Andere durch mürrische Gesichter und grobe Kleidung zu verdrießen, ist schlechtes Benehmen, konterte sie.

Du bist viel zu schlau, Kind, murmelten sie traurig. *Aber schlau ist nicht gleich weise.*

»Das hat Schwester Betrada auch gesagt«, murrte Catherine und eilte die Treppe hinunter in den Speisesaal, bevor sie sich noch weiter mit Zweifeln plagen konnte.

Alle erwarteten sie bereits. An der erhöhten Tafel saßen ihre Eltern mit Roger. Seine Gefährten saßen an den niederen Tischen, begierig, anzufangen. Madeleine schien weder glücklich darüber, ihre Tochter zu sehen, noch begrüßte sie sie.

Als Catherine vor ihr knickste, warf ihre Mutter einen kurzen Blick auf den bestickten Saum ihres Gewandes, setzte eine verbissene Miene auf und sah weg.

Fassungslos ging Catherine zum Seitentisch hinüber, wo Agnes sich die Hände mit weicher, parfümierter Seife wusch. Agnes streckte die Hände aus, damit Catherine sie ihr zum Abspülen mit Wasser übergoß.

»Mutter hat mir keinen Segen gegeben«, sagte Catherine, während sie sich die eigenen Hände wusch. Es war, als ob plötzlich eine Sonnenfinsternis herrschte. »Ist sie denn so böse auf mich?«

Agnes spülte Catherine die Hände ab. »Was hast du denn

erwartet?« fragte sie. »Du weißt doch, wie sie ist. Als sie den Brief von Heloïse bekam, schrie und weinte sie und lief nach St. Gervaise, ohne sich den Kopf zu bedecken. Sie hat dort zwei Nächte mit Beten und Weinen verbracht, und keiner von uns konnte sie zum Aufhören bewegen. Schließlich fand einer der Kanoniker sie bewußtlos vor einer Statue der Heiligen Jungfrau und ließ sie nach Hause tragen.«

»Es tut mir leid, Agnes. Ich wußte nicht, daß sich ihr Zustand so sehr verschlechtert hat. Wenn sie es mich doch nur erklären lassen würde.« Catherine beobachtete, wie Madeleine nervös in ihrem Essen herumstocherte.

»Nein, such dir ein anderes Kloster und leg das Gelübde ab. Nichts anderes hilft. Jetzt, wo unser Bruder einen Sohn hat, schien es mir, als ginge es ihr ein bißchen besser, aber diese Sache hat sie wieder aufgewühlt.« Agnes führte sie zur Haupttafel. »Setz dich hier ans Ende«, flüsterte sie, »in den Schatten, wo du keine Aufmerksamkeit erregst. Wir können uns meine Schüssel teilen.«

Sie reichte Catherine ein Stück Brot zum Eintunken in die Suppe und verbrachte den Rest der Mahlzeit damit, mit Ritter Jehan zu flirten, der direkt unter ihr saß, während sie gleichzeitig mit Onkel Roger plauderte.

Catherine sah ihr erstaunt zu, wobei sie für einen Moment sogar den Zorn ihrer Mutter vergaß. Was war aus der kleinen Schwester geworden, die sie zurückgelassen hatte? Wo hatte Agnes die Kunst erlernt, mit einem Mann zu reden und den Blick eines zweiten auf sich zu ziehen? Roger bekräftigte seine Worte, indem er auf den Tisch schlug. Erschreckt ließ Catherine den Löffel fallen. Agnes machte eine leichte Handbewegung.

Ritter Jehan war sofort zur Stelle, hob den Löffel auf und rieb ihn sorgsam an seinem Ärmel, bevor er ihn Catherine mit einer Verbeugung und einem Kompliment überreichte. Sie bedankte sich stotternd und beugte sich mit rotem Kopf über die Schüssel. Neben ihr sagte Agnes etwas, und Roger lachte.

Ich gehöre nicht hierher, dachte Catherine. *Ich weiß nicht mehr, wie ich mit Männern reden muß.*

Ohne Zweifel wirst du dich bald daran erinnern, höhnten die Klostergeister, *sieh dich an, wie du rotes Fleisch ißt! Gepfeffertes rotes Fleisch! Und wieviel Wasser hast du unter deinen Wein gemischt? Wie viele andere Gelübde beabsichtigst du zu brechen, bevor du fertig bist?*

Es bedeutet die Sünde der Verschwendung, nicht zu essen, was auf den Tisch kommt. Man darf nichts umkommen lassen, improvisierte Catherine. *Ich hege nicht die Absicht, mich durch die Verlockungen des Fleisches von meiner Pflicht ablenken zu lassen.*

Das werden wir sehen, Kind. Das werden wir sehen.

Sie hielt den Kopf tief über die Tafel gebeugt; ihre Lippen bewegten sich, während sie sich um stichhaltigere Argumente bemühte. Roger lehnte sich zurück, griff hinter Agnes entlang nach ihrem Schleier und hob ihn seitlich an.

»Es freut mich, dich so fromm zu sehen, Catte, aber meinst du nicht, es beleidigt deine Mutter, wenn du beim Essen die ganze Zeit betest?«

»Ich habe nicht gebetet. Ich habe über einige Ratschläge nachgedacht.«

»Meine liebste Nichte.« Er lächelte, und sie erwiderte sein Lächeln, vergaß die nörgelnden Stimmen. Seine Augen waren von demselben Braun wie sein Haar, doch mit goldenen Fünkchen, welche im Licht der Fackeln verwirrend funkelten. Er hatte sich ebenfalls nach der Reise gewaschen und roch jetzt nach Sandelholz. Sie blinzelte. Was sagte er?

»Wir wollen morgen eine kleine Übung beim Pré aux Clercs abhalten. Möchtest du mit Agnes kommen und zuschauen?«

»Übung? Meinst du einen Tjost?«

»Eine amüsante Angelegenheit!« flüsterte Agnes. »Wir sagen Mutter, daß wir den Vespergottesdienst in St.-Germain-des-Près besuchen wollen. Dann gehen wir hin, zünden eine Kerze an und schauen uns anschließend die Turnierspiele von den Festungsmauern aus an.«

»Aber«, begann Catherine, »es ziemt sich nicht für Damen ...«

»Unsinn«, unterbrach Agnes, »in Paris schon. Sogar Königin Eleonore und ihre Damen sitzen draußen auf der Römischen Mauer vor dem Palast und schauen zu. Die Dinge haben sich verändert, seit du fortgegangen bist. Die Königin hat viele neue Sitten und Gebräuche aus Aquitanien mitgebracht. Du solltest mitkommen und es dir ansehen.«

»Agnes!« Huberts Stimme klang scharf. »Was habt ihr drei da zu flüstern?«

»Ich habe Onkel Roger bloß gefragt, ob er uns morgen nachmittag zur Abteikirche in Saint-Germain-des-Près begleitet.« Sie lächelte etwas zu unschuldig.

»Und warum könnt ihr nicht die Messe in unserer eigenen Kirche besuchen?« Hubert erwartete keine Antwort. Er wußte wohl, wohin sie tatsächlich wollten. Er zuckte mit den Achseln. Roger würde dafür sorgen, daß ihnen nichts zustieße. Und dabei fiel ihm etwas ein.

»Roger, ich möchte, daß du mit einigen deiner Mannen übermorgen mit mir nach St. Denis kommst. Ich habe die neueste Ladung Spezereien und den Wein für die Festtafel des Abts zu liefern. Ich benötige ein paar kräftige Begleiter.«

»Natürlich, Hubert«, erwiderte Roger. »Wir wollten ohnehin zum Jahrmarkt.«

»Ach, Vater, dürfen wir auch dahin?« Agnes schenkte ihm ihren bezauberndsten Blick. »Ich würde so gerne einmal das neue rotbraune *bliaut* mit dem Gänseblümchenmuster tragen. Die Feierlichkeiten zum Fest des heiligen Dionysius wären genau die richtige Gelegenheit.«

Hubert verkniff sich die Frage, was Gänseblümchen mit einem enthaupteten griechischen Theologen zu tun hätten.

»Das ist überhaupt kein geeigneter Ort, Agnes«, sagte er statt dessen. »Das Wetter ist schrecklich, und überall werden Menschenmassen unterwegs sein.«

»Aber Catherine ist seit Jahren nicht mehr auf dem Jahrmarkt gewesen!« warf Agnes ein.

»Catherine hat auf dem Jahrmarkt nichts zu suchen«, antwortete Hubert. »Meinst du nicht auch, Madeleine?«

Madeleine trank einen kleinen Schluck Wein. Der Kelch war fast leer.

»Catherine?« fragte sie. »Ich kenne niemanden dieses Namens. Ich hatte einst ein Kind namens Catherine, doch es ist gestorben.«

»Mutter!«

Catherine stand auf, warf dabei ihren Schemel um. Madeleine ignorierte sie und winkte nach mehr Wein. Roger hielt Catherine zurück.

»Vater, wovon redet sie?« rief Catherine, während sie versuchte, sich aus Rogers Griff loszureißen.

Hubert nahm seiner Frau den Becher ab. »Madeleine, du darfst sie nicht so behandeln. Sie hat gefehlt, doch unser Kind ist sie immer noch.«

»Ich habe sie Gott geschenkt, Hubert«, sagte seine Frau. »Wenn Gott sie nicht will, dann will ich sie auch nicht.«

»Oh, Jungfrau Maria, was soll ich nur tun?« flüsterte Catherine, als Roger und Agnes sie aus dem Saal geleiteten.

»Du kommst mit uns«, sagte Agnes mit Nachdruck. »Morgen zum Turnier und dann nach St. Denis. Alles, was du tun kannst, ist, ihr möglichst aus dem Weg zu gehen, bis du wieder in einem Kloster bist. Vielleicht verhilft dir Abt Suger zum Eintritt in Fontevrault.«

»Aber ich muß es erklären!« sagte Catherine. Und dann fiel ihr ein, daß sie das nicht konnte. Hatte Heloïse geahnt, was sie verlangte?

O ja, flüsterten die Stimmen. *Sie wußte es. Du hast nicht zugehört.*

Ihr Vater verachtete sie; ihre Mutter hatte sie verstoßen. Dennoch tat sie anscheinend, wie ihr geheißen. Ihr hatte sich eine Möglichkeit eröffnet, nach St. Denis und in die Bibliothek zu gelangen. Sie dachte an die heilige Thekla und die heilige Catherine. Es hätte schlimmer kommen können. Schließlich hatte noch niemand vorgeschlagen, man möge sie den Löwen vorwerfen.

Trotz alledem setzte Catherine das Verhalten ihrer Mutter derart zu, daß sie eine unruhige Nacht verbrachte und sich so hin- und herwälzte, daß Agnes ihr drohte, daß sie auf dem Fußboden schlafen müsse.

Am nächsten Tag trug sie ein schlichtgraues, schmuckloses *bliaut*, doch Madeleine weigerte sich nach wie vor, Catherines Anwesenheit zur Kenntnis zu nehmen. Die Morgenandacht war schnell vorüber, und Catherine und Agnes gingen zum Tor, während Roger und seine Mannen die Pferde holten.

»Eigentlich möchte ich gar nicht dabei zusehen, wie Männer spielen, daß sie sich gegenseitig töten«, erzählte

59

Catherine der Schwester. »Davon hatte ich genug auf der Reise hierher.«

»Dann sieh dir den Fluß an oder bleibe in der Kirche«, antwortete Agnes. »Ich finde das aufregend. Wärest du auf einer Burg und von Sarazenen umzingelt, würdest du dir dann keine tapferen Ritter wünschen, die dich retten? Ach nein, ich vergaß. Du würdest wohl auf ein Wunder warten oder sie mit Aristoteles totquatschen.«

Am besten war die Ile de la Cité zu Pferde zu überqueren. Catherine vergaß ihre Kümmernisse von dieser hohen Warte aus, so angenehm hoch über dem Straßendreck. Der Grand Pont glitzerte von den Ständen der Goldschmiede und Geldverleiher, und auf der Ile selbst waren die Straßen verstopft von Menschen aus aller Herren Länder, um deren Aufmerksamkeit die Höker lautstark wetteiferten. Ritter Jehan hielt einen von ihnen an und kaufte Agnes eine *gaufre* mit Fleischfüllung.

»Möchtest du auch eine, Catherine?« erkundigte sich Roger. »Du hast heute morgen nicht gefrühstückt.«

»Nein, danke, aber darf ich den *denier* für Almosen haben?

»Natürlich, mein Liebes.« Er lächelte. »Schließ' mich nur in deine Gebete ein.«

»Aber immer, Onkel.«

Sie überquerten die Petit Pont und waren bald am großen weiten Feld des Pré aux Clercs zwischen der befestigten Abtei von St. Germain und dem Fluß. Dort befanden sich bereits Dutzende von Menschen: Studenten, Jongleure, Akrobaten, Bettler und, natürlich, Ritter. Ein Teil des Feldes war durch Seile für den Turnierkampf abgetrennt. Roger ließ seine Nichten vor dem Tor der Abtei zurück und befahl einem seiner Mannen, bei ihnen zu bleiben. Dann ritt er mit den anderen zum Feld hinunter. Sie hielten am Rand an, um verschiedene Teile der Rüstung auf einem Bock zu hinterlegen, der von mehreren Männern bewacht wurde.

»Was tun sie da?« fragte Catherine.

»Sie hinterlassen Pfänder«, teilte Agnes ihr mit. »Dies ist nur eine Übung, also verlieren sie nicht ihre Pferde und Waffen, wenn sie geschlagen werden, aber jeder Mann setzt zumindest etwas ein. Ach, hoffentlich schneidet Roger gut ab. Er hat dieses Jahr zu oft verloren.«

Catherine sah sie an. »Ich dachte, er wäre einer der Besten.«

Agnes stieß einen Seufzer aus. »Du hast recht, Catherine. Das war er mal. Was Taktik betrifft, gilt das immer noch, aber schließlich ist er jetzt über dreißig. Einige der anderen Männer sind nicht älter als wir. Er ist nicht mehr so schnell wie früher. Und er hat in letzter Zeit zu viel aufs Spiel gesetzt.«

»Woher weißt du das denn?«

»Pst! Da, schau'. Roger, Sigebert und Jehan stehen dem Trupp von Blois gegenüber. Zwei Runden und dann der Turnei. Paß auf!«

Und Catherine sah genau hin. Aber sie konnte keinen Unterschied zwischen ernsthaften Mann-gegen-Mann-Kämpfen und diesem Schaukampf erkennen. Von ihrem Aussichtspunkt wirkten sie wie Figuren aus dem Schattenspiel, Bilder, die über das Feld tanzten. Sie wußte, daß es reale Männer waren, aber sie kamen ihr vor wie Marionetten. Nahmen die Königin und ihre Damen, die vom anderen Flußufer aus zuschauten, sie überhaupt als Menschen wahr? Es gab einen Zusammenstoß von Männern und Pferden, und dann saßen alle Männer ab und schwangen die Waffen gegeneinander.

61

Es dauerte den ganzen Nachmittag. Agnes beobachtete jeden Schlag eingehend, gab Kommentare über die Gewandtheit der verschiedenen Kombattanten ab. Catherine wurde klar, daß ihre Schwester die Turnierkunst so gut studiert hatte wie sie selbst den heiligen Hieronymus.

»Aber warum, Agnes?« wollte sie wissen.

»Ich möchte einen Mann heiraten, der weiß, wie er das behalten kann, was er hat. Mich eingeschlossen. Ach, er hat gewonnen. Rogers Gegner hat gerade kapituliert!«

Catherine trat einen Schritt zurück, um Agnes näher zu betrachten. Sie hatte ihren Schal abgenommen und schwenkte ihn triumphierend. Ihr Wächter stand mit einem Ausdruck vollkommener Bewunderung neben ihr. Doch sie zollte ihm keinerlei Aufmerksamkeit, reichte ihm ihre Handschuhe und den Umhang, bevor sie hinunterlief, um ihren Onkel zu beglückwünschen.

Ach, du liebe Zeit, dachte Catherine. *Agnes, fürchte ich, ist nicht für das Kloster geschaffen. Hoffentlich findet Vater bald einen Ehemann für sie. Es muß schon ein Ritter von großer Tapferkeit sein, wenn er Agnes lange halten will.*

Hinter ihr knackten zwei Studenten Mandeln mit den Zähnen und unterhielten sich dabei.

»Wie ich höre, ziehen sie jetzt die Schlinge um den Hals des alten Abaelard weiter zu«, sagte der eine. »Glaubst du, er hält diesen Winter noch Vorlesungen?«

Catherine verkrampfte sich. Sie wandte den Kopf, um besser zu hören und gab vor, den Horizont zu betrachten.

»Der Meister ist keine Memme. Selbst wenn er jetzt Bernhard von Clairvaux gegen sich hat. Man sagt, der Abt hat Briefe an den Papst geschickt und so weiter.«

»Es ist Wilhelm von St. Thierry, der hinter allem steckt«, sagte der erste. »Und er ist einer von Peters ehemaligen Studenten! Eifersucht, das ist es. Jeder weiß, daß Abaelard der klügste Kopf der Christenheit ist.«

»Ich weiß nicht recht«, sagte der andere. »Einige von seinen Ideen sind ein bißchen daneben. Die ganze Sache mit den Sakramenten, die dann keine Gültigkeit haben, wenn der Priester einen verdorbenen Charakter hat ... das kann nicht richtig sein. Du kannst nun einmal nicht überprüfen, was ein Priester mit kleinen Jungen treibt, wenn du die letzte Ölung von ihm erwartest, oder?« Darauf kam keine Antwort, nur das Geräusch von Mandelschalen, die auf die Stufen fielen, war zu hören, als die jungen Männer aufstanden, um weiterzugehen. Sie gingen an Catherine vorbei, ohne sie anzusehen. Als sie zum Feld hinuntergingen, sah Catherine sie mit beiden Händen gestikulierend weiterdiskutieren. Agnes war noch dort unten, im Gespräch mit Roger und Jehan. Sie schien sich ganz heimisch zu fühlen.

Catherine folgte den Studenten, in dem Bemühen, noch mehr Klatsch aufzuschnappen. Wenn Abaelards Theorien schon auf der Straße diskutiert wurden, war die Angelegenheit ernster, als sie gedacht hatte. Ob es wohl stimmte, was die Studenten da redeten? Hatte Bernhard wegen einer Verdammung der Werke Abaelards dem Papst geschrieben? Falls es bereits soweit gekommen sein sollte, könnte das Psalmenbuch schon genügen, um Abaelard bei einem Laterankonzil den Prozeß zu machen. Und wenn selbst einige der bilderstürmerischen Studenten von Paris Abaelards orthodoxe Gedanken anzweifelten, welche Hoffnung blieb ihm dann, jene, die Autorität besaßen, zu überzeugen?

Bitte, heilige Thekla, betete sie, als sie Agnes folgte, *lass' mich bald nach St. Denis kommen. Was auch immer ich tun muß, verhilf mir zum Erfolg. Ich will Mutter Heloïse nicht enttäuschen. Koste es, was es wolle.*

Viertes Kapitel

Abtei St. Denis, Sonntag, den 8. Oktober 1139

Nobile claret opus, sed opus quod nobile claret
Clarificet mentes, ut eant per lumina vera. Ad verum lumen ...

*Hell ist die edle Tat, doch, da sie edel leuchtet, sollte das Werk die
Sinne erleuchten, auf daß sie wandern mögen, durch die wahren
Lichter zum wahren Licht ...*
ABT ADAM SUGER
Inschrift auf dem Portal des Querschiffes von St. Denis.

Der Regen machte die rissigen Steine der alten römischen Straße glatt und gefährlich. Agnes hatte sich die Kapuze über das Gesicht gezogen und schlief, an den Rücken ihres Vaters gelehnt. Catherine kauerte auf ihrem Pferd und wünschte, auch sie hätte einen Rücken, an den sie sich lehnen könnte. Doch Roger und seine Mannen ritten als Bewacher neben dem Karren, der die Weinfässer und die kleine Truhe mit Spezereien für die Abtei beförderte.

Das bislang herbstliche Wetter war plötzlich in ein beinahe winterliches umgeschlagen. Die Massen, welche jedes Jahr zum Fest des Heiligen und dem damit einhergehenden Jahrmarkt kamen, würden es heute nacht schwer haben, eine Herberge zu finden. Catherines Arme und Beine waren naß bis auf die Knochen und taub vor Kälte, doch ihr

Herz brannte vor Eifer, wenn sie an ihre Aufgabe dachte. In ein paar Stunden würde sie in St. Denis sein. Gott und die heilige Thekla würden ihr dabei helfen, sich Zugang zur Bibliothek zu verschaffen. Sie könnte vor dem ersten Adventssonntag ins Paraklet zurückkehren. Sie versuchte, sich fester in den Umhang zu wickeln. Konnte denn nichts den Regen abhalten?

Am frühen Nachmittag gelangten sie nach St. Denis.

Selbst der unwirtlich graue Tag konnte dem Glanz der neuen Abteikirche keinen Abbruch tun, wie sie phönixgleich aus der alten emporwuchs. Catherine sah an der gewaltigen Westfassade der Kathedrale hoch und spürte ihre eigene Bedeutungslosigkeit. Das Gebäude türmte sich vor ihr auf, berührte nur leicht den Boden, anscheinend bereit, jeden Augenblick gen Himmel aufzusteigen. Die riesigen Fensterhöhlen waren noch leer, warteten darauf, daß die Glaser und Maler ihre Arbeit zu Ende brächten. Doch auch so konnte Catherine die Macht dieses Ortes des Lichts spüren.

»Wenn die Sonne zur Kirche hereinscheint, wird es uns anmuten, als ob wir uns ins Paradies verirrt hätten!« rief sie aus.

»Wenn du nicht aufpaßt, wo du hintrittst, liebe Nichte«, warnte Roger, »verirrst du dich direkt in den Misthaufen.«

Catherine war so in Ehrfurcht versunken, daß sie gar nicht zuhörte, daher nahm Roger sanft ihren Arm und führte sie auf den Weg zurück.

»Es ist wirklich erstaunlich! Sie hatten kaum mit der Arbeit begonnen, als ich das letzte Mal hier war«, sagte sie. »Oh, sieh doch! Garnulf hat die Statuen an der Fassade fertiggestellt. Du erinnerst dich doch an ihn, oder? Er hat für Großvater gearbeitet, an den Kragsteinen für die Burg. Diese hier sind viel besser. Die königlichen Vorfahren Unseres Herrn.«

Sie glitt aus und fiel auf die Knie.

»Vor denen brauchst du nicht niederzuknien, Kind«, sagte Roger. »Sie sind nicht geweiht.«

Ihn fror. Das Metall seiner Halsberge rieb unter dem einen Arm, wo ein Kettenglied zerbrochen war und sich durch den Stoff grub; er verspürte ein starkes Bedürfnis nach einem Becher mit warmem Bier an einem lodernden Feuer. Doch erst hatte er noch verschiedene Pflichten zu erfüllen. Seufzend half er Catherine auf.

»Glaubst du, daß er mich erkennt?« fragte sie.

»Unser Herr? Er kennt jedermann. Haben dir die Nonnen das nicht beigebracht?«

»Nein, du Dummer. Ich meine Garnulf.« Sie grinste. »Entschuldige. Du brennst sicher darauf, hineinzukommen.«

»Ganz und gar nicht«, antwortete er. »Ein eisiger Regen und ein schneidender Wind müssen doch wohl die gerechte Strafe für irgend etwas sein.« Endlich konnte er sie dazu bringen, hineinzugehen. »Bist du sicher, daß du nicht mit Agnes und den Mägden zum Gästehaus der Abtei gehen willst? Du kannst das Atelier besichtigen, wenn du dich umgezogen hast. Vielleicht hast du es vor lauter Entzücken gar nicht bemerkt, aber du bist sehr naß.«

»Ja, das bin ich wohl. Einerlei. Ich spüre es nicht. Wenn ich Garnulf jetzt nicht sehe, habe ich vielleicht keine Gelegenheit mehr dazu, bevor wir abreisen.«

Mit einem unterdrückten Seufzer gab er nach und reichte ihr den Arm.

Sie gingen schweigend durch das halbfertige Gebäude. Teile der alten Merowingerkirche waren noch sichtbar. Sie war zur Zeit König Dagoberts erbaut worden, und die Einweihung, so ging die Legende, war von Christus persönlich überwacht worden, und zwar von einer Wolke herab, auf der er im Kreise von Engeln und fränkischen Heiligen stand. Angesichts eines solchen Ursprungs hatte ein Niederreißen des alten Gebäudes nicht zur Debatte gestanden, obwohl es beklagenswert unzureichend geworden war, so daß Suger die neue Kirche entworfen hatte, um die alte zu schmücken. Es war sein Lebenswerk, und nun, nach Jahren des Gebets, der Planung und der Geduld, war sie endlich Wirklichkeit geworden. Eine irdische Widerspiegelung der Gottesstadt.

Catherine erschauerte, als sie durch das Querschiff zur Künstlerwerkstatt gingen. Hier herrschte nicht die schlichte Frömmigkeit und sanfte Menschenliebe des Klosters Paraklet. Es war irgend etwas nahezu Wildes an diesem Ort, ein heftiges Streben. Sie erkannte darin das brennende Verlangen des Menschen, sich dem Himmel entgegenzustrecken, um auch nur ein einziges Mal den Geist Gottes zu berühren. Die Leidenschaft, welche darin zum Ausdruck kam, empfand sie als ebenso erschreckend wie verlockend. Heloïse unterwies ihre Schützlinge darin, starke Emotionen wegen ihrer destruktiven Wirkung auf das Denkvermögen zurückzuweisen. Die Arme! Niemand wußte besser, wie recht sie damit hatte, als Heloïse selbst. Doch Catherine war nie in die Versuchung irdischer Liebe geraten. Was sie am meisten begehrte, spiegelte sich in diesem Werk hier wider. Sie wollte die Wahrheit mit einer vollkommenen Klarheit sehen, welche wie ein Leuchtfeuer den Weg durch die Unvollkommenheiten der Erde bis zur Einheit und Ordnung des göttlichen Plans erhellte.

Ihre Unfähigkeit, diese Klarheit zu finden, hielt sie davon ab, das Gelübde abzulegen. Doch die Erbauer dieser Bögen hatten eine solche Unsicherheit nicht gekannt.

»Wieso haben sie keine Angst, so weit aufzusteigen?« wunderte sie sich.

»Manche haben Angst«, erklärte Roger, der annahm, sie bezöge sich auf ein menschliches Maß. »Ich weiß nicht, wie viele beim Bau hinuntergefallen sind. Im übrigen hoffen doch wir alle, im Dienste Gottes zu sterben.«

»Natürlich«, stimmte Catherine zu. Es kam ihr in den Sinn, daß Roger wenig Aussichten darauf hätte, es sei denn, er nähme an einem Kreuzzug teil. Sein Stand brachte nur wenige Heilige hervor. Sie trat näher an ihn heran, als sie die Werkstatt erreichten.

Die Tür öffnete sich, und sie betraten wieder die reale Welt, die von Kerzen hell erleuchtet und vom Lärm der Männer erfüllt war, die alle mit ihrem Handwerk beschäftigt waren. In einer Ecke meißelte ein junger Mann vorsichtig eine Hand aus einem Steinblock heraus. Ein älterer Mann beobachtete ihn angestrengt.

»Der Finger muß länger sein«, erklärte er dem Lehrling.

Der junge Mann sah auf seine eigene Hand. »Aber so sieht eine Hand nicht wirklich aus. Der zweite Finger ist länger, nicht der erste.«

»Es soll ja keine echte Hand werden. Du arbeitest an einem Heiligen, der gen Himmel zeigt. Das kann er wohl schlecht mit seinem Mittelfinger bewerkstelligen, oder?«

»Nein, Meister Garnulf, vermutlich nicht.« Der junge Mann unterdrückte ein Grinsen und machte sich wieder an die Arbeit.

»Garnulf!«

Der alte Mann wandte sich um, und seine von vielen Falten umgebenen Augen weiteten sich vor Freude.

»Catherine! Beim Staub des heiligen Martin! Kleines Fräulein Catherine! Ich dachte, sie hätten dich für immer hinter Mauern eingeschlossen, fern von den Augen der Männer.«

»Noch nicht.« Catherine lächelte, als sie ihn auf die Wange küßte. »Friede sei mit Euch!«

»Und mit dir, mein Kind. Ich bin von Herzen froh, dich noch einmal zu sehen, bevor du den weltlichen Dingen entsagst.«

»Und ich freue mich, daß ich Eure wunderbaren Könige und Königinnen an der Fassade sehen konnte, Garnulf. Sie sind einfach herrlich!«

»Mir fällt eine Last vom Herzen, daß sie nun vollendet sind.« Garnulf winkte dem Lehrling. »Ich habe Edgar genommen, um einem Freund einen Gefallen zu erweisen. Aber er macht sich so gut, daß ich erwäge, ihn einen der Frankenkönige hauen zu lassen. Was hältst du davon?«

Der Lehrling legte seine Werkzeuge nieder und verbeugte sich vor ihr. Gesicht, Hände und Haar waren mit Staub bedeckt, doch Catherine nahm eine dauerhaftere Blässe wahr, die von seinem weißblonden Haar und ebensolchen Wimpern noch unterstrichen wurde. Edgar sah auf. Seine Augen waren dunkelgrau wie regennasser Stein. Catherine trat zurück, ein wenig eingeschüchtert.

»Es ist eine schöne Arbeit«, sagte sie. Aber ich würde so etwas von allen erwarten, die Ihr ausbildet.«

»Danke, verehrtes Fräulein«, sagten beide Männer. Der Lehrling hatte einen Akzent, den Catherine nicht lokalisieren konnte.

»Ich weiß nicht, wo Eure Arbeit aufhört und Edgars beginnt«, fügte sie hinzu.

»Als Steinmetz ist er gar nicht so übel«, räumte der alte Mann ein, »wenn man bedenkt, daß es ihm nicht im Blut liegt.«

Der Lehrling hüstelte warnend. Garnulf stotterte: »Das heißt, er war nicht, ich meine, sein Vater ...«

»Seid Ihr zum morgigen Fest des Heiligen gekommen?« fragte Edgar rasch.

»Nicht nur«, antwortete Catherine, verwundert über das Unbehagen des alten Mannes. »Ich würde gern die Bibliothek der Abtei benutzen, falls der Abt es mir gestattet. Und natürlich wollte ich auch Garnulf wiedersehen. Ich werde nie vergessen, wie oft ich mich zwischen den Steinen verstecken durfte, als Ihr für Großvater gearbeitet habt und ich eigentlich an meiner Stickerei sitzen sollte. Ich trage immer noch das kleine Kreuz aus Lindenholz, welches Ihr für mich geschnitzt habt.«

Garnulf lächelte, dann wurde er sachlich. »Möge es dich immer beschützen, Kind. Trotzdem bin ich überrascht, daß dein Vater dich hierherkommen ließ. Zumindest zu diesem Zeitpunkt, sollte ich sagen. Bei den Massen, die zum Fest des Heiligen kommen und um den Eremiten zu besuchen ...«

»Was für einen Eremiten?« fragte Catherine.

Der Lehrling wandte sich wieder seiner Arbeit zu. Garnulf beschrieb mit dem Meißel einen Schnörkel in dem Staub, der den Tisch überzog.

»Ach, wieder mal einer von diesen Männern, die aus dem Nirgendwo kommen, sich eine Klause bauen und die Leute glauben machen, daß sie eine Art Heilige auf Erden sind. Er ist irgendwo draußen im Wald; ich selbst habe ihn nicht gesehen.«

»Die Wälder sind voller Einsiedler«, sagte Catherine. »Warum kommen die Leute gerade zu diesem einen? Was predigt er?«

»Das weiß ich nicht«, antwortete Garnulf. »Doch dieses

Jahr ist der Andrang besonders groß. Dein Vater hätte wissen müssen, daß dies kein Ort für ein unschuldiges Kind wie dich ist.«

»Lieber Garnulf!« Catherine umarmte ihn. »Ihr macht Euch zu viele Sorgen. Dies ist St. Denis. Wo wäre ich besser aufgehoben als an diesem Ort? Als ich durch die Kirche wanderte — auch wenn sie erst teilweise fertiggestellt ist —, fühlte ich mich wie unter lauter Engeln.«

Garnulf ließ den Meißel fallen. Er bückte sich danach und klagte über einen Schmerz im Rücken. »Das sind keine Engel, die ich hier spüre«, sagte er. »Ich fürchte, die Heiligen tun nicht immer ihre Pflicht. Selbst ins Kloster kann das Böse eindringen. Es ist genauso wie mit dem Stein. Ich habe es mit vielen Blöcken zu tun, die vollkommen zu sein scheinen. Doch wenn ich anfange, sie zu behauen, genügt ein kleiner Splitter, und sie zerbrechen und zeigen die innen verlaufenden großen Fehler, die mitten ins Herz gehen.«

Sowohl Catherine als auch der Lehrling starrten den Alten an. Er bemerkte ihre Verwirrung, zuckte mit den Achseln und entspannte sich.

»Einerlei«, sagte er. »Edgar, Fräulein Catherine ist sicherlich müde. Ihr Onkel wurde offenbar aufgehalten. Bringst du sie zum Gästehaus?«

»Was? O ja, gewiß.« Edgar wischte sich hastig Hände und Gesicht mit einem Lappen ab, der den Staub nur verschmierte.

»Ihr braucht mich nicht zu begleiten«, sagte Catherine. »Es ist nicht weit, und ich kenne den Weg.«

Garnulf schüttelte den Kopf. »Es ist dunkel geworden. Du darfst nicht allein draußen sein.«

»Außerdem wurde überall frisch zementiert«, fügte Edgar

hinzu, »die Stellen sind zwar abgedeckt, aber Ihr könntet trotzdem leicht hineintreten, wenn Ihr nicht wißt, wo sie sind.«

Er führte sie hinaus.

Schweigend gingen sie durch die schattige Abtei. Die unüberdachten Säulen mit den leeren Fensteröffnungen türmten sich jetzt bedrohlich vor Catherine auf, wie blinde Riesen, die darauf warteten, nach ihnen zu schnappen.

»Edgar«, fragte sie, um dieses Gefühl zu verdrängen, »was hat Garnulf damit gemeint, daß es Euch nicht im Blut liegt?«

»Mein Vater war kein Bildhauer, das ist alles«, sagte er. »Ich wollte es lernen, und ein Freund in Paris schickte mich hierher. Garnulf erklärte sich bereit, mich eine Weile bei sich zu behalten.«

»Er kommt mir schwächer vor als das letzte Mal, daß ich ihn sah«, sagte Catherine. »Ist er wohlauf?«

»Ja, natürlich«, antwortete Edgar etwas zu rasch. »Er wird nur alt, weiter nichts. Vorsicht!«

Er zog Catherine zur Seite.

»Das ist einer von den neuen Fußbodensteinen«, erklärte er. »Sie haben den Mörtel heute gegossen und glattgerührt, und morgen versammeln sich alle Bischöfe und Herren darum und ›verstärken‹ ihn.«

»Was?«

»Es nahm vor einiger Zeit seinen Anfang, als der Eckstein gelegt wurde. Abt Suger zog seinen Ring ab und warf ihn in den Mörtel. Um mitzuhalten, folgten alle anderen seinem Beispiel. Jetzt ist es fast ein Brauch geworden.«

Catherine dachte darüber nach. »Sehr richtig«, meinte sie. »Es zeigt, daß alle irdische Eitelkeit nichts ist. Was wir auf Erden anhäufen, wird verschwinden, ebenso wie die Juwelen im Zement.«

»Ihr klingt wie die Zisterzienser«, war Edgars Kommentar dazu. »Ich bin mir nicht sicher, ob sich das mit Sugers Philosophie deckt, doch diese Interpretation ist so gut wie jede andere.«

»In diesem Wetter dauert es mit Sicherheit lange, bis alles fest geworden ist«, sagte sie.

»Mehrere Wochen, nehme ich an.« Er versuchte, ihre Miene zu sehen, doch es war zu dunkel.

Sie waren am Gästehaus angelangt.

»Habt Dank für Euer Geleit«, sagte Catherine.

Edgar verbeugte sich. Es lag etwas beinahe Spöttisches in der Geste, doch Catherine konnte sich keinen Grund dafür denken. »Immer erfreut, einer Dame zu Diensten zu sein.« Mit diesen Worten verließ er sie.

Erst nachdem sich die Tür hinter ihr geschlossen hatte, kam es Catherine in den Sinn, daß Edgar für einen Steinmetzlehrling über einen äußerst gewählten Wortschatz verfügte.

Die Wärterin hatte sich ihrer Schwester Agnes und der Mägde angenommen, und sie alle saßen gemütlich in dem engen Alkoven für die Frauen, nippten heißen Cidre und aßen Kuchen dazu.

»Wo bist du gewesen, Catherine?« Agnes fuhr zurück. »Puh, du bist ganz durchnäßt. Bitte nimm den widerlichen Umhang ab. Du weißt, wie nasse Wolle riecht.«

Eine der Mägde sprang auf, um den dampfenden Mantel vor das Feuer in der Diele zu hängen. Catherine nahm einen Becher entgegen und umschloß ihn dankbar mit ihren kalten Händen.

»Ich habe Garnulf besucht«, sagte sie.

»Der alte Mann hat dich immer vergöttert. Wo ist Onkel Roger hingegangen?«

Catherine rückte näher an das kleine Kohlenbecken in der Mitte des Alkovens. »Geschäfte für Vater erledigen, vermute ich. Wir wollen uns alle zum Vespergottesdienst in der Abtei treffen. Abt Suger hat uns freundlicherweise danach zum Abendessen eingeladen. Wir dürften wohl einen Teil von Vaters letzter Spezereiladung zu kosten bekommen.«

»Hoffentlich verwenden sie Zimt«, sagte Agnes. »Davon behalten wir nie genug für uns selbst.«

Catherines Umhang war noch nicht trocken, als es wieder Zeit war zu gehen. Die Wärterin entschuldigte sich.

»Wenn Ihr nur einen Moment wartet, kann ich Euch meinen eigenen leihen«, schlug sie vor. »Er ist in meiner Kammer.«

»Sie gehen schon hinein. Wir kommen zu spät«, warnte Agnes. »Und bei so vielen Leuten, die zum Fest des Heiligen kommen, wird es schwierig genug sein, einen Platz zu finden, von wo aus wir um die Altarwand herumschauen können.«

»Geht ruhig schon vor«, sagte Catherine. »Es ist nicht weit. Ich kann auf die Wärterin warten und zu euch stoßen, bevor sie anfangen. Und wenn ich mich verspäte, ist es leichter für eine einzelne, unbemerkt hineinzuschlüpfen als für uns alle.«

»Also gut«, sagte Agnes. »Wir halten dir einen Platz frei, aber beeile dich.«

Catherine konnte sie lachen hören, als sie sich auf den Weg zur Abteikirche machten. Der silbrige Regen des Tages hatte sich bei Anbruch der Nacht in einen sanften Nebel verflüchtigt, der den Fackeln zu beiden Seiten der Tür eine Art Heiligenschein verlieh. Die Wärterin brauchte länger als beabsichtigt, und der Gesang hatte bereits eingesetzt, als Catherine, in den geliehenen Mantel gehüllt, über den leeren Hof eilte.

Das neue Querschiff überragte sie mit seinem spitzen, unvollständigen Turm. Sie mußte einfach stehenbleiben, um ihn noch einmal zu betrachten. In der Schwärze schien er bis ins Unendliche zu wachsen. Sie fragte sich, ob Engel erscheinen würden, um die Einweihung im nächsten Frühjahr zu segnen.

Ich werde sie verpassen, dachte sie. *Ich bin dann schon wieder im Paraklet.*

Bist dir immer so sicher, Kind, flüsterten die Stimmen in ihrem Hinterkopf. *Wer bist du denn, daß du zu wissen glaubst, was das Schicksal für dich bereithält?*

Catherine nahm sich den Vorwurf zu Herzen. *Ich hoffe lediglich, daß ich bis dahin zurück bin. Dennoch wäre es schön, die Engel zu hören.*

In diesem Augenblick riß ein höchst unfrommer Laut von oben sie aus ihren Gedanken: ein Schrei reinen Entsetzens, geradezu unmenschlich.

»Heilige Genoveva, rette mich!« rief Catherine, als eine große schwarze Gestalt vom Turm des Querschiffes heruntergesaust kam. Es war ein großer flatternder Bote der Hölle, ohne Gesicht und böse, der mit ausgebreiteten Schwingen auf sie herabstürzte. Sein Schrei wurde schriller, als er direkt auf Catherine zuschoß, die wie erstarrt dastand.

»*Awaeris thu!*« Etwas traf sie von der Seite, schleuderte sie zu Boden, als der Dämon direkt an der Stelle landete, an der sie gestanden hatte.

»Lieber Gott, was ist das?« rief sie, als sie sich von der Gestalt wegbewegen wollte, etwas Schweres sie jedoch am Boden festhielt.

Dann ertönten Stiefelschritte und viele Schreie, und Fackelschein leuchtete ihr ins Gesicht und auf das Ding, das sie angegriffen hatte. Es war Garnulf.

Fünftes Kapitel

Im Hof der Abtei, einen Augenblick später

Der Tod macht nicht die Verdienste vergessen, im Gegenteil, er bringt vergessene Missetaten zurück. Der Tod sammelt alle vergangenen Taten, er entdeckt verborgene ... und er bringt die Seelen nicht dorthin, wo sie sein möchten, sondern dahin, wo sie zu sein verdienen.

Peter von Celle
Über die Schule des Klosters

Sein Gesicht war noch vor Schreck verzerrt, die Augen stierten in die ewige Dunkelheit. Der vordere Teil des Schädels war zertrümmert, Blut und Hirn vermengten sich mit dem Nieselregen und tropften auf die Steine. Sein Umhang, der bei seinem Sturz so furchtbar geflattert hatte, lag ausgebreitet, wie Rabenflügel, unter seinem zerschmetterten Körper. Ein Teil davon bedeckte Catherines ausgestreckten Arm. Sie schob ihn weg und spürte, wie Pergament an ihren Fingern knisterte.

»Catherine!« rief Roger, und wieder versuchte sie, sich zu erheben. Dabei erwischte sie das Stück Pergament, und ohne darüber nachzudenken stopfte sie es in ihren Ärmel.

»Hebe dich weg von ihr, du Lümmel!« rief Roger, während er sich durch die neugierigen Mönche und Pilger drängte.

»Garnulf!« Catherine streckte den Arm aus, um seine eisige Hand zu berühren.

»Ich habe gesagt, du sollst dich packen!«

Das Gewicht wurde endlich von ihr genommen, und Roger half ihr auf die Füße. Neben ihr stand Edgar, der Lehrling.

»Was hattest du da oben zu suchen, alter Mann?« schrie er völlig aufgelöst. »Das war meine Aufgabe! Warum hast du mich nicht gerufen? Verdammt noch mal!«

Er beugte sich über den Körper und stöhnte: »Ich Idiot! Du hast es mir gesagt. Ich hätte dir glauben sollen. Mit so etwas hätte ich nie gerechnet. Es tut mir leid, Garnulf. Ich könnte mich verfluchen!«

»Ich dich auch, und zwar mit Vergnügen«, sagte Roger. »Zum letzten Mal, laß von meiner Nichte ab!«

Catherine nahm kaum Notiz von den beiden. Die Szene wirkte auf sie mit einer schrecklichen Klarheit von Linien und Farben, am stärksten trat daraus das scharfe Muster in Garnulfs eingedrücktem Schädel hervor. Roger beugte sich über ihn und schloß ihm die leeren Augen.

»Armer alter Teufel«, murmelte er.

Die Menge teilte sich, als Abt Suger eintraf, gefolgt von Hubert und dem Prior Herveus. Roger stand rasch auf, damit sie die Leiche untersuchen konnten.

Der Abt war ein kleinwüchsiger Mann von sechzig Jahren, stark und entschlossen. Der Prior versuchte ihn davon abzuhalten, sich in die Lache neben Garnulf zu knien. Suger winkte ihn fort. Er schlug das Kreuz über dem Haupt des Toten und stimmte leise ein Gebet an. Die Zuschauer verstummten und senkten die Köpfe.

»*Vade in pacem*«, murmelte er, dann bekreuzigten sich alle.

Suger stand wieder auf. Er bedeutete zwei Mönchen, Garnulfs Leiche zu entfernen und wandte sich dann an Hubert.

»Schrecklich«, sagte er. »Ein furchtbarer Unfall.« Er hielt inne. »Ist das nicht eine deiner Töchter?« fragte er, während er in die Richtung nickte, wo Catherine und Edgar immer noch wie angewurzelt neben dem Leichnam standen.

»Habe ich dir nicht gesagt, du sollst sie in Ruhe lassen?« Roger zog Catherine von Edgar fort, der sie mit ausdrucksloser Miene anstarrte. »Du Tölpel! Es tut mir leid, Hubert«, fügte er hinzu. »Ich hätte bei ihr bleiben sollen. Ich werde sie sicher in das Frauenquartier zurückgeleiten.«

Er nahm ihren Arm.

»NEIN!« Catherine riß sich von ihm los und rannte dem Vater in die Arme.

»Ich dachte, es sei ein Dämon, Vater, der mir die Seele herausreißen wollte«, schluchzte sie. »Er hat so geschrien; hast du den Schrei gehört? Er ging mir durch Mark und Bein, ich war wie erstarrt.«

Hubert zog sie fest an sich, hielt sie, wie er es nicht mehr getan hatte, seit sie klein gewesen war.

»Es ist alles gut, *ma douce*. Jetzt ist es vorbei. Es war nur ein Mensch, ein armer, unglückseliger Mann. Es gibt hier keine Dämonen. Geh' mit deinem Onkel. Er wird sich um dich kümmern.«

Roger berührte ihren Ellbogen, etwas sanfter dieses Mal, und führte sie dorthin zurück, wo die Wärterin sie an der Tür erwartete. Catherine hörte, wie hinter ihnen der Vespergesang wieder einsetzte. Nicht einmal der Tod durfte die Gottesdienstfeier aufhalten. Gerade der Tod nicht. Catherine fing an zu zittern. Die Wärterin führte sie hinein und ließ sie auf einer mit Kissen gepolsterten Bank Platz nehmen.

»So! Heißen Wein, mit Pfeffer, Nelken und Waldmeister gewürzt, den könnt Ihr jetzt gebrauchen. Bleibt ein Weilchen hier im Vorzimmer sitzen, dann bring' ich Euch welchen.« Eifrig huschte sie davon.

Roger setzte sich neben sie und lächelte schief.

»Dein Gesicht ist so blaß, Catherine, daß du aussiehst wie eine von den Statuen, bevor sie bemalt ist.«

Catherine schniefte. »Garnulf hat gesagt, er wolle mich zum Modell für die heilige Radegunde nehmen.«

»O verdammt, ich wollte dich nicht daran erinnern.« Er stand auf. »Ich muß gehen. Hubert braucht mich und meine Mannen in der ganzen Verwirrung, die da draußen herrscht. Du kommst zurecht, oder?«

»Natürlich.« Im Augenblick wollte sie Roger nicht um sich haben, obwohl er sehr freundlich war. Er hatte Garnulf nicht so gekannt wie sie. Er hatte ihn nicht fallen sehen.

Einige Minuten lang saß sie allein in dem Vorzimmer. Es herrschte eine unnatürliche Stille. Alle waren zur Kirche zurückgekehrt, sprachen die Gebete mit erneuter Inbrunst. Mitten im Leben sind wir vom Tod umgeben, und es gibt kein Entrinnen. Niemand sollte sein Heil dem Zufall überlassen. Catherine war dankbar für die Stille, als sie zu beten versuchte. Nicht einmal der Regen verursachte ein Geräusch.

Allmählich entspannte sich ihr Körper. Sie lehnte sich gegen den muffigen Wandbehang. Auch ihr Geist kam zur Ruhe, und sie bemühte sich, leidenschaftslos zu betrachten, zu verstehen, was soeben geschehen war. Sie spürte, daß irgend etwas nicht stimmte.

Natürlich nicht, du Einfaltspinsel, spöttelten die Stimmen. *Du hast soeben einen Menschen sterben sehen.*

Ich bin vorher schon dem Tod begegnet, erinnerte Cathe-

84

rine sie, *wenn auch nicht in so heftiger Form. Ich erinnere mich, wie sie meinen Bruder, den kleinen Roger, nach Hause brachten, als er vom Wagen gefallen und unter die Räder geraten war. Das war der Tod in seiner gräßlichsten Art. Nein. Es ist nicht der Tod selbst, sondern etwas daran, wie es zu diesem Tod gekommen ist.*

Sie preßte die Hände gegen die Schläfen, doch das Problem ließ sich nicht herauszwingen. Es war, als ob ihr Verstand sich weigerte, ihr etwas mitzuteilen, was sie eigentlich wissen mußte. Sie versuchte, einen klaren Gedanken zu fassen, das Schreckliche an diesem Ereignis zu verdrängen und sich auf die Sache zu konzentrieren, die irgendwie nicht hineinpaßte. Es hatte keinen Zweck. Wo blieb die Frau denn bloß mit dem Wein?

Draußen erklang ein Laut, ein Klagen, das leise anfing, aber immer weiter anschwoll. Catherine sah sich nach der Wärterin oder dem Pförtner um. Niemand war in der Nähe. Sie blieb an ihrem Platz, doch der Lärm zehrte an ihren ohnehin angegriffenen Nerven. Schließlich stand sie auf und öffnete die Tür.

Dort sah sie Edgar im Regen hocken, tropfend wie die Wasserspeier auf dem Dach. Er hielt den Blick auf die Stelle geheftet, wohin Garnulf gestürzt war, und er wiederholte immer wieder dasselbe.

»Ich hätte an seiner Stelle sein sollen. Es war meine Aufgabe. Was hat er da oben gemacht? Er hatte dort nichts zu suchen. Tut mir leid, alter Mann, tut mir leid. Was soll ich bloß meinem Meister sagen? Ich Tor! Bin nicht vertrauenswürdig. Ach, es tut mir ja so leid.«

Sein Schmerz ließ Catherine aus ihrem eigenen erwachen. Sie ging hinaus und legte ihm die Hände auf die Schultern. »Kommt herein ins Warme«, sagte sie leise.

Er setzte sich neben sie auf die Bank, wo er mit geschlossenen Augen hin und her schaukelte.

»Meine Schuld, meine Schuld. Ich hätte es ahnen müssen. Was soll ich bloß sagen?« wiederholte er.

Er schien nicht zu bemerken, daß jemand bei ihm war.

Endlich kam die Wärterin mit dem Wein. Sie brachte als fadenscheinige Entschuldigung vor, daß sie ihn habe frisch zubereiten müssen, doch Catherine vermutete, daß der Tratsch in der Küche zu verlockend für sie gewesen war. Sie nahm den Becher entgegen und hielt ihn dem jungen Handwerker an die Lippen, ohne der schockierten Miene der Frau Beachtung zu schenken.

»Da«, sagte sie. »Trinkt das. Dann fühlt Ihr Euch besser.«

Ganz unerwartet brach der Mann in Lachen aus, bespritzte sie dabei mit Wein. »Ihr hört Euch genauso an wie meine Stiefmutter«, sagte er. »›Iß dies, trink' jenes. Ein leerer Bauch ist der einzige wirkliche Kummer in dieser Welt.‹«

Endlich sah er sie an und entdeckte dann die Spritzer auf ihren Röcken. »Entschuldigung. Das wollte ich nicht. Laßt mich Euch behilflich sein.«

Er versuchte, den Wein abzuwischen, verschmierte ihn jedoch nur noch mehr.

Catherine rieb an den roten Flecken, die mit zerstoßenen Gewürzen gesprenkelt waren; mit Stückchen von Waldmeister, Zimt, Hirn. Mit Stückchen von ... und dann wußte sie es.

»Garnulf!« schrie sie. »Garnulf!«

Sie beugte sich vor, schnappte nach Luft, um den Schock und den Kummer herauszuzwingen, von denen sie endlich eingeholt worden war. Sie wedelte mit den Armen, versuchte vergeblich, ein wenig Luft in ihre Lungen zu pumpen. Etwas packte sie, zwang sie hoch, schüttelte sie. Voller Panik setzte sie sich zur Wehr.

»Nein! Laßt mich gehen. Laßt das!«

Sie würgte, hustete und begann wieder zu atmen, immer noch um sich schlagend.

»Wertes Fräulein, bitte! Es ist alles gut. Ich bin es, Edgar. Hier nehmt.«

Er hielt ihr den Becher hin. Catherine hielt inne, sah darauf hinab. Der größte Teil des Weins war vergossen, zum Glück, denn die Hand, die den Becher hielt, zitterte. Sie blickte in das Gesicht des Lehrlings. Er weinte.

Und auch sie begann zu weinen. Der Schmerz suchte sich seinen eigenen Weg nach draußen. Sie kniete auf dem Fußboden, sah in Edgar einen Spiegel ihres Kummers. Sie drückte ihre Stirn matt gegen die seine.

»Er war immer so gütig zu mir.«

»Nie ein böses Wort, ganz gleich, was vorgefallen war«, stimmte Edgar zu. »Hat mich nie geschlagen, auch nicht, als ich dem heiligen Eleutherius die Nase abgeschlagen habe.«

»Er hat zugehört, wenn ich meine Geschichten erzählt habe und mich nie ausgelacht. Ich durfte mich zwischen den Steinen verstecken, wenn Mutter böse war.«

»Als ich letzten Sommer krank war, gab er mir sein eigenes Bett.«

»Der gütigste Mann, den man sich denken kann. Sogar den Stein ließ er weich aussehen.«

»Was tat er bloß dort oben zu so später Stunde?«

Catherine ließ ihren Kopf auf Edgars Schulter ruhen. »Was spielt das jetzt noch für eine Rolle?«

Edgar neigte ebenfalls seinen Kopf. Sie streckte die Hand nach ihm aus und strich ihm übers Haar, das noch von Staub und Steinsplittern bedeckt war. Seine Finger berührten ihre Wange und hinterließen dort einen hellen Fleck. Sie knieten schweigend beieinander, vereint in zeitlosem Kummer.

»Catherine!«

Beide Köpfe fuhren hoch. Durch den Tränenschleier sah Catherine einige Menschen, die sie beide schockiert ansahen, allen voran Agnes. Sie zerrte Catherine unsanft auf die Füße.

»Was tust du da?« zischte sie. »Hockst auf dem Boden mit einem gemeinen Handwerker. Was werden die Leute denken?«

»Agnes, was sagst du da? Wir haben für die Seele unseres Freundes gebetet.«

»O ja, natürlich, Liebes.« Agnes' Stimme klang jetzt sanfter. »Das haben wir alle getan. Doch dies ist wohl kaum der passende Ort und die rechte Gesellschaft dazu. Ich verstehe schon. Du bist eine Weile weitab von dieser Welt gewesen; du hast vergessen, wie man sich benehmen sollte. Jetzt komm bitte mit ins Frauenquartier und bring mich nicht länger in Verlegenheit.«

Catherine starrte sie an. Agnes hob stolz das Kinn. Catherine fühlte sich stark versucht, ihrer selbstgefälligen kleinen Schwester ins Gesicht zu schlagen. Welches Recht hatte diese, sie zurechtzuweisen? Sie erhob die Hand. Agnes zuckte zurück.

Catherine hielt inne und sah entsetzt auf ihre Hand, die ganz dicht an Agnes Gesicht erstarrt war. Böse, böse! Eigensinn und Stolz, würde sie sie jemals besiegen können? Sie spürte, wie sich ihre Augen erneut mit Tränen füllten. Agnes legte die Arme um sie.

»Es ist schon gut, Liebes«, sagte sie. »Du hast heute abend Schreckliches erlebt. Komm' mit mir. Was du brauchst, ist Ruhe.«

Roger half Edgar auf die Beine.

»Jemand bringe diesen Mann ins Atelier zurück. Laßt seine eigenen Leute sich um ihn kümmern«, befahl er. »Ihr da, teilt dem Abt mit, daß wir in Kürze zu ihm kommen. Und ihr anderen, habt Ihr sonst nichts zu tun?«

Plötzlich erinnerte sich jeder daran, daß dem so war.

Kopfschüttelnd kam Roger auf Agnes und Catherine zu.

»Arme kleine Catte! Warum läßt du dir nicht von der Wärterin ein stilles Abendbrot in deinem Zimmer servieren. Ich bin sicher, daß der gute Abt dich entschuldigt, nach allem, was du durchgemacht hast.«

»Ich bleibe bei dir«, erbot sich Agnes.

»Nein, du solltest hingehen.« Catherine konnte den Gedanken nicht ertragen, sich jetzt mit Agnes unterhalten zu müssen. »Ich brauche nur Ruhe. Es gibt nichts, was du tun könntest. Außerdem weiß ich doch, wie sehr du dich auf den Zimt gefreut hast.«

Doch nachdem sie fort waren, mußte sie zunächst einmal die Dienste der Wärterin über sich ergehen lassen. Diese zeigte sich jetzt übereifrig, um ihre frühere Säumigkeit wettzumachen. Sie machte viel Aufhebens um Catherines nasse Schuhe und bestand darauf, ihr zum Schlafen in ein sauberes *chainse* zu helfen. Als sie die Suppe hinaufbrachte, setzte sie sich für eine Weile dazu, während Catherine aß und sägte weiter an deren Nerven, indem sie ihr den Klatsch aus der Küche schilderte.

»Ich selbst habe den Mann gar nicht gekannt«, gab sie traurig zu, »aber Guibert, einer von den Laienbrüdern, hat mir erzählt, daß dieser Garnulf einen von den Bauarbeitern beschimpft hat, weil er sich von der Arbeitsstelle entfernt hat, um den Eremiten aufzusuchen. Es ist nicht gut, einen heiligen Mann zu erzürnen.«

»Wer ist dieser Eremit?« fragte Catherine. »Alle reden von ihm, aber niemand verrät etwas.«

Die Alte lächelte. Endlich etwas, was dieses Musterexemplar aus dem Paraklet nicht wußte.

»Er heißt Aleran«, sagte sie, »und er ist ein Heiliger auf Erden. Wenn er ein Holzkreuz segnet, ist der Mann, der es trägt, gegen Unfälle gefeit. Und auch viele arme Frauen suchen seine Hilfe. Er predigt die Herrlichkeit des Himmels so überzeugend, daß man meint, er wäre schon dort gewesen und nur heruntergekommen, um uns leidenden Sterblichen zu helfen. Manche behaupten sogar, er wäre ein Engel.«

»Ein Engel! Was sagt denn Abt Suger dazu?«

Die Wärterin zuckte mit den Achseln. »Er hat nicht gegen ihn gepredigt und kann ihn auch nicht wegschicken. Das Land, auf dem er sich aufhält, gehört nicht zur Abtei, sondern den Erben von Amaury de Montfort.«

»Aha.« Suger und Montfort hatten jahrelang nicht miteinander gesprochen. Genauso würden wohl auch Montforts Erben nicht mit Suger sprechen.

»Alles, was ich dazu sagen kann, ist, daß so etwas doch zeigt, daß man nichts gegen die sagen sollte, die für ihr Seelenheil ihre Arbeit unterbrechen. Ich habe mehr als einmal heute abend gehört, daß ein Blitz Gottes den Mann niedergestreckt hat.«

»Das ist Gotteslästerung!« Catherine setzte sich auf. Die Suppe schwappte auf den Boden. »Er war ein guter Mann. Ihr wißt doch gar nichts über ihn!«

Die Wärterin wischte die verschüttete Suppe auf. »Mag ja sein. Ich sage Euch ja nur, was gemunkelt wird. Ich bin keine Theologin wie Abaelards Hure, Gott sei Dank.«

Catherines Gesichtsausdruck sagte ihr, daß sie zu weit ge-

90

gangen war. Sie nahm die Schüssel und ihre Öllampe und
ging hinaus.

Schreckliche alte Vettel! Wie konnte sie es wagen, solche
Dinge über Garnulf zu sagen! Und diese beleidigende Äu-
ßerung über Heloïse ... gemein, bösartig!

Catherine zwang sich zur Ruhe. Mutter Heloïse wußte
um all die Verleumdungen, wußte, daß sie immer noch im
Umlauf waren. Darum war es auch so wichtig, das Psalmenbuch zu finden. Aber Garnulf, der liebe alte Mann, wurde in
den Schmutz gezogen und war noch nicht einmal drei Stunden tot!

Der Regen wurde heftiger, prasselte gegen das Fenster,
dämpfte die Geräusche, die von draußen kamen. Der Hof
war wieder voller Menschen, die von ihrem Nachtmahl kamen und sich auf die Zeremonien des Festtages vorberei-
teten. Sie platschten über die Stelle, wo Garnulf aufgeschla-
gen war, vielleicht hielten sie kurz an, um nach oben zu
schauen und sich zu bekreuzigen, dankbar, daß sie noch
unter den Lebenden weilten. Doch bis zur Morgendämmerung würden alle Spuren fortgespült sein. Und schließlich — was auch immer die unselige Frau gesagt haben
mochte, war er im Dienste des Herrn gestorben. Gewiß würde der Himmel nur zu gern einem frommen Steinmetz Aufenthalt gewähren.

Catherine wußte dies, als sie für ihn betete. Sie war sich
sicher, daß solch ein guter Mann im Paradies willkommen
war. Sie versuchte sich seine Freude über die Herrlichkei-
ten vorzustellen, die er dort entdecken würde, doch sie
konnte sich nicht einmal sein Gesicht ins Gedächtnis zu-
rückrufen, wie es am Nachmittag ausgesehen hatte. Statt
dessen hatte sie das Bild des armen, zertrümmerten Schädels mit den vor Entsetzen weit aufgerissenen Augen vor

sich. Der Mund schien ihr immer noch verzweifelt etwas zuzurufen. Und in dem Augenblick, als sie den verschütteten Wein gesehen hatte, war ihr klar geworden, was er schrie.

»Nein!« Catherine hielt sich die Ohren zu. Es war nicht wirklich. Es hatte keinen Schrei gegeben. Vielleicht nur das Kratzen von Metall auf Stein oder das Quieken eines Schweines im nahegelegenen Wald. Sie entspannte sich. Heloïse würde sich ihrer schämen, wenn sie wüßte, daß sie sich so bereitwillig ihren Gefühlen hingab. Sie war kein dummes, leichtgläubiges Kind oder eine vulgäre, ignorante alte Frau wie die Wärterin. Sie war im Denken geschult — und das, wie ihr erst kürzlich in Erinnerung gerufen worden war, durch einen von Peter Abaelards wichtigsten Schülern. Sie durfte sich durch die Geräusche im Dunkeln nicht in ihrem logischen Denken erschüttern lassen.

Hätte sie doch nur sein Gesicht nicht gesehen!

Garnulfs armes, verzerrtes, zermalmtes Gesicht, als er auf dem Rücken im Regen lag, den vorderen Teil des Kopfes eingeschlagen. Es bedurfte keiner großen Überlegungen, um zu wissen, daß er nicht ausgeglitten und gestürzt war. Jemand hatte ihn geschlagen, er war ausgewichen und dabei heruntergefallen. Vielleicht war er sogar gestoßen worden. Aber sie hatte den Schrei gehört. Er konnte nicht erst im Fallen geschrien haben, wenn man ihm vorher schon einen Schlag versetzt hatte.

Denk' nach, Mädchen. Erinnere dich. Ja. Sie hatte zuerst den Schrei gehört und dann nach oben gesehen, um ihn fallen zu sehen.

Aber wer? Warum?

Es war sehr spät. Der Abt hatte offensichtlich ihre Familie in seine Gemächer eingeladen. Er fand Gefallen daran, mit allen möglichen Menschen zu plaudern und sie mit Geschichten über ihm bekannte berühmte Persönlichkeiten zu unterhalten oder durch das Zitieren passender Verse von Horaz. Catherine hob ihr *bliaut* auf, um es zusammenzulegen. Dabei flatterte ein Zettel zu Boden. Sie hob ihn auf und strich ihn glatt. Es stand nichts darauf geschrieben, sie sah nur ein paar halbfertige Zeichnungen, Skizzen für die Statuen in der Kirche.

Beim Schein der Lampe war kaum etwas zu erkennen. Es sah nach einem Entwurf für das Tympanon aus, ein Jüngstes Gericht für den Mittelbogen über dem Kirchenportal. Verdammte Seelen wanden sich voller Pein unter der erbarmungslosen Hand des Richters. Doch dies war nicht wie das Tympanon auf dem neuen Westportal. Wofür waren die Zeichnungen gedacht? Warum hatte Garnulf sie bei sich gehabt? Skizzen und Pläne wurden in der Bibliothek aufbewahrt. Es gab keinen Grund, warum er die Zeichnungen bei sich haben sollte, dort oben auf dem Turm, in der Dunkelheit. Es war nicht möglich, daß er gerade daran arbeitete. Das alles ergab keinen Sinn. Nichts ergab Sinn. Catherine dachte angestrengt nach. Schließlich faltete sie das Papier zusammen und steckte es in ihr Kleid zurück. Ihre Füße waren eiskalt. Sie versuchte, sie am Kohlenbecken zu wärmen, aber schließlich gab sie es auf und ging zu Bett. Sie lag wach, bis sie den Lobgesang in der Abtei hörte. Die vertrauten Klänge beruhigten sie ein wenig und ließen sie einschlafen. Doch ihre Träume waren wild und furchterregend; riesige Vögel stießen herab, um ihr die Augen auszupicken, riesige Hände griffen nach ihr, und am schlimmsten waren die Gesichter, die sie sah, Gesichter von Menschen, die sie liebte, verzerrt von bösem Spott. Sogar die Äbtissin Heloïse schien unzufrieden mit ihr. Ein kalter Lufthauch erfaßte sie, und da war jemand, der sie schubste, sie in die Tiefe stieß. Sie erwachte mit einem Schrei.

»Entschuldige, Catherine«, flüsterte Agnes, »ich wollte dich nicht aufwecken.«

»Schon gut«, sagte Catherine. »Ich bin froh, daß du wieder da bist.«

Agnes kuschelte sich in der Dunkelheit an sie. Catherine drehte sich auf die Seite, damit sich ihre Schwester an ihr wärmen konnte. »Du frierst. Du hast draußen in der Kälte gestanden und dich mit Onkel Roger unterhalten, nicht wahr?«

»Nur eine Minute lang. Schlaf' weiter, Catherine, es ist schon fast die Zeit der Frühmette. Hör' mal.«

Von weit unten vom anderen Ende der Straße kam der Laut von Männern, die einstimmig sangen.

»Das sind die Kanoniker von St. Paul, welche die Vigil mit den Mönchen beten wollen, um den heiligen Dionysius an seinem Festtag zu ehren.«

Sie lauschten einen Augenblick gemeinsam, als die Stimmen die Vigil sangen. Agnes legte den Arm um Catherine.

»Es tut mir leid, daß ich in einem so scharfen Ton mit dir gesprochen habe«, flüsterte sie. »Und es tut mir leid wegen Garnulf.«

»Danke. Und ich bitte dich um Verzeihung. Ich hätte auch nicht so erzürnt sein sollen. Gute Nacht, Agnes.«

»Gute Nacht.«

Ja, es war gut, die Dinge ins Lot zu bringen. Das Leben war so unsicher. Was wäre, wenn sie gestorben wäre, während der Zorn auf die Schwester noch ihre Seele belastete? Lieber Garnulf! Was für ein Ungeheuer würde dich unerlöst vor das göttliche Gericht schicken?

Catherine konnte sich in dieser Nacht nicht mit weiteren

Fragen auseinandersetzen. Nur Gebete konnten Garnulf
jetzt helfen, und die hatte sie bereitwillig gesprochen. Sie
begann, das Vaterunser in ihrem Kopf aufzusagen, aber
Agnes' sanftes Atmen lullte sie bald wieder ein. Dieses Mal
träumte sie nichts, an das sie sich später erinnern konnte,
außer daß sie eine rauhe Hand auf ihrer Wange spürte, was
ihr ein äußerst merkwürdiges Trostgefühl vermittelte.

Sechstes Kapitel

In der Abtei, Montag, den 9. Oktober 1139, am Fest des heiligen Dionysius

... und sie wurden mit dem Schwert vor der Statue des Merkur enthauptet ... Und sogleich stand der Leib des Dionysius aufrecht, sein Haupt in den Händen haltend; und geleitet von einem Engel und mit einem hellen Licht, das voranging, lief er zwei Meilen von dem Montmartre (Berg der Märtyrer) genannten Ort bis zu der Stelle, an welcher er jetzt auf eigene Wahl ... ruht.
Die Goldene Legende

Es war kurz nach der Morgendämmerung, und der Kirchhof war bereits voller Pilger, die gekommen waren, den Heiligen zu ehren. Von armen Bauern und Arbeitern, welche die Erzeugnisse ihrer Arbeit dem heiligen Dionysius als Opfer darbrachten, bis hin zu berühmten Prälaten und Aristokraten war alles vertreten. Die Opfergaben letzterer waren, indirekt, auch von armen Bauern und Arbeitern, aber durch einen gewissen Aufwand erheblich veredelt.

Im Hof und entlang der Straße drängten sich Hunderte von Menschen, schubsten sich gegenseitig, um als erste in der alten Kirche zu sein und möglichst nah bei den Reliquien stehen zu können. Leibeigene, niedere Ritter, Handwerker und Kaufleute, Bettler und Studenten, alle im Angesicht Gottes gleich, drängten sich zusammen. Der Adel war schon durch eine andere Tür hineingelangt.

Hubert und Roger kamen früh, um Catherine, Agnes und die Mägde abzuholen.

»Der Andrang wird von Jahr zu Jahr größer«, sagte Hubert. Er sah Catherine an, schüttelte den Kopf über ihr verhärmtes Gesicht und die Ringe unter ihren Augen. »Bist du sicher, daß du heute am Gottesdienst teilnehmen willst? Nach allem, was dir gestern nacht widerfahren ist, solltest du vielleicht hier bleiben und dich ausruhen.«

Catherine schüttelte den Kopf. Sie war müde, aber sie konnte es nicht ertragen, allein mit ihren Gedanken im Zimmer herumzusitzen. Da war das Wissen um einen Mord, das in ihrem Kopf herumspukte und sie höhnisch aufforderte, zu reagieren. Wenn sie den ganzen Tag mit diesen Gedanken zubringen müßte und sich von ihnen weiter foppen ließe, würde sie noch überschnappen, soviel war ihr klar. Sie sehnte sich danach, ihrem Vater alles zu erzählen, aber irgend etwas hielt sie davon ab. Später. Nach der Messe. Jetzt konnte sie die Worte noch nicht aussprechen.

»Es wird mir guttun, die Messe zu hören«, sagte sie. »Ich fühle mich heute viel besser, wirklich, Vater. Sollten wir nicht gehen?«

Hubert hegte noch Bedenken. Doch war er selbst zu abgespannt, um mit ihr zu streiten.

»Sehr wohl«, sagte er. »Wenn du dir sicher bist. Aber anschließend mußt du sofort hierher zurückkehren. Ach ja, ich wollte dir noch sagen, daß der Abt dich heute nachmittag für ein paar Minuten sehen will. Er war überaus bestürzt über die Geschehnisse der letzten Nacht, besonders darüber, daß sie dir einen solchen Schrecken versetzt haben.«

»Ja, Vater«, sagte sie überrascht. Warum wollte Suger sie

sehen? Er war ein vielbeschäftigter Mann, und sie war für ihn nicht von Bedeutung. Sorgte er sich wirklich nur um ihr Wohlergehen, oder hatte auch er bemerkt, daß Garnulf getötet worden war? Vielleicht wollte er sie im Zuge seiner Untersuchungen unter vier Augen über das befragen, was sie gesehen hatte.

Geistesabwesend nahm sie den Arm, den Roger ihr bot. Agnes hielt seinen anderen Arm. Etwas glitzerte an seiner linken Hand. Kichernd griff Agnes danach.

»Was ist das, Onkel?« fragte sie. »Ich erinnere mich nicht, diesen Ring jemals zuvor gesehen zu haben. Ein Rubin und ein Turmalin, in Gold gefaßt. Er ist so zart! Ein Damenring, würde ich sagen.«

Roger versuchte, ihn zu bedecken. Agnes hielt seinen Arm immer noch gepackt.

»Es ist weiter nichts«, sagte er mit Nachdruck. »Nur einer von den Turnierpreisen.«

Agnes lachte. »Und was hattest du an, als du um diesen Preis gekämpft hast, Roger?«

»Agnes!« Hubert funkelte sie zornig an. »Vergiß nicht, wo du bist!«

»Entschuldigung, Vater«, antwortete sie mit niedergeschlagenen Augen. Aber als Hubert auf dem Weg zum Hof voranging, sah sie zu Catherine hinüber und zwinkerte ihr zu.

Die Menschenmassen wogten hin und her, während sie auf den Beginn der Prozession warteten. Die Sonne war nach dem Regen hell und warm, und ein durchdringender Geruch von trocknender Wolle breitete sich aus. Agnes hielt sich ein mit Essig getränktes Tuch vor die Nase, als sie sich der dampfenden Menschenmenge mit all ihren Ausdünstungen zugesellten.

In einer Ecke des Hofes gab es Platz zum Atmen, aber niemand zog sich dorthin zurück. An dieser Stelle befand sich eine kleine Gruppe von Aussätzigen, angeführt von einem der Mönche aus dem Siechenhaus von St. Geneviève. Das Klappern der *flavels*, die sie bei sich trugen, konnte man trotz des Stimmengewirrs der vielen Pilger hören. Catherine und Agnes wandten das Gesicht ab und machten einen möglichst großen Bogen um sie herum.

Sie fanden einen Platz in der Menge, als sich auch schon die Klostertore auftaten und mit den Bischöfen von Senlis und Meaux und dem Erzbischof von Rouen an der Spitze die Mönche jeweils paarweise herauskamen und die Prozession des geistlichen und des Laienadels anführten. Der kleinwüchsige Abt Suger verlor sich inmitten von soviel Pracht und Herrlichkeit. Sie kamen durch das Mittelportal und versammelten sich um den unbedeckten frischen Mörtel, welcher der Eckstein des neuen Schiffes werden sollte.

Suger trat vor.

»Gleich den Mauern von Neu-Jerusalem hat das französische Volk seine heilige Kirche geschmückt. Die Mauern selbst beinhalten, was einst irdische Eitelkeit symbolisierte und nun dazu dient, den Glauben zu festigen.«

Er zog einen seiner Ringe ab und warf ihn in den Mörtel.

»All deine Mauern seien kostbare Steine«, rief er.

Nach kurzem Zögern entfernte auch der Erzbischof seinen Ring und warf ihn hinein.

»All deine Mauern seien kostbare Steine«, wiederholte er.

Da nahmen die übrigen Bischöfe ihre Amtsketten ab und warfen sie ebenfalls hinein, und plötzlich zog jedermann Ringe, Broschen, Haarreifen, beliebige Schmuckstücke ab und und fügte sie dem hinzu, was bereits in den weichen grauen Zement sank.

»Wir werden zum Ruhme Gottes bauen!« riefen sie.

Agnes drängte sich voller Begeisterung nach vorn. »Ich bekomme meinen Lapislazuliring nicht ab«, sagte sie, während sie daran zerrte.

»Ja, weil du ihn seit deinem zehnten Geburtstag trägst«, sagte Roger.

»Aber ich muß auch etwas geben«, antwortete sie. »Ach, Roger, gib mir deinen Ring.«

»Was?« Er leistete Widerstand, als sie daran zog.

»Es ist für dein Seelenheil«, beharrte sie, als sie ihn herunterbekam. »Laß dir von ihr einen neuen schenken!«

Bevor er sie daran hindern konnte, warf sie den Ring über die Köpfe der Bischöfe hinweg. Er landete neben einer schweren Goldkette und wurde mit ihr zusammen hinuntergesogen.

»O Agnes!« sagte Catherine. »Du hättest Roger selbst entscheiden lassen sollen, was er spenden will.«

Agnes wirkte ein wenig beschämt.

»Es war nur ein Liebespfand«, murmelte sie. »Sie kann ihm ohnehin nicht viel bedeutet haben.«

»Aber Agnes ...« hob Catherine an.

Roger unterbrach sie. »Es ist schon gut! Agnes hat ganz recht. Da ist er besser aufgehoben. Meine Seele braucht alle Gebete, die sie bekommen kann.«

Dann wurden sie alle zusammengequetscht, als das gemeine Volk in die Kirche eingelassen wurde. Catherine versuchte, normal zu atmen, fand aber, daß die Atmosphäre religiöser Inbrunst, vermengt mit Knoblauch und Schweiß, zuviel für sie war. Am Eingang verlor sie Rogers Arm. Er und Agnes wurden fortgerissen, während sie zurückgedrängt und zwischen der Menge und der Außenmauer eingekeilt wurde. Roger sah sie und versuchte, sich gegen die Flut der Menschen zu stemmen, um zu ihr zu gelangen.

»Catherine!« brüllte er, als er mit der Masse in die Kirche zurückgeschwemmt wurde. »Komm da weg! Du wirst zertrampelt!«

Catherine nickte und versuchte, sich aus der Herde der Gläubigen herauszuschlängeln.

Dann hörte man plötzlich die Menschen rufen: »Seht! Der König!«

Die Menge drängelte noch ärger.

»Majestät! Ludwig! Schaut her! Königin Eleonore, schaut, was ich habe, schöne Seide! Ich kann ein *bliaut* für Euch arbeiten, ein Cape, eine bestickte Kopfbedeckung. Schaut! Schaut mich an!« Andere drängten sich durch; Bettler, Krüppel. »Berührt meine Hand, Herr. Heilt mich um Christi willen! Habt Erbarmen, Herr, faßt mich an!«

Catherine konnte nichts sehen. Sie richtete ihren Blick auf die rauhen Steine und schnappte nach Luft. Sie hörte die Schreie, als einer der Aussätzigen seinem Wärter entfloh und auf das Roß des Königs zulief. Und das Knallen der Peitsche, als man ihn zurücktrieb.

Überall Schreie, die Angst, Wut, Ekstase, Schmerz ausdrückten. Catherine schloß die Augen.

Die Wange an den kühlen Stein gepreßt, rezitierte sie ihre Gebete, um den Lärm auszublenden. Irgendwo dort drinnen nahm die Messe für den heiligen Dionysius jetzt ihren Anfang.

Die Luft war zum Schneiden. Die braunen, grünen und gelben Umhänge um sie herum flossen ineinander, flatterten und wogten. Die Stimmen wurden immer und immer lauter, bis sie nicht mehr einzeln herauszuhören waren. Wie viele *Vaterunser* hatte sie gebetet? Dort drinnen müßten sie jetzt fast beim *Agnus Dei* angelangt sein. Glockengeläut setzte ein. Catherine schüttelte den Kopf. Es war noch nicht Zeit für die Glocken. Blumen, solch ein lieblicher Duft, die Blüten der Champagne ... Catherine atmete tief ein. Rosen, Marjoran, Enzian, Margeriten ... Sommerblumen.

Auf einer Wolke aus Blütenblättern schwebte sie himmelwärts. Die Sonne schien milde, und in den Ohren hörte sie ein rhythmisches Pochen. Alles war so sanft und ruhig. Doch etwas schob sich vor die Sonne. Catherine kniff die Augen zusammen. Etwas Schwarzes, das immer größer wurde und schnell und immer schneller direkt auf sie zuhielt. Seine Flügel breiteten sich aus, und da war Garnulfs Gesicht, verzweifelt, mit stierem Blick und eingedrückter Stirn. Teile davon lösten sich, formten sich in der Luft zu einem Muster, zu einem Mosaik aus Knochen und Haut. Trotz ihres Entsetzens versuchte Catherine, es zu enträtseln. »Sagt es mir!« schrie sie. Es war zu weit weg. Sie beugte sich über den Rand ihrer Wolke.

Und wurde nach St. Denis zurückgestoßen. Sie krächzte, als sie nach frischer Luft schnappte. Der Kopf schmerzte. Jemand schlug sie.

»Wie könnt Ihr es wagen!« Catherine richtete sich auf und schlug den Angreifer hart unters Kinn.

Er taumelte zurück, bedeckte sein Gesicht mit den Händen. Ihr Blick wurde langsam wieder klar. Sie lag im Obstgarten, der zum Hospiz gehörte. Neben ihr kniete Edgar.

»Was tue ich hier?« verlangte sie zu wissen. »Was habt Ihr getan?«

Er rieb sich immer noch den Kiefer. »Ich habe versucht, Euch aufzuwecken. Ihr wart ohnmächtig. Ich dachte, man würde Euch zerquetschen. So etwas ist schon vorgekommen. Letztes Jahr starben zwei Menschen.«

»Ach ja.« Sie sah sich benommen um. »Warum schmerzt mein Kopf denn so? Habe ich mich gestoßen?«

»Ich glaube nicht. Nach meiner Theorie führt es, wenn die Atemluft zu sehr mit den Ausdünstungen anderer angefüllt ist, zu einem Ungleichgewicht der Körpersäfte, welches das Hirn veranlaßt –«

»– sich mit ungesunder Flüssigkeit zu füllen«, beendete sie den Satz. »In diesem Fall brauche ich einen Aufguß aus Hirse, Fenchel und Mandragora, eventuell mit ein wenig Zitrone, um den Druck etwas zu verringern.«

»Nicht, wenn Ihr so klar denken könnt.« Ein Lächeln breitete sich auf Edgars Gesicht aus. »Garnulf sagte, Ihr hättet viel Verstand. Er hat mir allerdings nicht erzählt, wie stark ihr seid.«

Catherine errötete. »Ich bitte um Verzeihung. Habe ich Euch weh getan?«

»Nein, Ihr habt mich nur gemahnt. An meine Pflicht. Ich hatte gar kein Recht, Euch anzufassen.«

Er schickte sich an zu gehen. Catherine hielt ihn auf.

»Ich gebe Euch das Recht. Jetzt habt Ihr mir schon zweimal das Leben gerettet. Seid Ihr überhaupt ein menschliches Wesen?«

»Was?« Plötzlich brach Edgar in Lachen aus. »Sehe ich nicht so aus?«

Sein blondes Haar war immer noch staubgepudert, die Kleider zerrissen, geflickt und wieder zerrissen. An der Nase hatte er einen Schmutzfleck. Catherine lächelte.

»›Non angli, sed angeli‹«, zitierte sie.

»Wo habt Ihr das erfahren?« Er half ihr auf die Füße. »Ja, ich bin Engländer, aber kaum ein Engel. Ich habe Ausschau nach Euch gehalten, heute und … gestern abend …«

»Ich möchte jetzt nicht daran erinnert werden«, sagte sie.

»Wie Ihr wünscht.«

»Nein.« Catherine schüttelte sich. »Das ist feige. Ich muß … o nein!«

Edgar fuhr zusammen und sah sich um. »Was ist?«

»Da sind Blätter hinten an meinem Rock. Schnell. Helft mir, sie abzubürsten. Sitzt mein Schleier gerade? Die Leute dürfen nicht denken, daß wir hier zusammen waren.«

»Natürlich nicht. Ihr wollt nicht, daß irgend jemand denkt, Ihr könntet mit einem einfachen Handwerker befreundet sein.«

Catherine war damit beschäftigt, ihren Rock zu untersuchen, hörte aber dennoch eine gewisse Förmlichkeit in seiner Stimme.

»Ich glaube nicht, daß Ihr ein einfacher Irgendwer seid, Edgar. Das ist nicht der Punkt. Ich bin aus dem Paraklet. Wir müssen doppelt so vorsichtig sein wie andere Frauen, was unseren guten Ruf angeht.«

»Aus dem Paraklet? Oh heiliger Illtud!« Er stieß einen leisen, überraschten Pfiff aus. »Ihr seid also eine Schülerin von Heloïse. Auch von Meister Abaelard?«

»Natürlich«, erwiderte sie stolz.

Gerade noch rechtzeitig besann sie sich, daß sie angeblich aus dem Kloster verbannt war.

»Hat mir aber nicht viel genützt«, fügte sie hinzu. »Die Äbtissin Heloïse ist viel strenger mit anderen als gegen sich selbst.«

Verzeiht mir, Mutter!

»Da habe ich aber etwas ganz anderes gehört«, entgegnete Edgar.

»Was wißt Ihr schon davon?« fragte sie.

Er schien im Begriff zu antworten, hielt sich jedoch im Zaum.

Er nahm wieder die verbindliche Miene eines Leibeigenen an. Aber er war nicht schnell genug, um seinen aufblitzenden Zorn zu verbergen.

»Verzeiht, meine Dame, ich vergaß wieder einmal meinen Stand. Seid Ihr also völlig wiederhergestellt?«

»Edgar?«

»Ja, Fräulein?« Wieder dieser spöttische Ton.

Catherine hob das Kinn. Nichts war schlimmer als die gekonnte Arroganz eines Freien.

»Es geht mir gut, danke. Sicherlich wird mein Vater Euch etwas für Eure Bemühungen um meine Person schenken wollen.«

Sie standen einen Augenblick stumm da, funkelten einander an, das Band zwischen ihnen dehnte sich, verdünnte sich, franste aus.

»Garnulf!« schrie Catherine. Edgar fuhr herum, erwartete fast so etwas wie einen Geist. »Edgar, Ihr habt sein Gesicht gesehen.«

»Denkt nicht daran, Fräulein«, sagte er.

»Verdammt, hört auf damit!« Ihr Temperament konnte es mit dem eines jeden Mannes aufnehmen. »Sein Kopf. Die Stirn war zerquetscht, oder?«

Seine Stimme klang begütigend. »Ja, ich weiß. Ihr hättet nicht hinsehen sollen.« Er hielt plötzlich inne und sah sie dann zum ersten Mal richtig an. »Ihr versteht also.«

»Ja. Er war nicht allein dort oben.«

Edgar sah weg. »Der Abt muß es auch bemerkt haben. Er ist derjenige, der Garnulfs Gesicht bedeckt hat.«

»Das habe ich mir gedacht. Ich wollte nur sichergehen. Der Abt muß es wissen. Darum will er mich wahrscheinlich sprechen.«

Edgar packte sie grob bei den Schultern.

»Ihr dürft nicht davon reden. Nicht einmal gegenüber Suger. Versteht ihr? Vergeßt es!«

Sie hielt seinem Blick stand und schüttelte den Kopf. »Jemand hat ihn von vorn geschlagen. Dann ist er nach hinten gefallen. Er wurde ermordet. Er war mein Freund. Ich muß herausfinden, wer es getan hat und warum. Ich werde dem Abt alles sagen, was hilfreich sein könnte.«

Er blieb lange Zeit stumm. »Vielleicht ist das Gerücht wahr, und Dämonen haben ihn niedergestreckt.«

Catherine dachte darüber nach. »Glaubt Ihr das denn?«

Edgar versuchte, ihre Einstellung auszuloten. Wie leichtgläubig war sie? Wie fromm? Vor allem, wie aufmerksam? Er versuchte, eine sichere Ausrede zu finden, verwarf sie dann aber wieder. Catherine erwartete die Wahrheit. Nun, sie sollte so viel davon haben, wie er ihr geben konnte.

»Nein«, erwiderte er. »Garnulf war ein guter Mensch. Er pflegte keinen Umgang mit Dämonen. Jemand hat ihn getötet, ein menschliches Wesen.«

»Aber warum?« fragte sie. »Was könnte er denn so Schreckliches getan haben, daß jemand seinen Tod wollte? Und warum soll ich davon Suger gegenüber nichts erwähnen?«

»Ein guter Mensch braucht nur zu existieren, damit die Bösen ihn fürchten«, erinnerte Edgar sie.

»Das Böse? In St. Denis?« Catherine versuchte es sich inmitten der Pracht der neuen Abtei vorzustellen: zwischen den üppigen Wandbehängen, den Reliquien der Heiligen, den Sarkophagen der Könige, den mit Gold und Juwelen eingefaßten Ornamenten. Langsam nickte sie. »Ja. Hier gibt es großen Reichtum und große Macht. Abt Suger geht es in allem nur darum, Gott zu ehren, dessen bin ich sicher. Doch solch irdische Dinge können auch jene anziehen, deren Gedanken sich einzig und allein um Irdisches drehen.«

Und, fügte sie im stillen hinzu, deren Herzen nur den eigenen Ruhm suchen. Vielleicht die Art von Mensch, der alles tun würde, um einen Feind zu Fall zu bringen. Einer, der ein heiliges Buch entweihen, sogar einen harmlosen alten Mann töten würde, wenn er im Wege stand. Sie fröstelte. Edgar machte eine Bewegung, als ob er ihren Umhang enger um sie ziehen wolle, trat dann aber zurück. Catherine gab vor, es nicht zu bemerken. Sie fuhr fort:

»Wir dürfen nicht zulassen, daß das Böse diesen heiligen Ort verpestet. Wir müssen den ausfindig machen, der dies getan hat.«

»Warum ›wir‹?« fragte Edgar. »Das ist nicht Eure Sache. Garnulf war mein Lehrmeister. Es ist meine Pflicht, seinen Mörder zu finden. Ihr dagegen habt keinerlei Bindungen an ihn. Ihr dürft Euch nicht auf solche Dinge einlassen. Geht in Euer Kloster zurück und denkt nicht mehr daran. Oder schließt ihn in Eure Gebete ein. Das ist alles, was Ihr jetzt für ihn tun könnt.«

Catherine wurde vollkommen still. Wer sie kannte, hätte nun schnell das Weite gesucht. Edgar wartete einfach, erwartete, daß sie sich in süßer Sanftmut der Vernunft beugen würde.

Sie erhob die Fäuste. »Wofür haltet Ihr Euch?« schrie sie. »Ihr ... Ihr ... Engländer, Ihr! Welches Recht habt Ihr, mir zu sagen, wohin ich gehen oder was ich tun soll? Ich werde zum Kloster zurückkehren, wenn ich es wünsche, nicht wenn ein schmutziger Bauer mich dazu auffordert. Garnulf war mein Freund, ich habe ihn sterben sehen. Ich werde es nicht vergessen. Ich laufe nicht davor weg. Da mögt Ihr tun, was Ihr wollt!«

Sie zitterte, sie war so wütend, und sie wußte, daß ihr Gesicht ein unvorteilhaftes Rot angenommen hatte. Edgar trat näher heran. Sie ließ die Hände sinken, wich aber nicht zurück.

»Sehr wohl«, sagte er leise. Sie zuckte mit den Wimpern. »Ihr habt völlig recht. Ich habe überhaupt keine Rechte, besonders, was Euch anlangt. Aber bitte, Fräulein Catherine, um der Liebe Gottes willen, schweigt fürs erste. Sagt niemandem etwas von dem, was wir wissen.«

»Aber gewiß könnt Ihr Euch nicht vorstellen ... «

»Ich kann mir fast alles vorstellen«, antwortete er. »Wir wissen nicht, warum Garnulf starb. Wir wissen nicht, wer darin verwickelt ist. Wenn Ihr mit einer Autoritätsperson sprecht und sie es dann weitersagt, könnte der Täter von Eurem Verdacht erfahren. Glaubt Ihr, man würde Euer Leben für heiliger erachten als Garnulfs?«

Und Catherine, die Scholarin, die nachdenkliche Nonne, die unbeirrbare Erforscherin der Wahrheit, blickte in ein sturmgraues angelsächsisches Augenpaar und fragte: »Würde Euch das Kummer bereiten?«

Er erwiderte ihren Blick und seufzte tief auf: »Bei Gottes Gebiß, Gebein und Gemächt! Aber gewiß doch, Ihr verwirrendes Frauenzimmer!«

Und trotz all ihrer Trauer lächelte Catherine.

Siebtes Kapitel

St. Denis, am Nachmittag des 9. Oktober 1139

Die Kirche erstrahlt innerhalb ihrer Mauern, und die Armen leiden Mangel ... Und was ist mit diesen lächerlichen Monstrositäten von entstellter Schönheit und schöner Entstelltheit? Abscheuliche Affen, grimmige Löwen, monströse Zentauren, Halbmenschen? ... Man könnte einen ganzen Tag Maulaffen feilhalten, anstatt über Gott zu meditieren. Wie unpassend! Wie verschwenderisch!
BERNHARD VON CLAIRVAUX
Apologia ad Guillelmum
Sancti-Theodori Abbatum

Catherine eilte in die Frauengemächer, dankbar, sie leer vorzufinden. Draußen schrien, stritten, beteten Leute, verhökerten Eßwaren und Amulette. Hier war es wenigstens still. Sie ging zur Waschschüssel und benetzte sich das Gesicht mit kühlem Wasser. Sie versuchte, sich zu sammeln, ihre Hände vom Zittern abzuhalten. Sie preßte sie zusammen und drückte den Kopf dagegen. Die Wärterin kam herein.

»O! Verzeiht, Fräulein Catherine«, stammelte sie. »Ich wollte Eure Gebete nicht stören.«

Sie huschte hinaus. Catherine betrachtete ihre Hände und lachte. Gebete! In diesem Augenblick fielen ihr gerade einmal die beiden Worte »*Ave Maria*« ein. Ihr Sinn war völlig verwirrt. Was sollte sie als nächstes tun? Trotz ihrer schönen Worte an Edgar hatte sie keine Ahnung, wie sie es anstellen sollte, den Mörder Garnulfs zu finden. Mörder. Da. Sie hatte es gesagt. Sie war gezwungen, die Dinge beim Namen zu nennen. Jetzt mußte sie denjenigen finden, der es getan hatte, ihm ein Gesicht geben, den Grund erfahren.

Du hast hier eine andere Pflicht, wie du weißt, mahnte sie das Gewissen. *Die zu erfüllen, bist du besser befähigt. Du solltest den Tod des alten Mannes denen in der Abtei überlassen, die für so etwas verantwortlich sind.*

Wer in der Abtei ist dafür verantwortlich, einen Mörder ausfindig zu machen?

Abt Suger. Prior Herveus. Die, die hierher gehören.

Ja, aber ... Aber was? Nein, nicht was, warum? Das war es, was sie stutzig machte. Was, wenn Garnulfs Tod in irgendeinem Zusammenhang mit dem Psalmenbuch stünde, mit dem Netz, das nach Peter Abaelard und all jenen ausgeworfen worden war, die ihn unterstützten? Plötzlich entsann sie sich, daß Garnulf aus Le Pallet stammte, wo Abaelards Familie immer noch lebte. Vielleicht war das nur eine zufällige Verbindung, aber ... wie konnte sie Suger irgend etwas erzählen, ohne Mutter Heloïse zu verraten? Und doch, war es nicht ihre Pflicht, es zu erzählen?

Sie schöpfte noch einmal Wasser über ihr Gesicht, dann trocknete sie es energisch mit einem groben Tuch, versuchte, sich die Antwort in den Kopf zu reiben. Aber so einfach war das nicht.

Seufzend sah sie aus dem schmalen Fenster.

Onkel Roger, gefolgt von Agnes, kam auf das Gästehaus zu. Catherine lächelte. Er war so stark und sicher. Agnes hatte einmal geseufzt: »Er ist wirklich vollkommen. Schade, daß er so ein naher Verwandter ist.« Aber Catherine war froh, daß er zur Familie gehörte. Sie brauchte jemanden wie Roger, der geradlinig und zuverlässig war; jemanden,

116

der wußte, was er wollte und wie er es bekam. Wenn es etwas zu tun gab, zauderte er niemals lange.

Sie verschwanden aus ihrem Blickfeld. Einen Augenblick später hörte Catherine ihre Schritte auf der Treppe.

»O Catherine!« rief Agnes aus, während sie sich setzte und sich bemühte, ihre zerknautschte Kopfbedeckung zurechtzurücken. »Du hast ja so ein Glück gehabt, daß du nicht hineingelangen konntest. Es war entsetzlich. Ich konnte nichts sehen. Und dann mußte ich beim Verlassen der Kirche über die Schultern von ich weiß nicht wie vielen Männern krabbeln. Weiß der Himmel, was sie gesehen haben. Es war schrecklich würdelos.«

Roger lachte. »Es ist immer so an Festtagen, Agnes. Warum glaubst du, läßt Suger die neue Kirche bauen? Catherine? Du siehst immer noch sehr blaß aus. Hattest du Schwierigkeiten, hierher zurückzukommen?«

»Nein, natürlich nicht«, sagte Catherine. »Keiner hat Notiz von mir genommen.«

»Warum sollten sie auch?« fragte Agnes. »Du bist ja immer noch wie eine Nonne gekleidet. Ach ja, Vater bat mich, dich daran zu erinnern, daß du zum Abt kommen sollst.«

»Ich weiß. Ich denke, er will mich wegen Garnulf trösten«, behauptete Catherine. »Es ist sehr freundlich von ihm, sich bei all diesen wichtigen Besuchern an mich zu erinnern.«

»Vielleicht.« Agnes zuckte mit den Achseln und begann, einen Zopf nachzuflechten. »Ich glaube, er will wissen, was im Paraklet vor sich geht und was der wirkliche Grund dafür ist, daß Heloïse dich nach Hause geschickt hat.«

Catherine erstarrte. Roger runzelte die Stirn. »Wovon redest du, Agnes!« sagte er.

»Schließlich weiß doch jeder darüber Bescheid«, sagte

117

Agnes, »daß das Paraklet das letzte Kloster der Christenheit
wäre, das sich um Disziplin sorgen würde. Ich glaube,
Catherine hat etwas herausgefunden. Vielleicht, daß der
alte Abaelard körperlich gar nicht so behindert ist, wie die
Leute annehmen. Ich habe ihn gesehen. Er kommt mir
nicht wie ein Eunuch vor. Oder vielleicht«, fügte sie zu
Catherines Empörung hinzu, »vielleicht hat Heloïse einen
anderen ›Beschützer‹ für die Nonnen gefunden. Hat nicht
Graf Theobald kürzlich einiges gespendet?«

»Agnes!« brüllte Roger. »Du gehst zu weit.«

»Es ist sowieso nicht logisch«, sagte Catherine. »Wenn ich
irgendein schreckliches Geheimnis über das Paraklet herausgefunden hätte, würden sie mich kaum wegschicken,
damit ich die Informationen verbreiten kann.«

Agnes dachte darüber nach. »Nun, vielleicht«, sagte sie.
»Aber ich habe nur das gesagt, was jeder sagt. Du solltest es
wissen. In Paris muß ich zuerst die politische Meinung eines Menschen herausfinden, bevor ich es wagen kann, zu
erzählen, daß ich dort eine Schwester habe. Entschuldige
mich. Ich muß eine von den Mägden finden, damit sie mir
mein Haar in Ordnung bringt.«

»Sie hat es nicht so gemeint«, sagte Roger zu Catherine,
als sie das Zimmer verlassen hatte. »Sie wiederholt nur den
Klatsch von der Straße.«

»Ich weiß«, sagte Catherine. »Glaubst du, daß ich mich
deswegen besser fühle?«

Roger legte den Arm um sie. »Was kann es dir schon anhaben, Catte, meine Süße? Niemand, der dich kennt, würde
dich solcher Aktivitäten beschuldigen. Außerhalb des Klosters bist du besser dran.«

Er küßte sie auf die Stirn. *Ja*, dachte Catherine, *er riecht
nach Sandelholzweihrauch.*

»Du bist sehr freundlich zu mir, Onkel«, sagte sie. »Und zu Agnes. Es war falsch von ihr, einfach deinen Ring zu nehmen.«

»Ach was. Sie hat es für einen guten Zweck getan. Und er kam von keiner besonderen Person.«

Ihre Gesichter waren sich jetzt sehr nah. Er lächelte, aber da lag etwas in seinen Augen, daß sich Catherines Herz vor Mitleid verkrampfte.

»Du findest bestimmt bald eine«, sagte sie. »Du hast in den letzten Turnieren so gut abgeschnitten. Vielleicht fleht gerade jetzt ein Mädchen ihren Vater an, Verhandlungen um ihre Hand mit dir zu führen.«

»Vielleicht.« Sie spürte seinen warmen Atem auf ihrer Wange. »Aber ich fürchte, daß die einzige Frau, über die ich in Verhandlungen eintreten möchte, es vorzieht, Christi Braut zu sein.«

Er ließ sie abrupt los und ging hinaus, ließ sie erhitzt und mit offenem Mund zurück. Zur Abwechslung war sie einmal um eine Antwort verlegen.

»Bei Sankt Thomas dem Ungläubigen!« sagte sie schließlich. »Ich muß ins Kloster zurück. Für diese Welt bin ich nicht gewappnet.«

Infolge von Rogers überraschender Erklärung war Catherine, als sie über den Hof ging, derart in Gedanken versunken, daß sie mit Edgar zusammenstieß.

»Können wir uns denn nie auf normale Weise begegnen?« fragte er, sich die Schulter reibend. »Seid Ihr wohlauf?«

»Tut mir leid, ich habe Euch nicht gesehen. Ich bin auf dem Weg zum Abt«, sagte Catherine.

»Ihr habt gesagt, Ihr würdet ihm nichts über Garnulf erzählen!« Edgar packte ihren Arm.

119

»Vielleicht täte ich es besser doch«, hob Catherine an. Er packte fester zu. »Er ist am besten dafür gerüstet, herauszufinden, wer ihn getötet hat. Und laßt mich los«, setzte sie hinzu. »Ihr habt nicht meine Entscheidungen zu treffen.«

Er ließ ihren Arm los, doch seine Augen fixierten sie immer noch. Heiliger Bimbam! Hatte es auf der Welt immer schon solche intensiven Emotionen gegeben? Wie überlebten die Menschen es nur, daß ständig die Gefühle anderer Leute auf sie einstürmten?

»Ich werde die Angelegenheit nicht auf sich beruhen lassen«, teilte sie ihm mit.

»Ihr müßt vorsichtig sein. Ihr habt keine Ahnung, was hier gespielt wird. Es ist meine Aufgabe, den Täter zu finden«, sagte er.

»Und dann? Soll ich mich darauf einstellen, Euch ebenfalls vom Turm stürzen zu sehen?« antwortete sie. »Und wer hat es zu Eurer Aufgabe gemacht?«

»Mein Meister«, antwortete Edgar und fügte dann noch hinzu: »Garnulf war mein Meister. Ich bin es ihm schuldig.«

Sie wußte, daß das nicht die ganze Wahrheit war, aber sie fand keine Möglichkeit, ihm den Rest zu entlocken. Jedenfalls jetzt noch nicht. Sie berührte seinen Ärmel und bemühte sich, nicht arrogant auszusehen.

»Edgar, versprecht mir, mich an allem teilhaben zu lassen, was Ihr herausfindet, oder ich erzähle Suger alles — jetzt gleich —, auch von dem erstaunlichen Maß an Bildung, das Ihr für einen armen Steinmetzlehrling besitzt.«

Er runzelte die Stirn, dann nickte er und gab den Weg frei.

Catherine bemühte sich, nicht den Eindruck zu erwecken, sie habe es eilig, von ihm fort zu kommen. Edgar war noch ein solches Rätsel, von dem sie nicht sicher war, ob sie es lösen wollte. Warum war er hier? Wollte er sie wirklich beschützen oder sie daran hindern, etwas zu sagen, was ihn belasten würde? Er war bei ihr gewesen, als Garnulf stürzte, also konnte er ihn nicht gestoßen haben. Und sein Kummer war so wahrhaftig gewesen! Und doch, irgend etwas an ihm war merkwürdig. Und er hatte nicht erklärt, was er damit meinte, als er in seiner ersten Erschütterung ausgerufen hatte, daß Garnulf ihn gewarnt hatte. Gewarnt wovor?

Der Türhüter ließ sie allein im Vorzimmer zurück, bis Suger bereit war, sie zu empfangen. Es war schwach beleuchtet und still. Catherine saß auf einer Bank und hoffte, sie würde ein paar Minuten Zeit haben, um ihre Gedanken zu ordnen. Vom Korridor aus führte die Treppe zur Bibliothek hinauf. Zu dieser Tageszeit, während des Festes, dürfte sie leer sein. Vielleicht würde sie kurz hinaufgehen können. Wieviel Zeit hatte sie? Gedämpfte Stimmen drangen aus der Kammer des Abtes. Die Unterhaltung klang nicht danach, als ob sie bald beendet wäre.

Vorsichtig raffte Catherine ihre Röcke zusammen, um nicht zu stolpern und schlich auf Zehenspitzen die Treppe hinauf.

Oben stand die Tür einen Spalt offen. Catherine blieb stehen. Drinnen unterrichtete jemand. Es schien ihr eine merkwürdige Zeit für eine Lektion zu sein, doch sie hatte gelernt, sich stets weiterzubilden, wenn sich die Gelegenheit dazu ergab. Sie setzte sich auf die oberste Treppenstufe und lauschte.

» ... so wie die Kette sich stets weiterwindet, vom Kleinen zum Großen, vom Profanen zum Erhabenen. Seht es euch an, Jungen!«

Ein kurzes Schweigen trat ein, während sie es sich ansahen — was auch immer es war.

»Seht, wie es aufsteigt, dieses klitzekleine Licht, stets zum Licht der Welt strebend. So kann auch euer klitzekleiner Geist aus dem Dreck aufsteigen und sich mit dem Licht des höheren Wesens vereinen.« Da! Ein dumpfes Geräusch, das Catherine nur zu gut als den Laut erkannte, den Fingerknöchel verursachen, wenn sie auf dem Schädel eines unaufmerksamen Schülers landen. »Er *kann* es, Theodulf, doch in deinem Fall hege ich ernsthafte Zweifel, ob er es tatsächlich tun wird. Konzentrier dich, du Dummkopf!«

Catherine gähnte. Grundlagen der neoplatonischen Theorie. Mußte wohl eine Lektion des heiligen Dionysius sein, um ihn an seinem Festtag zu ehren. Die Mönche schienen nicht allzu aufnahmefähig. Sie war es auch nicht. Gerade wollte sie wieder hinuntergehen, als die Tür aufgestoßen wurde. Sie wurde mit einem langen bleichen Finger mit tintengeschwärztem Nagel konfrontiert, der direkt auf ihre Nase deutete.

»Spionin!« zischte der Mönch. »Schlimmes Übel, unreiner Dämon! Zieh von dannen, du Ausbund an Zügellosigkeit!«

Catherine zuckte mit den Wimpern. Der Finger war so nah, daß sie schielte, als sie ihn ansehen wollte. Sie fixierte statt dessen das Gesicht des Mannes: unscheinbar und rund, mit etwas hervorstehenden Augen, auffällig war nur der äußerst angeekelte Gesichtsausdruck.

»Dreckige Hure!« schrie er. »Wie kannst du es wagen, diesen Ort zu betreten und heilige Geheimnisse zu belauschen!«

Das war schon ein starkes Stück. Schließlich hatte man sie eingeladen. Und was Geheimnisse anbetraf ...

»Falls Ihr glaubt, ich würde mir die Mühe machen, mich einzuschleichen, um eine Lektion in Elementarphilosophie zu hören, seid Ihr verrückt!« sagte sie, während sie versuchte aufzustehen, ohne sich in ihren Röcken zu verheddern. »Ich warte darauf, den Abt zu sprechen.«

»Lügnerin!« Der Mann fuchtelte wieder mit seinem Finger herum.

»Nein, Leitbert«, unterbrach ihn eine leise Stimme, »sie wartet tatsächlich auf mich.«

Der Finger sank herunter.

»Verzeiht, Herr Abt«, murmelte er, »ich habe sie beim Lauschen an der Tür ertappt.«

»Da irrst du dich gewiß«, erwiderte Suger, »Fräulein Catherine hat es nicht nötig zu lauschen.«

Er streckte die Hand aus, und Catherine stieg mit betont damenhafter Anmut die Treppe hinunter. Sie unterdrückte den starken Drang, sich umzudrehen und dem Mönch die Zunge herauszustrecken. Suger führte sie in sein Zimmer, wo sie ihren Vater vorfand. Wieder einmal schien er nicht erfreut, doch Suger war freundlich.

»Dein Besuch bei uns war also nicht gerade angenehm, meine Tochter.« Der Abt schenkte ihr ein gütiges Lächeln und bedeutete ihr, sich zu setzen. »Ich bedaure zutiefst, daß du Zeugin jenes schrecklichen Unfalls werden mußtest.«

»Danke, Herr Abt.« Catherine sprach so leise, daß ihr Vater vor Überraschung die Augen zusammenkniff.

Sie setzte sich zaghaft auf den Rand von Sugers Bett, welches tagsüber mit einem seidenen Überwurf und vielen leuchtend bunten Kissen als Sofa diente. Inmitten all dieser Pracht fühlte sie sich fehl am Platz. Suger beugte sich vor und tätschelte ihr die Hand.

»Garnulf war ein guter Mensch und ein wunderbarer

Bildhauer«, sagte er. »›Viele mögen den Tod eines guten Menschen beweinen.‹ Von Horaz«, fügte er hinzu und senkte den Kopf.

Catherine und Hubert taten es ihm nach, Catherine konstatierte im stillen, daß es eine ziemlich freie Übersetzung aus den Oden war.

Suger ging zu einem Tischchen und nahm eine Silberschale herunter, die er Catherine darbot. »Zuckermandeln«, sagte er, »ein Geschenk eines heimgekehrten Kreuzfahrers. Nimm dir bitte welche. Nun zu dieser traurigen Angelegenheit. Du mußt verstehen, Kind, daß die Ursache für diese Tragödie vielleicht etwas ist, was nur Gott und Garnulf jemals wissen werden.«

Catherine, die gerade ihre Hand nach den Zuckermandeln ausstreckte, hielt inne. Was sagte er da? Sprach er von den Gerüchten über Dämonen? Oder erriet er, daß sie etwas anderes argwöhnte? Vielleicht wußte er es. Wollte er sie warnen? In ihrer Verwirrung ließ sie die Mandel, die sie genommen hatte, zu Boden fallen. Sie griff nach einer anderen und warf dabei die Schale um.

»Ach je! Es tut mir so leid!« Sie bückte sich, um die Mandeln aufzulesen, doch sie waren voller Stroh und Staub.

»Schon gut«, sagte der Abt. »Überlass' sie den Mäusen.«

Hubert seufzte. »Sie war schon immer so, Herr.«

Catherine setzte sich wieder. Ihr zitterten immer noch die Hände. Es war geradezu verrückt. Edgars Warnung ließ sie nun überall Verschwörungen wittern. Abt Suger war der Prälat von Frankreich, ein Freund Ludwigs VI. und jetzt auch Mentor seines Sohnes, Ludwigs VII. Er war ein frommer Mann, der sein Leben der Ehre Gottes und der Kirche geweiht hatte. Und Hubert war, nun, er war ihr Vater. Sie konnten nichts mit einem Mord zu tun haben! Sicherlich war es ihre Pflicht, ihr Problem an reifere Geister wie den ihrigen weiterzuleiten. Sie würden wissen, was zu tun ist.

Zweifellos, sagten ihre Stimmen, *und wie wirst du deine Gewißheit darüber, daß es sich um Mord handelt, erklären, ohne Heloïse mit hineinzuziehen?*

Ich habe keine Ahnung, antwortete Catherine, *doch beginge ich die Sünde des Hochmuts, wenn ich annähme, ich könnte die Gründe für das alles besser kennen als die Verantwortlichen hier. Ich will doch nur ins Paraklet zurück.*

Natürlich, höhnten die Stimmen, *die Äbtissin Heloïse wird deine Unfähigkeit verstehen, deine Verpflichtung ihr gegenüber zu erfüllen. Der armen kleinen Catherine mißfallen die bösen Unsicherheiten der Welt. Ihr mißfallen wirkliche Probleme. Sie kann nur mit metaphorischer Angst zurechtkommen.*

Ich habe keine Angst, dachte Catherine. Lächerlich! Jetzt machte sie sich schon selbst etwas vor. *Zumindest ist meine Angst hier nicht von Belang.*

Und während sie dieses dachte, wußte sie, daß es stimmte. Heloïse hatte sie geschickt, weil sie diejenige war, die am ehesten Erfolg haben würde. Sie war die klarste Denkerin, diejenige, welche immer eine Überlegung bis zum endgültigen Beweis verfolgte. Sie mußte diese Begabung jetzt anwenden. Vielleicht wußten ihr Vater und Suger bereits, daß Garnulf vom Turm gestoßen worden war. Sie hätten keinen Grund, es ihr zu erzählen. Wenn sie ihnen ihren Verdacht eingestand, würden sie sie wahrscheinlich sofort irgendwohin abschieben, um sie in Sicherheit zu bringen oder sie aus dem Weg zu schaffen. Falls sie es nicht wußten und sie nichts sagte, konnte sie vielleicht hierbleiben. Ja, es war schon ein Kreuz mit ihrem intellektuellen Stolz. Aber sie konnte ihre Pflicht nicht erfüllen, wenn sie es zuließ, fortgeschickt zu werden.

Falls sie überhaupt etwas herausfand, war Schweigen wohl die einzig richtige Taktik.

Sie seufzte. Was für eine Erleichterung, die Dinge logisch zu durchdenken, statt nur aufgrund der eigenen Reaktion auf ein angelsächsisches Augenpaar etwas zu unternehmen. So war es schon viel besser.

Plötzlich bemerkte sie, daß Abt Suger sprach. Er schien eine Unterhaltung zu beenden, die ohne sie begonnen hatte.

»Ich glaube, Hubert«, sagte er, »daß Catherine Schlimmes durchgemacht hat, sowohl gestern nacht als auch während ihrer Zeit im Paraklet. Sie braucht Ruhe und die Führung reifer, orthodoxer Tutoren. Ich würde sie gern einladen, ein, zwei Wochen in der Abtei zu bleiben. Unser Präzentor ist ein äußerst erfahrener Mann, der in der Lage sein wird, sie zu unterweisen und angemessene Lektüre für sie auszuwählen.«

Catherines Miene erhellte sich. Zugang zur Bibliothek, ohne daß sie darum bitten mußte! Es war ein Zeichen. Sie hatte die richtige Entscheidung getroffen. Heloïses Gebete für sie mußten mit Wohlgefallen aufgenommen worden sein.

Bitte sag' ja, Vater, dachte sie. *Heilige Melanie, lass' ihn ja sagen.*

Sie hätte die heilige Melanie deswegen nicht zu bemühen brauchen. Hubert hatte keine Wahl, er mußte gehorchen.

»Aber sie muß bis zum Monatsende wieder in Paris sein«, sagte er, »um ihrer Mutter bei den Vorbereitungen für unseren Umzug aufs Land zu helfen.«

»Ich glaube, bis dahin ist genügend Zeit, oder was meint Ihr?« fragte Suger.

Hubert nickte, aber nicht aus Überzeugung.

»Glaubt Ihr, Eure Arbeit in der Stadt ist vor Beginn der Adventszeit erledigt?« fragte er. »Ich könnte es so einrichten, daß sie statt dessen direkt nach Vielleteneuse geht. Wir sehen Euren Sohn oft in St. Denis. Er könnte sie mitnehmen.«

»Nein, sie wird zu Hause benötigt, aber habt Dank«, erwiderte Hubert. »Und habt auch Dank für Eure Güte gegenüber Guillaume.«

»Er ist ein guter Burgvogt«, sagte Suger. »Ich wünschte, alle meine Vasallen wären so zuverlässig.«

Catherine versuchte, die Untertöne dieser Worte zu enträtseln. Sie schienen harmlos, aber Hubert war viel zu besorgt und Suger viel zu beharrlich. Dies war ein weiteres Rätsel, zu dem sie keinen Schlüssel besaß.

Hubert erhob sich, kniete nieder und küßte den Ring des Abtes. Catherine tat es ihm nach.

Draußen fiel Catherine ihm um den Hals.

»O danke, Vater!« sagte sie. »Du bist so gut zu mir.«

»Gewiß bin ich das«, antwortete er. »Und der Abt ebenfalls. Ich hoffe nur, daß du nichts tust, während du hier bist, was ihn seine Großzügigkeit bereuen läßt. Du kannst mein Vertrauen belohnen, indem du dich gut aufführst. Keine Diskussionen jetzt, keine Fragen. Du bist hier, um Gehorsam zu lernen.«

»Ich werde es mir merken«, versprach Catherine.

Hubert hatte seine Zweifel. Er seufzte. Er hoffte nur, daß seine Partnerschaft mit St. Denis fest genug sein würde, um Catherines Aufenthalt hier zu überdauern. Diskretion war nicht gerade ihre Sache. Wahrscheinlich würde sie einige ihrer philosophischen Theorien an den Mönchen ausprobieren. Na, solange sie nur die Dreifaltigkeit diskutierte und den eigentlichen Gründen für den Wiederaufbau der

Kirche keine Beachtung schenkte, wäre das vielleicht in Ordnung.

Aber lohnte sich dieses Risiko? Sein Geschäft mit Suger brachte ihm sowohl Profit als auch Prestige. Man mußte Catherine davon abbringen, ihre Nase in etwas zu stecken, was mit Garnulf zu tun hatte. Der arme alte Mann! Es war eine traurige Geschichte, doch jetzt konnte ihm nichts mehr helfen. Und dies war für niemanden der rechte Augenblick, um die Vorgänge in der Abtei genauer zu beleuchten.

Hubert sah seine Tochter von der Seite an. Wenn sie doch nur ein Junge wäre, dann könnte ihm all diese Intelligenz von Nutzen sein. Er hätte ihr nie das Alphabet beibringen sollen. Jetzt ging ihr Körper neben ihm her, doch ihr Geist war irgendwo, wohin er nicht folgen konnte. Er betete, daß sie auf dem scholastischen Terrain bleiben würde und es ihm überließe, die Geschicke ihres Lebens zu lenken.

Agnes war nicht erfreut zu erfahren, daß Catherine zurückblieb.

»Du mußt mit mir nach Paris kommen«, sagte sie, während sie sich mit dem Ärmel über die Augen wischte. »Tut mir leid, daß ich all das über das Paraklet gesagt habe. Mich kümmert's nicht, ob es wahr ist oder nicht. Ich vermisse dich. Du weißt nicht, wie es zu Hause ist. Mutter wird jeden Tag schlimmer. Sie verbringt die ganze Zeit vor den Schreinen oder in der Messe. Sie sieht mich kaum an. Außer wenn sie Anweisungen gibt, weigert sie sich, zu irgend jemandem außer Gott und der heiligen Genoveva zu sprechen. Ich bin so einsam.«

Catherine umarmte die kleine Schwester. Arme Agnes! Sie war so hübsch, genau auf die Art, wie Mädchen hübsch sein sollten — blaß und blond. Sie stickte und sang und verstand sich auf Haushaltsführung. Sie stellte nie Fragen über das Universum. Sie hatte Besseres verdient, einen netten Ehemann und ein eigenes Heim.

»Ich kann nicht zurückkommen«, sagte Catherine. »Jedenfalls noch nicht. Abt Sugers freundliches Angebot konnte ich nicht ablehnen. Sorge dich nicht. Vater und Onkel Roger werden bei dir sein.«

Agnes schüttelte traurig den Kopf. »Ich weiß, aber in letzter Zeit haben sie sich ebenfalls verändert. Sie sind immer beschäftigt. Entweder wird Roger von Vater irgendwohin geschickt, oder er ist auf einem Turnier. Niemand hat mehr Zeit für mich.«

Catherine versuchte, ihr Schuldgefühl zu verdrängen, doch sie fühlte mit Agnes, obgleich sie ihre Pläne nicht ändern würde.

Roger kam in seiner Reitkleidung, um Abschied zu nehmen. Catherine wich zurück, als er näher kam, unsicher, wie sie sich nach ihrer letzten Unterhaltung ihm gegenüber verhalten sollte. Er sah ihre Miene und lachte.

»Dumme Catte«, sagte er. »Was für ein Gesicht. Du läßt dich nicht gern wie eine Hofdame behandeln. Weißt du denn nicht mehr, wie gern ich dich necke?«

Catherine entspannte sich. Natürlich war sie dumm. Warum sollte sich ausgerechnet Roger für sie interessieren?

»Ich *hatte* es tatsächlich vergessen«, sagte sie. »Mein Unbehagen hat dich ja immer so amüsiert. Du hast dich überhaupt nicht verändert. Verbringst du Weihnachten dieses Jahr in Vielleteneuse?«

»Wo sonst?« sagte Roger, während er sich die Fuchsfellhandschuhe anzog. »Dein Bruder braucht meine Hilfe, um Ordnung auf seinem Territorium zu halten, besonders bei all den Leuten, die auf dem Weg zu dem Eremiten über seinen Grund und Boden kommen. Ich bringe mehrere andere Ritter mit – Sigebert zum Beispiel.«

Catherine verzog das Gesicht. »Hoffentlich nicht meinetwegen, Onkel.« Sie wurde wieder ernst. »Sind es wirklich so viele, die zu diesem Einsiedler pilgern? Ich verstehe nicht, warum ich bisher nie etwas von ihm gehört hatte.«

»Seine Anhängerschaft besteht vorwiegend aus armen Leuten«, sagte Roger. »Nach dem, was sie sagen, ist seine Theologie relativ simpel, und er verfügt über ein paar heilende Kräfte. Solche Männer wie ihn gibt es in jeder Diözese. Aber Aleran zieht viele Bauern von Guillaumes Land an. Wir können nicht dulden, daß sie weggehen, wann immer es ihnen paßt, und die Arbeit einfach liegenlassen.«

Genau dasselbe, was die Wärterin über die Steinmetze gesagt hatte. Aleran mußte mehr als ein schlichter Eremit sein, wenn er die Menschen dazu brachte, Bestrafung für das Verlassen ihrer Arbeit zu riskieren. Wie merkwürdig.

»Übrigens, Roger«, fügte sie hinzu, als er sich zum Gehen wandte, »Agnes ist sehr unglücklich. Versprichst du, auf sie aufzupassen und ihr zu helfen, bis ich nach Hause komme?«

»Natürlich, und ich werde auch hier in der Nähe sein und auf dich aufpassen«, antwortete er. »Sorge dich nicht um Agnes. Sechzehn ist ein schwieriges Alter. Hubert hätte sie schon verheiraten sollen. Und meine Schwester macht es Agnes nicht leichter mit ihrer überkandidelten Frömmigkeit. Aber ich werde versuchen, sie aufzumuntern.«

»Danke«, sagte Catherine. Sie küßte ihn auf die Wange. »Und bitte zieh' mich nicht mehr auf.«

Hubert hatte auch einige Abschiedsworte für seine Tochter.

»Halte dich zurück, Kind. Gehorche deinen Lehrern.

130

Und interessiere dich nicht für Dinge, die dich nichts angehen. Ich habe für Garnulfs Seele gespendet. Sie werden morgen und an jedem Tag der kommenden Woche eine Messe für ihn lesen.«

»Ja, Vater.« Catherine kniete, um seinen Segen zu empfangen. »Danke, Vater.«

Hubert ließ seine Hand auf ihrem Kopf ruhen und tätschelte ihn liebevoll. Sie lehnte sich an ihn.

»Ich möchte nur, daß du sicher und geborgen bist, mein teures Kind«, sagte er sanft. »Du weißt so viel und verstehst so wenig.«

Catherine sah zu, wie er sein Pferd bestieg und der Gesellschaft das Signal zum Aufbruch ab. Sie winkte, bis sie verschwunden waren.

Suger hatte mit dem Präzentor gesprochen, welcher die Aufsicht über die Bücher, die sich im Besitz der Abtei befanden, und auch über die Herstellung neuer Exemplare führte. Catherine sollte jeden Tag eine Stunde lang Zugang zur Bibliothek haben.

Am ersten Tag lief sie munter die Treppe hinauf und in den Raum. Unangenehm überrascht hielt sie inne. Vor ihr stand der Mönch, der sie zuvor beim Belauschen seines Unterrichts ertappt hatte.

Leitbert musterte Catherine säuerlich, doch war er verpflichtet, die Anweisungen des Abtes zu befolgen.

»Ich dulde hier keine Ablenkung durch Frauen, wenn die Mönche bei der Arbeit sind. Was auch immer der Abt sagt, ich weiß, welches Übel deine bloße Anwesenheit bewirken kann. Du wirst direkt nach dem Mittagsmahl in die Bibliothek kommen, wenn die Brüder sich zur Ruhe begeben. Du kannst bleiben, bis sie mit dem Singen der None fertig sind.

Dann mußt du sofort gehen, bevor die Schreiber eintreffen. Ist das klar?«

»Ja, Bruder Leitbert.« Catherines Augen suchten bereits die Regale nach dem Psalmenbuch aus dem Paraklet ab.

»Sieh mich an, wenn ich mit dir rede! Ihr jungen Leute habt keinen Respekt!«

»Ja, Bruder Leitbert. Ich meine, es tut mir leid.«

Catherine wußte, daß sie ihn irgendwie versöhnlich stimmen mußte, wenn sie die Bibliothek weiterhin benutzen wollte. Als der Präzentor mit seinen Anweisungen fortfuhr, starrte sie ihn so unentwegt an, daß er sich verhaspelte und wiederholte.

»Du wirst mit dem Leben des heiligen Antonius beginnen und dabei besondere Aufmerksamkeit der Einrichtung von Zellen für Frauen widmen sowie ihren ... ihren ... Verpflichtungen, die Re ... Regel ... zu ... be ... beachten, die Regel des Ordens und in Frömmigkeit und Keuschheit zu leben.«

Schließlich zog er das Buch aus dem Regal und ließ es mit einem dumpfen Knall vor sie auf den Tisch fallen. Dann eilte er hinaus, als ob Kobolde und Teufel hinter ihm her wären.

Catherine schlug das Buch auf und überflog eine Seite. Sie kannte es gut genug, um jede beliebige Frage beantworten zu können, die Leitbert ihr eventuell dazu stellen würde. Er schien keine allzu hohen Erwartungen in bezug auf ihre Gelehrsamkeit zu hegen. Sie sah sich im Raum um. Das Psalmenbuch mußte hier irgendwo sein. Wenn es von einem der Mönche für den täglichen Gebrauch herausgenommen worden wäre, hätte man etwaige Unregelmäßigkeiten längst entdeckt. Aber wo war es?

Sie stand auf. Was für eine Systematik sie hier wohl verwendeten? Heloïse hatte ihr gesagt, daß die Engländer etwas benutzten, was mit der alphabetischen Reihenfolge zu tun hatte. Aber diese Neuerung schien hier keinen Eingang gefunden zu haben. Jedes Regal war voller Signaturen. Sie sah sich das nächstgelegene Regal genauer an: ein Evangelium, ein Leben des heiligen Dionysius, zwei Kommentare zum Buch Hiob, ein Gynäzeum, offensichtlich stark abgenutzt. Kein erkennbares Muster, kein Psalmenbuch.

Sie ging zum nächsten Regal. Es war dieselbe Mischung von Themen, heilig und profan: das Leben von Heiligen, Gregors Cura Pastoralis, eine vollständige Ausgabe der Oden des Horaz, Sugers Lieblingsdichter. Catherine begann zu argwöhnen, daß die Bücher nach ihrer Größe geordnet waren.

Sie konnte nicht im mindesten ahnen, wann Leitbert zurückkommen würde, um sie zu überprüfen. Eile war geboten. Vielleicht war es in einer der Holztruhen an den Wänden. Sie öffnete eine davon — Kopiermaterialien, Schreibfedern, Tintenfässer, Wischlappen, Steine zum Glätten von Pergament und zum Radieren unerwünschter Flecken. Die nächste Truhe enthielt Kutten, die nächste ungeschnittene Pergamentrollen.

Was hatten sie bloß damit angestellt? Der Mann, der Schwester Ursulas Vater von dem Buch erzählte, hatte beschworen, daß er es hier gesehen hätte, rein zufällig, bei einem Besuch. Es mußte sich in diesem Raum befinden! Aber wo?

Entmutigt setzte sie sich an ihren Tisch und griff nach der Lektüre, die Leitbert ihr gegeben hatte. Das Licht vom Fenster zu ihrer Linken fiel schräg über die Buchseite. Catherine las ein bißchen weiter. Sie hatte den heiligen Antonius noch nie sehr anregend gefunden. Sie lehnte sich auf

133

ihrem Schemel zurück, streckte die Arme aus. Und hielt inne, den Mund noch offen, auf halbem Weg zu einem Gähnen.

Dort, auf dem Brett über dem Fenster, lag ihr Psalmenbuch.

»Heiliger Antonius, vergib mir! Ich will dich nie wieder anzweifeln!« rief Catherine, als sie auf den Schemel kletterte und nach dem Buch griff. »Ich verspreche, dir jedes Jahr eine Kerze an deinem Festtag zu entzünden, wann auch immer das sein mag.«

Rasch schlug sie das Buch auf und begann, es durchzublättern. Sie kannte jede einzelne Seite haargenau, da sie alle Phasen der Entstehung dieses Buches miterlebt hatte. Auf den ersten Blick erschien es ihr genauso, wie sie es zuletzt gesehen hatte, an dem Tag, an dem das Buch eingeschlagen und nach St. Denis geschickt worden war. Dann bewegten sich ihre Finger langsamer. Was waren denn das für Zeichen an den Rändern? Irgendwelche Symbole. Und dort war eindeutig etwas radiert und neu geschrieben worden. Nur ein Wort war durch ein anderes ersetzt, aber es hatte die Bedeutung der ganzen Textstelle verändert. Sie blätterte noch eine Seite um und starrte wie gebannt darauf.

Die Marginalie hier war primitiv, aber unmißverständlich, ein Teufel mit einem langen Schwanz und Bockshörnern, der mit einer Nonne kopulierte. Merkwürdig, daß so ein unbegabter Künstler so klar ausdrücken konnte, daß die Frau Spaß daran hatte. Aber niemand würde annehmen, daß so etwas unter Heloïses Anleitung entstanden wäre: Mönche kritzelten ständig Anmerkungen und Zeichnungen an den Rand ihrer Bücher.

Dann sah sie auf den Text. Und sah noch einmal hin. Plötzlich wurde ihr übel.

Worte waren entfernt, verdreht, unterstrichen. Dieses Werk war eindeutig noch in Arbeit, aber was bereits beendet war, verzerrte den Sinn der Textstelle fast ins Unfaßbare. Jedoch nicht ganz. Ihr erster Impuls war, die anstößigen Stellen herauszureißen und sie zu verbrennen, aber sie beherrschte sich. Heloïse mußte wissen, welche Formen diese Schmähungen annahmen. Catherine holte ihre Kopierutensilien heraus, ordnete sie und machte sich daran, die schlimmsten Passagen so rasch wie möglich niederzuschreiben. Sie kniff die Augen zusammen, um die krakelige Schrift zu entziffern.

Während sie daran arbeitete, fragte sie sich, mit wie vielen weiteren Seiten man solch Schindluder getrieben hatte. Sollte sie versuchen, sie alle zu kopieren, oder würde dies reichen? Wieviel Zeit hatte sie noch?

Die Stimme ertönte direkt hinter ihr, laut und amüsiert.

»Na, na, Fräulein Catherine! Bei Eurem Benehmen wäre ich niemals darauf gekommen, daß Ihr einen solchen Lesegeschmack habt.«

Schuldbewußt zuckte Catherine zusammen und wandte sich um. Ihr Arm stieß gegen das Tintenfaß, und die Galltinte ergoß sich über den Tisch. Edgar sprang auf, um das Buch zu retten.

»Was sucht Ihr hier?« Catherine erinnerte sich gerade noch rechtzeitig, daß sie leise sprechen mußte. Abt Suger hielt seine Nachmittagsruhe in dem Zimmer unter ihnen. »Seid Ihr derjenige, der dies getan hat?«

»Ich? Ein armer, unwissender Handwerker?« Er schlug das Psalmenbuch auf, sah sich die Bilder an und zog die Brauen hoch. »Ich kann viel besser zeichnen.«

Er sah sich das Buch näher an, wobei er der Widmung besondere Aufmerksamkeit schenkte. »Aus dem Kloster Paraklet. Sieht mir nicht nach der Arbeit anständiger, frommer Nonnen aus. Ich würde sagen, es ähnelt mehr einer Sache, die jemand aus tiefem Groll heraus tun würde. Zum Beispiel eine Novizin, die ausgestoßen wurde?«

»*Avoutre*! Wie könnt Ihr es wagen, mich zu beschuldigen?« rief Catherine. »Gebt es mir zurück!«

Sie entriß ihm das Buch. Dabei fiel eine lose Seite zu Boden. Edgar hob sie auf und sah sie verblüfft an.

»Diese Zeichnungen stammen von Garnulf«, sagte er schließlich. »Was haben sie hier zu suchen?«

ACHTES KAPITEL

In der Bibliothek von St. Denis, einen Augenblick später

In Einsamkeit schleicht sich Stolz ein, und wenn ein Mensch ein Weilchen gefastet und niemanden gesehen hat, hält er sich selbst für eine Person, die etwas zählt.
DER HEILIGE HIERONYMUS
Brief an Rusticus

Catherine nahm Edgar die Seite aus der Hand. Sie war voller winziger Skizzen, Filigranmuster, Schmuck, Menschen. Der Stil paßte zu dem Zettel, der zusammengefaltet in ihrem Ärmel steckte.

»Es sieht nach seinen Arbeitsentwürfen aus.« Sie drehte die Seite um, bemüht, irgendeinen Hinweis in den Mustern zu finden. »Ornamente für Statuen?«

In einer Ecke war eine grobe Skizze eines Gesichts zu sehen. Als sie es näher betrachtete, schienen sich die glatten Züge unter dem Bart zu verändern, als ob sich unter der Haut ein anderes Wesen befände, das nun durchzukommen versuchte. Es erschien ihr wie die Personifizierung ihrer Alpträume, in denen das Sichere und Vertraute sich plötzlich ins Böse verkehrte. Es war widerlich, aber sie war erleichtert zu sehen, daß es nicht von derselben Hand gezeichnet war, die die Psalmen entweiht hatte. Also wußte Garnulf von dem Buch. Aber warum hatte er seine Zeichnungen darin gelassen, oder hatte gar nicht er das getan? Was, wenn derjenige, der ihn getötet hatte, sie ihm gestohlen und hier versteckt hatte? In diesem Fall gäbe es eine unstrittige Verbindung zwischen beiden Verbrechen. Und Edgar, welche Rolle spielte er dabei?

Draußen begannen die Glocken zu läuten, riefen die Mönche zur None. Von unten hörte man ein Scharren, als Prior Herveus kam, um den Abt zu wecken. Edgar trat näher an Catherine heran und senkte seine Stimme.

»Ich verstehe das nicht. Das sind nur Kritzeleien. Warum sollte irgend jemand sie aufbewahren wollen oder sie in einem –«, Edgar warf einen Blick auf das aufgeschlagene Buch, »– Psalmenbuch verstecken?«

Catherine schlug das Buch zu, ließ aber die Hand darauf liegen.

»Woher wißt Ihr, was dies für ein Buch ist?« fragte sie, ohne auf seine Frage einzugehen. »Wo würde ein Steinmetzlehrling jemals Latein lernen? *Was* seid Ihr?«

Sie funkelte ihn mit der ganzen aristokratischen Autorität an, die ihr zu Gebote stand. Edgar öffnete ärgerlich den Mund, dann schloß er ihn wieder. Ein Mundwinkel zuckte im Anflug eines Lächelns.

»Catherine LeVendeur«, sagte er schließlich, »Ihr habt die erstaunlichsten Augen!«

Catherine zuckte mit den Wimpern und sah zu Boden, wütend über ihre eigene erfreute Reaktion. Entschlossen unterdrückte sie das Gefühl.

»Eine interessante Beobachtung«, sagte sie. »Und was hat das bitte mit dem augenblicklichen Thema zu tun? Besonders mit dem Grund für Eure Anwesenheit in der Bibliothek?«

140

»Ich bin hierher gekommen, um nach einem Motiv zu suchen, das jemanden dazu veranlaßt haben könnte, einen alten Mann zu ermorden, der nichts in seinem Leben verbrochen hat, außer es damit zu verbringen, Steinblöcke in schöne Objekte zu verwandeln.«

Er nahm noch einmal den Zettel zur Hand und drehte ihn um. Auf der Rückseite waren Linien und noch mehr Zeichnungen zu sehen.

»Vielleicht ist dies der Grund«, fuhr er fort. »Was wißt Ihr über dieses Buch?«

»Alles«, antwortete sie. »Ich habe seine Herstellung beaufsichtigt.«

»So?« meinte er. »Das bringt uns zu meiner ursprünglichen Frage zurück. Schloß Eure Arbeit auch das erbauliche Stückchen mit ein, das Ihr soeben kopiert habt? Oder habt Ihr nur einen ›Fehler‹ korrigiert?«

Catherine wandte ihm den Rücken zu und begann, das Material zusammenzupacken. Sie ließ die Seite, die sie benutzt hatte, um die Schmähungen zu kopieren, in ihren Ärmel gleiten, in der Hoffnung, daß Edgar es nicht bemerken würde. Hoffentlich war nichts durch die Tinte ruiniert. Dann würde sie noch einmal die Verwünschungen des Präzentors erdulden müssen.

»Das Psalmenbuch hat nichts mit Euch oder Garnulf zu tun«, sagte sie. »Er muß das Blatt weggeworfen haben, und jemand hob es in der Absicht auf, die Zeichnungen auszuradieren und das Papier dann wieder zu benutzen.«

»Oder«, meinte er, »es sollte vielleicht als Lesezeichen dienen. Wer hat es dort hineingelegt?«

Sie hielt inne. »Natürlich! Und Ihr habt es Euch geschnappt, so daß wir niemals erfahren werden, welche Stelle es markieren sollte.«

»Ich?« erwiderte er. »Ihr hättet es für immer mit vergosse-ner Tinte ruiniert!«

»Sprecht leiser!« warnte sie ihn. »Laßt mich noch einmal diese Zeichnungen ansehen. Vielleicht findet sich in ihnen der entscheidende Hinweis.«

Sie streckte die Hand aus. Langsam faltete er das Blatt zusammen und steckte es in eine Börse, die an seinem Gür-tel hing.

»Wenn Ihr sie sehen wollt, trefft mich morgen früh im Ap-felgarten, in der Ecke bei den Ruinen des Heidengrabmals.«

Catherine zögerte, dann nickte sie.

»Ja, aber Ihr müßt verschwinden, bevor der Präzentor zurückkommt«, sagte sie. »Aber vorher könnt Ihr mir noch dabei helfen, diese Sachen wegzuräumen und das Buch wieder auf das Brett über dem Fenster zu legen, wo ich es gefunden habe.«

»Was hatte es dort oben zu suchen?« fragte er.

»Wir sind nicht die einzigen, die Geheimnisse haben«, antwortete sie.

Als Bruder Leitbert zurückkam, saß Catherine beflissen da, offenbar immer noch in die erste Seite der Biographie des heiligen Antonius vertieft. Er schüttelte den Kopf ob ihrer Langsamkeit.

»Vielleicht brauchst du einen leichteren Text«, spottete er.

»Nein, er ist gut. Ich werde ihn morgen zu Ende lesen.« Catherine lächelte. »Danke, Bruder Leitbert.«

Seine einzige Reaktion war ein Schniefen. Aber sie spür-te, wie sein zorniger Blick sie die Treppe hinunter und bis in den Hof verfolgte.

Der einzige Ort, an dem sie sicher sein konnte, mehr als

ein paar Minuten allein zu sein, war der Abort. Sie verriegelte die Tür und zog die Seite heraus, die sie soeben kopiert hatte. Genau wie sie befürchtet hatte, hatte Edgar sie dazu gebracht, Tinte über das meiste zu verschütten. Der bloße Gedanke an die unzüchtige Gotteslästerung, in welche ihre Arbeit verwandelt worden war, erregte Übelkeit in ihr. Oder vielleicht war es nur der Geruch? Wann hatte man diesen Ort wohl das letzte Mal gekalkt? Als Catherine sich setzte und nachdachte, piesackte ihr Gewissen sie:

Nun zu diesem Steinmetz, der Latein lesen kann, Catherine.

O nein, nicht jetzt, dachte sie. *Ich bin verwirrt genug.*

Wirst du ihn morgen allein treffen?

Ja, entschied sie, damit mögliche Einwände ihres Gewissens unterdrückend. *Es ist offensichtlich, daß er mehr ist, als er vorgibt. Ich muß herausfinden, welche Rolle er in dieser Sache spielt.*

Was, wenn er von Abaelards Feinden ausgeschickt wäre, um mehr belastendes Material gegen ihn zu finden? Vielleicht hatte Garnulf davon gewußt und versucht, ihn daran zu hindern?

Aber er war bei mir, als Garnulf stürzte, beharrte Catherine.

Die Stimmen mischten sich erneut ein. Allmählich wünschte sie sich, niemals in den Genuß von Bildung gekommen zu sein. *Was, wenn Edgar einen Verbündeten hätte? Er verriet Garnulf, und jemand anders tötete ihn. Und schließlich: Ist es nicht ziemlich merkwürdig, daß er gerade in dem Moment zur Stelle war, als Garnulf herunterfiel? Was hatte er im Hof zu suchen? Er war doch wohl kaum auf dem Weg zur Vesper.*

Dazu fiel ihr kein Gegenargument ein.

Trotzdem, erwiderte sie, *besitzt er Informationen, und ich sollte versuchen, an sie heranzukommen. Es ist meine Pflicht. Wenn ich nicht den Mut aufbringe, hinzugehen, enttäusche ich Heloïse und vielleicht auch Abaelard. Habt Ihr mich nicht gerade für meine Ängstlichkeit getadelt?*

Das brachte sie endlich zum Schweigen.

Zufrieden mit ihrem Entschluß, steckte Catherine den Zettel in den Ärmel zurück und öffnete die Tür des Aborts.

»O, Fräulein Catherine«, sagte die Wärterin. »Ihr wart so lange da drin, daß ich fürchtete, Ihr wäret krank. Ich wollte gerade nach Euch sehen.«

»Ich danke Euch für Eure Besorgnis«, sagte Catherine. »Aber ich bin wohlauf.«

Als die Frau forthuschte, fragte sich Catherine, ob das der wirkliche Grund gewesen war, warum die Wärterin auf sie gewartet hatte, dann verfluchte sie sich dafür. Würde sie niemals wieder jemandem trauen können?

Die Frauen, die als Abt Sugers Gäste das Frauenhaus bewohnten, waren weniger geworden. Der Jahrmarkt war zwar noch voll im Gange, aber die Frauen, die ihn besuchten, gehörten keiner Klasse an, die Unterkunft in der Abtei bekamen. Nach Agnes' Abreise hatte Catherine eingewilligt, ihr Bett mit Mathilde zu teilen, einer Adligen aus Blois und entfernten Cousine ihrer Mutter.

Catherine hatte genug zu überdenken, und die Frau schien ebenfalls einer Unterhaltung abgeneigt, doch nachdem sie eine Stunde lang steif Seite an Seite gelegen hatten, wandte sie sich an Catherine.

»Ihr seid Nonne, nicht wahr?« fragte sie.

»Noch nicht«, entgegnete Catherine. »Ich habe noch nicht das Gelübde abgelegt.«

»Dann tue es bald, Kind«, flüsterte Mathilde, »bevor Ihr Euch verheiratet findet.«

»Beides ist eine ehrenwerte Wahl«, sagte Catherine.

»Nein. Das kann nicht stimmen«, sagte Mathilde. »Gott erhört die Gebete der Nonnen. Meine erhört er überhaupt nicht.«

»Das ist nicht wahr!« Die tonlose Stimme der Frau beängstigte Catherine. Verzweiflung war ein Abgrund, in welchem viele ihre Seelen verloren hatten.

»Seit zehn Jahren habe ich Gott um einen Sohn gebeten. Ich habe Almosen gegeben, vor jedem Schrein gebetet, eine Kapelle für die heilige Perpetua gebaut. Aber immer, wenn ich schwanger werde, stirbt das Kind, manchmal noch vor der ersten Bewegung.«

»Das tut mir leid«, sagte Catherine. »Meine Schwägerin hatte auch Schwierigkeiten, ein Kind auszutragen. Aber sie hat nie den Glauben verloren, und jetzt hat sie einen prächtigen Sohn.«

»Ich habe keine Zeit mehr für den Glauben«, sagte Mathilde mit derselben tonlosen Stimme. »Mein Mann braucht einen Erben. Seine Mätresse hat ihm drei Jungen geboren, einen nach dem anderen. Was hat Gott sich nur dabei gedacht, daß er sie leben ließ, wo sie doch das Produkt der Sünde sind? Mattheus hat versucht, unsere Ehe annullieren zu lassen. Unsere Paten waren Bruder und Schwester. Aber er hat nicht den notwendigen Einfluß beim Bischof. Also bleibt ihm keine andere Wahl.

»Nein!« Catherine legte den Arm um Mathilde. »Ich bin sicher, daß er das nicht tun würde.«

»Seine Söhne würden niemals als legitim anerkannt, solange ich nicht tot bin. Dies ist meine letzte Chance.«

»Ihr seid gekommen, um die Fürbitte des heiligen Dionysius zu erflehen?«

»Nein, ich bin gekommen, um den Eremiten Aleran auf-

145

zusuchen. Andere Frauen haben glücklich empfangen, nachdem sie seinen Rat erhalten haben. Er hat besondere Gaben und Tränke, die Wunder wirken.«

»Ich habe von diesem Mann gehört«, sagte Catherine. »Vielleicht ist er ein Heiliger und großer Heiler. Aber vielleicht ist er nur einer von den Scharlatanen, der Eure Opfergaben entgegennimmt und Euch wertloses Pulver dafür gibt.«

»Mag sein, aber ich habe wundersame Dinge über ihn von Frauen gehört, denen ich vertraue, und ich habe ihre gesunden Kinder gesehen. Ich treffe ihn in der Morgendämmerung. Er erwartet mich.«

»Sehr wohl«, sagte Catherine. »Ich bete, daß er Euch helfen kann. Aber vergeßt nicht, daß alle Wunder von Gott kommen. Verwechselt Ihn nicht mit Seinen Dienern.«

»Ich glaube, das kümmert mich nicht mehr, aber ich weiß Eure Freundlichkeit zu würdigen.«

Mathilde drehte sich auf die Seite und sagte nichts mehr. Endlich schlief Catherine ein. Als sie erwachte, war die Frau bereits verschwunden.

An jenem Morgen sang Catherine die Andacht mechanisch, ihre Gebete blieben reine Lippenbekenntnisse. Gleich nachdem sie damit fertig war, schlüpfte sie zur Kirche hinaus und ging auf den Obstgarten zu.

Er wartete bereits. Er führte sie zu der Stelle, wo die nackten Zweige noch nicht beschnitten waren und sie sich im Strauchwerk verstecken konnten.

»Ihr wißt, was sie mit uns machen, wenn sie uns hier erwischen?« sagte er warnend.

»Ziemlich genau«, antwortete sie. »Habt Ihr Garnulfs Zeichnungen? Laßt sie mich noch einmal sehen. Konntet Ihr etwas entschlüsseln?«

»Zunächst einmal glaube ich nicht, daß es sich um Entwürfe für eine Bildhauerarbeit handelt. Dies ist zu fein, selbst für Maßwerk«, begann er. »Es ist Schmuck, da bin ich mir sicher.«

»Natürlich ist es das«, sagte Catherine und nahm ihm den Zettel ab. »Soviel wußte ich gestern schon. Es ist überhaupt nicht wie das andere.«

»Welches andere?«

»Ich meine die Bilder im Psalmenbuch«, stammelte sie.

»Nein, das meint Ihr nicht. Ihr habt etwas bei Garnulfs Leiche gefunden. Ich habe Euch beobachtet.«

Catherine schluckte. »Habt Ihr mich deshalb hier herausgelockt? Um etwas zurückzuholen, was Euch belasten könnte?«

Edgar starrte sie an. »Das mich belasten könnte? Bei den Sturmwolken des heiligen Swithin, Weib, wovon redet Ihr?«

Catherine blieb die Antwort schuldig. Sie betrachtete erneut den Zettel. Edgar beobachtete sie bei dem Versuch, aus den Mustern klug zu werden. Er wünschte, er wüßte, was sie hier machte. Sie war überhaupt nicht eingeplant. Er mußte sie dazu bewegen, St. Denis zu verlassen. Ihre Einmischung konnte er nicht riskieren. Er mußte … Catherine sah ihn an. Ach, du selige, heilige Margaret! Diese verflixten Augen!

»Wie alt seid Ihr?« fragte sie.

»Was? Dreiundzwanzig«, antwortete er erschreckt.

»Ihr seht jünger aus«, sagte sie und widmete sich wieder dem Stück Papier.

»Bin ich aber nicht!« Er packte und schüttelte sie. »Und ich bin auch kein rotznasiger Page, der hier herumsteht, um beschuldigt und dann ignoriert zu werden. Was glaubt Ihr denn, was ich mit Garnulf zu schaffen habe?«

»Das weiß ich nicht!« schrie sie zurück. »Ihr wollt es mir ja nicht sagen!«

147

»Still«, sagte er. Dann sahen sich beide um, aber niemand schien sie gehört zu haben. Er ließ sie los.

»Ich kann es Euch nicht sagen. Ich habe einen Eid geschworen«, erklärte er widerstrebend. »Aber ich hatte nichts mit dem Mord an Garnulf zu tun. Ich habe den alten Mann geliebt.«

Er schluckte und versuchte, sie durch seinen Blick zu besiegen. Endlich nickte sie und sah wieder auf den Zettel.

»Dieser Teil sieht aus wie eine Art Landkarte«, sagte sie.

»Laßt mich sehen«, sagte er.

Sie wies ihn auf die Linien hin, wie sie Wegen ähnelten, die sich kreuzten und alle von einer Gruppe von Rechtecken ausgingen, die vielleicht die Abtei darstellten.

»Ja«, sagte er, »ich glaube, Ihr habt recht. Dies könnte das Tal von Chevreuse sein.« Er zeigte auf eine rankenartige Linie. »Und dies der Weg in den Wald von Iveline. Was meint Ihr?«

»Ja«, sagte sie. »Seht mal, noch ein Pfad geht davon ab, außerhalb der Ländereien der Abtei, nach ... irgendwo. Ich weiß nicht, was damit gemeint sein könnte.«

Edgar schüttelte den Kopf. »Das läßt sich nur herausfinden, wenn man hingeht, möchte ich annehmen.«

»Ja, Ihr habt recht«, sagte Catherine. »Es scheint nicht allzu weit zu sein. Wann gehen wir hin?«

»Entweder scherzt Ihr, oder Ihr seid verrückt«, antwortete er. »Denkt daran, was geschehen würde, wenn man uns zusammen hier fände, was mögen dann erst die Folgen sein, wenn man uns irgendwo in den Wäldern aufgriffe.«

»Ihr könntet Euch immerhin auf die Vorrechte des geistlichen Standes berufen«, konterte sie.

»Vermutlich schon, aber ... «

»Ich hab's gewußt!« rief Catherine aus. »Ihr habt die niederen Weihen, nicht wahr?«

148

»Unsinn«, sagte er. »Warum sollte ich hier arbeiten, wenn ich Geistlicher wäre?«

»Man hat Euch vielleicht aus Eurem Orden verstoßen — wegen Diebstahls oder sogar wegen Mordes«, sagte sie. »Vielleicht hat man Euch mit der Tochter eines Bischofs im Bett erwischt. Da Ihr's mir nicht sagen wollt, bin ich auf Mutmaßungen angewiesen. Aber ich kann Euch nicht vertrauen. Darum lasse ich Euch nicht allein gehen. Wenn Ihr mich übergeht, erzähle ich dem Abt alles. Und falls Ihr mir ein Leid zufügt, wird meine Familie Euch verfolgen und töten.«

»Euch ein Leid zufügen?« Wie seltsam, es war ihm nicht in den Sinn gekommen, daß sie ihn als Gefahr betrachten könnte. »Nein, ich tue Euch nichts«, sagte er. »Und wenn Ihr glaubt, dorthin gehen zu müssen, begleite ich Euch. Aber man darf uns nicht zusammen hier weggehen sehen. Trefft mich morgen zur Zeit der Ruhestunde an der Weggabelung nach Vielleteneuse.«

Dann war er mit der Karte verschwunden.

Catherine hockte zwischen den Brombeeren, bis ihre Füße eiskalt waren. Dieser Dummkopf schien anzunehmen, alles sei in Ordnung, weil er ihr gesagt hatte, daß er einen Eid geschworen habe. Wem denn? Er benahm sich, als ob es ein Spiel wäre, genau wie die Ritter im Turnier.

»*Und du etwa nicht?* mischten sich die Stimmen ein. *Ein Spiel oder eine Geschichte, nicht wahr? Dein eigenes heiliges* chanson de geste. *Welche Heilige spielst du heute? Und ist Edgar dein Peiniger oder dein Retter?*

Diese Stimmen wurden allmählich allzu persönlich. Catherine stand auf, strich sich die Röcke glatt und ging rasch zum Gästehaus zurück. Sie würde auf solche Bemerkungen nichts erwidern, auch nicht sich selbst gegenüber.

In jener Nacht kam Mathilde, die Frau aus Blois, zurück. Sie war in gedämpfter Stimmung.

»Habt Ihr den Eremiten gesehen?« fragte Catherine.

»O ja«, keuchte sie. »Wir haben zusammen gebetet. Es war anders als alles, was ich je erlebt habe. Jetzt wird Gott mich erhören. Alles, was ich dafür gegeben habe, war es wert; muß es einfach sein. Ich bin gesalbt worden wie die heilige Elisabeth. Mein Sohn wird stark und gesund sein.«

Sie sprach nicht weiter, und am nächsten Morgen reiste sie ab. Catherine vergaß sie fast auf der Stelle. Es gab ernstere Angelegenheiten. Sie stand im Begriff, sich auf die Suche zu begeben.

Es war einer von diesen endlosen Herbsttagen, an denen der Wind die Wolken hin und her bläst und das Sonnenlicht mal hier und mal dort auf die Erde fallen läßt. Catherine hatte einige Schwierigkeiten, den Umhang und die Kopfbedeckung an Ort und Stelle zu halten, als sie zu den Toren hinaus in die Wälder eilte. Schon bald kam sie an die Weggabelung. Der breite Weg führte nordwärts nach Vielletenense und zum Bergfried ihres Bruders. Der andere führte zum Fluß. Von dort aus ging der Pfad auf Garnulfs Karte ab.

Der Weg war schmal und durch zerbrochene Steine der alten römischen Straße markiert. Die Bäume waren zu beiden Seiten gestutzt, und in der Mitte war durch Tausende von Reisenden, die im Laufe der Jahrhunderte hier vorbeigezogen waren, eine Senke entstanden. Catherine wartete ein paar Minuten, genoß die Einsamkeit und den Geruch der spätblühenden Pflanzen in der schwächer werdenden Sonne.

Die Schatten wurden länger. Was war mit Edgar passiert? Hatte er den Mut verloren, seine Meinung geändert? Oder, dachte sie, als sich die Dunkelheit über die Straße ausbreitete, hatte er sie absichtlich allein hierhergehen lassen? Warum hatte sie ihm geglaubt? Er war der Karte vermutlich schon gefolgt und hatte gefunden, was auch immer es zu finden gab. Vielleicht hatte er es einfach genommen und war davongelaufen, so daß sie nie herausfinden würde, worauf Garnulf hinweisen wollte.

In diesem Fall hatte er sich getäuscht. Sie erinnerte sich recht gut an die Karte. Sie kannte diese Wälder seit ihrer Kindheit. So weit war es nicht. Sie würde allein gehen.

Es gab noch eine dritte Möglichkeit. Was, wenn dies eine Falle wäre? Was, wenn er auf sie wartete, um sie dazu zu bringen, ihm das andere Papier auszuhändigen? Wenigstens war sie heute so vernünftig gewesen, es in ihrem Schmuckkasten zurückzulassen.

Catherine faßte sich wieder. Heloïse sagte stets, daß die Suche nach der Wahrheit durch viele Fallstricke behindert würde, doch wenn man guten Glaubens weiterschreite, würde sich die Wahrheit von selbst präsentieren. Heloïse war nicht so naiv zu behaupten, es gäbe nie Gefahren. Catherine schloß die Augen und bat ihre ganz spezielle Heilige, ihren letzten Rettungsanker, um Schutz, ihre Namensvetterin Katharina von Aix. Bevor ihr die Angst oder der gesunde Menschenverstand davon abraten konnten, machte sie sich auf den Weg.

Der Pfad stieg steil an. Das heruntergefallene Laub war glitschig vom Matsch. Hier und da mußte sie sich an den Zweigen festhalten, um nicht das Gleichgewicht zu verlieren. Was würde sie am anderen Ende erwarten? Hoffentlich hatte sie nicht die falsche Abzweigung genommen.

Der Pfad endete abrupt. Sie wäre beinahe in die Hütte hineingerannt. Es gab nur eine kleine Lichtung rund um den primitiven Bau, welcher sich an eine Eiche anlehnte. Es handelte sich um eine unsachgemäße Arbeit aus Lehm und Flechtwerk. An den Außenwänden hingen Büschel von Kräutern, Frauenminze, Engelwurz, Knöterich, Spier und anderen, welche sie nicht kannte. Ein beißender Geruch wie von Rauch hing in der Luft, doch sie sah kein Feuer. Es war schrecklich ruhig.

Catherine ging auf, daß es kein Akt von *sapientia* gewesen war, allein hierher zu kommen. Schließlich war die heilige Katharina Märtyrerin gewesen. Sie hätte die Suche nicht so weit treiben sollen. Gerade wollte sie den Hügel wieder hinuntergehen, als ein Mann hinter der Eiche hervortrat. Catherine öffnete den Mund und vergaß, ihn wieder zu schließen.

Er war schön. Wilde Zotteln goldener Locken hingen ihm bis auf die Schultern herab und gingen in seinen Bart über. Er hätte Ovid oder den Geschichten über Karl dem Großen entsprungen sein können. Er maß weit über sechs Fuß und entsprach so gar nicht dem Bild des mageren, asketischen Eremiten, das Catherine sich ausgemalt hatte; eher sah er aus, als ob er einen Ochsen fällen könnte.

Er sah sie und lächelte.

Ach du lieber Gott, dachte Catherine. Sogar seine Zähne sind schön.

»Guten Tag, mein Kind«, sagte er. Sein Stimme hatte die nasalen Vokale Okzitaniens. »Seid Ihr gekommen, um Weisung zu erhalten?«

»Ich ... ich ....« Heiliger Bimbam, warum war sie hier? »Seid Ihr Aleran?«

»Der bin ich.«

Er wartete auf ihre Entgegnung. Sie spürte, daß er ewig warten konnte, bis er Wurzeln schlüge und eins werden würde mit der Eiche.

»Ich habe gehört, daß Ihr heilt und Rat erteilt.«

Er machte eine wegwerfende Handbewegung. »Ich habe eine Gabe, doch nur mein Meister kann Wunder wirken. Seid Ihr krank oder in Nöten?«

»Weder noch. Ich . . .« Doch sie war sehr wohl in Not. Seit sie das Paraklet verlassen hatte, kam es ihr vor, als ob sie auf Treibsand zu tanzen versuchte.

»Nun, dann habt Ihr ohne Grund einen weiten Weg zurückgelegt«, sagte er. »Ich wollte gerade Wasser holen. Möchtet Ihr Euch einen Augenblick ausruhen, bevor Ihr wieder geht?«

Er hob die Decke an, die als Tür diente, und ließ Catherine eintreten. Dann nahm er einen Eimer und ging.

Es dauerte ein paar Minuten, bis sich Catherines Augen an die Dunkelheit gewöhnt hatten. Langsam erkannte sie einen winzig kleinen Raum, der voller Kräuter hing und mit Kästchen unterschiedlicher Größe vollgestopft war. Manche waren aus Holz, andere aus Ton, manche sogar aus Elfenbein und Silber. Silber? Aleran mußte wohl eine paar sehr dankbare Kunden haben. Catherine nahm eines, das fast schwarz angelaufen war, in die Hand. Der Verschluß sprang auf, und der Inhalt fiel heraus.

»O nein, nicht schon wieder!« Eilig legte sie die Ketten und Perlen, die auf dem Boden verstreut waren, in das Kästchen zurück und tastete nach weiteren. Sie glaubte, daß etwas auf den Haufen Farnkraut zugerollt war, der dem Eremiten als Lager diente. Ja, ihre Finger ertasteten die Form eines Rings.

Sie hob ihn auf. Waren da draußen Schritte? Sie hielt den Atem an. Niemand kam herein. Sie atmete aus. Jetzt nur den Ring wieder hineinlegen und die Schatulle dorthin stellen, wo sie sie gefunden hatte. Als sie den Deckel hob,

153

fiel ein Sonnenstrahl auf ihre Hand und wurde vom Stein des Ringes reflektiert.

Der rote Blitz überraschte sie. Sie hielt den Ring hoch und betrachtete ihn blinzelnd im Licht. Gold, kunstvoll geschmiedet. Ein Rubin und ein Turmalin. Die Art Ring, den eine feine Dame tragen oder einem Geliebten schenken würde. Ein Ring identisch mit dem, den Agnes Onkel Roger entrissen und in St. Denis in den Zement geworfen hatte. *Es kann nicht derselbe sein!* dachte sie. Und doch mußte es so sein, denn an der Innenseite des Rings klebte sogar noch ein wenig Mörtel.

Plötzlich fuhr sie herum. Das waren wirklich Schritte. Der Eremit schob die Decke beiseite. Instinktiv steckte Catherine den Ring auf den Zeigefinger ihrer rechten Hand. Sie ließ sich auf das Farnkrautlager fallen und lächelte den Eremiten an.

Er kam herein und setzte sich neben sie. Es gab, wie sie bemerkte, keine andere Sitzgelegenheit. Er roch nicht gerade wie ein Asket. Da Asketen die Bedürfnisse des Leibes vernachlässigten, stanken sie im allgemeinen. Doch Aleran nicht. Er duftete nach Kräutern, Weihrauch und Moschus. Er nahm ihre Hand und sah ihr lächelnd in die Augen. Catherine holte tief Luft. Ein Heiligenschein schien um ihn herum zu strahlen, der sie innerlich erwärmte.

»Sagt es mir«, forderte er sie auf.

»Was denn?« Die Hütte war klein und fensterlos. Ihr wurde schwindelig.

»Wie kann ich Euch helfen?« sagte er. »Alle, die zu mir kommen, leiden auf irgendeine Art. Möchtet Ihr ein wenig Wasser?«

»O ja«, sagte sie. Das würde helfen, ihre Sinne zu klären.

Sie leerte den Becher, den er ihr reichte, bis zur Neige.

154

Wunderbares Wasser, es war kalt und schmeckte nach Erde. Sie gab ihm den Becher zurück. Er wartete immer noch.

Natürlich. Sie war gekommen, weil Garnulfs Karte sie hierhergeführt hatte. Aber jetzt war sie nicht sicher, ob sie sich nach ihm erkundigen sollte. Aleran schien Wärme und Trost auszustrahlen. Aber da war jener Ring. Wie war er hierhergekommen? Wer hatte ihn aus dem Mörtel entfernt? Sie mußte irgend etwas sagen.

»Ich bin im Begriff, den Schleier zu nehmen«, erklärte sie. »Ich bin mir nicht sicher, ob ich wahrhaftig dazu berufen bin.«

Seine Augen leuchteten auf. »Ich freue mich sehr, daß Ihr zu mir kommt, bevor Ihr das Gelübde ablegt. Zu oft meinen Frauen, daß sie im Kloster eine Zuflucht vor der Welt finden, aber das ist nicht, was Gott sich von Euch wünscht.«

»Nein?«

»Nein«, erwiderte er. »In Gottes Wort steht nichts davon, daß man der Welt entsagen soll, indem man sich hinter Mauern verschanzt. Es stimmt, daß die Welt schlimm ist, voller Heuchelei und Habsucht. Niemand, der dem Mammon frönt, kann in die Ewigkeit eingehen. Alles, was selbstsüchtig gehortet wird, verkümmert und welkt dahin, eine sündige Verschwendung. Alles, was auf Erden geschätzt wird, ist in den Augen des Himmels ein Fluch. Und was ist es, was diese Frauen und Männer, welche dem Kloster vorstehen, am höchsten schätzen?«

Catherine antwortete nicht. Sie versuchte herauszufinden, wohin dieses Argument führte. Es stand nicht bei Plotin.

»Reinheit!« sagte er. »Sie horten ihre Leiber, wie ein Geizkragen Gold hortet. Sie mißbrauchen und leugnen gerade das eigentliche Geschenk, das Gott ihnen gemacht hat, ihr eigenes Fleisch. Was könnte ein größeres Sakrileg sein als die Mißachtung der Bedürfnisse des Gottestempels? Was könnte weniger rein sein als das unnatürliche Leben einer wichtigtuerischen Selbstverleugnung?«

»Das verstehe ich nicht«, sagte sie. Dies war ein Irrtum. Sein Rat hatte nichts mit ihren Zweifeln darüber zu tun, ob sie sich dazu eignete, Gott zu dienen. Gegen Verleugnung des Fleisches hatte sie nichts einzuwenden; es war die Leugnung des Intellekts, die sie bekümmerte. Aleran hatte davon nichts erwähnt.

Er fuhr fort. Seine Stimme war wie warmer Honig, der sich über sie ergoß.

»Viele Eurer Schwestern sind zu mir gekommen, um Trost zu suchen. Sie sind so im Dogma und in den Regeln gefangen, daß sie vom Weg zur WAHRHEIT abgekommen sind. Die falsche Doktrin ist so fest in ihren Köpfen verankert, daß sie es nicht wagen, Gott freimütig anzubeten, mit all ihren Sinnen. Ich erteile ihnen Rat. Ich lehre sie, mit dem göttlichen Plan eins zu werden.«

»Wie?« fragte Catherine, unwillkürlich neugierig.

Aleran nahm ihre andere Hand: »Manchmal ist es schwer, sich von alten, archaischen Sitten zu lösen. Wir müssen Tage zusammen verbringen, ständig mit den Basilisken ringen, welche ihre wahre Natur gefangen und unterworfen haben. Aber schließlich besiegen wir sie, und sie finden Erleichterung und Erfüllung. Ich kann dich auch dieser Freude zuführen, dieser Vereinigung mit dem Göttlichen.«

Er stand auf. Catherine wäre beinahe hingefallen. Seine Rede war eindringlich, verlockend, sogar stärker als die der Scholaren, welche in Paris diskutierten. Irgendwo hatte sie einen anderen Mann so reden hören, in großartigen, farbigen Worten, welche zu der Zeit so richtig schienen. Er hatte auch erklärt, wie sehr der moderne Mensch belanglosen Dogmen und Gesetzen verhaftet war und daß der Mensch die irdischen Dinge abwerfen müsse, darunter auch die Selbstsucht. Hunderte kamen, ihn zu hören. Viele glaubten an ihn und folgten ihm nach.

»Hier, mein Kind«, sagte Aleran sanft. »Ich werde dich unterweisen, wie du dich von den künstlichen Ketten der Welt und der Kirche befreien kannst. Ich werde dir erlauben, an meiner Heiligkeit teilzuhaben.«

Er öffnete seine Kutte. Catherines Augen weiteten sich. Kein Zweifel, Aleran war ein herrliches Beispiel von Gottes Ebenbild. Ihr Herz schlug schneller. Urplötzlich fiel ihr ein, was an dem anderen Prediger so außergewöhnlich gewesen war.

Er war wahnsinnig.

Catherine schloß die Augen und wich ihm aus. Sie atmete tief ein, um einen klaren Kopf zu bekommen und versuchte zu überlegen, was zu tun sei. Es war zwecklos, sich zu fragen, wie sich Aristoteles wohl in dieser Situation verhalten hätte. Aristoteles wäre nie so dumm gewesen, hierherzukommen. Die heilige Katharina hätte Tod statt Schande verlangt. Deren Namensvetterin hoffte nun auf eine weniger drastische Lösung.

Der Einsiedler beugte sich über sie, stützte sich mit den Händen an der Hüttenwand ab.

»Du sehnst dich danach, dich mit mir zu vereinigen«, sagte er beruhigend. »Du darfst nicht gegen deine Bedürfnisse ankämpfen. Darum bin ich hier, das ist es, was alle von mir begehren. Anbetung durch meine Heiligkeit. Ich bin nur das Instrument deiner Freiheit, mein Kind. Werde nur einmal ein Teil von mir, und du wirst erlöst.«

Catherine versuchte, sich so weit wie möglich von seinem

157

Instrument der Freiheit zu entfernen, aber er nagelte sie auf dem Bett fest. Sie drückte sich gegen die Wand und sah ihm ins Gesicht. Ihre Angst verwandelte sich in schieres Entsetzen. Das war weder Wahnsinn noch Lüsternheit, sondern kalte Bosheit. Er wollte sie nicht erlösen, er wollte sie auslöschen, sie auf etwas reduzieren, was weniger als menschlich war. Sie hatte einmal gelesen, daß Satan nichts war, die totale Abwesenheit von Licht oder Wärme, alles verschlingend und unausweichlich. Es hatte damals keinen Sinn ergeben. Jetzt verstand sie es.

Sie wand sich hin und her, um eine Ausflucht ringend.

»Tut mir leid«, stammelte sie. »Ich glaube, ich bin dessen noch nicht würdig. Vielleicht sollte ich noch einmal kommen.«

Er lachte. »Natürlich kommst du wieder. Wenn du einmal das Gefühl der Ekstase erlebt hast, wirst du darum betteln, es wieder zu erleben.«

Wohin sie sich auch bewegte, er war immer noch um sie, zwang sie näher zu sich heran. Sie versuchte, ihn wegzustoßen. Er packte ihre Hand.

»So nicht, Mädchen. Ich bin des Spielens überdrüssig. Was ist das denn?« Er hielt ihre Hand hoch und sah den Ring. Sein Gesicht wurde kalt. Er quetschte ihre Finger zusammen, so daß sie vor Schmerz aufschrie.

»Du Schlange! Dachtest du, du könntest mich zum Narren halten? Es ist klar, daß du eine von denen bist, die gewaltsam bekehrt werden müssen«, knurrte er, als er sie am Nacken packte und ihr Gesicht nach unten drückte. »Es ist für dein Seelenheil.«

Statt Widerstand zu leisten, senkte Catherine den Kopf noch tiefer und rammte ihn in seine Magengrube.

Aleran kreischte. Catherine ebenfalls. Als der Eremit zurücktaumelte und sich den schmerzenden Bauch hielt, konnte sie aufspringen und auf die Türöffnung zustürzen. Im gleichen Augenblick wurde die Decke beiseite geschlagen, und ein Arm reichte herein, packte ihre Hand und zerrte sie hinaus.

Sie rannten den schlüpfrigen Pfad hinunter. Catherines Kopfputz blieb an einem Zweig hängen und riß halb ab. Sie stolperte und schrammte sich die Hand auf, doch ihr Retter zerrte sie hoch und zog sie vorwärts, den ganzen Weg hinunter, bis sie die Hauptstraße zur Abtei erreichten. Erst dann ließ er sie los.

Catherine saß auf einem Baumstumpf, rieb sich die schmerzenden Finger und sah zu Edgar auf.

»Ihr schon wieder. Natürlich«, sagte sie. »Wer sonst?«

Dann brach sie in Lachen aus. Zuerst wurde Edgar rot vor Zorn. Dann wurde ihm klar, daß sie hysterisch war. Er packte sie bei den Schultern und schüttelte sie.

»Aufhören! Aufhören!« schrie er. »Catherine, wenn Ihr nicht aufhört, dann schwöre ich, daß ich Euch wieder schlage. Catherine!«

Sie warf den Kopf zurück und schloß die Augen, dann ließ sie sich plötzlich gegen seine Brust fallen und weinte.

Er legte die Arme um sie und klopfte ihr behutsam auf den Rücken.

»Weiter so, es ist schon in Ordnung«, murmelte er. »Natürlicher, jedenfalls. Was hat Euch bloß dazu gebracht, allein loszugehen? Warum habt Ihr nicht auf mich gewartet?«

Catherines Schluchzen ließ nach, und er ließ sie los. Sie entknotete ein Taschentuch aus ihrem Ärmel und wischte sich das Gesicht ab.

»Ich habe ja gewartet«, sagte sie. »Ich dachte, Ihr kämet nicht, ich dachte, Ihr … ich war nicht sicher … nun ja.«

»Ihr wart Euch meiner nicht sicher«, beendete Edgar ihren Satz. »Nein, warum hättet Ihr das auch sein sollen?«

»Warum denn nicht?« sagte sie. »Es scheint völlig logisch, daß der Allmächtige mir einen schmutzigen, eigensinnigen, anmaßenden Engländer als Schutzengel zuweist. Es ergibt so viel Sinn wie alles sonst in meinem Leben.« Sie schenkte ihm ein reuiges Lächeln. »Ich sollte mich bedanken.«

Er kniete neben ihr nieder. »Er hat Euch nicht verletzt, oder?«

»Nein, nur meinen Stolz«, sagte sie. »Es war dumm von mir. Aber er hat etwas mit der Abtei zu schaffen, da bin ich mir sicher. Er hat Schmuckschatullen in seiner Klause.«

Das Haar wehte ihr ins Gesicht. Sie begann, sich ihren Kopfputz neu zu binden. Die dunklen Locken, gewöhnlich verborgen, hingen ihr lose in die Stirn. Edgar strich sie sanft hinauf. Catherine sah ihn an. Er trat beiseite, als sie sie zu einem Zopf flocht. Es dauerte einige Minuten.

»Mutter Heloïse hat immer gesagt, mein Haar ist so unbezähmbar wie mein Geist. Einerlei, wie fest ich es binde, die Locken befreien sich immer«, plapperte sie. Sie schob die letzte widerspenstige Locke unter das Tuch, und dabei blieb etwas hängen.

»Der Ring!« Sie zeigte ihn Edgar. »Ich habe ihn in der Hütte gefunden. Edgar, ich habe genau diesen Ring mit den Opfergaben an den heiligen Dionysius in den Zement fallen sehen. Jemand muß ihn wieder herausgefischt und Aleran gegeben haben.«

»Seid Ihr sicher, daß es sich um denselben handelt?« fragte Edgar.

Sie schaute ihn an.

»Also gut«, fuhr Edgar fort. »Und es gab noch mehr Schmuckstücke und Ketten in der Klause?«

160

»Ja. Ich hatte keine Zeit, sie eingehend zu prüfen, aber ich könnte schwören, daß sie Teile von dem waren, was in den Zement geworfen wurde.«

»Und dorthin hat Garnulfs Karte geführt. Ja. Wenn er den Verdacht hatte, daß jemand Teile der in der Abtei geopferten Gaben stahl, wäre das Grund genug für seine Ermordung. Aber was hat das mit Eurem Psalmenbuch zu tun?«

Catherine zuckte mit den Achseln. »Das weiß ich nicht. Vielleicht nichts. Es kommt darauf an, wer die Karte hineingelegt hat.«

»Ja.« Edgar nickte. »Aber ich sehe keinen Zusammenhang zwischen den Veränderungen, die an dem Buch vorgenommen wurden, und dem Eremiten.«

»Garnulf mochte den Einsiedler nicht. Das hat mir die Wärterin erzählt. Er muß einen Verdacht gehabt haben.«

»Warum hat er mir das dann nicht erzählt?« fragte Edgar.

»Warum sollte er?« gab Catherine zurück.

Darauf wollte er nicht antworten.

»Euer ›Eid‹, nicht wahr?« sagte sie. »Einerlei. Glaubt Ihr, Aleran hat ihn getötet, oder verbietet es Euch Euer Eid, darüber zu spekulieren?«

Edgar ignorierte sie. Er ließ sich nicht ködern. »Aleran könnte vielleicht dort gewesen sein. Bei so vielen Pilgern hätte jeder in den Turm gelangen können.«

Damit war Catherine nicht zufrieden. »Ich sehe allerdings nicht, wie er den Ring hätte stehlen können. Die Opfergaben werden bewacht.«

»Nein, er muß einen Partner haben, einen der Wächter vielleicht. Habt Ihr mich immer noch in Verdacht?«

Catherine zögerte, dann schüttelte sie den Kopf. »Allerdings habe ich von Eurem verdammten Eid die Nase gestrichen voll. Nun ja, es muß jemand aus der Abtei sein. Vielleicht einer von den anderen Handwerkern oder gar ein Mönch. Darum wagte Garnulf es nicht, zum Abt zu gehen. Beschuldigungen gegen Kirchenmänner fallen meistens irgendwie auf den Ankläger zurück. Aber warum hat er die Karte gezeichnet, und was hatte sie in meinem Psalmenbuch zu suchen?«

»Das weiß ich auch nicht«, sagte Edgar. »Aber ich werde es herausfinden. Gebt mir den Ring, und ich sorge dafür, daß er dorthin zurückkommt, wo er hingehört.«

»Nein, ich bringe ihn Abt Suger. Dies ist ein Beweis dafür, daß man ihn bestiehlt. Er sollte es wissen.«

»Und Ihr wollt ihm sagen, wie Ihr ihn gefunden habt?«

Catherine hielt inne. Das könnte eine Reihe anderer Probleme aufwerfen. »Also gut, Ihr bringt ihn zu ihm.«

Sie zog daran. Dann drehte sie ihn. Sie versuchte, ihn irgendwie vom Finger zu streifen.

»Edgar, er geht nicht ab. Mein Finger ist geschwollen, und der Ring sitzt ganz fest.«

Er versuchte, ihn abzuziehen, aber beide sahen, daß er festklemmte und all ihre Bemühungen den Finger nur stärker anschwellen ließen.

»Was soll ich jetzt tun?« fragte Catherine.

Edgar zuckte mit den Achseln. »Für den Augenblick kann ich nur vorschlagen, daß Ihr die Hand bedeckt und Euch so weit wie nur irgend möglich von St. Denis fortbegebt.«

Catherine stand auf. Ihre Knie gaben nach, und er fing sie auf. Eine Sekunde lang lehnte sie sich an ihn, dann zog sie sich zurück.

»Falls Ihr vorschlagt, daß ich weglaufe und so tue, als ob nichts geschehen wäre, ist das ein unannehmbarer Weg«, teilte sie ihm mit. »Was auch immer in St. Denis vorgeht, es hat mit dem Tod meines Freundes und der Entweihung mei-

162

ner Arbeit zu tun. Dem werde ich nicht den Rücken zukehren.«

Resignierend erkannte Edgar, daß sie es ernst meinte. Es hatte sich im letzten Frühjahr alles so einfach angehört, als er eingewilligt hatte, nach St. Denis zu gehen. Ein Abenteuer. Ein Kreuzfahrereid. Eine gerechte Sache, für die es zu kämpfen galt. Und dann war Catherine in die Werkstatt spaziert, und plötzlich stand die ganze Welt kopf. Oh, heilige Jungfrau! Worauf hatte er sich eingelassen?

Neuntes Kapitel

Paris, in Hubert LeVendeurs Haus, Dienstag, den 31. Oktober 1139, am Vorabend von Allerheiligen

Und was auch immer ich mit dem Leib verspüre, wie diese Luft und diese Erde, ... so weiß ich nicht, wie lange sie überdauern. Aber sieben und drei sind zehn, nicht nur jetzt, sondern immerdar ... Diese unverletzliche Wahrheit der Zahl habe ich daher mir und allen, die denken, für gemein erklärt.

DER HEILIGE AUGUSTINUS VON HIPPO REGIUS
Über den Freien Willen

Catherine beugte sich über das große Rechnungsbuch im winzigen Kontor ihres Vaters. Das Zimmer enthielt nur den Tisch, zwei Schemel und ein Bord mit den Unterlagen und Rechnungen, welche bis auf die Zeit ihres Großvaters zurückgingen, der Zeit des Großen Kreuzzugs. Sie war sich der Verantwortung bewußt und trug jeden einzelnen Posten sorgfältig ein.

Sie verfügte über ein gutes Zahlenverständnis. Als Sohn würde sie ihren Vater jetzt auf seinen Reisen begleiten, Profite und Prozente kalkulieren und das Geschäft erlernen. Eine bessere Beschäftigung für den Geist, dachte sie mit Bitterkeit, als der Versuch, sich in einer moralisch chaotischen Welt zurechtzufinden.

Catherine glättete die zerkratzte Pergamentseite, legte das Lineal an, tauchte den Federkiel ein und zog eine feine, gerade Linie, um darüber die Summen einzutragen, eine in römischen Ziffern mit den verlangten Marktpreisen und dem Umsatz und die andere, die den echten Profit darstellte, in hebräischen Lettern, wie ihr Vater es sie gelehrt hatte. Sie widmete sich ihrer Aufgabe mit Hingabe. Trotz ihrer verkrampften Haltung war sie entspannt. Bei der Buchhaltung hatte sie immer inneren Frieden gefunden. So viel gezahlt, so viel eingenommen. Ein Anteil davon für Zölle und Abgaben, ein bißchen mehr für Mutters Kerzen und eine Halskette für Agnes. Wolle aus England, die in Flandern verkauft worden war, der für Guillaumes Burg vorgesehene Betrag. In Marseille eingekaufte Gewürze, frisch aus dem Heiligen Land und von noch weiter her.

Sie trug die Zahlen ein: Safran — Ausgaben: Denarii III, Einnahmen: Denarii XII. Sie kniff die Augen zusammen, um die Handschrift ihres Vaters zu entziffern. Nach Abzug der Reisespesen stellte sich heraus, daß alles, was Hubert unter dem Strich blieb, *gimel* war. Nicht viel in Anbetracht des Risikos. Doch gab es nichts daran zu deuteln. Sauber. Keine Rhetorik, keine Spekulation. Keine Diskussionen. Wunderbare, wunderbare Zahlen.

Sie steckte die Feder in das Tintenfaß. Sie blieb aufrecht darin stehen, denn die Tinte war durch die Kälte zähflüssig geworden. Sie rieb sich die Hände und tastete nach ihrer Nasenspitze. Dabei störte sie der Verband, der um ihre Finger gewickelt war. Darunter steckte immer noch der Ring fest, direkt unterhalb des Knöchels. In den letzten Tagen hatte sie ein paarmal gedacht, er hätte sich gelockert, aber er wollte einfach nicht abgehen.

Sie fummelte daran herum, konnte ihn unter dem Stoff ein wenig bewegen. Er war ihr zum Symbol für alles andere geworden, was sie verbergen und dessentwegen sie lügen mußte.

»Nur eine Schramme, Agnes«, hatte sie bei ihrer Heimkehr gesagt. »Sie müßte gereinigt und neu verbunden werden«, hatte Agnes insistiert. »Lass' mich mal sehen.«

»Nein! Es ist gut so. Mach nicht so viel Wirbel darum!« Catherine riß ihre Hand weg, doch sie sah jetzt noch die Verletztheit in den Augen der Schwester vor sich.

Es wurde dunkel. Hubert duldete hier keine Kerzen, aus Angst vor einem Feuer. Sie wollte noch nicht in den Saal zurück, obwohl sie fror. Die Kälte besaß auch eine Reinheit, so wie die Zahlen. Kein Gefühl bedrohte sie hier, kein Wahnsinn, kein Tod. Die Erinnerung an die Begegnung mit dem Eremiten verfolgte sie. Fast jede Nacht träumte sie, daß Aleran so wie Garnulf auf sie herabstürzte, nur nackt und lachend, und wie sie sich auch drehte oder fortzulaufen versuchte, er wartete immer schon auf sie, um sie zu vernichten. Würde sie nie davon befreit werden?

Nicht bevor du die Wahrheit herausfindest, Catherine.

Sie hielt sich die Ohren zu. Sogar hier setzten die Stimmen ihr zu.

Aber wo kann ich die Wahrheit suchen? Wem kann ich vertrauen? Heloïse ist so weit weg! Edgar hat nichts aus St. Denis hören lassen. Als Vater mich abholte, versprach er, mir bald eine Nachricht nach Paris zu schicken. Aber nichts ist gekommen.

Und je länger er schwieg, desto mehr schmolz ihr ohnehin schwaches Vertrauen dahin.

Und wie steht es mit dem Gründer des Paraklet?

Abaelard? Geistesabwesend wickelte Catherine den Verband von ihrem Finger und begann, damit zu spielen. *Wie könnte ich zu ihm gelangen? Er ist so bedeutend. Warum sollte er mich anhören?*

Heloïse hat dir aufgetragen, zu ihm zu gehen, mahnten die

Stimmen. *Willst du all ihre Ratschläge in den Wind schlagen?*

Nein, natürlich nicht. Catherine faßte einen Entschluß und zerrte ein letztes Mal an dem Ring.

Er rutschte hinunter.

Da. Die Stimmen klangen selbstgefällig. *Ein Zeichen. Unverkennbar. Wann gehst du zu ihm?*

Catherine blickte auf den Ring, der unschuldig in ihrer Hand lag. Ein Zeichen. Ja, sie würde morgen hingehen, wenn Abaelard seine Vorlesung auf der Ile nahe der Juiverie hielt, und ihm alles erzählen. Sicherlich würde es ihn interessieren. Er würde wissen, was als nächstes getan werden sollte. Es war auf jeden Fall sinnvoller, als müßig in Paris herumzuhocken, während sich ein Mörder in St. Denis herumtrieb.

Sie fädelte den Ring auf die Kette, an der ihr Kruzifix hing und verbarg sie unter ihrer *chainse.* Dann wickelte sie den Stoff wieder um ihren Finger. Es wäre nicht gut, wenn Agnes die wundersame Heilung der Wunde bemerken würde.

Am nächsten Morgen wartete sie ab, bis Madeleine nach St. Gervais aufgebrochen und Hubert zum Grève gegangen war, um das Löschen einer Schiffsladung zu überwachen. Dann eilte sie in die Küche hinunter, um sich ihren Umhang und die Pelzhandschuhe zu holen. Agnes saß am Feuer.

»Wohin gehst du?« fragte sie.

»Zu einer Philosophievorlesung«, antwortete Catherine. Sie wußte, daß Agnes nie vorschlagen würde, sie zu begleiten. »Du erzählst Mutter doch nicht, daß ich weg war, oder?«

»Nein. Nicht daß es ihr etwas ausmachen würde«, entgegnete Agnes. »Aber du solltest nicht allein ausgehen. Ich glaube, ein Sturm zieht herauf. Nimm Adulf mit.«

Catherine lachte. »Adulf ist erst acht! Was für einen Schutz würde er mir geben?«

»Er könnte Hilfe holen«, sagte Agnes. »Nimm ihn mit, oder ich sag's Vater, und dem macht es bestimmt etwas aus.«

Also machte sich Catherine, begleitet von einem stolzen Adulf, auf den Weg über die Seine zum Studentenviertel, das sich um die alte merowingische Kathedrale von Notre-Dame herum ausbreitete.

Als sie den Grand Pont überquerten, mußte Catherine notgedrungen dem Gefolge einer Edelfrau ausweichen, die den Palast zu erreichen versuchte, bevor der Regen einsetzte. Dabei wäre Catherine fast von ein paar Schweinen überrannt worden, die aus der Gegenrichtung kamen. Zum Glück hörte Adulf die Glocken und zog sie zur Seite. Außer Atem erreichten sie die andere Seite der Brücke.

»Seid Ihr wohlauf?« fragte Adulf, während er ihr den Dreck von den Röcken bürstete. »Gut, daß die Schweine in Paris alle Glocken tragen. In meinem Dorf tun sie das nicht.«

»Nein, nur hier«, sagte Catherine, als sie wieder Luft bekam. »Weißt du auch warum?«

Sie setzten ihren Weg fort, die Straße des Königspalasts entlang. Adulf schüttelte den Kopf. Er hatte sich nie darüber gewundert. Alles war anders in Paris.

»Also, du weißt doch, daß König Ludwig einen älteren Bruder hatte, oder?« sagte Catherine. »Prinz Philipp. Er sollte König werden, als Ludwig der Dicke starb, aber eines Tages ritt er durch Paris, als plötzlich ein Schwein vorbeirannte und sein Pferd erschreckte. Das Pferd warf den Prinzen ab ... und er starb.«

»Vielleicht hab' ich davon gehört«, räumte Adulf ein.

»Also erließ der König ein Gesetz, daß jedes Schwein in

Paris eine Glocke tragen muß, damit die Reiter schon von weitem vor ihrem Kommen gewarnt werden. Und ...«, fügte sie hinzu, »damit du mich davor bewahren konntest, von ihnen niedergetrampelt zu werden.«

Sie bogen nach links ab und gingen die Rue de la Draperie entlang. Sie war sauber und voller eleganter Läden. An ihrem Ende teilte sich die Straße, zur Linken in die Rue de la Lanterne und zur Rechten in die Rue de la Juiverie. Als sie diese Straße heruntergingen, machte der Duft der Backwaren Adulf halbverrückt vor Hunger. Catherine hatte Erbarmen und kaufte ihm ein kleines Gebäckstück. Sie gingen an der Synagoge vorbei und die Rue St. Christofle entlang. Diese war viel weniger gepflegt als die Gasse der Tuchhändler. Zahlreiche enge Gäßchen gingen von ihr ab, in denen die Studenten Quartiere fanden. Adulf drängte sich näher an sie heran.

Abaelard sollte erst später sprechen, aber auf dem Platz vor der Kirche drängten sich bereits die Studenten, einige davon in geistlichem Gewand, manche gehörten bereits einem Mönchsorden an. Es gab auch ein paar weltliche Zuhörer: einige neugierige Händler, gelangweilte Ritter und tiefverschleierte Damen des Hofes. Catherine fiel in der Menge überhaupt nicht auf.

»Nach der Vorlesung«, meinte sie zu Adulf, »mußt du mir helfen, zu Meister Abaelard zu gelangen, bevor er fortgeht. Aber zu Hause darfst du es niemandem verraten. Versprichst du mir das?«

»Ich werde Euch niemals verraten!« sagte Adulf. »Selbst wenn sie mich mit heißen Eisen pieken.«

»Falls es dazu kommen sollte, darfst du es sagen«, meinte Catherine.

Trotz des unwirtlichen Tages nahm die Menge, die Abaelard hören wollte, weiterhin zu. Sein beschwerliches Leben hatte ihn arg mitgenommen, und nur noch selten brachte er genügend Energie für das öffentliche Leben auf, in dem er einst Erfolge gefeiert hatte. Catherine und Adulf schlängelten sich so dicht wie möglich heran. Adulf stellte sich auf die Zehenspitzen, um den großen Philosophen sehen zu können.

»Er sieht nicht wie ein … na, Ihr wißt schon … aus«, flüsterte er Catherine zu. »Ich dachte, er würde sich wie ein Mädchen anhören.«

»Adulf! Nein.« Catherine fühlte sich verpflichtet, es zu erklären. »Das passiert nur, wenn sie als kleine Jungen … äh … umgewandelt werden. Abaelard war schon in den Dreißigern, als er überfallen wurde.«

Doch Adulf bekam nur den ersten Teil mit. »Kleine Jungen? Wie ich?« quiekte er.

Er kam noch dichter an sie heran.

»Ist ja gut«, sagte Catherine. »In christlichen Ländern wird das nicht mehr gemacht.«

Adulf war sichtlich erleichtert.

Catherine ließ sich von dem Vortrag fesseln. Es war eine Auslegung der Sündentheorie: War die Sache an sich zu verdammen, oder die Absicht, die dahinter steckte? Was, wenn man nicht die Gelegenheit hatte zu sündigen, es aber gerne wollte? Was wäre schlimmer, unwissentlich seine Cousine dritten Grades zu heiraten oder sie zu begehren? Catherine war in ihrem Element, sie sprang von einem Punkt der Erörterung zum nächsten. Adulf hatte sein Brot aufgegessen und sehnte sich nach einem Nickerchen. Sie ließ ihn auf dem Pflaster sitzen, er lehnte sich an sie, halb in ihren Mantel eingewickelt. Als es fast vorüber war, weckte sie ihn.

»Ich muß zu ihm«, sagte sie. »Glaubst du, daß du uns durch die Menge einen Weg bahnen kannst?«

»Natürlich.« Und Adulf ging los, gebrauchte fröhlich seine Ellbogen und Füße, um für Catherine den Weg freizumachen.

Gerade als sie die Treppe erreicht hatten, brach der Sturm los. Abaelard nahm keine Notiz davon und fuhr mit seiner Widerlegung fort. Einige seiner Anhänger eilten hinauf, um ihn fortzubringen.

»Wartet!« rief Catherine in den Wind. Der Regen war eisig, und die Gewalt des Sturms warf ihre Worte zurück.

»Ich muß Euch sprechen, Meister!« rief sie noch einmal. Aber sie gingen fort, in Richtung St. Pierre-le-Buef. Catherine glitt auf den Pflastersteinen aus.

»Meister Abaelard, wartet!« Adulf duckte und schlängelte sich zwischen den davonhastenden Menschen hindurch und erwischte endlich Abaelard am Ärmel.

»He, du da!« Einer der Studenten schlug nach ihm. »Was machst du denn da?«

Adulf hielt verbissen fest. Inzwischen hatte Catherine ihn eingeholt. Zuallererst fuhr sie den Studenten an.

»Faßt ihn bloß nicht an!« brüllte sie. Dann wandte sie sich Abaelard zu. »Meister, bitte.« Sie verfiel ins Lateinische: »*Magister! Ego, Catharina, Paracleti novicia, requiro adiumentum de te!*«

»Ich muß gestehen«, sagte Abaelard später, als er Catherine einen Becher Warmbier reichte, »ich hätte nicht angehalten, wenn du nicht Lateinisch gesprochen hättest.«

Catherine verzog das Gesicht. Sie wußte, daß sie nicht besonders intellektuell wirkte, besonders nach der morgendlichen Begegnung mit Schweinen und dreckigen Straßen.

»Mutter Heloïse sagt, daß es möglicherweise mein natürlicher Zustand ist, schmutzig zu sein, und ich von Unordnung angezogen werde, wie die Motten vom Licht.«

Peter Abaelard lächelte. »Nun habe ich keinen Zweifel mehr, daß du im Paraklet warst. Wann bist du dort weggegangen? Wie geht es ihr?«

»Vor fünf Wochen habe ich sie zuletzt gesehen«, sagte Catherine. »Sie war bei guter Gesundheit, aber besorgt um Euch und uns.«

Sie erklärte ihm die Sache mit dem Psalmenbuch. Er hörte ihr zu, dabei spannten sich seine Kiefermuskeln, als ob nur eine große Anstrengung ihn davon abhielt zu reden, bevor sie geendet hatte. Catherine hatte bis dahin nicht gewußt, daß Augen tatsächlich vor Wut blitzen können. Sie hatte immer verstanden, wie er sich in Heloïse hatte verlieben können; sogar Peter von Cluny hatte eingeräumt, daß er ihren Verstand und ihre Schönheit bewunderte. Aber sie hatte Abaelard nie in den Jahren seines Ruhms gesehen. Sie kannte nur den Mann, der vorzeitig gealtert war für seine etwa fünfzig Jahre, da ihm von allen Seiten übel mitgespielt wurde. Und sie hatte nie wirklich begriffen, warum Heloïse ihm immer noch so ergeben war.

Doch nun wußte sie es. Sogar sie konnte die Leidenschaft in ihm wahrnehmen, die, wie er sagte, sich jetzt vollkommen auf das Streben nach WAHRHEIT richtete. Doch etwas, irgend etwas, mußte noch von seiner Liebe übrig sein, daß er solch einen Zorn zeigte.

»Ich wußte, daß etwas in St. Denis nicht stimmt«, sagte er, als sie fertig war. »Du hattest recht. Garnulf hatte eine Nachricht geschickt. Aber dann habe ich nichts weiter gehört. Ich wußte nicht einmal, daß er gestorben ist. Ich werde eine Messe für ihn halten. Ich wünschte, Heloïse hätte mich zu Rate gezogen.«

»Sie wollte Euch nicht noch mehr Schwierigkeiten bereiten, Meister«, sagte Catherine. »Und dies hat etwas mit uns, mit mir zu tun. Es ist meine Arbeit, die in den Schmutz gezogen wurde.«

Sie saßen in einer kleinen Kammer beim Benediktinerkloster. Die anderen waren gegangen. Catherine hatte Adulf mit ihnen fortgeschickt, damit er sich trocknen konnte. Die Holzwände hallten wider vom Lärm der Menschen, die sich fröhlich zu einer warmen Mahlzeit an einem kalten Tag versammelten.

»Was soll ich tun, Meister?« fragte Catherine.

»Heloïse würde darauf bestehen, daß ich dich sofort zu ihr zurückschicke«, sagte er.

»Ach, aber ...«, begann sie.

»Allerdings«, fuhr er fort, »ist es dir gelungen, weit mehr zu entdecken als der, den ich mit der Untersuchung des Problems beauftragt habe. Er argwöhnte nur, daß die Mittel zum Wiederaufbau der Abtei gestohlen waren.«

»Und das Psalmenbuch?« fragte sie.

»Ich weiß nicht, was es mit den Diebstählen zu tun haben könnte«, sagte er. »Aber es ist eine schlimme und besorgniserregende Sache. Ich verstehe nicht, warum Garnulfs Notizen darin lagen. Was könnte das mit dem Paraklet zu tun haben? Noch einer dieser Peiniger, der auf unbeholfene Art danach trachtet, mich zu vernichten. Warum muß meine Torheit immer wieder Heloïse schaden? Ich hatte gehofft, sie vor denen schützen zu können, die mich verfolgen.«

»Meister«, sagte Catherine schüchtern, »ich glaube nicht, daß sie beschützt werden möchte.«

Zu ihrem Erstaunen lachte er leise vor sich hin. »Nein, gewiß nicht«, sagte er. »Darum glaube ich, daß sie Verständnis haben wird, wenn ich dich darum bitte, nach St. Denis zurückzugehen.«

»Natürlich, Meister.« Sie lächelte verschmitzt. »Soll ich das Psalmenbuch zurückstehlen oder die Schuldigen ausfindig machen? Wollt Ihr den Ring behalten? Und was ist mit Garnulf?« fügte sie hinzu. Sie bekreuzigte sich. Wie hatte sie ihn nur vergessen können?

Er wurde ernst. »Mein Spitzel soll sich mit dem Mord an Garnulf befassen«, sagte er. »Er ist noch nicht aus St. Denis zurück, doch er wird mir bald Bericht erstatten, und dann erzähle ich ihm, was du entdeckt hast. Doch da es dir zu gefallen scheint, möchte ich, daß du das Psalmenbuch wieder herbeischaffst. Es muß ans Paraklet zurückgehen. Was den Ring betrifft, so halte ihn erst einmal versteckt. Vielleicht kommt die Zeit, da du ihn als Beweisstück benötigst. Wird dein Onkel beschwören, daß es sein Ring war?«

»Natürlich.« Sie hielt inne. »Da ist noch etwas. Das hier war in Garnulfs Mantel, als er stürzte. Ich habe es oft angesehen, aber es sagt mir nichts.«

Sie zog das andere Papier heraus. »Seht Ihr? Es scheint sich um eine Skizze für ein Jüngstes Gericht zu handeln, die Erlösten zur Rechten, die Verdammten unten. Vielleicht ist das schon alles, aber warum hatte er es bei sich, als er starb?«

Abaelard nahm das Papier in die Hand. Die Erlösten waren eine einheitliche Gruppe, gleich in ihrer Heiligkeit. Die Verdammten ... er kniff die Augen zusammen. Seine Sehkraft ließ immer mehr nach. Die Verdammten hatten ganz unterschiedliche Gesichter: der Wucherer, der vor Qualen schrie, als man glutflüssige Münzen über seine Hände goß; der Trunkenbold, der in einem Weinfaß ertrank; die Ehebrecherin mit Schlangen, die sie in den Busen bissen.

»Was hältst du davon?« fragte er Catherine.

Catherine zögerte. »Ich sehe nichts, was Garnulfs Tod er-

klären würde. Diese Menschen kenne ich nicht, aber ...
seht, wie die Erlösten alle von Christus und den Verdammten wegblicken, als ob sie nichts davon wissen wollten. Sie
wirken so selbstgerecht. Vielleicht bilde ich es mir nur ein,
aber wenn ich mir das ansehe, bin ich nicht über die Sünder
entsetzt, sondern habe nur Mitleid mit ihnen. Und, verzeiht
mir bitte, aber Christus erscheint hier nicht gerecht, sondern grausam. Ist das ein Sakrileg?«

»Bist du mit dem, was du hier siehst, einverstanden?«

»Ich glaube nicht an einen rachsüchtigen Gott.«

»Ich auch nicht«, sagte Abaelard mit Nachdruck. »Obwohl ich in jüngeren Jahren meine Zweifel hatte. Vielleicht
spiegeln sich hier Garnulfs eigene ketzerische Ansichten
wider, oder ...«

Catherine verstand. »Oder dies ist vielleicht eine Botschaft. Jemand trägt die Maske eines Gottes und verbirgt
sich hinter dieser Lüge, um die Schwachen zu peinigen –
Aleran. Ich glaube, Garnulf wußte um die Machenschaften
des Einsiedlers.«

»Und er wandte sich hilfesuchend an mich, da er wußte,
daß die Sünder, die sich im Netz des Eremiten verfangen
hatten, sowohl innerhalb als auch außerhalb der Abtei zu
finden waren. Und ich habe ihn enttäuscht.« Abaelard bedeckte seine Augen mit der Hand. »Ich habe nur die eigene
Bedrohung gesehen. Ich war zu sehr mit meinen eigenen
Problemen beschäftigt.«

»Meister, seid Ihr in Gefahr?« fragte Catherine. »Könnten
Wilhelm von St. Thierry und Bernhard von Clairvaux Euch
zum Ketzer erklären?«

»Wilhelm?« Abaelard schniefte. »Kaum. Er zählte nicht
zu meinen besseren Schülern. Bernhard ... er ist schwierig. Er glaubt an das, was er tut. Er irrt sich natürlich. Aber

gegen blinde Aufrichtigkeit läßt sich fast gar nichts ausrichten. Doch ich habe durchaus auch Freunde. Dich zum Beispiel.«

Catherine errötete. »Danke, Meister.«

»Und es gibt noch andere.«

Er erhob sich. »So, du willst also zur Abtei zurückkehren, obwohl du weißt, welche Verderbtheit dort herrscht? Ich muß wohl verrückt sein, es zuzulassen.«

»Ich gehe zurück«, sagte sie. »Und Ihr werdet mich lassen, im Interesse von Mutter Heloïse und all denen, derer Garnulf sich erbarmt hat. Was wäre das für ein Christ, der nicht versuchen würde, ihnen zu helfen?«

Er lächelte, Catherine ebenfalls. Die Angelegenheit war geregelt.

Sie gingen ins Refektorium, welches beim Anblick einer Frau verstummte. Am Ende der Tafel stand ein Mann.

»Es ist nicht zulässig, daß Ihr Euch zu uns gesellt, Fräulein«, sagte er. »Aber ich werde Euch mit Vergnügen zum Sonnenstübchen geleiten und Euch dort bedienen.«

Catherine stolperte über ihren Rocksaum, als Kardinal Guy von Castello, Papst Innozenz' Gesandter, ihr seinen Arm bot. Die Gegenwart eines solch hochgestellten Kirchendieners machte sie derart nervös, daß sie kaum gehen konnte. Zum Glück ahnte sie nicht, daß dieser alte Schüler Abaelards in drei Jahren Papst Cölestin II. werden würde.

Adulf war wenig beeindruckt von der Gesellschaft, in der er sich aufgehalten hatte, doch die Tafel der Benediktiner fand seine Zustimmung.

»Fasanenpastete!« seufzte er. »Honigkuchen, Schweinebraten. Ich glaube, ich werde Mönch, wenn ich groß bin.«

Catherine lachte. »Paß nur auf, daß du nicht versehentlich den Zisterziensern beitrittst. Bei ihnen würdest du eine böse Überraschung erleben.«

Es war inzwischen fast Abend, auf der Straße wimmelte es von Studenten, die zu den Schenken unterwegs waren. Sie schubsten Catherine unsanft, als sie versuchte, an ihnen vorbeizukommen. Ein Junge gab einen lüsternen Kommentar auf lateinisch ab, verstummte aber sofort, als sie mit einem Zitat des heiligen Ambrosius antwortete. Adulf packte sie bei ihren Röcken und führte sie zum Straßenrand, wo die Mauern der Synagoge ein wenig Schutz boten.

»Hier ist es zu gefährlich«, stieß er keuchend hervor. »Laßt uns nach Hause gehen.«

Catherine willigte ein. »Einer der Jungen hat versucht, mir den Beutel abzuschneiden! Keine Angst, er hat ihn nicht bekommen. Ich habe meine Hand darüber gehalten.«

Sie hielt den zerfetzten Handschuh hoch. Der Pelz färbte sich rot mit Blut.

»Er hat auch in Eure Hand geschnitten!« rief Adulf aus. »Wünscht Ihr, daß ich ihn töte?«

»Adulf! Das ist kein sehr christlicher Gedanke.« Catherine mußte lachen. »Ich konnte sowieso nicht sein Gesicht sehen, und selbst wenn ich es gekonnt hätte, wäre das Schlimmste, was wir tun könnten, ihn vor den Bischof zu bringen. Einen Geistlichen kann man nicht töten.«

»Ich könnte es ja versuchen«, murmelte Adulf. Es war nicht sein erster Zusammenstoß mit den Studenten von Paris, die den Schutz der niederen Weihen ausnutzten, um mit allem ungeschoren davonzukommen, sogar mit Mord.

»Hab' Erbarmen, Adulf«, sagte sie. »Der Bischof würde uns nicht vor Vaters Zorn schützen, wenn wir zu spät kämen.«

Sie erreichten das Ende der Straße und bogen nach rechts zur Brücke ab. In dem Moment sah Catherine jemanden aus dem Augenwinkel heraus. Er sah aus wie ihr Onkel

Roger. Aber was hätte der in der Nähe der Synagoge zu suchen?

»Roger!« rief sie und winkte. »Onkel!«

Er blickte auf, schien sie aber nicht zu sehen und verschwand in entgegengesetzter Richtung.

»He! Paß doch auf!« brüllte ein Straßenhöker, als sie in seinen Karren rannte. Sie strauchelte und fiel gegen einen Mann in Studentenkleidung. Er fing sie auf und half ihr auf die Füße.

»Danke«, sagte sie, während sie nach Adulf Ausschau hielt. »Seht Ihr hier irgendwo einen kleinen Jungen? Er trägt einen roten ...«

Der Student versuchte, sich mit den Ellbogen einen Weg an ihr vorbeizubahnen, doch da hatte sie sein Gesicht schon gesehen.

»Edgar! Was macht Ihr denn hier?«

Seine Augen weiteten sich eine Sekunde lang; doch dann las sie kein Wiedererkennen in seinem Gesicht. Sie versuchte, ihn aufzuhalten, aber er riß sich los.

»Wartet!« rief sie. »Warum seid Ihr nicht in der Abtei?«

»He, Engländer!« kicherte einer von seinen Freunden. »Willst du nun essen oder Unzucht treiben?«

Trotz der Kälte stieg Catherine vor Verlegenheit eine heiße Röte ins Gesicht. Sie fand Adulf auf der anderen Straßenseite, wohin er in seinem fruchtlosen Versuch, Roger zu erwischen, gestürzt war. Erschöpft machten sie sich auf den Heimweg.

»Vielleicht sollten wir nicht erwähnen, daß wir meinen Onkel gesehen haben«, sagte sie zu Adulf. »Vielleicht sollten wir gar nichts sagen, außer, daß wir zu einem Vortrag gegangen sind und vom Regen überrascht wurden.«

»Ich habe doch schon geschworen, daß ich nichts verrate«, erinnerte Adulf sie.

»Ja, stimmt. Entschuldige.« Sie nahm seinen Arm, als ob
er ein erwachsener Begleiter wäre und ließ sich von ihm zu-
rückführen, während ihr Verstand sich bemühte, die Ereig-
nisse des Nachmittags zu verarbeiten.

Meister Abaelards Wunsch wäre wohl leicht zu erfüllen.
Bald würden sie nach Vielleteneuse aufbrechen, und das
war nur zwei Meilen von St. Denis entfernt. Es würde ein
leichtes sein, einen weiteren Besuch in der Bibliothek zu
arrangieren und dieses Mal das Buch mitzunehmen. Und
Roger — nun, er mußte sie nicht unbedingt gesehen haben.
Seltsam, daß er in der Juiverie war, aber vielleicht hatte er
im Auftrag ihres Vaters eine Botschaft überbracht.

Aber Edgar! Nein, sie mußte sich getäuscht haben. Es
konnte nicht sein. Nun, sie hatte zwar vermutet, daß er die
niederen Weihen hätte, aber nicht hier, nicht in Frankreich.
Menschen hüpften nicht einfach aus einem Stand in den
anderen. Und er hatte gesagt, er würde in St. Denis bleiben!
Sie kannte sehr wenige echte Engländer, nur Normannen.
Vielleicht sahen die Sachsen alle gleich aus. Und doch, diese Augen, stürmischer als der Regen. Wie viele Menschen
konnten solche Augen haben?

Adulf zupfte sie am Ärmel.

»Fräulein Catherine?« Sie sah hinunter. Er blickte sie aus
runden, hellbraunen und ängstlichen Augen an. »Habe ich
etwas falsch gemacht? Hätte ich bei Euch bleiben sollen?
Hat der Mann Euch gekränkt?«

Sie versuchte zu lächeln. »Du hast genau das getan, was
du tun solltest. Aus dir wird noch ein tapferer Ritter.«

Zur Bekräftigung umarmte sie ihn. Armes kleines Ding,
von seiner Mutter weggeschickt, um in einer fremden Familie zu dienen, in einer fremden Stadt, und erst acht Jahre
alt! Sie umarmte ihn erneut, diesmal aus verschiedenen

Gründen, und versuchte, ihre Angst zu überwinden. Es war nicht Edgar, sondern ein anderer englischer Student. Edgar war noch in St. Denis und hielt die Stellung. Auf manche Dinge mußte man einfach vertrauen können. Aber der Mann hatte ihm so ähnlich gesehen! Aber ... Catherines Glaube wurde stets von vielen Wenn und Aber untergraben. Warum hatte er bloß keine Nachricht geschickt?

Sie waren durchnäßt und halb erfroren, als sie zu Hause ankamen. Adulf wickelte man in Decken und schickte ihn zur Köchin, die ihm einen Kräutertee kochte. Catherines Getränk wurde ihr in die Kammer gebracht, während Agnes viel Aufhebens darum machte, ihr die Kleider zu wechseln und das Haar zu trocknen.

»Ich kann mir nicht vorstellen, daß irgendein blöder Vortrag über Philosophie das wert ist«, schalt sie. »Und sieh mal, dir muß wohl die Wunde wieder aufgegangen sein!«

Sie untersuchte Catherines Hand. »Komisch, die sieht mir ganz frisch aus.«

Catherine erzählte ihr von dem Beutelschneider. Agnes schüttelte den Kopf.

»Böse, rüpelhafte Jungen«, murmelte sie. »Geistliche fürwahr! Du solltest mal hören, was sie mir auf der Straße nachrufen! Verbringen die halbe Zeit in Schänken und den Rest im Freudenhaus. Der Bischof sollte sie alle irgendwo unterbringen und unter Aufsicht stellen, so wie in den Klöstern. Diese Wunde gefällt mir gar nicht. Sie ist recht tief. Man kann nie wissen, welcher Dreck an den Messern dieser Jungen klebt. Ich wünschte, ich könnte Mutter danach fragen. Früher kannte sie sich mit solchen Dingen aus.«

»Nein«, sagte Catherine. »Du weißt, wie sie ist, besonders mir gegenüber.«

183

Agnes seufzte. »Manchmal glaube ich, daß all unsere verstorbenen Brüder und Schwestern glücklicher dran sind. Wenigstens betet Mutter für sie.«

»Ich weiß«, sagte Catherine. »Wir sollten dankbar sein, daß sie so fromm ist, aber ich wünschte, sie würde nicht mehr so tun, als ob ich gar nicht da wäre.«

»Na, ich werde tun, was ich kann«, sagte Agnes.

Sie holte den Arzneikasten und entnahm ihm eine kleine Phiole und einen Leinenstreifen. Dann ließ sie sich von der Köchin Eischnee bringen, tränkte das Leinen darin und bestreute den Streifen mit ein paar Körnchen aus der Phiole. Dann wickelte sie ihn um Catherines Hand und band ihn fest. Zuletzt tauchte sie einen Finger in das restliche Eiweiß und malte ein Kreuz quer über den Verband.

»Das ist das Beste, was ich tun kann«, sagte sie. »Wir müssen es im Auge behalten und hoffen, daß es nicht eitert.«

»Danke, Agnes«, sagte Catherine. »Du bist so erwachsen geworden, seit ich fortgegangen bin. Du weißt so viel.«

Agnes wandte sich ab. »Mehr als mir lieb ist«, sagte sie. »Ich wünschte, du wärst nicht gegangen.«

Sie nahm den Arzneikasten und eilte zur Kammer hinaus.

»Köstlich!« rief Hubert aus, als er den letzten Bissen der mit Hammeleintopf durchtränkten Brotscheibe aß. »Genau das richtige, um sich in einer rauher Nacht die Gedärme zu wärmen.«

Das Fleisch war erst gesotten, dann geschnetzelt, darauf mit Linsen, Korinthen, Wein, getrockneter Zitrone und Muskat aufgekocht worden. Das natürliche Aroma wurde vom Geschmack der Soße überdeckt. Normalerweise verabscheute Hubert Hammelfleisch.

Madeleine dankte für das Kompliment, indem sie leicht den Kopf neigte und gab Adulf und dem anderen Jungen, Ullo, Zeichen, die Leckereien aufzutragen.

»Die Nacht ist unwirtlich«, war ihr Kommentar. »Paris ist nicht der geeignete Ort, um die Geburt Unseres Herrn zu feiern. Wir sollten nächsten Montag alle nach Vielleteneuse reisen.«

Catherine und Agnes verzogen das Gesicht. Sie wußten, was kommen würde. Die Eintagesreise würde sich auf mehrere Tage ausdehnen, da sie gezwungen sein würden, bei jeder Kirche und jedem Schrein im Umkreis von einer Meile anzuhalten. Sie würden bei jedem Halt eine Kerze für ihre armen Brüder und Schwestern anzünden müssen, die jetzt in einer besseren Welt waren.

Mehr als sonst erregten die Verzögerungen Catherines Unmut. Ihr war eine Aufgabe gestellt worden, die sie zu erledigen hatte. Wie wunderbar es sein würde, das Psalmenbuch zum Konvent zurückzubringen und es Mutter Heloïse zu überreichen, um in Ehren wiederaufgenommen zu werden. Und sogar Schwester Bertrada einigen Respekt abzuringen, phantasierte sie kühn. Vielleicht würde sie gar entdecken, wer solch einen Frevel an ihrem Buch begangen hatte. Sie dachte wieder an die gemarterten verdammten Seelen, die Garnulf gezeichnet hatte. Auch ihnen war sie es schuldig, herauszufinden, was Aleran trieb.

Du erinnerst dich vielleicht, Catherine, daß du in erster Linie Gott verpflichtet bist, mischten sich die Stimmen aus dem Kloster ein.

Aber, klagte Catherine, *woher soll ich wissen, auf welche Art ich meine Pflicht zu erfüllen habe?*

Hast du schon ans Beten gedacht? Nach den letzten Wochen hättest du eine Menge zu bereuen. Heimlichkeiten, Ungehor-

*sam, Respektlosigkeit, Verlangen. Wie oft bist du aufgestan-
den, um die Frühmette zu rezitieren, seit du uns verlassen hast,
Kind?*

Ich wollte Agnes nicht aufwecken.

*Deiner Schwester könnte Schlimmeres widerfahren als früh
aufzustehen, um zu beten,* erwiderten sie. *Wenn du dem Beispiel deiner Mutter folgen und deine Sinne auf geistliche Dinge richten würdest, dann würden dich vielleicht auch keine
nackten Einsiedler und keine staubigen Steinmetze verfolgen.
Vielleicht würdest du sogar in deiner Verwirrung göttliche
Führung erhalten, statt in deinem Kopf unbeantwortete Fragen hin- und herwälzen zu müssen und dich dabei im Kreis zu
drehen wie ein Hund, der seinen Schwanz einfangen will.*

»Du bist sehr still, Catherine«, sagte Hubert. »Habe ich
dich mit all den Bilanzen überanstrengt, die ich dir gegeben habe?«

Catherine fuhr erschrocken auf.

Hubert lachte. »Ach, du träumst mal wieder. Entscheide
dich, Tochter, entweder für die Welt oder das Kloster. Für
dich, Catherine, würde ich das Kloster vorschlagen. Die
Welt hat wenig Geduld für die, die sich nicht entscheiden
können.« Er wurde wieder ernst. »Um deiner selbst willen,
Kind, beherzige meinen Rat, und zwar bald.«

»Ja, Vater«, flüsterte Catherine. Sie versuchte, die Angst
zu unterdrücken. Doch konnte sie sich immer weniger des
Gefühls erwehren, daß sich, seit sie die Sicherheit des Paraklet gegen die Welt eingetauscht hatte, etwas in ihrem Inneren aufgetan hatte, das sie weder an dem einen noch an dem
anderen Ort völlig glücklich werden ließ.

ZEHNTES KAPITEL

Paris, Freitag, den 3. November 1139, am Tag des heiligen Hubert

Sors immanis et inanis, rota tu volubilis, status malus, vana salus semper dissolubilis, adumbrata et velata ...

Unerbittliches, gewaltiges Schicksalsrad, willkürlich kannst du Ungemach wie auch Erfolg zerstören, verschleiert und verborgen ...
Carmina Burana

»Ich dachte, ich hätte dich neulich aus der Synagoge kommen sehen«, sagte Catherine, als sie Roger das nächste Mal traf.

»Was hattest du in der Juiverie zu suchen?« fragte er.

»Abaelard hat gesprochen«, sagte sie. »Warst du es, den ich gesehen habe? Ich habe gerufen, aber du hast nicht geantwortet.«

»Ja, ich habe Solomon Tam eine Botschaft von deinem Vater überbracht«, antwortete Roger. Er grinste. »Hast du befürchtet, ich könnte übertreten?«

»Kaum«, lachte sie. »Wann ist Solomon zurückgekehrt? Ich dachte, er wäre mit seinem Onkel auf Geschäftsreise in Deutschland.«

»Ich habe keine Ahnung, Catte«, sagte er. »Ich kümmere mich nicht um wandernde Juden.«

Er war im Begriff zu gehen, zog seine Reitstiefel an. Catherine sah ihm zu. Merkwürdig, daß solch eine einfache Bewegung so ausdrucksvoll sein konnte. Alle seine Bewegungen waren von einer wunderbaren, katzenhaften Anmut, wie ihm das Leder über die Beine glitt, wie er entschlossen am Schaft zog, um sich zu vergewissern, daß die Stiefel richtig saßen. Es lag etwas Tröstliches darin. Er spürte ihren Blick auf sich ruhen und sah auf. Ohne zu wissen warum, errötete sie.

Er sah wieder zu Boden, konnte aber ein Lächeln nicht unterdrücken.

»So«, sagte er. »du willst also immer noch Philosophie studieren. Ich dachte, du wärst über diesen Blödsinn hinweg, seit du mit all den Frauen eingekerkert warst.«

»Leider nicht, Onkel«, antwortete sie. »Meine Studien im Paraklet waren die vergnüglichsten Stunden, die ich dort erlebt habe. Ich vermisse diesen Teil des Klosters sehr. Ich brenne darauf, dahin zurückzukehren.«

Roger hielt mitten im Umgürten des Schwertes inne. »Ach, Catte, du willst mich doch nicht etwa wirklich wieder verlassen?«

»Aber ... du weißt, daß ich immer die Absicht hatte, der Welt zu entsagen«, erwiderte Catherine. »Ich habe nie etwas anderes behauptet.«

»Nein, aber in letzter Zeit ... habe ich ... ach, vergiß es«, sagte er. »Aber du hast versprochen, Weihnachten im Kreise der Familie zu verbringen. Du wirst doch nicht etwa vorher abreisen?«

»Nicht, wenn es dir so viel bedeutet«, antwortete sie.

»Es bedeutet mir alles.« Er umarmte sie und drückte sie so fest, daß sie das kalte Metall des Schwertes durch ihre Kleider spürte. Sie hob ihr Gesicht von seiner Brust, um dagegen zu protestieren.

»Roger ...«, begann sie, und er küßte sie mitten auf den Mund. »Onkel!« keuchte sie.

»Gott kann deinen Geist haben, Catte«, flüsterte er, »wenn du mir nur dein Herz gibst.« Er trat einen Schritt zurück. »Oder alle anderen Teile, für die Er keine Verwendung hat.« Er grinste erneut und ging hinaus.

Catherine hörte, wie seine Stiefel die Treppe hinunterpolterten. Er wollte sie wieder einmal necken — natürlich. Es bereitete ihm Vergnügen, sie aus der Fassung zu bringen. Er wußte, daß es unmöglich war. Sie waren Verwandte zweiten Grades. Das war mehr als Blutsverwandtschaft, es war reiner Inzest.

»Liebe heilige Thekla«, hauchte sie. »Hat dich je ein Mann, den du gern hattest, so angesehen? Wie hast du darauf reagiert? Ach, bitte für mich, Thekla. Ich habe solche Angst.«

Im Haus regierte bereits das Chaos, überall halbvolle Kisten und auseinandergebaute Möbel, die für den Winter nach Vielleteneuse zu transportieren waren. Madeleine ließ Agnes wie ein Pferd schuften, weigerte sich aber dennoch, die Existenz ihrer älteren Tochter zur Kenntnis zu nehmen. Catherine versuchte, in den Stunden zu helfen, in denen die Mutter wegen ihrer Andachten außer Haus war. Das Problem bei körperlicher Arbeit war, wie sie feststellen mußte, daß der Geist sich immer noch ängstigte. Doch es war das Sinnvollste, was sie im Augenblick tun konnte. Sie hoffte nur, daß nicht noch etwas Schreckliches in St. Denis passierte, bevor sie dorthin zurückkehren konnte.

»Ich habe die ganze Bettwäsche aus unserer Kammer in die Truhen gelegt«, sagte Catherine zu Agnes, die das Verpacken der Küchenutensilien beaufsichtigte. »Alle unsere

191

Kleider sind in den Kleiderschränken. Kann ich sonst noch etwas tun?«

Agnes seufzte und wischte sich ein wenig Ruß von der Nase. »Geh' Mutter aus dem Weg, das ist alles, was mir einfällt. Wenn sie dich sieht, wird es nur noch schlimmer mit ihr.«

»Aber du kannst das nicht alles allein machen«, protestierte Catherine.

»Das habe ich vorher auch geschafft, keine Sorge. Ja? Was ist denn, Ullo?« sagte Agnes, als sie den Pagen an der Tür stehen sah.

»Da ist ein Mann, der nach Fräulein Catherine fragt«, sagte Ullo. »Er sieht wie ein Student aus und spricht so komisch, kein richtiges Französisch, so wie wir.«

Catherine hüpfte vor Freude das Herz im Leib. Er hatte sie nicht im Stich gelassen! Sie rannte in den Saal.

»Ich dachte, Ihr würdet mir eine Nachricht schikken ...«, begann sie.

Der Mann sah überrascht auf. Catherine hielt inne. Das war nicht Edgar. Dieser Mann war größer und mager, mit dunklem Haar und Augen, die so blau waren wie ihre eigenen.

»Entschuldigt, ich ...«, sagte sie. »Was wollt Ihr?«

»Ich heiße John«, sagte er, und sein Akzent war unverkennbar normannisch. »Ich komme von Meister Abaelard. Er möchte Euch sehr gern noch einmal sprechen. Könntet Ihr jetzt gleich mit mir kommen?«

»Jetzt?« wiederholte sie.

Agnes, immer neugierig, war ihr gefolgt.

»Catherine, du kannst nicht mit einem fremden Mann weggehen«, flüsterte sie.

John nickte zustimmend. »Das wäre nicht schicklich.

Vielleicht könntet Ihr den Begleiter mitnehmen, der Euch schon einmal so gut verteidigt hat.«

»Dann müßt Ihr der Mann sein, der versucht hat, Adulf dazu zu bewegen, den Mantel des Meisters loszulassen«, erinnerte sich Catherine.

»Ja.« Fast mußte er lächeln. »Von Eurer Schelte habe ich mich immer noch nicht erholt.«

»Er ist einer von Abaelards Schülern«, sagte Catherine zu Agnes. »Ich sollte wirklich gehen. Vielleicht hat Mutter Heloïse eine Nachricht für mich geschickt.«

Agnes war nicht überzeugt. »Warum sollte sie? Und warum sollte sie sie nicht hierher schicken? Geh, wenn es sein muß, Catherine, aber ich weiß, daß hier irgend etwas gespielt wird, und ich bin es satt, daß alle Geheimnisse vor mir haben!«

Bei den letzten Worten wurde ihre Stimme laut, und sie stampfte mit dem Fuß auf, bevor sie aus dem Saal rannte. Catherine zögerte.

»Ich sollte ihr nachgehen«, sagte sie.

»Meister Abaelard wartet«, sagte John.

»Sehr wohl. Laßt mich Schuhe und Mantel anziehen.«

Sie mußte laufen, um mit den weit ausholenden Schritten des Studenten mitzuhalten.

»Wißt Ihr, warum er mich sehen will?« keuchte sie.

»Es ziemt sich nicht für mich, Fragen zu stellen«, antwortete John. Er legte weiter zu. Catherine dachte bei sich, daß er damit wohl weiteren Fragen vorbeugen wollte.

Er führte sie zum Gästehaus in der Nähe von St. Pierre-le-Buef. Abaelard hielt Hof mit ein paar Studenten, als sie hereinkam, doch auf eine Handbewegung von ihm verließen alle den Raum.

Er bedeutete ihr, Platz zu nehmen.

»Danke, daß du gekommen bist«, sagte er. »Nachdem du fort warst, hat mir mein Spitzel aus St. Denis Bericht erstattet. Du hast mir verschwiegen, was geschah, als du den Eremiten getroffen hast.«

»Wie meint Ihr das?« fragte Catherine bestürzt. »Ich habe Euch erzählt, daß ich Garnulfs Karte bis zu seiner Klause nachgegangen bin und dort den Ring gefunden habe.«

»Ihr habt nicht erwähnt, daß er versucht hat, Euch zu vergewaltigen«, sagte Abaelard streng.

»Woher wißt Ihr das?« verlangte Catherine zu wissen. »Wer ist eigentlich Euer Spitzel? Hat er Euch gegenüber einen Eid geschworen, daß er nicht über seine Arbeit redet?«

Abaelard verzog das Gesicht. »Er war schon immer ein wenig melodramatisch«, sagte er. »Doch das hat keinen Einfluß auf die Angelegenheit. Du hast mich deine Rückkehr nach St. Denis gutheißen lassen, ohne mich vollständig ins Bild zu setzen. Heloïse würde mein Haupt auf einem Teller verlangen, wenn sie wüßte, daß ich dich einer solchen Gefahr aussetze.«

»Nein, deine Einwände interessieren mich nicht«, fuhr er fort. »Ich möchte wissen, welcher Art die Ketzerei dieses Mannes ist. Ich hatte ihn nur für einen Dieb gehalten. Offensichtlich ist die Situation viel schlimmer. Weiß Suger, was er treibt?«

»Ich glaube nicht«, sagte Catherine. »Aleran predigt nur vor kleinen Gruppen oder heimlich. Die, die zu ihm gehen, verbreiten sich nicht über seine Lektionen.«

»Was genau hat er zu dir gesagt?«

Catherine versuchte, sich zu erinnern. Es war alles verschwommen, ein Nebel von Schatten und Bildern, das einzig Klare dabei der nackte Eremit, der sich ihr näherte. Aber die Worte ...?

»Er hat etwas davon gesagt, daß es eine Sünde wäre, das Fleisch zu verleugnen und daß man Gott mit allen Sinnen anbeten sollte — nein, das stimmt nicht. Durch *ihn* anbeten, sagte er.« Catherine gab auf. »Ich bin nicht sicher. Er hat viel geredet, aber es paßte eigentlich nicht so recht zusammen, und dann war da dieser merkwürdige Geruch von verbrannten Kräutern oder so. Tut mir leid.«

Abaelard schien nicht zuzuhören. »Ketzerei natürlich, sogar Abtrünnigkeit oder Schlimmeres. Man muß ihm Einhalt gebieten.«

Catherine beugte sich vor. »Meister«, sagte sie, »vergebt mir, wenn ich respektlos erscheine, aber Aleran predigt keine merkwürdige, ketzerische Theologie. Er ist kein Pelagianer oder Manichäer oder Anhänger eines ähnlichen Irrglaubens. Er ist schlicht und einfach böse. Etwas lebt ihn ihm, das keine menschliche Seele hat. Er ist kein Verdammter, Meister Abaelard, er ist die Verdammung selbst.«

Sie dachte an das Gesicht der Edelfrau, welche ihn aufgesucht hatte, die Kombination von Angst und Entzücken und an das Christusgesicht, welches erbarmungslos dargestellt war. Sie fuhr fort: »Er kann nicht einfach vor den Bischof gestellt und nach seinen Überzeugungen gefragt werden. Er würde lügen und ohne Zaudern seine Rechtgläubigkeit beschwören. Und ich glaube, daß, wenn Ihr ihn herausfordern würdet, er mit einem Gegenangriff auf Euch kontern würde. Möglicherweise steht derjenige, welcher die Veränderungen in dem Psalmenbuch vorgenommen hat, unter seinem Einfluß.«

»Das spielt keine Rolle, Kind«, sagte Abaelard. »Ich kann mich verteidigen.«

»Ja, Herr, das weiß ich«, sagte Catherine. »Aber bitte, laßt mich helfen. Ich weiß, daß ich das Buch zurückbekommen kann, ohne mich selbst zu gefährden. Ich werde sowieso bei meinem Bruder in Vielleteneuse erwartet.«

Abaelard schüttelte den Kopf. »Mein Spitzel sorgte sich auch sehr um Eure Sicherheit. Er meinte, daß man Euch sofort zum Paraklet zurückschicken sollte.«

»Ach ja?« Catherine war überhaupt nicht überrascht. »Na, dann bestellt Eurem ›Spitzel‹ ...« *Ach, Edgar! Ihr könnt so unausstehlich sein! Und doch* ... »Sagt ihm nur, daß er auf sich selbst aufpassen soll«, endete sie. »Ich habe meine Familie, die auf mich achtgibt. Er hat niemanden.«

Sie stand auf. »Ich muß nach Hause zurück. Gibt es sonst noch etwas, was Ihr braucht?«

Er öffnete ihr die Tür. »Du gefällst mir, Catherine LeVendeur«, sagte er. »Ich verstehe, warum Heloïse dich ausgewählt hat. Aber, so merkwürdig das auch ist, ich hoffe eher, daß du dich dagegen entscheidest, den Schleier zu nehmen.«

Und er schloß die Tür hinter ihr und überließ es Catherine, seine letzte Bemerkung für sich zu deuten.

Ihr Begleiter John war nirgends zu sehen, also machte Catherine sich allein auf den Heimweg. Obwohl die Regenwolken sich verzogen hatten, heulte der Wind weiter die enge Gasse entlang und pfiff ihr durch den Mantel. Sie zog sich die Kapuze ins Gesicht, während sie durch die matschige Straße stapfte. Als sie Harnischklirren hörte, trat sie zur Seite, um den Reiter vorbeizulassen. Doch das Pferd blieb stehen.

Catherine blickte auf. Dort, mitten auf der Straße, war ihr Vater und funkelte sie unverkennbar zornig an.

»Was bei den drei Millionen Splittern vom wahren Kreuz hast du hier zu suchen?«

Catherine dachte fieberhaft nach. »Fleischpasteten kaufen?«

»Wo doch die Backhäuser eine Meile in der entgegengesetzten Richtung liegen?« Er langte hinunter. »Sitz hinter mir auf. Du kannst es mir auf dem Heimritt erklären.«

»Könnten wir einfach sagen, daß ich mir eine Buße auferlegt habe?« schlug Catherine vor, als sie hinter Hubert saß und sich an ihm festklammerte. Sein Sattel war nicht für einen zweiten Reiter gedacht.

»Eine Buße. Zweifellos wohlverdient«, knurrte Hubert. »Das nächste Mal bittest du den Priester um eine angemessene Bestrafung.«

»Ja, Vater«, sagte sie. Offenbar wollte er die Angelegenheit nicht weiterverfolgen. Warum nicht? Wo war er gewesen?

»Vater«, sagte sie, »Roger hat mir erzählt, daß Solomon nach Paris zurückgekehrt ist. Ich habe ihn nicht mehr gesehen, seit wir Kinder waren. Bleibt er lange hier?«

»Das geht dich nichts an«, antwortete er. »Du wirst ihn sowieso nicht sehen. In deinem Alter schickt sich das nicht mehr. Ich will nicht, daß die Leute denken, die Familie pflege gesellschaftlichen Umgang mit ihm.«

»Aber ...«

»Nein.«

Hubert hielt vor dem Backhaus an.

»Hol' die Pasteten und komm eiligst zurück«, befahl er. »Ich werde dieses Mal über dein Benehmen hinwegsehen, da wir morgen abreisen. Aber ich lasse dich nicht allein durch die Straßen von Paris streunen und dich mit Gott weiß was für Menschen verkehren.«

Trotz der Wärme, die von den heißen Pasteten aufstieg, war es Catherine eiskalt. Solomon war ihr Freund gewesen.

Sie erinnerte sich daran, wie ihre beiden Väter sie ausgelacht hatten, als sie sich vor Jahren einmal beim Spielen zankten. Solomons Vater hatte ihr den Kopf getätschelt und etwas auf hebräisch gesagt. Hubert hatte stockend in derselben Sprache geantwortet. Auf dem Heimweg hatte er erklärt, wie nützlich es für das Geschäft sei, die Sprache der Juden zu sprechen, die oft Partner oder Konkurrenten waren. Bald darauf hatte er damit begonnen, ihr das *aleph-bet* beizubringen, obwohl sie nie viel mehr lernte als die Buchstaben, die sie zum Rechnen benötigte. Warum beharrte er jetzt darauf, daß sie nichts mehr mit ihnen zu tun haben sollte? Was war geschehen, seit sie fortgegangen war?

Ihre Augen schmerzten vom Wind, und sie wischte sich mit der verbundenen Hand darüber. Die Wunde pochte; sie war so müde. Sie stieß die Tür auf, übergab der Köchin den Korb und ging sofort zu Bett.

Sie brachen am nächsten Tag nach Vielleteneuse auf. Die Reise ging so langsam vonstatten, daß Catherine die meiste Zeit zu Fuß gehen konnte und Adulf das Pferd führen ließ. Die ständigen Pausen und Umwege der Mutter machten sie verrückt. Warum nicht einfach eine riesige Kerze für alle Heiligen entzünden und Geld hinterlassen, damit sie bis in alle Ewigkeit brennen? Dann kämen sie schneller voran. Ob Edgar wohl schon wieder in St. Denis war? Es gab da ein paar Dinge, die sie ihm sagen wollte. Angefangen damit, wie unvergleichlich schlecht er seine Rolle als Handwerker gespielt hatte.

Der Ring schlug gegen ihr Brustbein. Er schien Hitze auszustrahlen und sie ständig an ihre eigene Dummheit zu erinnern. Außerdem schmerzte ihre Hand unter dem Verband. Es war schwierig gewesen, heute morgen den Handschuh darüberzuziehen. Sie hatte es Agnes sagen wollen, doch die war immer noch böse auf sie und hatte außerdem Husten bekommen. Von Zeit zu Zeit nahm sie deswegen einen kleinen Schluck aus ihrer Lederflasche, die mit Honig und Zimt gewürzten Wein enthielt, doch der Husten ging nicht weg.

Es war früh an einem trüben Nachmittag, als sie endlich den Skelettturm der Abtei sichteten. Catherine stieß einen Seufzer der Erleichterung aus. Nur noch ein paar Meilen!

Vor den Toren von St. Denis hielt Madeleine an, um die Fuhrmänner anzuweisen, nach Vielleteneuse weiterzureisen. »Wir werden hier übernachten«, teilte sie ihnen mit. »Sagt Frau Marie, sie soll meine Kammer für morgen herrichten. Nun, Agnes, wir werden heute nacht die Vigilie am Schrein des heiligen Hilarius halten. Ich glaube, wir haben ihm in letzter Zeit nicht genügend Beachtung geschenkt. Geh zum Gästehaus und gib Bescheid, daß wir angekommen sind.«

Doch das Gästehaus war voller Pilger. Es gab keine freien Betten. Petronilla, Schwester der Königin Eleonore, war zu Besuch und hatte ein Zimmer für sich allein beansprucht.

Catherine saß draußen, während ihre Mutter mit der Wärterin verhandelte. Ob Edgar schon zurück war? Vielleicht konnte sie ihre wohleinstudierte Rede über seine Unzulänglichkeit in der Rolle des Steinmetzen loswerden, bevor sie ihre Reise fortsetzten. Sie stand auf.

»Ich komme gleich wieder, Agnes«, sagte sie.

Sie eilte über den Hof, bevor Agnes etwas entgegnen konnte. Unterwegs traf sie auf einen anderen Maurer. Sie rief ihm zu:

»Der Engländer, Edgar, Garnulfs Lehrling, ist er hier?«

»Edgar?« Der Mann schüttelte den Kopf. »Ist vor Wochen

weggegangen. Hab' ihn nicht mehr gesehen, seit sie den alten Mann beerdigt haben.«

»Wenn er zurückkommt, könnt Ihr ihm etwas ausrichten?«

Der Mann spuckte aus. »Ist unwahrscheinlich, daß er zurückkommt. Da haben ein paar Sachen gefehlt, als er wegging. Wär' dumm von ihm, zurückzukommen.«

Er sah sich Catherine näher an. »Hat er dir auch was weggenommen, hä?« Er lachte. »Hättest es besser wissen müssen, eine Dame wie du. Geh' nach Hause und bete, daß es dein Vater nie rausfindet. Diese Wandergesellen sind doch alle gleich. Was hat er dir denn versprochen, Süße? Vielleicht kann ich es dir geben?«

Er grinste und spuckte erneut aus. Catherine drehte sich um und rannte. Sie wurde schon viel schneller.

Agnes wartete bereits.

»Sie sagen, sie könnten uns dreien ein Lager im Saal herrichten«, teilte sie Catherine mit. »Es wird schrecklich zugig sein.«

»Du mußt dich nicht um leibliche Bequemlichkeit sorgen, Agnes«, sagte Madeleine. »Wir beten sowieso die ganze Nacht. Komm!«

»Mutter.« Catherine trat Madeleine in den Weg und zwang sie, ihr ins Gesicht zu sehen. »Mutter!« wiederholte sie. »Agnes ist krank. Wir müssen sie nach Vielleteneuse bringen, wo man sie pflegen kann.«

Endlich, zum ersten Mal, seit sie heimgekehrt war, sah Madeleine sie an.

»Wenn Agnes krank ist, dann ist das deine Schuld«, zischte sie. »Ich habe dich Gott geschenkt, um meine letzten Kinder zu retten. Aber du, mit deinem bösen Stolz, hast es verdorben. Gott hat dich mir von neuem aufgehalst. Jetzt wird er ein anderes Kind zu sich nehmen. Wenn du meine Sünden nicht sühnst, dann nützt du mir nichts. Geh weg!«

»Mutter?« Catherine war zu entsetzt, um zu weinen. Sie machte einen Schritt zurück, stolperte über einen Pflasterstein und landete unsanft auf dem Boden. Sie hatte es nicht verstanden. Ihre Mutter hatte gewollt, daß sie Isaak wäre, das vollkommene Opfer. Jetzt war sie Esau, in die Wildnis getrieben.

Agnes half ihr hoch. Dann ging sie und umarmte Madeleine.

»Mutter, bitte«, sagte sie leise. »Catherine hat keine Schuld. Ich habe nur Husten. Ich werde nicht heimgeholt. Wir sind alle sehr müde. Bitte, laß uns nach Hause gehen. Komm', Catherine.«

Erschöpft stand Catherine auf. Sie war so müde. Ihr Arm pochte. Ihre Mutter war verrückt. Edgar hatte sie verlassen, war zu seinen Büchern, seinen heimlichen Suchaktionen zurückgekehrt, hatte sie zweifellos vollkommen vergessen, jetzt, wo sie ihm nicht mehr nützen konnte. Wie töricht sie war. Sie konnte nur noch an ihre eigene Dummheit denken.

»Nach Hause«, wiederholte sie.

Bald überholten sie die Karren, und das Tempo verlangsamte sich wieder. Catherine schwankte auf ihrem Pferd und packte die Zügel fester, versuchte, den Schmerz in der rechten Hand zu ignorieren. Adulf sah sie hin- und herschwanken, kam herbeigelaufen und nahm ihr die Zügel ab, um selbst das Pferd zu führen. Als sie die Weggabelung passierten, von wo aus es zur Klause des Einsiedlers ging, durchfuhr sie ein eisiger Schauer. Sie kämpfte gegen einen Brechreiz an und versuchte, um Hilfe zu rufen, doch die Worte blieben ihr im Hals stecken. Sie fror jetzt am ganzen Leib, nur die Hand hatte sich in ein glühendes Brandmal verwandelt. Irgend etwas stimmte ganz und gar nicht, das wußte sie. Die Welt um sie herum geriet ins Wanken. Sie versuchte, durchzuhalten. Sie wußte, daß die Dämonen sie holen würden, falls sie von ihrem Roß fiele. Sie konnte sie jetzt hören, wie sie keuchten und durch die Wälder heulten. Catherine packte das Kruzifix mit der Linken und flehte wortlos um Kraft.

Direkt vor dem Dorf stellte sich ihnen eine Schar Bewaffneter in den Weg. Wie von fern nahm Catherine das Scheppern von Rüstungen wahr.

»*Avoi!* Was soll denn das, ihr Lumpenpack?« rief Madeleine. Dann stieß sie einen Jubelschrei aus. »Mein lieber Roger! Komm', hilf mir. Agnes ist krank und muß so schnell wie möglich ins Haus gebracht werden.«

Agnes streckte die Arme aus, und Roger setzte sie vor sich auf sein Pferd, wo sie sich an ihn lehnte und leise in sein Kettenhemd hustete. Er sah Catherine an. Sie war totenbleich, bis auf ein rotes Glühen auf den Wangenknochen.

»Catte? Ist dir nicht wohl?« fragte er. »Madeleine, ich glaube, wir sollten sie auch mitnehmen.«

»Unsinn«, sagte Madeleine. »Kümmert euch um Agnes!«

Catherine achtete nicht auf das, was um sie herum vorging. Die Welt ringsum war verblaßt und durch seltsame Formen ersetzt worden, verschwommene, halbmenschliche Objekte, die sich hin- und herschlängelten. Sie beobachtete sie alle mit zurückhaltender Neugier, die allmählich in Panik umschlug. Sie erinnerten sie an die Verzierungen im großen Evangelienbuch in St. Denis, nur daß diese sich unter Qualen wanden und sich nach ihr ausstreckten, als die Gesellschaft über die Zugbrücke zur Burg und in den Hof hinein ritt. Jetzt — endlich daheim! — hätte sie sich eigentlich sicher fühlen müssen, doch hier wimmelte es von voluminösen Gestalten, Fabelwesen aus der göttlichen *Offenbarung*, auf groteske Art und Weise vorzeitig erstarrt. Als sie hinstarrte, drehte sich eines davon um und begann, sich auf sie zu zu bewegen. Catherine erhob die Hände, um es abzuwehren und fiel betäubt zu Boden.

Sie lag regungslos im Dreck. Ein Gesicht lauerte hoch über ihr. Ein Dämon, ein bleicher, vertrauter Dämon. Edgar! Er berührte ihre Stirn. Die Kühle seiner Hand vertrieb den Nebel um sie herum.

»Catherine!« War das Angst in seiner Stimme? »*Sanctissima!* Ihr glüht ja! Was habt Ihr denn jetzt wieder angestellt?«

»Eigensinn, Sündigkeit und Stolz«, antwortete sie. »Ich bin zur Hölle geschickt worden. Warum seid Ihr hier?«

Und dann schwanden ihr die Sinne.

Madeleine sah ihre Tochter regungslos am Boden liegen. Sie war einen Augenblick still. Dann kreischte sie.

»Catherine! Catherine, nein! So hilf mir doch jemand!«

Sie lief zu Catherine hinüber und schob den Arbeiter beiseite, der sie gerade tätschelte. »Mach dich fort von meinem Kind, du *mesel!* O Catherine, du tapferes Mädchen! Du hast die Krankheit auf dich genommen. O du geheiligtes Kind. Verzeih' mir. Du darfst nicht auch noch sterben! O Herr, mein Herr! Habe ich nicht genug Buße getan?«

Hubert hörte den Aufruhr und kam herbeigelaufen. Er kniete neben Catherine nieder.

»Was fehlt ihr denn?«

»Sie ist gesegnet worden«, stöhnte Madeleine. »Gott hat sie heimgesucht, um unsere Sünden zu tilgen. O mein Kind, das habe ich nicht gewollt!«

Sie wandte sich an ihren Mann.

»Das ist deine Schuld, Hubert. Das hast du uns angetan! Gott kennt dein Herz! Er nimmt unsere Kinder, eines nach dem anderen. Und welchen Sinn haben deine Sünden, dein Reichtum? Ohne Erbfolge wird es zu Staub. Das ist alles. Nichts. Du hast alles vergebens getan, und du hast mich mit ins Verderben gezogen!«

»Schafft sie von hier fort«, befahl Hubert. »Roger, hilf' mir, Catherine zu tragen.«

Burgdamen griffen Madeleine unter die Arme und führten sie hinein. Roger hob Catherine hoch und trug sie zu einem Haufen Kissen am großen Herd.

»Sie ist heiß wie Feuer«, sagte er. »Aber wieso?«

Er zog ihr den Umhang und den linken Handschuh aus. Er wollte ihr auch den rechten abziehen, aber es ging nicht. Hubert hielt eine Laterne über sie.

»O mein Gott, ihre Hand«, sagte er. Vor Beklommenheit wurde sein Mund ganz trocken. »Schneide den Handschuh auf. Sachte, Roger!«

»Ich versuche es ja«, antwortete er. »Aber er sitzt so fest.«

Catherine schrie auf, als er den Handschuh aufschlitzte und das Leder abzog.

Die Wunde im Finger war in der Schwellung kaum noch zu sehen. Sie eiterte, und von da aus zog ein Muster feiner roter Linien den Arm hinauf, gleich einer Armee, die zunehmend an Stärke gewann, während sie ihren Leib eroberte.

Roger hielt ihren verletzten Arm fest.

»Hubert«, sagte er ruhig. »Ich brauche ein sauberes, scharfes Messer. Marie, laß eine von deinen Frauen ein kleines Stück Ried, eine Schüssel und Verbandszeug bringen und halte meine Schwester fern.«

Hubert brachte ihm das Messer und hielt es ins Feuer. Während sie warteten, hielt Roger die verletzte Hand fest, als ob sie zittern würde. Sie war mittlerweile grotesk angeschwollen, violett-weiß-rot gefleckt.

204

»Meine teure Catherine mit den großen Augen«, flüsterte Roger, »du hättest im Kloster bleiben sollen.«

»Es ist meine Schuld«, sagte Hubert. »Ich war so sehr in dieses Geschäft in St. Denis vertieft, daß ich mein eigenes Kind nicht beschützen konnte.«

Catherines Schwägerin, Marie, brachte das Schilfrohr, die Schüssel mit heißem Wasser und die Verbände herein.

»Agnes hat mir erzählt, wie es passiert ist«, sagte sie. »Diese elenden Studenten! Auf daß sie alle in der Hölle schmoren! Du willst die Wunde wieder öffnen, oder?«

Roger nickte. »Wir müssen das Gift ablassen. Du siehst, wie es auf ihr Herz zuläuft. Was für Kräuter hast du gegen ihr Fieber?«

»Engelwurz, Mandeln, Beifuß ... wir machen eine Paste daraus. Ich mische sie mit Wein und bringe sie herein, sobald sie fertig ist. Ich hoffe, wir können es ihr rechtzeitig einflößen.«

Doch alle wußten, wie gering die Hoffnung war. Guillaume, Catherines Bruder, kam, um Bericht zu erstatten.

»Wir haben nach dem Arzt aus St. Denis geschickt«, teilte er ihnen mit. Er sah seine Schwester an. »Sie ist erwachsen geworden, seit ich sie das letzte Mal gesehen habe. Ich hätte sie nicht wiedererkannt.«

Guillaume ging in die Küche, um für Roger und Hubert Warmbier zu holen. Er war Huberts ältestes Kind, der einzige überlebende Sohn. Er hatte zu viele von seinen Geschwistern sterben sehen; einige als Säuglinge, kaum getauft, manche alt genug, daß er mit ihnen spielen und etwas für sie empfinden konnte. Und es hatte nicht aufgehört, nachdem er sein Zuhause verlassen hatte. In den fünf Jahren seiner Ehe hatte Marie drei Totgeburten gehabt, bevor sie ihren Sohn gesund zur Welt brachte. Er war seit langer Zeit durch das sinnlose Sterben abgestumpft und erwartete keine Wunder mehr. Seiner Mutter zuliebe hatte er außer nach dem Arzt auch nach ihrem Priester schicken lassen, doch er setzte in beide keinerlei Hoffnung.

Der Bergfried, der Wehrturm der Burg, war der einzige Bereich, der im Winter bewohnbar war, und in der Adventszeit füllte er sich mit Verwandten, Dienern, Freunden und versprengten Reisenden. Normalerweise war der Saal voller Leben; heute war es dort still. Ein paar Leute saßen auf der Steinbank, welche rings um den Raum lief, und hielten Wache, beteten für Catherine. Die Kinder wurden ermahnt, ruhig zu sein. Eine der Mägde brachte sie zum Verstummen, indem sie sie mit der Behauptung in Angst und Schrecken versetzte, daß der Todesengel über dem Haus schwebe und darauf warte, herabzustoßen und Catherines Seele zu holen.

»Wenn ihr auch nur einen Pieps von euch gebt«, drohte sie, »kommt der *aversier* und holt euch anstelle von Catherine.

Die Kinder sprachen die ganze Nacht kein Wort und fanden keinen Schlaf. Der arme Adulf war in Todesängsten. Vielleicht würde Gott sich daran erinnern, daß er Catherines hilfloser Beschützer gewesen war, als sie verletzt wurde.

Als Roger in das angeschwollene Fleisch schnitt, zuckte Catherine vor Schmerz zusammen, wachte jedoch nicht auf. Die Kräuter hatten wenigstens das bewirkt. Er band das Schilfrohr fest, um die Wunde zu drainieren und offenzuhalten. Marie flößte ihr mehr von dem Fiebertrank ein. Pater Anselm brachte den Kelch und das Chrisma.

»Sie hat das Gelübde nicht abgelegt?« fragte er Hubert.

»Nein.« Hubert brachte das Wort kaum heraus. Er erinnerte sich an die Nacht, als er seine Mutter sterben sah, unfähig, sie zu retten, so wie jetzt. Die dunklen Locken und den dunklen Teint hatte Catherine von ihr. Er konnte seinen Kindern nie von ihrer Großmutter erzählen, aber vielleicht hätte Catherine es verstanden. Und jetzt war es zu spät.

»Vielleicht sollte ich ihr jetzt das Gelübde *ad succurendum* abnehmen?« schlug der Priester vor. »Ich weiß, es ist eine Ehre, die dem Bischof vorbehalten ist, aber ich kenne die Worte und glaube, es ist zulässig *in extremis*, das heißt, wenn sie lange genug bei Bewußtsein ist, um es abzulegen. Damit wäre ihr ein höherer Platz im Himmel sicher.«

»Nein«, sagte Hubert wieder. »Ich will, daß sie ihre Großmutter kennenlernt«, fügte er erklärend hinzu.

Pater Anselm warf ihm einen verdutzten Blick zu, verfolgte das Thema aber nicht weiter.

Roger seufzte erleichtert auf. Catherine war nicht für das Kloster bestimmt. Er hatte es immer schon gewußt. Sie sollte nicht an Gott gebunden sein, nicht einmal im Tod. Doch sie würde nicht sterben. Im Gegensatz zu den anderen würde er die Hoffnung nicht aufgeben.

Niemand bemerkte, wie er den Saal verließ, die Leiter hinunter nach draußen stieg und sich in Richtung St. Denis aufmachte.

Der Morgen begann schon zu dämmern, als er zurückkehrte. In der Kapelle beteten mehrere Menschen die Prim. Die gesungenen Psalmen klangen zu jenen hinunter, welche die Vigilie hielten. »*Deus in adjutorium meum intende.*« Hilf' mir, Herr.

Agnes war heruntergekommen und saß beim Feuer, zitternd vor Schuldgefühlen und Schüttelfrost.

»Ich hätte mich mehr um ihre Verletzung kümmern sol-

len, Vater«, schluchzte sie. »Ich hätte davon jemandem erzählen sollen, der sich auf die Behandlung solcher Wunden
versteht.«

»Schon gut, Liebling.« Hubert drückte sie. »Du hast alles
Erdenkliche getan. Von Anfang an muß Gift in der Wunde
gewesen sein.«

Sie blickten auf, als Roger hereinkam, aber er ging an ihnen vorbei, ohne sie zu sehen. In der Hand hielt er eine
schwarz angelaufene Silberschatulle. Er kniete am Bett,
öffnete das Kästchen und holte eine Prise von einem Pulver
heraus.

»Roger, was ist das?« verlangte Hubert zu wissen. »Es
riecht widerwärtig, wie das Brot, mit dem wir die Tauben
füttern.«

Ohne zu antworten, mischte er das Pulver mit einem Löffel voll Wein und hielt es Catherine an den Mund.

»Er sagte, ich soll es ihr jeweils zur Zeit des Stundengebets geben«, sagte Roger.

»Du warst bei einem Arzt?« fragte Agnes.

»Sozusagen.« Roger beobachtete Catherines Gesicht.
Ließ der Schmerz nach?

»Was auch immer es dich gekostet hat, Roger, ich werde es
bezahlen«, sagte Hubert.

Der Löffel zitterte in Rogers Hand. »Danke, Bruder«, sagte er. »Aber ich werde selbst dafür zahlen.«

Er vergewisserte sich, daß Catherine jeden einzelnen
Tropfen hinunterschluckte.

ELFTES KAPITEL

Im Dorf St. Denis, Sonnabend, den 25. November 1139, am Tag der heiligen Katharina

In Rouen sagten zur Zeit des Großen Kreuzzugs diejenigen, welche sich verpflichtet hatten: »Warum sollten wir Jerusalem von den Ungläubigen befreien, so wir doch Ungläubige in unserer Mitte haben? Das hieße wohl, das Pferd beim Schwanz aufzäumen.« Also pferchten sie die Juden in einen gewissen Ort der Anbetung ... und töteten sie mit dem Schwert, ohne Rücksicht auf Geschlecht oder Alter.
GUIBERT DE NOGENT

Das Haus lag weitab von der Straße, hinter einer dicken Steinmauer. Hubert mußte minutenlang an das Tor pochen, bevor jemand antwortete.

»Wer kommt wie ein Dieb in der Nacht?« fragte eine zittrige alte Stimme.

»Einer, dessen Herz in Israel ist, obwohl sein Leib in Babylon in Ketten liegt.«

Das Tor ging quietschend auf. »Schalom, Hubert«, sagte der alte Mann.

»*Schabbat schalom*, dir und deinem Haus, Baruch«, antwortete Hubert. »Ist Solomon hier? Ich muß ihn sehen.«

»Um diese Stunde? Er schläft.« Baruch führte ihn zum Haus. »Ich habe auch geschlafen. In unserer Familie stehen wir nicht zur Frühmette auf.«

»Baruch, glaubst du, ich würde dich wegen einer Nebensächlichkeit stören?«

Baruch öffnete die Tür. »Setz' dich. Ich wecke ihn.«

Hubert machte es sich auf einem mit Kissen gepolsterten Stuhl beim Herd bequem. Er nahm sich einen Apfel aus der Schale auf dem Tisch und schälte ihn in einem langen Streifen. Er neckte damit eine der Katzen, als Solomon herunterkam.

»Brennt die Abtei?« fragte er. »Ist der Messias gekommen? Was ist denn so wichtig?«

»Ich habe gerade den Abend mit Suger verbracht«, sagte Hubert. Er ließ die Apfelschale fallen. »Er hatte einen Boten von Peter Abaelard da — ausgerechnet! Ein großer, ernster normannischer Bursche, erfüllt von seiner eigenen Frömmigkeit.«

»Bedaure, daß ich nicht zugegen war. Meine Einladung muß verlorengegangen sein«, sagte Solomon gähnend.

»Abaelard behauptet, daß jemand die Abtei bestiehlt«, fuhr Hubert fort. »Er glaubt auch, daß Suger den Tod des Steinmetzen näher untersuchen sollte.«

Solomon hielt mitten ihm Räkeln inne. »Nur untersuchen oder einen Sündenbock dafür finden?« fragte er. »Wieviel weiß Abaelard?«

»Nichts, was unsere Beteiligung betrifft, da bin ich sicher«, sagte Hubert. »Aber der Abt ist besorgt. Schon seit Monaten sage ich ihm, daß man so etwas vorsichtig anfangen muß. Doch er hat nur seine Pläne für die neue Kirche im Auge. Er will sie über Nacht bauen, wenn möglich.«

»Ich weiß«, sagte Solomon. »Er würde da oben stehen und selbst die Steine aufeinandermauern, wenn die Zünfte es ihm erlauben würden. Was sollen wir seiner Meinung nach tun?«

»Vorsichtiger sein, sagt er. Weiter weg verkaufen.«

»Ich komme ja so schon bis Samarkand!« protestierte Solomon.

Hubert antwortete nicht. Er wußte, daß keine Spur von den Juwelen je auf Solomon zurückgeführt worden war.

»Was, wenn Garnulfs Tod gar kein Unfall gewesen wäre?« fragte Hubert ein Weilchen danach. »Was, wenn wir nur deshalb bisweilen etwas im Mörtel zu vermissen glaubten, weil uns jemand zuvorgekommen war?«

»Wer? Wie?« fragte Solomon. »Wie sollten sie es denn aus der Abtei herausschmuggeln? Wo könnten sie etwas verkaufen, ohne daß wir davon erfahren?«

»Ich weiß es nicht, Solomon«, sagte Hubert. »Wenn ich auf alles eine Antwort hätte, wäre ich Papst.«

»Das würde mir gefallen«, sagte Solomon. »Als dein Neffe wäre ich dann an erster Stelle für die Kardinalswürde. Dann könnte ich aufhören, meinen Arsch zu riskieren, indem ich in der ganzen Christenheit nach Sugers Lust und Laune herumgondele.«

»Bis dahin halte die Augen offen«, sagte Hubert im Aufstehen. »Dieser John, der von Abaelard kam, sagte noch ein paar merkwürdige andere Dinge, über Ketzerei, die die Abtei infiziere. Keine Beweise, wohlbemerkt. Suger lachte und sagte, er sollte nicht an allen Ecken und Enden Ketzerei und Verfolgung wittern, sonst würde er noch wie sein Meister enden. Aber in letzter Zeit jucken mir die Daumen, und meine Träume sind voller Rauch.«

»Auf deine Daumen habe ich mich immer verlassen, Onkel«, sagte Solomon. »Ich werde vorsichtig sein. Übrigens, ich weiß, daß du Catherine nicht von mir grüßen kannst, aber ich freue mich zu hören, daß sie auf dem Weg der Genesung ist.«

»Ein regelrechtes Wunder, wenn man Pater Anselm glauben darf«, sagte Hubert. »Warum nicht? Vielleicht kennt der Herr die Seinen. Sie läßt dich grüßen, habe ich vergessen, dir auszurichten.«

»Liebe kleine Catherine«, seufzte Solomon. »Manchmal vermisse ich sie. Ich habe nicht viele Cousinen. Vater sagt, sie sieht aus wie Großmutter.«

»Ja.«

Hubert ging allein hinaus und stapfte zum Gästehaus zurück. Dort fiel er in voller Kleidung ins Bett und schlief traumlos.

Alle außer Roger waren erstaunt, als Catherine genas, statt zu sterben. Als er ihr zum vierten Mal die übelriechende Arznei einflößte, war es offensichtlich, daß die Schwellung zurückging. Bald war die Rötung verblaßt, und die furchterregenden Linien, entlang derer sich das Gift im Körper ausgebreitet hatte, wichen zurück und verschwanden.

Roger bewachte sie mit finster entschlossenem Besitzanspruch. Er ließ niemand anderen die Medizin verabreichen und weigerte sich sogar, Agnes allein bei ihr Wache halten zu lassen. Erst als Catherine die Augen aufschlug und ihn erkannte, gab er endlich nach und schlief.

Bis zur ersten Adventwoche war Catherine nicht völlig bei Bewußtsein. Als sie erwachte, sah sie ihren galanten Onkel schnarchend auf dem Fußboden neben ihrem Bett liegen. Das verlieh ihr das sichere Gefühl, daß sie wieder in der realen Welt war. Bald kam Agnes herein und bestätigte diese Annahme, indem sie ihr die Decken vollweinte.

»Ich hab' gedacht, du würdest sterben, bevor wir die Möglichkeit bekämen, uns auszusöhnen«, schniefte sie. »Dann wäre ich in die Hölle gekommen.«

Dieses Theologieverständnis war zu viel für Catherines geschwächte Verfassung. Sie lehnte sich in die Kissen zurück und schlief weiter.

Jeder kam sie in den nächsten paar Tagen besuchen, sogar einige der Handwerker, die sich normalerweise nie in den oberen Stockwerken des Bergfrieds aufhielten. Sie alle staunten über die wundersame Heilung und wollten die Hand mit eigenen Augen sehen. Für Catherine war das Wunder nicht ganz so vollkommen, wie es schien. Ihre Finger waren noch steif und etwas taub. Sie befürchtete, nie wieder eine Schreibfeder halten zu können. Das war allerdings eine geringfügige Beschwerde, denn wie alle ihr beteuerten, hatte sie Glück, überhaupt noch am Leben zu sein.

Sogar Heloïse hörte von ihrer Genesung und schickte ihr einen Brief mit einem Dankgebet.

»Wie gütig von ihr, sich deiner zu erinnern, trotz deines Benehmens«, war Huberts Kommentar dazu. »Du solltest erwägen, sie zu fragen, ob du zurückkehren darfst.«

»Ich habe daran gedacht, Vater«, antwortete Catherine, als sie Heloïses Brief erneut las.

Wir haben dafür gesorgt, daß ein Deo Gratias für Dich gesungen wird. Und jeden Tag singe ich eins für Dich in meinem Herzen. Sie sprechen von Wundern und, wie ich vermute, versuchen sie vielleicht, Dich wie eine Heilige zu behandeln. Du bist besonders gesegnet, und manchen bringt die Todesnähe eine Offenbarung, welche ihr Leben für immer verändert. Aber ich glaube, daß Du so eine bist wie ich, für die Gott nur auf den Pfaden des Verstandes zu erreichen ist. Darum will ich Dich nicht darum bitten, zurückzukehren, sondern wachsam zu sein. Möge ER Dich sicher auf jenen dunklen Wegen leiten, meine liebe Tochter.

Sie las Roger einen Teil des Briefs vor.

»Das verstehe ich nicht«, sagte er. »Warum sollten wir dich nicht wie eine Heilige behandeln? Du bist Gott näher als alle, die ich kenne. Er muß dich sehr lieben, da er dich verschont hat.«

»Sicherlich hat Gott geholfen, aber du warst es, der mich gerettet hat.« Catherine gab ihm einen Kuß. »Schließlich hat man uns doch beigebracht, daß Gott diejenigen zu sich nimmt, welche er am meisten liebt. Daher muß ich wohl aus anderen Gründen verschont worden sein.«

»Jetzt weiß ich, daß es dir besser geht.« Hubert hatte die letzte Bemerkung mitgehört. »Wenn du anfängst, Rhetorik auf deine eigene Rettung anzuwenden, verlangt dein Verstand offensichtlich nach einer weniger gefährlichen Beschäftigung.«

Catherine lächelte. »Heißt das, daß du noch mehr Buchführung für mich hast?«

»Sie darf ihre Hand noch nicht wieder benutzen«, warnte Roger.

»Ich könnte die Zahlen errechnen, und du könntest sie für mich niederschreiben«, schlug Catherine vor.

Roger schüttelte den Kopf. »Ich bin kein Schreiber, Catte, wie du sehr wohl weißt.«

»Die Briefe, die du mir ins Paraklet geschickt hast, waren in einer wunderschönen Handschrift verfaßt.«

»Das sollten sie ja auch«, antwortete Roger. »In Anbetracht dessen, was ich dem Priester in Troyes dafür bezahlt habe, sie für mich zu schreiben. Ich kann gerade mal meinen Namen schreiben. Wann hätte ich denn Zeit gehabt, solche Dinge zu lernen? Ich kämpfe, seit ich vierzehn war.«

Eine Spur von Zorn klang in seiner Stimme mit, die

Catherine beschämte. Sie nahm seine rauhen starken Hände in die ihren.

»Es gibt die, die arbeiten und die, die beten«, erinnerte sie ihn. »Und die, die andere beschützen. Ohne euch *bellatores* hätten wir anderen auch keine Zeit zum Lernen.«

»Ich wünschte, es gäbe mehr, die so denken wie du, Catte.« Roger strich ihr mit einem Finger über die Hand. »Aber irdische Belohnungen für Ritter sind heutzutage fast so rar wie geistliche.«

Er legte den Kopf auf ihre Decken, und sie fuhr ihm mit der Hand durch das Haar, bemerkte überrascht, daß es grau wurde. Was lief schief in der Welt, daß jemand wie Roger kein Heim und keine eigene Familie hatte?

Vielleicht war es die pure Erleichterung, am Leben zu sein, jedenfalls empfand Catherine den Bergfried nicht als den nervenaufreibenden Ort des Chaos, den sie erwartet hatte. Statt dessen spendeten ihr die menschlichen Geräusche um sie herum unbeschreiblichen Trost. Da nur wenige Aufgaben außerhalb der Burg zu erledigen waren, fanden sich alle Bewohner meist auf der einen oder anderen Ebene des Bergfrieds wieder, je nach Geschlecht, Rang und Pflichten. Obwohl ihre Kammer klein und noch über dem oberen Saal gelegen war, schafften es die meisten Familienmitglieder, jeden Tag zu ihr zu finden. Sie brachten Essen und Neuigkeiten und Klatsch, mit sehr wenig Rhetorik.

Eingeschlossen durch Krankheit und Winter, schienen Garnulf und das Psalmenbuch weit weg. Indem sie sie auf Distanz hielt, genas ihr Geist zusammen mit ihrem Leib. Der Einsiedler geisterte nicht länger durch ihre Träume.

Da Catherine nun keine Philosophen zu studieren hatte, begann sie unbewußt, sich darum zu bemühen, das Gewebe des Alltagslebens zu verstehen. Zum ersten Mal fiel ihr auf, daß die Organisation einer Gruppe von Menschen, die so verschiedenen waren wie die, welche sich hier zusammengefunden hatten, viel schwieriger war als die Aufrechterhaltung der Ordnung in einem Konvent, wo alle durch dieselben Regeln und dieselben Ziele eingebunden waren. Sie gewann neuen Respekt für Guillaumes Frau Marie, die in der Lage schien, mit jeder Situation fertig zu werden.

Eines Tages wurde Catherine durch ein gespenstisches Geräusch geweckt, das wie das Flattern einer Million wütender Vögel klang. Es schien direkt aus den Mauern der Burg zu kommen. Als sie aufstehen wollte, ließ der Lärm nach. Gerade hatte sie sich wieder hingelegt, da fing es von neuem an. Dieses Mal war sie schon fast an der Kammertür, als der Lärm von Schmerzensschreien abgelöst wurde. Sie rannte die Treppe hinunter, mit der vagen Vorstellung, Hilfe leisten zu können oder wenigstens herauszufinden, was in aller Welt dort vor sich ging.

»Catherine!« Huberts Stimme ließ sie stehenbleiben. »Warum bist du nicht im Bett? Und barfuß? Du bist wohl nicht gescheit, Mädchen!«

»Aber Vater«, protestierte Catherine. »Jemand ist verletzt worden!«

»Und hat's wohl auch verdient«, antwortete Hubert. »Jetzt schnell zurück ins Bett.«

»Aber was ist denn passiert?«

Hubert antwortete nicht; er schnaubte nur. Aber er schien eher amüsiert als ärgerlich. Marie kam hinter ihm die Treppe hinauf und brachte Catherines Suppe. Catherine wandte sich an sie um eine Erklärung.

»Erinnerst du dich nicht?« Marie versuchte, ernst zu bleiben. »Jeden Winter ist es dasselbe. Die älteren Jungen er-

zählen es den kleinen, und dann müssen sie es alle ausprobieren.«

»Was machen sie denn?« Catherine begann zu lächeln. Sie
war im Begriff, es zu erraten.

»Es war zum Teil meine Schuld«, räumte Marie ein. »Zu
dieser Jahreszeit gibt es sonst nicht viel, weißt du. Ich mußte ihnen gestern abend einfach Kohl und Bohnensuppe geben.«

»O nein!« Catherine lachte los.

»Ja, die Pagen haben in der Doppellatrine ein Wettfurzen
veranstaltet. Das Echo hallt durch die Rohre bis in den hin-
tersten Winkel des Bergfrieds. Hoffentlich hat es dich nicht
allzu sehr erschreckt.«

Catherine lachte herzhaft. Wie absurd schien es ihr jetzt,
wenn sie an ihre lächerliche Angst dachte. Sie hatte sich
schreckliche Vorkommnisse wie aus der *Äneis* ausgemalt!
Manchmal war Bildung eben völlig unnütz.

Marie blieb, um die Schüssel wieder mitzunehmen. Sie
war nicht viel älter als Catherine und hatte sich oft ge-
wünscht, daß sie sich besser kennenlernen würden. Aber
der Ruf, den ihre Schwägerin für ihre Frömmigkeit und ihr
Wissen genoß, hatte sie immer eingeschüchtert. In ihrer
Krankheit war ihr Catherine menschlicher vorgekommen,
und sie und Marie waren endlich Freundinnen geworden.

»Es ist nicht so schlimm, wenn es die Kleinen tun«, vertraute sie Catherine an. »Aber wenn deine Mutter nicht hier
ist, tun es die älteren Jungen und sogar die Ritter. Sie schließen Wetten ab, wie lange das Echo widerhallt. Lach nicht!
Du kannst dir das Getöse nicht vorstellen, geschweige denn
den Geruch!«

»Entschuldige.« Catherine erstickte ihr Kichern im Kissen. »Es ist eben nur so völlig anders als im Kloster.«

219

Marie nickte, ein wenig traurig. »Ja, das ist es wohl.«

Im Weggehen setzte sie hinzu: »Du möchtest dich sicher gern waschen. Solange Roger immer wie eine Spatzenmutter über dir hockte, konnten wir dir nur Hände und Gesicht waschen. Soll dir eine der Mägde einen Eimer heißes Wasser hochbringen, damit du dich überall reinigen kannst?«

»Marie, das wäre wunderbar«, seufzte Catherine. »Im Paraklet haben wir uns im Sommer jeden Tag gewaschen und uns jeden Sonnabend frisiert. Ich wollte dich nicht damit behelligen, aber es wäre schön, sich wieder sauber zu fühlen.«

Als das dampfende Wasser ankam, zog sie sich bis auf das Hemd aus, goß das heiße Wasser in einen flachen Holztrog und stellte sich hinein; dabei hielt sie vorsichtig den Stoff mit einer Hand aus dem Weg, während sie in die andere ein wenig Seife nahm, die Beine damit abrieb, sich abspülte und dann mit Armen und Brust begann. Sie war gerade fertig, als Marie zurückkkam.

»Ich dachte, du hättest vielleicht gern ein sauberes Hemd«, sagte sie. Dann hielt sie inne und starrte auf Catherines Hals; die Farbe wich aus ihrem Gesicht.

»Marie? Was ist los?« sagte Catherine und sah an sich herab. Sie bemerkte nichts außer dem offenen Halsausschnitt und ihrem Kruzifix. Irgend etwas glitzerte. Der Ring. Sie hatte ihn fast vergessen. So wie sie zu vergessen versuchte, wo sie ihn gefunden hatte. Sie bedeckte ihn mit der Hand.

»Ich weiß, es schickt sich nicht für mich, Schmuck zu tragen«, sagte sie. »Ich ... äh ... habe ihn zufällig gefunden und wollte den Besitzer ausfindig machen, aber dann ...«

Marie starrte sie immer noch an.

»Wie konnte er ihn nur *dir* geben?« fragte sie. »Und warum? O Gott! Und ich habe ihm vertraut!«

Sie warf das Leinenhemd auf das Bett und rannte die Treppe hinunter.

Catherine spülte sich hastig ab und schlüpfte in das saubere Gewand. Sie ließ den Ring wieder darunter verschwinden. Also war Marie die Dame, die Roger das Liebespfand geschenkt hatte! Wie schrecklich! Kein Wunder, daß er erleichtert gewirkt hatte, als es im Mörtel verschwunden war. War das der Grund, warum er nie geheiratet hatte? Sie wußte, daß die Troubadoure viel von der hoffnungslosen Liebe eines Ritters zu der Frau seines Herrn sangen, doch in Wirklichkeit war das nicht so erfreulich. Und Guillaume war nicht Rogers Herr; sie waren verwandt. Das machte alles nur noch schlimmer. Sie hoffte, daß Marie ihm nichts außer dem Ring geschenkt hatte. Daß es nur ein Zeitvertreib für den langweiligen Winter gewesen war. Armer Roger! Das Beste, was er tun konnte, war, das schreckliche Ding nach St. Denis zurückzubringen, wo es als Opfer für die Liebe Gottes gereinigt werden könnte. Sie würde Marie erzählen, was sie vorhatte und in sie eindringen, Absolution zu suchen für das, was hoffentlich eine läßliche Sünde war.

Und nun, krächzten ihre Stimmen heiser, *ist es wohl an der Zeit, daß du dich der Aufgabe stellst, für welche du ausgeschickt wurdest.*

Catherine seufzte. Sie hatte gedacht, daß sie mit dem Fieber verschwunden wären.

Ihr habt ja recht, antwortete sie. *Ich bin bereit. Vater nimmt mich nächste Woche mit nach St. Denis, damit ich in der Abtei für meine Genesung danke. Dann hole ich das Psalmenbuch.*

Noch zwei Wochen bis Weihnachten, und der Boden war bereits mit Frost durchzogen, als Catherine und ihr Vater langsam durch den Hof gingen, um die Messe in der Abteikirche zu hören. Sie drängten sich in das Ende, das noch nicht renoviert war. Draußen ragten die Steinwälle wie das Skelett eines Riesen auf, dessen Rippen sich über Leere krümmten und auf das Glas warteten, das sie zum Leben erwecken würde.

Nach der Messe wurde sie erneut in Sugers Gemächer eingeladen. Der Abt empfing sie freundlich.

»Du bist außerordentlich gesegnet worden, mein Kind«, sagte er. »Ich habe noch nie von jemandem gehört, der solch eine Krankheit überlebt und dabei noch nicht einmal das betroffene Glied verloren hätte.«

»Ich danke Gott unablässig für Seine Gnade«, antwortete Catherine. Sie suchte nach einer Möglichkeit, ihn danach zu fragen, ob irgend jemand das Psalmenbuch erwähnt hätte, seit sie das letzte Mal hier war.

»Eure Gemächer sind wunderschön«, bemerkte sie höflich.

Suger strahlte vor Stolz. »Das französische Volk hat St. Denis überaus großzügig unterstützt, und da sind jene, die glauben, daß das Quartier des Abts ebenfalls das Ansehen der Kirche widerspiegeln sollte. Während ich es bevorzuge, in dieser kleinen Kammer zu wohnen, haben andere es für angemessen erachtet, sie auszuschmücken, um so die hohe Stellung der Abtei zu ehren.«

Er befingerte ein juwelengeschmücktes Kruzifix, das auf dem Tisch neben ihm stand.

»Es gibt auch jene«, fuhr er traurig fort, »welche da glauben, daß diese Pracht zu opulent sei. Ich aber meine, daß nichts zu schön ist, um Unseren Herrn zu ehren. Findet Ihr nicht auch?«

Catherine mußte ihm Recht geben, obwohl da irgendwo ein Fehler in der Logik oder im guten Geschmack zu sein schien. Sie lächelte und nickte.

Der Abt seufzte. »Bernhard von Clairvaux, von dem alle sagen, er sei ein lebender Heiliger, ist darin nicht meiner Meinung. Natürlich sollte ich dankbar sein, daß die Zisterzienser nicht viel von Juwelen halten. Ich habe ihnen ein paar wunderbare Sammlungen abgekauft, zu einem guten Preis. Sie sagen sogar, daß der Kelch aus unedlem Metall sein sollte. Das verstehe ich nicht. Wenn die Hebräer goldene Schalen benutzten, um das Blut der Opfertiere aufzufangen, warum sollten wir Geringeres für das Gefäß nehmen, welches mit dem Blut Christi gefüllt wird?«

Zustimmung heischend sah er sie an. Catherine merkte, daß ihre Meinung dazu nicht wirklich gefragt war. Er erprobte an ihr nur seine Argumente, die er sich für Abt Bernhard zurechtgelegt hatte. Es war wohlbekannt, daß Suger mit seinem glorreichen Wiederaufbau von St. Denis Zielscheibe der zisterziensischen Predigten war. Es beunruhigte den Abt. Was, wenn die Spenden ausblieben, bevor der Bau fertig war, oder schlimmer noch, falls er die Abtei ihrer Pracht berauben müßte?

Doch augenblicklich, erinnerte sie sich, war Bernhard mit anderen Angelegenheiten beschäftigt, wie zum Beispiel der »Ketzerei« im Werk des Peter Abaelard. Ob Suger wohl Bernhard behilflich wäre, falls er dazu Gelegenheit bekam, indem er ihm das Psalmenbuch überließ? Das könnte durchaus dazu beitragen, die Spannungen über verschwenderische Ausschmückungen abzubauen. Obwohl Abaelard noch als Mönch von St. Denis geführt wurde, würde es sich lohnen, Bernhard zu dem Zugeständnis zu bewegen, daß es mehr als einen Weg gäbe, Gott zu ehren und Ketzerei schlimmer sei als ein paar Goldkelche oder perlenbesetzte Kreuze.

Sie mußte das Psalmenbuch haben. Sie hatte viel zu viel Zeit mit ihrer Krankheit vergeudet.

»Herr Abt«, sagte sie, »mein Vater kommt mich in einer Stunde abholen, und ich weiß, daß Ihr sehr beschäftigt seid. Darf ich solange in Eurer Bibliothek lesen? Es gibt da ein Augustinus-Zitat, das ich gern nachschlagen würde.«

»Natürlich, meine Liebe. Bruder Leitbert wird wohl in ein paar Minuten dort sein. Er wird es gern für Euch heraussuchen.«

»Wie freundlich von ihm«, sagte Catherine. »Darf ich dort auf ihn warten?«

Suger erteilte ihr die Erlaubnis zu gehen und — einmal aus seinen Gemächern — stürmte sie die Treppe zur Bibliothek hinauf. Behutsam setzte sie die Lampe ab und stellte sich auf einen Schemel, um an das Psalmenbuch zu kommen. Sie griff danach auf dem dunklen Sims über dem Fenster. Da war nichts. Sie stellte sich auf Zehenspitzen und tastete herum. Leer. Sie hielt die Lampe hoch. Das Buch war weg.

»Was machst du denn da?«

Catherine schrie auf und ließ die Lampe fallen. Schreiend sprang der Präzentor hinterher und trampelte auf dem brennenden Öl herum, das auf den Boden geschwappt war.

»Bist du völlig von Sinnen!« kreischte er. »Feuer hierher zu bringen. Und dann wie ein Akrobat auf dem Schemel zu balancieren. Bei den Gallensteinen der heiligen Winnefred, Weib!«

Dummer alter Mann! Catherine hatte Angst, und das machte sie wütend.

»Ihr habt auch Feuer hier oben gehabt«, sagte sie. »Alle haben am hellichten Tag um eine Kerze herumgesessen; eine alberne Art, Philosophie zu lehren.«

Er sah sie voller Verachtung an. »Ich lasse mich von dir nicht hereinlegen«, sagte er leise. »Ich habe die Leiter der

Weisheit erklommen, und deine Gestalt kann vor mir nicht verborgen halten, was du bist. Dein Meister schaut durch deine Augen. Ich sehe seinen Zungenschlag, wenn du sprichst. Einer seiner Diener hat mich einst beschämt, aber das wird keinem von ihnen noch einmal gelingen. Mein Wissen steigt von Licht zu Licht zu den Sternen selbst empor. Und darüber hinaus zu dem Licht, welches keinen Schatten wirft. Ich fürchte weder dich noch deinen Meister. Richte ihm das aus.«

Catherine starrte ihn an, halb entsetzt, halb verwirrt. Wie schon einmal, drängte es sie danach, ihm die Zunge herauszustrecken, und wenn nur, um ihm zu zeigen, daß diese nicht gespalten war. Leitbert erhob die Arme.

»Richte ihm das aus! Jetzt verschwinde von hier, bevor ich dir den Hals umdrehe!«

Catherine betrachtete das Problem leidenschaftslos und ging hinaus.

Völlig verwirrt setzte sie sich unten auf die Treppe. Nahm dieser verrückte Alte wirklich an, sie sei eine Dienerin des Teufels, oder zitierte er einfach nur Tertullian? Er war schließlich nicht sonderlich begeistert von der Idee, eine Frau zwischen seinen Büchern zu haben. Wie sollte sie jetzt die Suche fortsetzen?

Wo *war* das Buch? Wer hatte es weggenommen? Edgar? Wenn er für Abaelard arbeitete, war das vielleicht möglich. Dann war ihre Arbeit getan, und sie konnte zum Paraklet zurückkehren.

Aber was, wenn derjenige, der die Veränderungen vorgenommen hatte, es noch besäße? Was, wenn er vorhätte, es Abaelards Feinden zu präsentieren?

Ach, seid doch still. Catherine wünschte, sie hätte ihren Verstand besser unter Kontrolle.

Doch die Stimmen redeten weiter. *Was, wenn dein kostbarer staubiger Scholar dich und Meister Abaelard anlöge?*

Wo kam denn bloß dieser Gedanke her?

War Wilhelm von St. Thierry nicht einst ein Schüler Abaelards? Und jetzt steht er an der Spitze derer, die ihn zum Ketzer erklären wollen. Was, wenn Edgar einer seiner Spione wäre?

Damit hatte Catherine eine Weile zu kämpfen. Eine Erinnerung zog vorüber, an Ungeheuer und Dämone und Edgars Hand, die kühl auf ihrer Wange ruhte. Und Edgars Stimme, besorgt und verärgert. Und wahrhaftig.

»An irgend etwas muß ich doch glauben«, flüsterte sie.

Oder an irgend jemanden? kicherten sie.

Endlich kam Hubert herein, und Catherine ging erleichtert mit ihm fort. Vieles sprach dafür, nicht allzu lange sich selbst überlassen zu sein, lediglich in Gesellschaft der eigenen Gedanken.

»Hast du deine Geschäfte erledigt?« fragte sie auf dem Heimritt.

»Was? O ja, so weit es ging. Vermutlich verreise ich noch einmal, gleich nach dem Fest der Unschuldigen Kinder. Ich muß in die Lombardei.«

»Vater, du willst doch nicht etwa zu dieser Jahreszeit die Alpen überqueren?«

»Es geht nicht anders. Soll ich dir Apfelsinen mitbringen?«

Sie umklammerte ihn fester. »Komm nur sicher zurück. Begleitet dich Roger?«

»Nein, ich reise mit einer Gesellschaft von Kaufleuten. Sie haben ihre eigenen Wachen.«

Sie kamen an dem Pfad vorbei, welcher zu Alerans Einsiedelei führte. Catherine mußte einfach hinsehen. Irgend etwas bewegte sich zwischen den Bäumen, jemand wäre beinahe auf die Straße gerutscht. Hubert bemerkte nichts, doch Catherine war sicher, daß die Gestalt, die sich rechtzeitig fing und hinter die Büsche duckte, die von Marie war.

Marie war nicht im Bergfried, als sie dort eintrafen. Agnes sagte, sie besuche eine kranke Frau im Dorf. Erschöpft von den Unternehmungen des Tages, ging Catherine zu Bett.

Am nächsten Morgen suchte sie nach Marie. Endlich fand sie sie in einem der Vorratsspeicher bei der Bestandsaufnahme.

»Kannst du mir helfen, Catherine?« fragte sie. »Ich muß nachzählen, wieviel Getreide wir haben. Du kennst dich doch mit Zahlen aus. Der Winter war hart, und mir haben mehr als sonst an die Armen verteilt. Es wird vielleicht nicht bis zum Frühjahr reichen.«

»Marie, ich muß mit dir reden.« Catherine griff nach dem Rechenbrett in Maries Hand. »Was hattest du gestern bei der Klause des Eremiten zu suchen?«

Marie riß ihren Arm weg. »Das geht dich nichts an«, sagte sie. »Viele Frauen gehen dorthin. Er hat Amulette und Zaubertränke, die schwer zu beschaffen sind. Er erteilt ... Ratschläge.«

»Marie, bitte, lass' dich nicht mehr mit ihm ein. Er ist böse.«

»Das weiß ich«, sagte Marie. »Aber er ist auch mächtig, wie du wohl weißt.«

»Ich?«

Marie lehnte sich gegen die Kornsäcke. Das Rechenbrett entglitt ihren Fingern und fiel zu Boden.

»Erzähl' mir doch nichts«, sagte sie. »Keiner spricht je darüber, was da oben vorgeht. Versprich' mir nur, daß du Guillaume nichts davon verrätst. Aus Liebe, Mitleid und

Erbarmen, lass' ihn nichts davon erfahren. Falls er dahinterkommt, habe ich alles umsonst bezahlt.«

»Marie, ich sage kein Wort, versprich' mir nur, daß du nie wieder dahin gehst.«

Marie lachte. Darin lag ein Unterton, der Catherine beunruhigte.

»Na schön, ich verspreche es«, sagte sie. »Du darfst ihn ganz für dich allein haben.«

»Was?« Catherine konnte nichts damit anfangen.

»Ach nichts«, sagte Marie mit tonloser Stimme. »Bitte, laß mich mit meiner Arbeit weitermachen. Nein, schon gut. Ich brauche deine Hilfe doch nicht.«

Zwei Tage danach kam einer der Leibeigenen aus der Stadt zum Bergfried. Als der Pförtner ihn angehört hatte, rief er Guillaume.

»Das hier ist Bauduc«, erklärte er. »Er ist der Schweinehirt des Dorfes. Im Winter treiben wir die Schweine zur Eichelmast in den in den Wald. Bauduc war heute morgen dort, um sie einzufangen. Da sah er einen Fremden bei Alerans Hütte herumlungern. Als er den Mann anrief, ist er verschwunden.«

»Stimmt«, unterbrach ihn Bauduc, der dabei nach seiner Kapuze griff und sie mit den Händen knetete, als er sprach. »Ist gerannt, als ob Dämonen hinter ihm her wären, tja, und da hab' ich gedacht, vielleicht sind sie das auch. Man munkelt so einiges über den Einsiedler und was der so treibt. Einmal ist ein schwarzer Hahn aus dem Dorf verschwunden. Die Federn hat man halb verbrannt im Ofen des Einsiedlers gefunden, sagt man. Ihr wißt, was das bedeutet; irgendwer hat das Böse angerufen. Und dann tuschelt man auch darüber, warum Frauen dahin gehn. Um der Natur ins

Handwerk zu pfuschen. Heriuts Frau hatte 'n Sohn mit nur einem Arm, und sie hat geschwor'n, der Einsiedler wär' schuld. Meinte, er hätte ihn weggenommen, weil sie nicht bezahl'n konnte.«

»Mich interessieren keine Ammenmärchen«, sagte Guillaume. »Meine Pflicht ist es, euch vor menschlicher Gefahr zu beschützen. Dieser Fremde — wie sah der aus?«

»Blaß, elend, wie Milch nach dem Abschöpfen«, antwortete Bauduc. »Hab' noch nie einen gesehen, der so weiß war. Vielleicht hat die Lamia ihm die Farbe geraubt. Meine Frau sagt, sie hätte letzte Woche 'n schneeweißen Raben auf dem Stadttor sitzen sehn.«

Der Pförtner fiel ihm ins Wort. »Deine Frau interessiert Herrn Guillaume nicht. Erzähl' ihm, was du gefunden hast.«

»Ich bitte darum«, sagte Guillaume. »Viele Fremde suchen diesen Einsiedler auf. So weit habe ich noch nichts gehört, womit ich mich näher befassen müßte.«

»Das kommt jetzt«, sagte der Pförtner. »Bauduc hat gedacht, er geht mal an der Hütte vorbei und fragt Aleran nach diesem Fremden.«

»Aber er konnte mir nichts mehr dazu sagen«, fuhr Bauduc fort. »Weil er nämlich tot war. Eiskalt, hat mich mit seinen toten Augen angestarrt.« Er bekreuzigte sich. »Ich dachte, er könnte gar nicht sterben, aber das Böse muß ihn wohl geholt haben. In seinem verdorbenen Herzen steckte ein Messer.«

Guillaume richtete sich auf. »Warum hast du das nicht gleich gesagt. Los, Sigebert, suche Herrn Roger!«

Er wandte sich an den Schweinehirten.

»Dämonen fürwahr! Der Teufel braucht keine Messer. Würdest du den blassen Mann wiedererkennen?«

»Viele von der Sorte kann's in dieser Gegend nicht geben«, antwortete Bauduc. »Ich würd' ihn wohl erkennen.«

Weniger als eine Stunde später hatte Roger seine Schar von Soldaten zusammengetrommelt, um auf der Suche nach dem Fremden durch die Lande zu reiten. Nach einer langen und langweiligen Festtagszeit schlugen die Wellen der Begeisterung für diese Jagd hoch.

Guillaume hielt einen Augenblick lang Rogers Zaumzeug, bevor sie losritten.

»Wirst du deine Mannen in Schach halten können?« fragte er. »Ich will nichts von verwüstetem Ackerland, niedergetrampelten Zäunen oder belästigten Töchtern hören.«

Roger lachte. »Ich werde sie nicht vom rechten Weg abkommen lassen, Neffe. Keine Sorge. Ich argwöhne, daß dieser geisterhafte Fremde der Bierflasche des alten Bauduc entfleucht ist. Aber die Übung wird uns guttun. Vor Einbruch der Dämmerung sind wir wieder da.«

Doch sie kamen viel eher zurück. Vom Turmfenster aus beobachtete Agnes ihre Rückkehr.

»Sie haben jemanden gefangen«, berichtete sie Catherine. »Ein Mann hängt gefesselt vorn über Herrn Meinhards Sattel. Wie aufregend! Lass' uns ihnen entgegengehen. Ich habe noch nie einen Mörder gesehen. Wenigstens nicht von nahem.«

Die Mädchen stiegen die Wendeltreppe hinab, etwas verlangsamt durch die Tatsache, daß jeder im Bergfried in dieselbe Richtung strebte. Im unteren Saal warteten Guillaume und Hubert darauf, daß Roger ihnen den Gefangenen brächte.

Der Mann wurde vom Pferd gezerrt und, immer noch gefesselt, von zwei von Rogers Mannen in den Saal geschleift. Mitten im Raum ließen sie ihn auf den Boden fallen.

»Wir mußten ihn gar nicht jagen«, berichtete Roger den Versammelten. »Wir haben ihn in der Hütte gefunden, direkt neben der Leiche. Er war gerade dabei, sie zu durchsuchen. Leichenschänder! Seine Schuld erklärt sich von selbst, aber auf Euer Geheiß haben wir ihm nichts zuleide getan.«

Er zerrte den Gefangenen auf die Füße und riß ihm die Kapuze ab, setzte sein Gesicht der Nachmittagssonne aus.

Catherine beugte sich über Agnes' Schulter, um ihn sehen zu können. Dann stieß sie — zu ihrer ewigen Verlegenheit — einen Schrei aus und verlor die Besinnung.

Zwölftes Kapitel

Im Großen Saal zu Vielleteneuse, am selben Tag

Dieser Mann pflegte den geheimen Lauf der Natur zu erforschen und zu enthüllen. Nun liegt er da, in schweren Ketten; das Licht seines Geistes ist erloschen, sein Kopf gebeugt; die öde Erde muß er anstarren ...
BOETHIUS
Trost der Philosophie

Edgar schloß seufzend die Augen. Ob er Catherine jemals aufrecht stehend sehen würde? Er sah die Schwerter, die um ihn herum gezückt waren und bezweifelte, daß er dafür noch lange genug leben würde.

Zuerst würde er Catherines geballte männliche Verwandtschaft davon überzeugen müssen, daß er weder ein Zauberer noch ein Mörder war. Er zerrte an den Stricken um seine Handgelenke. Ganz fest. Zweifellos verfügte der Handlanger, der ihn gefesselt hatte, über jahrelange Erfahrung. Auch gut, dachte er. Wenn er sich befreien könnte, wäre ihnen das nur Bestätigung für seine Komplizenschaft mit den Mächten des Bösen. Jemand trat nach ihm und lachte. Edgar fand das gar nicht komisch.

Catherine erwachte von dem Geruch eines nassen, rauchenden Strohhalms, den Agnes unter ihrer Nase hin- und herwedelte. Sie würgte, stieß das ekelhafte Zeug weg und richtete sich auf.

»Wo ist er?« fragte sie.

»Alles in Ordnung, Liebes«, antwortete Agnes. »Er kommt uns nicht zu nahe. Du bist noch schwach. Du solltest hochgehen und dich ausruhen. Lass' mich dir helfen.«

»Nein.« Catherine stand auf und ging durch den Kordon der Männer, die Edgar bewachten.

Edgar betete zu jedem Heiligen, an den er sich erinnern konnte, daß Catherine vernünftig genug sein möge, ihren Mund zu halten.

Agnes duckte sich unter Rogers Arm hindurch, um den Gefangenen neugierig anzugaffen.

»Du liebe Güte, der sieht ja komisch aus«, sagte sie. Sie kniff die Augen zusammen und ging näher heran. »Ach, Catherine, ist das nicht der Handwerker, mit dem du in St. Denis auf dem Boden gehockt hast? In der Nacht, als Garnulf starb?«

Edgar sank tiefer in das Stroh auf dem Boden. Es drehte ihm den Magen um. Verdammt! Er würde es nie lernen, seine Gebete präzise zu formulieren.

Roger rollte Edgar herum, so daß alle sein Gesicht sehen konnten. Mit dem Stiefel berührte er Edgars Kinn.

»Weißt du, Agnes, ich glaube, du hast recht«, sagte er schließlich. »Was hat der denn hier zu suchen?«

Der Stiefel ließ den Kopf zurückschnellen. Edgar zuckte vor Schmerz zusammen.

»Ich arbeite in St. Denis«, antwortete er. »Als Steinmetz.«

»Ich dachte, alle Maurer wären über den Winter nach Hause gegangen«, sagte Roger.

»Nicht alle«, sagte Edgar. »Es gibt einige Arbeiten, die zu erledigen sind.«

»Wie zum Beispiel Mord?«

Der Stiefel stieß Edgar in den Nacken. Er gab einen erstickten Schrei von sich: »Nein!«

»Roger!« rief Catherine scharf. »Wenn du den Mann verhören willst, lass' ihn wenigstens aufstehen und dir ins Gesicht sehen. Außerdem dachte ich, daß das die Aufgabe meines Bruders wäre.«

»Ganz recht«, sagte Guillaume. Er hätte es beinahe vergessen. »Los! Helft dem Mann auf; wischt ihm den Dreck aus dem Gesicht.«

Edgar sah sie nicht an, als er grob auf die Füße gestellt wurde. Catherine dachte schneller denn je zuvor. Was sollte sie sagen? Wollte er, daß sie ihn verteidigte oder würde das die Sache nur verschlimmern? Sollte sie ihnen sagen, daß er von Abaelard geschickt war und unter dem Schutz der Kirche stand? Aber wenn er wollte, daß sie das wüßten, hätte er es ihnen dann nicht bereits gesagt? Wenn er ihr doch nur ein Zeichen geben würde!

»Nun denn«, begann Guillaume. »Du sagst, du arbeitest in St. Denis. Da hat man dich gesehen. Schön. Das erklärt aber nicht, warum du in der Klause des Eremiten warst.«

Catherine biß sich auf die Lippe. Edgar wurde mürrisch. »Ich habe etwas gesucht«, murmelte er. »Aleran hat gesagt, er würde es heute für mich haben. Als ich hinkam, war er schon tot. Ich hatte Angst. Ich bin ein Fremder hier, mit wenig Freunden. Darum bin ich weggerannt. Aber dann bin ich zurückgekehrt, weil ich hoffte, er hätte seine Arbeit für mich fertigstellen können, bevor er umgebracht wurde.«

»Eine plumpe Lüge!« rief jemand. Zustimmendes Gemurmel. Guillaume bedeutete ihnen zu schweigen.

»Und was war so wichtig, daß du sogar dem Tod ins Auge gesehen hast, um es zu bekommen?« fragte er.

Edgar schien eher verlegen als verängstigt. »Nur ein Zaubertrank. Hätte wahrscheinlich sowieso nicht gewirkt.«

»Aha«, sagte Guillaume. »Was für ein Zaubertrank?«

Edgar schlug die Augen nieder. Einer der Wächter stieß ihn in die Rippen. Lange Zeit sah er nicht auf. Als er es schließlich tat, blickte er nicht Guillaume an, sondern Catherine. Er antwortete, den Blick flehentlich auf sie gerichtet: »Ich wollte einen Zaubertrank, um eine Dame in mich verliebt zu machen«.

»Du widerlicher Bastard«, sagte Roger ruhig und schlug ihn nieder.

Agnes kletterte zu Catherine ins Bett und schmiegte ihre kalten Füße an die Beine ihrer Schwester.

»Na, du kannst es uns wirklich nicht verübeln, daß wir gelacht haben«, sagte sie noch einmal. »Es war einfach zu albern, du und dieser ... dieser Mann!«

Catherine lag schweigend da, und endlich gab Agnes auf. Sie kuschelte sich in die Decken, immer noch amüsiert.

»Was er wohl wirklich da gesucht hat?« murmelte sie, aber sie bekam keine Antwort von Catherine.

Logik, Mädchen, denk nach! Catherine dachte angestrengt nach. Auf einfache Dinge wie das Wesen Gottes ließ sich Rhetorik wunderbar anwenden, doch wie sollte man sie in bezug auf das Chaos des menschlichen Handelns anwenden? Sie holte tief Luft.

Sie hatte sich daran geklammert, daß Aleran irgendwie Garnulf getötet hatte. Daß sie den Ring in seiner Hütte gefunden hatte, war ein gutes Indiz dafür, daß der Einsiedler etwas mit den Diebstählen in der Abtei zu tun hatte. Garnulf hatte seine Mittäterschaft entdeckt und mußte sterben. Natürlich war es auch möglich, daß der Dieb ein Anhänger des

Eremiten war und ihm den Ring als Bezahlung für eine übernatürliche Hilfe gegeben hatte.

Aber wer war es dann? Warum war Aleran getötet worden? Hatte er zuviel herausgefunden, so wie Garnulf? War er zu anmaßend in seiner Macht geworden und hatte versucht, einen ohnehin verzweifelten Menschen zu bedrohen? Oder vielleicht hatte sein Tod gar nichts mit der Abtei zu tun. Vielleicht hatte ein Ehemann das Wesen seiner Rituale entdeckt und beschlossen, festzustellen, ob Aleran wirklich unmenschlich war? Und was war mit dem Psalmenbuch geschehen?

Logischer Aufbau? Fehlerhaft. Schlußfolgerungen? Keine.

Catherine dröhnte der Kopf. Sie schämte sich feststellen zu müssen, daß sie keine wohldurchdachten Hypothesen aufstellen konnte, ohne Beispiele von Philosophen oder den Kirchenvätern heranzuziehen. Und sie konnte sich an nichts bei Augustinus oder Hieronymus erinnern, das hier Anwendung finden konnte. Sie hatten es vorgezogen, sich mit Abstraktem zu befassen. Jetzt sah sie warum. Ach, warum ergab nichts einen Sinn? Vielleicht war sie einfach nur zu müde.

Sie rollte sich auf die Seite. Im Schlaf rückte Agnes näher an sie heran. Catherine versuchte, sich zu entspannen, doch sie konnte nicht abschalten.

Frage: Wer ist Edgar?

Antwort. Mehr als er zugibt. Nicht nur ein Scholar, der von Ort zu Ort wandert und einen guten Lehrer sucht. Wo hat er gelernt, Heilige in Stein zu hauen? Garnulf konnte ihm in der kurzen Zeit nicht genügend beigebracht haben. Was, wenn er auch Abaelard belöge? Was hatte er wirklich in der Hütte des Einsiedlers zu suchen? Einen Beweis für die Dieb-

stähle? Das war nicht nötig. Den hatte sie schon. Hatte er das Psalmenbuch genommen? Falls ja, warum war er noch hier? Hatte sie ihn wirklich am Tag ihrer Ankunft in Vielleteneuse gesehen, oder war er Teil des Alptraums gewesen? Und warum hatte er die alberne Lüge über den Liebestrank erzählt? Glaubte er wirklich, jemand würde ihm das abnehmen?

Und was würde jetzt mit ihm geschehen, da unten im Gefängnisloch? Was würden sie ihm antun?

Antworten: Es gab keine — nur die Farbe seiner Augen.

Catherine kam zu dem Schluß, daß sie langsam wahnsinnig wurde. Sie müßte einfach schlafen. Aber das schien so unmöglich wie alles andere.

Das Gefängnisloch war eine Grube, die in eine Ecke des Kellers gegraben war, zu tief, um herauszuklettern und zu klein, um darin zu liegen. Es gab Viecher darin, von denen manche herumkrabbelten. Edgar hockte auf der Erde und versuchte, nicht hinzusehen. Einer der Ritter war vorhin heruntergekommen und hatte die Schweineschüssel über seinem Kopf entleert. Ein paar Brocken davon waren noch eßbar, nachdem er sie aus seinen Haaren gefischt hatte. Unter ähnlichen Umständen hatte Boethius die Gelegenheit wahrgenommen, ein Gedicht zu schreiben. Edgar saß nur da und fluchte.

Ein Dummkopf war er. Vater, Stiefmutter und Brüder hatten ihm das alle zu irgendeinem Zeitpunkt einmal gesagt, aber jetzt stimmte er ihnen zum ersten Mal in seinem Leben zu. Was war nur in ihn gefahren? Nur weil Garnulf eine Karte und ein paar Zeichnungen hinterlassen hatte, bedeutete das nicht zwangsläufig, daß der Einsiedler der Schlüssel zu seiner Ermordung war. Und selbst wenn es so war, bestand

Edgars Aufgabe lediglich darin, soviel wie möglich in Erfahrung zu bringen und es Abaelard zu melden. Er war nicht dafür ausgerüstet, einen Mörder zur Strecke zu bringen. Er war kein Landvogt, nicht einmal Franzose. Es ging ihn gar nichts an. Warum war er so dumm gewesen?

Er versuchte, nicht daran zu denken, wie Catherines Locken sich unter ihrem Kopfputz hervormogelten und sich auf ihrer Stirn kräuselten. Er versuchte es. Denn natürlich hatte das mit dem eigentlichen Problem nichts zu tun. Aber in der Finsternis der Zelle und in all seiner Verzweiflung konnte er sich sehr wenig anderes vorstellen.

Dem von oben kommenden Lärm nach zu urteilen, mußte es Morgen sein. Edgar fragte sich, ob sie ihn bald herausziehen würden. Ihm war kalt, und er hatte schrecklichen Durst. Sie waren noch nicht fertig mit ihm, das wußte er. Er war dankbar, daß Catherines Bruder so etwas wie einen Sinn für Gerechtigkeit hatte, aber er war sich nicht sicher, inwiefern das reichte, um die Ritter unter Kontrolle zu halten.

Ach, heiliger Antonius, dachte er, *bitte schick' mir etwas Warmes zu trinken.*

In eben diesem Augenblick hörte er Stiefel auf der Steintreppe, begleitet von unterdrücktem Gelächter. Sie näherten sich dem Rand des Lochs. Plötzlich regnete ein Schauer warmer Flüssigkeit auf ihn herab. Er konnte ihr nicht ausweichen. Das Gelächter schwoll an und ebbte dann wieder ab, als die Männer in den Saal zurückkehrten. Edgar hockte im Gestank, schäumend vor Wut. Nie hätte er dem heiligen Antonius einen derart grausamen Humor zugetraut.

Es schienen Stunden zu vergehen, bevor er wieder Schritte hörte, doch waren diese leichter, wie von Pantoffeln. Er straffte sich. Die, welche heimlich kommen, führen

oft Schlimmeres im Schilde als die, welche laut herum-
stampfen. Die Sonne stand jetzt hoch genug, um ein trübes
Licht in den Keller über dem Loch hineinfallen zu lassen.
Als das Geräusch näher kam, sah Edgar zu dem Lichtfleck
hoch. Eine Gestalt erschien.

»Edgar?«

Heilige Mutter! Was wollte sie denn hier?

Catherine beugte sich über das Loch, hustete und fuhr
zurück. Nun, schließlich hatte er keine Möglichkeit, den
Abort aufzusuchen. Sie beugte sich erneut über den Rand.

»Wie geht es Euch?«

»Ich lebe«, antwortete er.

»Sie sind jetzt alle oben und beraten, was mit Euch geschehen soll«, berichtete sie.

»Ach, und Ihr seid gekommen, um Euch zu vergewissern,
daß die Debatte sich noch nicht erübrigt hat.«

»Nein, ich bin gekommen, die Wahrheit herauszufinden«,
sagte sie ruhig. »Doch ich weiß nicht, ob Ihr sie mir sagen
werdet.«

Edgar schloß die Augen und schluckte. Er kämpfte mit
den Tränen. Was für ein Ort, um süße Vernunft zu verneh-
men, dazu in solch sanften Worten!

»Ihr wißt, daß ich den Einsiedler nicht getötet habe«, sagte er. »Meister Abaelard hat Euch gesagt, warum ich hier
war.«

»Ja, aber Ihr könntet eigene Gründe haben. Vielleicht
täuscht Ihr ihn.« Sie wollte es nicht glauben. *Bitte nenne mir
einen Grund, daß ich deiner sicher sein kann,* dachte sie.

»Gott sei Dank, endlich Logik!« rief Edgar aus. »Und keine Dämonen in Sicht.«

Es war eine merkwürdige Bestätigung, doch war sie
Catherine gut genug. »Ihr habt recht«, fuhr er fort. »Ich

könnte ja ein Verbrecher großen Ausmaßes sein, der sich in das Vertrauen der Menschen einschleicht, um nach Herzenslust stehlen und morden zu können.«

»Es ist zumindest glaubhafter, als daß Ihr ein armer, unwissender Handwerksgeselle seid, der einen Liebestrank sucht, der mich ihm in die Arme sinken läßt.« Aus dem Loch kam keine Antwort. Catherine versuchte, hinunter zu schauen. Edgars schemenhafte Gestalt bewegte sich nicht.

»Es tut mir leid.«

Das klang so jammervoll. Catherine war bemüht, sich nicht von Gefühlen hinreißen zu lassen. Trotzdem entschlüpfte ihr als nächstes eine Frage, die sie nicht hatte stellen wollen.

»Warum habt Ihr in Paris nicht mit mir geredet?«

Edgar trat vor Verlegenheit gegen die matschige Wand.

»Ich hatte nicht erwartet, Euch dort zu sehen. In dem Moment konnte ich nicht klar denken. Die anderen Studenten waren bei mir. Ihr wißt doch, wie sie sind.«

Ja, sie wußte es. »Ihr habt Euch meiner geschämt?«

»Ich wollte nicht, daß man schlecht über Euch redet!«

»Ach! Nun, schon gut. Es ist unwichtig«, sagte sie. »Habt Ihr das Psalmenbuch? Es ist nicht mehr in der Bibliothek.«

»Was? Wie ist das möglich!« sagte er. »Wenn es schon an Bernhard von Clairvaux unterwegs ist ...« Er trat wieder gegen die Wand. Dreckklumpen fielen ihm auf den Stiefel. »Dann habe ich versagt. Ich habe alles vermasselt.«

»Seid nicht so anmaßend«, wies Catherine ihn zurecht. »Wir hätten versagt, nicht Ihr allein. Ich bin diejenige, die das Psalmenbuch beschaffen sollte. Ich hatte gehofft, es wäre in Alerans Hütte.«

»Nicht, als ich dort war.« Er hielt inne. »Aleran war tot, als ich ankam.«

»Wann war das?«

»Als ich zum zweiten Mal da war. Das erste Mal war jemand bei ihm. Ich habe die Stimmen gehört, aber ich wußte nicht, wem sie gehörten. Ich konnte erst am nächsten Tag wiederkommen. Die Leiche lag da, und es herrschte ein wüstes Durcheinander. Ich wußte nicht, ob mich jemand gesehen hatte. Ich suchte nach Beweisen, um ihn mit Garnulfs Tod in Verbindung zu bringen. Aber Euer Onkel und seine Mannen kamen und beschlossen, mich zum Hauptgang ihres Weihnachtsmahls zu machen. Also habe ich nichts gefunden. Ich habe ihn nicht umgebracht. Glaubt Ihr mir?«

Zur Antwort beugte sich Catherine über den Rand und streckte die Arme zu ihm hinunter. Er reckte sich so weit wie möglich hinauf, doch ihre Finger berührten sich nicht. Er blinzelte, als ihm eine Träne auf sein aufwärts gewandtes Gesicht fiel. Rasch richtete sie sich wieder auf. Sie atmete heftig. So ging es nicht. Sie zwang sich, ruhig zu erscheinen und begann, weitere Theorien aufzustellen.

»Also. Gehen wir einmal davon aus, daß wir beide unschuldig sind. Jemand anders ist es nicht. Nun, ich würde vermuten, daß jeder Mann im Dorf einen Grund hatte, Aleran zu erstechen, falls er sich allen Frauen gegenüber so verhalten hat wie mir gegenüber.« Sie schauderte. »Dann hat sein Tod nichts mit Garnulfs zu tun. Aber wenn er Teil eines Plans war, die Abtei zu berauben und mit jemand anderem zusammengearbeitet hat, dann hat vielleicht diese dritte Person beide umgebracht. Aber warum? Und wer? Und wie paßt das Psalmenbuch ins Bild? Wir müssen eine stärkere Verbindung finden.«

Edgar starrte voller Ehrfurcht zu ihr hoch. Er wünschte, ihr Gesicht besser sehen zu können.

»Beim wandelnden Leib des heiligen Cuthbert!« rief er aus. »Ich glaube, wir beide sind die einzigen intelligenten Menschen in ganz Frankreich! Das Psalmenbuch muß der Schlüssel sein. Garnulfs Zeichnungen lagen aus einem bestimmten Grund darin. Den muß ich herausfinden. Das heißt, wenn ich dafür noch lange genug lebe.«

»Den müssen *wir* herausfinden«, verbesserte ihn Catherine erneut. »Keine Sorge. Noch hängen sie Euch nicht. Wenn es dazu kommen sollte, sagt ihnen, daß Ihr die niederen Weihen habt. Oder ich tu's. Aber Guillaume will Euch hierbehalten, bis er sich Eurer Schuld sicher ist. Er ist sehr gewissenhaft in solchen Dingen. Außerdem möchte er seine örtliche Gerichtsbarkeit noch ein Weilchen genießen. Ihr seid sein erster richtiger Gefangener.«

»Ich weiß die Ehre zu schätzen«, murmelte Edgar.

Catherine hörte ihn nicht mehr. Sie eilte in den großen Saal zurück, bevor sie jemand vermißte. Edgar hatte ihr keinen stichhaltigen Grund gegeben, ihm zu vertrauen, aber dennoch tat sie es. Sie versuchte sich das zu erklären, wobei sie dem wahrscheinlichsten Grund auswich. Nein, das war es nicht allein, sagte sie sich ärgerlich. Es war mehr sein Betragen. Er war kein Mensch, der töten oder täuschen konnte.

Sie vermutete, daß er ihr sehr ähnlich war. Schwierige Situationen wollten genau durchdacht sein, sorgsam, Schritt für Schritt. Er gehörte zu denen, die noch unter dem Galgen Argumente für beide Seiten eines Problems anführen würden. In Abaelard hatte er den richtigen Lehrer gefunden. Doch sie war nicht so naiv anzunehmen, ihr Bruder würde einen des Mordes Beschuldigten nur aufgrund ihrer Beteuerung freilassen, daß dieser zu sehr Philosoph sei, um zu töten.

Und natürlich mußte es einen anderen Schuldigen geben, da Edgar unschuldig war. Vielleicht einer von den anderen Steinmetzen. Ein armer Mann, der sich in Alerans Netzen verfangen hatte. Doch ein Maurer war wohl kaum gebildet genug, um ein Manuskript zu verändern. Einer der Mönche? Höchstwahrscheinlich. Mönche waren in ihrer Bewegungsfreiheit nicht so eingeschränkt wie Nonnen. Ein Mann konnte lange genug wegbleiben, um Aleran die Opfergaben zu bringen. Er würde außerdem den Einsiedler brauchen, um durch ihn die Juwelen verteilen und verkaufen zu lassen. Ein Mönch, der Gold zu verkaufen hatte, wäre überall verdächtig. Doch würde jemand, der weltlich genug war, um mit Kirchengold zu handeln, ein Interesse daran haben, Peter Abaelard zu verdammen? Sogar Catherine gab zu, daß einige seiner theologischen Traktate zu komplex für ihr Verständnis waren.

Die Antwort mußte im Psalmenbuch liegen.

Du läßt etwas aus. Ihre Stimmen spöttelten dieses Mal nicht, sie klangen besorgt. *Dein Herz vernebelt dir die Vernunft.*

Unsinn.

Fest entschlossen stieg sie die Treppe hinauf, stampfte dabei die nörgelnden Stimmen nieder. *Na gut,* gab sie widerstrebend zu, *ich habe mich von meinen Gefühlen beeinflussen lassen. Aber ich weiß, daß ich mich in Edgar nicht täusche.*

Sie ging weiter. Nichts anderes zählte. Garnulf war tot, und das war tragisch. Aleran war tot, und das war eine Erleichterung. Doch Edgar war am Leben, und sie würde alles tun, was in ihrer Macht stand, um ihn am Leben zu erhalten.

DREIZEHNTES KAPITEL

In der Burg und der näheren Umgebung, dritte Advent-
woche, Dezember 1139

... das einsame Leben in Zurückgezogenheit verfolgt nur
ein einziges Ziel, nämlich dem betreffenden Individuum zu
nützen. Doch dieses steht im offenen Widerspruch zur
Nächstenliebe.
DER HEILIGE BASILIUS VON CÄSARIA

Als Catherine die Wendeltreppe hinaufstieg, hörte sie, wie die Diskussion fortgesetzt wurde. Die Stimmen schienen vorwiegend Roger und Guillaume zu gehören. Sie trat in den Saal und schlüpfte so unauffällig wie möglich in den Alkoven, wo die Frauen saßen. Marie rückte auf der Bank zur Seite, um Catherine Platz zu machen.

»Was ist los?« flüsterte Catherine.

»Die Ritter sind immer noch dafür, ihn zu foltern, bis er gesteht. Dann wollen sie ihn hängen«, gab Marie flüsternd zurück. »Doch Guillaume meint, wir sollten die Angelegenheit einer anderen Stelle überlassen. Da der Mann ein Handwerker aus St. Denis ist, verlangt Abt Suger ihn womöglich zurück.«

Catherine stieß einen Seufzer der Erleichterung aus. »Den Abt darf man auf keinen Fall brüskieren.« Marie nickte. »Wenn dein Vater nur für eine Seite Partei ergreifen würde, wäre die Sache längst erledigt. Ich verstehe nicht, warum er sich noch nicht zu Wort gemeldet hat.«

Hubert saß beim Herd und verfolgte die Diskussion. Catherine konnte sein Gesicht im Schatten nicht ausmachen, doch seine Hände hielten die Stuhllehnen so fest umklammert, daß sich die Anspannung deutlich in seiner ganzen Körperhaltung ausdrückte. Sie rechnete damit, daß er jeden Augenblick aufspringen würde; doch er regte sich nicht.

»Merkwürdig«, kommentierte Marie, »normalerweise sagt er doch, was er denkt.«

»Sehr lautstark sogar«, pflichtete Catherine ihr bei. »Vielleicht stellt er Guillaume auf die Probe.«

»Ach, hoffentlich nicht.« Marie musterte ihren Mann. »Er ist immer so nervös, wenn sein Vater hier ist. Er ist überhaupt nicht gut in Form.«

Die Sorge, die in ihrer Stimme mitschwang, überraschte Catherine.

»Marie, liebst du Guillaume?« fragte sie.

»Natürlich«, sagte Marie. »Glaubst du etwa, ich wäre sonst auf so etwas Schreckliches verfallen wie auf den Rat des Einsiedlers?«

Catherine erwiderte nichts darauf. Aber wenn Marie Guillaume liebte, überlegte sie, warum hatte sie dann Roger den Ring geschenkt? Oder hatte sie das etwa gar nicht getan? Die Annahme, daß er ihn von ihr bekommen hatte, lag nahe, aber vielleicht wären auch andere Möglichkeiten denkbar? Catherine richtete ihr Augenmerk auf ihren Onkel.

Roger stand mitten im Saal und sprach in geduldigem Ton, was Guillaume mit Sicherheit reizte.

250

»Ich sehe nicht ein, warum wir warten sollten«, sagte er. »Wir haben den Kerl neben der Leiche gefunden, und zwar als er gerade die Habe des Eremiten durchsuchte. Ganz eindeutig hat er sich etwas zuschulden kommen lassen.«

»Aber vielleicht keinen Mord«, erwiderte Guillaume. »Schließlich hätte er sich sofort nehmen können, was er wollte, als er den Einsiedler umbrachte. Warum hätte er dann zurückkehren sollen?«

Roger dachte nach. »Vielleicht hat der Schweinehirt ihn verscheucht. Oder er wußte nicht, daß es dort etwas gab, nach dem es sich zu suchen lohnte. Vielleicht hat er etwas verloren und mußte es sich wiederholen. Natürlich! Das Messer. Er hat sein Messer in der Leiche stecken lassen. Ja. Jetzt laßt ihn mich hochschaffen und herausfinden, was er sonst noch getan hat.«

Catherine wartete auf eine Erwiderung Guillaumes, doch ihr Bruder stand einfach nur da und kaute an seinem Daumennagel, die Augenbrauen vor lauter angestrengtem Nachdenken zusammengezogen. Ach, Roger! Sie wußte, er tat ja nur, was er für seine Pflicht hielt, aber er irrte sich gewaltig. Sogar seine Logik war nur schöner Schein. War das denn nicht allen klar? Warum sagte ihr Vater denn nichts? Worauf wartete er nur?

Einige von den Rittern standen schon bereit für den Befehl, hinunterzugehen und den Gefangenen heraufzuholen.

»Bist du sicher, daß es sein Messer war?«

Catherines Stimme hallte klar und deutlich durch den Raum. Selbst die Bediensteten stellten ihr Flüstern ein, als alle sich umdrehten und sie anstarrten. Catherine errötete. Sie wußte es ja. Sie hatte keine Stellung im Haus, und selbst wenn sie eine gehabt hätte, sollte der Rat einer Frau immer

mit größter Zurückhaltung gegeben und nicht herausge-
brüllt werden. Obschon sie dies sehr wohl wußte, wiederholte sie die Frage.

»Seid ihr sicher, daß das Messer, mit dem der Eremit getötet wurde, dem Steinmetz gehört?«

Guillaume erwachte endlich aus seiner Trance. Er warf
Catherine einen erschrockenen Blick zu und wandte sich
dann an Roger.

»Gehört es ihm?«

»Na, das muß es ja wohl«, antwortete Roger. »Wenn wir
ihn hochholen, wird er's uns früh genug verraten.«

»Aber du weißt es nicht mit Sicherheit«, beharrte Guillaume. »Wer hat den Gefangenen durchsucht?«

»Ich«, sagte Sigebert.

»Was hast du gefunden?«

»Nicht viel«, sagte der Ritter. »Ein Eisenkreuz an einer
Halskette, ein bißchen gegerbtes Leder, seinen Löffel und
sein Fleischmesser. Das ist alles.«

Catherine befürchtete schon, sich wieder einmischen zu
müssen, aber Guillaume erkannte den springenden Punkt.

»Dann hatte er also sein Messer bei sich.«

»Vielleicht hatte er zwei«, versuchte sich Sigebert.

Verächtliches Schnauben im ganzen Saal. Handwerker
besaßen zwar verschiedene Werkzeuge, aber keiner aus
diesem Stand hatte mehr als ein Messer.

»Vielleicht hat er also den Einsiedler getötet, vielleicht
war er aber auch nur da, um einen Zaubertrank zu holen«,
schloß Guillaume.

Roger zuckte mit den Achseln. Die Angelegenheit schien
wieder einmal unentschieden. Das Publikum wurde unruhig. Es hatte sich mittlerweile darauf eingestellt, Blut zu sehen — wenn schon nicht das des Steinmetzen, so doch we-

252

nigstens bei einem Streit unter den Rittern. Catherine bemerkte, wie Marie neben ihr nervös wurde. War sie besorgt, ob vielleicht noch Einzelheiten über andere Besucher des Einsiedlers zutage kommen würden, oder fragte sie sich nur, ob die Bediensteten in der Küche ohne ihre Aufsicht mit dem Essen vorankamen?

Guillaume gab auf. Er wandte sich an Hubert.

»Vater, du hast noch gar nichts gesagt. Was meinst du dazu?«

Endlich ließ Hubert die Armlehnen los. Er beugte sich vor.

»Ich glaube ...«, hob er an. Alle warteten. »Ich glaube, ich möchte mir die Klause von diesem sogenannten Eremiten ansehen.«

»Du möchtest sie sehen, Vater?« Guillaume sprach die Worte, als ob er erwartete, sie würden sich in etwas Sinnvolleres verwandeln. »Wozu denn? Der Mann ist doch tot.«

Hubert erhob sich. »Ich möchte wissen, was für ein Mensch er war. Ich habe die ganzen wundersamen Geschichten über ihn gehört, aber nichts darüber, was er gepredigt oder wie er geheilt hat. In die Heiligkeit von Einsiedlern setze ich kein Vertrauen. Das weißt du ja, Guillaume. Ein Mann, der so eingebildet ist, sich allein auf die Suche nach Gott zu begeben, gerät leicht unter den Einfluß von ETWAS ANDEREM.«

Er ging zur Tür, verlangte nach seinen Handschuhen, seinem Umhang und seinem Pferd. Dann blieb er stehen.

»Und ich möchte, daß Catherine mich begleitet«, verkündete er.

Diese Bemerkung verursachte einen Aufruhr, in welchem Catherine als einzige still blieb.

»Unsinn!« sagte Guillaume. »Sie hat doch nichts damit zu tun.«

»Sie ist noch nicht gesund, Vater. Es wird sie zu sehr mitnehmen«, sagte Marie.

»Es ist ein übler Ort, Hubert, ganz gewiß nicht für eine Dame angemessen«, fügte Roger hinzu.

Die Ritter äußerten ihre Zustimmung durch die unterschiedlichsten Kraftausdrücke. Hubert funkelte sie mit hochmütiger Mißbilligung an, bis sie Ruhe gaben.

»Nichts davon ist wichtig, ausgenommen Catherines Gesundheit«, sagte er. »Ich werde dafür sorgen, daß sie sich nicht überanstrengt. Ob es euch gefällt oder nicht, Catherine hat den schärfsten Verstand und die beste Auffassungsgabe von allen hier. Sollten wir darauf verzichten, nur weil sie eine Frau ist? Catherine, zieh' deine wärmsten Sachen an und spute dich. Ich möchte vor Sonnenuntergang zurückkehren.«

»Ja, Vater.«

Wie benebelt vor Freude ging sie durch den Haufen verblüffter Menschen. Vor all diesen Leuten hatte der Vater sie gelobt. Nicht für ihre Sanftmut, Stickerei oder Musik, sondern gerade für die Eigenschaft, von der sie immer glaubte, daß er sie verachte, ihr klares Denkvermögen. Sollte er etwa stolz auf sie sein?

Roger erholte sich plötzlich von seinem Schreck und folgte ihnen.

»Dann komme ich mit euch«, sagte er. »Ich will sichergehen, daß Catherine wohlbehalten zurückkommt.«

Catherine eilte nach oben, um ihre Sachen zu holen. Marie lief ihr nach. Doch als sie ins Zimmer kamen, half Marie ihr nicht beim Anziehen, sondern setzte sich auf das Bett, biß sich auf die Unterlippe und rang die Hände, bis sie rot wurden.

»Schwester?« sagte Marie.

Catherine hielt beim Stiefelanziehen inne, ihr Fuß blieb in der Luft hängen.

»Marie? Was ist los?«

Die Frau ihres Bruders musterte sie, als ob sie ihr auf den Grund der Seele blicken wollte.

»Ich brauche deine Hilfe«, platzte sie heraus. »Du hast Guillaume nichts von dem Ring erzählt; vielleicht kann ich dir vertrauen. Ich muß dir einfach vertrauen. Es ist kein anderer da. Ich habe etwas Schreckliches getan, und du mußt es vor deinem Vater finden.«

»Marie, der Ring geht nach St. Denis zurück. Niemand braucht irgend etwas über dich und Roger zu erfahren.« Catherine ließ den Stiefel fallen und umarmte die schluchzende Frau.

»Roger? Was hat das denn mit ihm zu tun?« Marie schaukelte vor und zurück. »Es ist der verdammte Aleran. Ich habe mit meinem Körper bezahlt; ich habe mit meinem Ring bezahlt. Man sollte annehmen, daß das reicht, aber dann meinte er, ich sollte ihm das einzige versprechen, was wirklich mir gehört, oder er würde das zurückfordern, was er mir gegeben hat.«

Catherine erstarrte vor Schreck. Abaelard hatte recht. Sie hatte zugelassen, daß ihre Gefühle ihr Urteilsvermögen beeinträchtigten. Es gab also eine weitere Möglichkeit, die zu einem noch fürchterlicheren Schluß führte. Sie flüsterte, ohne die Antwort hören zu wollen. »Marie, was ist mit dem Eremiten geschehen? Was hast du getan?«

Marie verbarg das Gesicht an Catherines Schulter. Sie wisperte mit kaum hörbarer Stimme:

»Ich habe ihm meine Seele für meinen Sohn verkauft.«

»Ach du lieber Himmel!« stöhnte Catherine.

Marie machte sich von ihr los und sah sie an, trotzig, da das Schlimmste nun gesagt war.

»Guillaume und ich haben es vier Jahre lang versucht. In der Zeit habe ich dreimal empfangen und jedesmal späte Fehlgeburten gehabt. Ich habe gespürt, wie sie lebten und wie sie dann in mir starben. Alles habe ich versucht – Gebet, Buße. Ich habe gefastet, ich habe Almosen gegeben. Nichts hat geholfen. Gott wollte mich nicht erhören.«

Marie stand auf und begann, in der kleinen Kammer auf und ab zu gehen. Immer im Kreis. Catherine sah ihr mit wachsender Besorgnis zu.

»Ich hatte keine Hoffnung mehr, Catherine«, fuhr Marie fort. »Dann, ungefähr vor zwei Jahren, als Guillaume und ich nach St. Denis gingen, um den Zehnten zu bezahlen, traf ich eine Frau. Natürlich hatte ich schon vorher von dem Einsiedler gehört. Die Leute aus dem Dorf haben sich oft Zaubertränke und Heilmittel von ihm besorgt. Aber dies war eine Frau aus unserem Stand, die zu Aleran gegangen war. Sie hatte ebenfalls schon alles versucht, war sogar nach Campostella gepilgert und hatte um ein Wunder gebetet.«

Catherine dachte an Mathilde, die Frau, mit der sie in St. Denis das Bett geteilt hatte. Wie viele andere waren Aleran auf den Leim gegangen?

Marie hörte auf, im Kreis herumzugehen und sprach ruhig, während sie einen Blick aus dem Fenster auf die verschneiten Felder warf. »Die Heiligen wollten ihr nicht helfen. Die Jungfrau Maria antwortete ihr nicht. Ihr Mann brauchte einen Erben. Sie war zum Einsiedler gegangen, weil er ihre letzte Hoffnung war. Sie hat mir von ihm erzählt. Sie hat mir alles erzählt.«

Catherine hielt sich die Ohren zu. »Marie! Nicht!«

Marie hörte nicht auf sie. »Ich war genauso verzweifelt wie sie, nur auf meine Art. Du weißt ja nicht, wie schwer Guillaume daran gearbeitet hat, sich hier durchzusetzen.

Die Burg, die Achtung der Stadtbewohner. Nichts von dem, was er aufbaut, ist von Bedeutung, wenn er keine Kinder hat, denen er das alles vererben kann. Es war meine Aufgabe, meine Pflicht, sie zu liefern. Aber Gott wollte nicht helfen. Warum nicht? Was hätte ich denn tun sollen? Ich war entschlossen, nicht so zu werden wie deine Mutter. Sie ist inzwischen halb verrückt vor Kummer und aus diesem merkwürdigen Schuldgefühl heraus. Deshalb habe ich beschlossen, den Eremiten ebenfalls aufzusuchen. Ja, ich hab's gewußt. Es gab gewisse … Rituale auszuführen. Sie waren schrecklich erniedrigend, aber sie haben Wirkung gezeigt. Mein teurer Gérard kam neun Monate später zur Welt, stark und gesund.

Ich hab's für Guillaume getan, Catherine! Nur für ihn. Aber ich wußte nichts von dem Papier. Ich dachte, es reicht, ihm meinen Schmuck zu geben. Als er dann damit herausrückte, war es bereits zu spät. Er sagte, er würde Dämonen schicken, um Gérard stehlen zu lassen, wenn ich's nicht täte. Also hab' ich unterschrieben.«

Sie hielt inne und setzte sich. Anscheinend nahm sie an, jetzt sei alles klar.

»Was für ein Papier? Wie konntest du denn unterzeichnen? Du kannst doch gar nicht schreiben.«

»Ich habe mein Zeichen gemalt, dasselbe wie in dem Ring. Eine Krone mit Strahlen. Für Maria, die Himmelskönigin. Die Worte hat er dazugeschrieben. Er sagte, daß sein Meister einen Vertrag brauche, sonst könne er sich nicht für Gérards Sicherheit verbürgen. Ich habe gar nicht gewußt, daß Luzifer ein Advokat ist.«

»Marie, du hast einen Vertrag mit Satan unterschrieben?« So etwas hatte Catherine noch nie gehört. Aleran war ja noch viel übler gewesen, als sie sich hätte träumen lassen.

Marie nickte heftig. »Es tut mir nicht leid, weißt du. Gérard ist davon nicht betroffen. Und ich glaube, es ist noch ein Kind unterwegs. Das ist mir die ewige Verdammnis wert. Aber ich darf nicht zulassen, daß Guillaume es erfährt. Du mußt mir helfen. Es gibt sonst niemanden, den ich darum bitten könnte. Von allen Frauen, die ich kenne, bist du die einzige, die lesen kann. Such das Papier für mich, Catherine. Vernichte es. Dann werde ich dich auch nie danach fragen, wie du an meinen Ring gekommen bist oder was du bei Aleran gewollt hast. Du mußt es tun, oder ich leide ewige Qualen, ohne den geringsten Trost.«

»Catherine! Wo bleibst du denn so lange?« erscholl Huberts Stimme von der Treppe her. Beide Frauen sprangen erschrocken auf. Catherine schlüpfte in ihren Stiefel und schickte sich an zu gehen, doch Marie versperrte ihr den Weg.

»Machst du's?«

Catherine wußte nicht, was sie antworten sollte. Wie konnte sie einer Todsünde Vorschub leisten? Es würde ihre eigene Seele in Gefahr bringen. Aber wie konnte sie Marie den Rücken zukehren, wo diese so litt?

»Ja, ich will's versuchen«, sagte sie. »Aber du mußt auch etwas für mich tun. Edgar erfriert und verhungert unten in dem Loch. Du mußt ihm trockene Sachen und ein warmes Essen bringen. Er hat den Eremiten nicht getötet und darf deswegen nicht sterben. Aleran war noch am Leben, als der Schweinehirt Edgar gesehen hat; er hat nämlich Stimmen in der Klause gehört. Darum ist er gestern zurückgekommen. Hilfst du ihm?«

»Ja«, sagte Marie. »Das würde ich selbst dann tun, wenn er Aleran getötet haben sollte. Hat er wahrscheinlich auch, weißt du. Er lügt. Gestern morgen kann er da keine Stim-

258

men gehört haben. Aleran war schon tot, als ich vor zwei Tagen da war. Aber einerlei; ich bin froh darum. Ich glaube, jeder könnte einen Jünger des Satans umbringen. Vielleicht kümmert sich Gott ja doch um uns.«

»Was?« In Catherines Kopf begann wieder alles zu verschwimmen. »Bist du sicher, daß er tot war?«

»Natürlich, Catherine«, rief Marie aus. »Ich bin dem Tod schon oft begegnet. Selbst du hättest in diesem Fall erkannt, daß er tot ist. Seine Kleider waren offen, und das Blut lief ihm über den Körper. Aber er hat mich immer noch angestarrt. Es war mir, als würde er aus der Hölle nach mir schnappen. Darum bin ich weggelaufen.«

»Such' das Papier«, fuhr sie fort. »Wenn du das tust, schenke ich dir, was du nur willst. Aber wenn du mich verrätst, sorge ich dafür, daß dein Galan von niederer Geburt hängt und den Krähen zum Fraß vorgeworfen wird.«

»Marie?« Catherine kannte diese Frau nicht. »Ich habe es versprochen, und mein Versprechen breche ich nicht.«

Langsam lösten sich Maries Hände aus der Umklammerung.

»Entschuldige. Ich glaube dir. Los jetzt! Dein Vater hat gesagt, du sollst dich beeilen.« Sie spielte mit dem Schlüsselbund, verwandelte sich wieder in die Frau des Burgvogts. »Ich muß mich um das Essen kümmern. Die letzten paar Abende war das Brot zu sauer.«

Catherine ging, erstaunt über die verborgene Seite ihrer Schwägerin. Damit hätte sie niemals gerechnet. Wie viele andere Leute hatte sie genauso unterschätzt?

Die schneidende Kälte des Windes im Hof belebte sie etwas, doch die Erschütterung über Maries Geständnis hielt an. Roger bemerkte ihr Zittern, als er sie hinter Hubert aufs Pferd hob.

»Du bist wirklich noch nicht gesund«, sagte er. »Du solltest hier bleiben.«

»Mir geht es gut«, beharrte sie. »Tut mir leid, daß es so lange gedauert hat, Vater. Wenn ich in dieser Sache irgendwie helfen kann, dann will ich es gerne tun. Laßt uns losreiten.«

Auf dem kurzen Ritt klammerte sie sich an den Vater und bemühte sich, an nichts zu denken. Sie wollte nicht über Marie nachgrübeln oder vorausahnen, was sie wohl in der Hütte finden würde. Doch wie eine Ratte am Holz nagt, so blieb die Frage: Wenn Marie den Ring Aleran gegeben hatte, wie war er dann in Rogers Besitz gelangt?

Sie mußten zu Fuß zu der Klause hinaufsteigen, wobei sich Roger die ganze Zeit darüber beklagte, wie dumm es sei, Catherine eine derartige Strapaze zuzumuten. Der Pfad war vereist und fast unbegehbar. Lange bevor sie oben ankamen, begann Catherine im stillen, ihm zuzustimmen.

Wo vorher eine Decke als Tür gedient hatte, gähnte jetzt das Eingangsloch zur Hütte wie das Maul von Leviathan. Nur die Sorge um Edgar und Marie konnte Catherine dazu bringen, einzutreten.

Hubert warf einen Blick hinein. »Nicht genug Platz da drin für mehr als zwei Personen«, sagte er. »Roger, geh' zurück und halte Wache.«

»Wache? Wonach soll ich denn Ausschau halten?« fragte Roger.

»Briganten, Bären, Behemoth, was weiß ich«, fuhr Hubert ihn an. »Halt' einfach die Augen offen.«

Er betrat das dunkle Loch, und Catherine folgte ihm. Sie bewegte sich vom Eingang weg, um ein wenig Licht hereinzulassen und streifte mit einem Bein den Farnhaufen. Ob das die Stelle war, wo die Leiche hingefallen war? Sie versuchte, nicht daran zu denken, doch dann tauchte ein noch schlimmeres Bild in ihrem Kopf auf – vom Eremiten, noch sehr lebendig, und Marie. In der Luft hing immer noch eine Spur von Weihrauch, was sie erröten und ihr Herz rasen ließ. Er war böse und so schön gewesen. Sie überlegte, wie es wohl gewesen war und haßte sich für diesen Gedanken.

Hubert schnupperte.

»Ich rieche das Aroma eines *spiritus malignus*, Tochter.«

Er zerrieb ein paar von den herabhängenden Zweigen zwischen den Händen. »Ich kenne diese Kräuter. Manche heilen, aber andere ... Sieh' mal, Spechtwurz und Sandelholz. Man verbrennt sie, um Dämonen zu beschwören, und dies hier ist Teufelszwirn, der den Schwachen Kraft verleiht.«

»Vater«, sagte Catherine, »woher weißt du, wozu sie gut sind?«

Er hielt mit der Untersuchung einer Kiste voller Tüten und Pülverchen inne.

»Ich habe in meinem Leben viel Seltsames gesehen, Catherine«, sagte er. »In meinem Beruf treffe ich auf und handele mit Menschen, die ich mir nicht in deiner Nähe wünschen würde. Dies hier ist schrecklich! Kümmel, Dorant, Hexenkraut, Nessel; aus all diesen stellt man ein Gebräu her, um Wollust und Unzucht zu fördern.«

Er stellte den Kasten ab und durchwühlte die restlichen Sachen, die in der Hütte verstreut lagen. Catherine sah ihm voller Unbehagen zu.

»Vater«, fragte sie schließlich, »was suchst du eigentlich?« Er öffnete noch eine Kiste. »Ich hab's ja gewußt. Misteln. Heidnische Riten, ganz ohne Zweifel. Wer auch immer dieser Mann war, er hat sich mit der verderbtesten Magie befaßt.«

»War es das, was du finden wolltest?« fragte sie erneut.

261

»Ich war mir nicht sicher. Was hast du denn zu finden erwartet, Catherine? Wonach hat der Gefangene wirklich gesucht? Was hast du damit zu tun?«

»Vater! Hast du mich darum hierhergebracht?«

»Antworte mir, Tochter.«

Catherine sah sich um. Hier war kein Psalmenbuch, es gab auch keine Papiere. Abgesehen von den Kräuterkisten und ein paar Bechern und Tonschüsseln war die Hütte leer.

»Das kann ich dir nicht sagen«, antwortete sie. »Ich habe es geschworen. Aber ich garantiere dir, daß ich nichts getan habe, was meine unsterbliche Seele gefährden könnte.«

Hubert griff nach einem der Tonbecher und ließ ihn an der Wand zerschellen. »Und was ist mit deinem sterblichen Leib, Mädchen? Hast du darüber nachgedacht? Beim Bratrost des heiligen Lorenz, Catherine! Was glaubst du wohl, auf was du dich hier einläßt? Die Welt ist kein Kloster, wo alle herumsitzen und sich darum sorgen, was Gott wohl denkt. Sie ist voller Gruben und Fallstricke und Menschen, die jeden Tag ein anderes Gesicht zeigen. Überlass' es dem Priester, sich um dein Seelenheil zu kümmern. Geh dorthin zurück, wo das die einzige Sorge ist. Hier draußen gehörst du nicht hin. Du bist doch schon einmal in dieser Hütte gewesen, nicht wahr?«

Vor lauter Verblüffung konnte Catherine nur nicken.

»Ich weiß nicht, was du mit deiner gelehrten Äbtissin im Schilde führst, Catherine, aber ich lasse nicht zu, daß du dein Leben aufs Spiel setzt. Ich bringe Abt Suger diese Beweismittel. Vielleicht will er Ermittlungen anstellen. Du reitest mit Roger zur Burg zurück. Und sobald Weihnachten vorüber ist, kehrst du ins Kloster zurück.«

Das brachte endlich wieder Leben in Catherine. Sie ergriff Huberts Hände und zwang ihn, sie anzusehen.

»Ich habe nur die Wahrheit gesucht, Vater. Du mußt es mir sagen: Was hast du hier zu finden erwartet? Diese Kräuter hier beunruhigen dich nicht nur, sie überraschen dich. Was hat Aleran denn deiner Meinung nach getan? Was hat er mit dir zu tun?«

Er befreite sich so heftig aus ihrem Griff, daß er ihre verletzte Hand verdrehte. Sie schrie auf und hob sie schützend vor ihr Gesicht ... Wütend erhob Hubert die Faust. Catherine verkrampfte sich, die Augen vor Schreck weit aufgerissen.

»*Adonai!*« rief er und zog sie an sich. »Meine Mutter hat genauso ausgesehen, als man sie umbrachte. Ach, Catherine! Ich lasse nicht zu, daß dir auch etwas zustößt.«

Sie ließ sich seine Umarmung gefallen, aber sie war jetzt ängstlicher als je zuvor. Was sie als einfaches Abenteuer angesehen hatte, als kurze Verschnaufpause von der Disziplin des Konvents, war zu einer Labyrinthreise durch ein Land geworden, in dem ihr nichts vertraut war. Sie hatte geglaubt, ihren Vater, Marie, Agnes, Roger zu kennen. Aber sie alle hatten Geheimnisse, hatten Leben, wie sie es sich nie hätte vorstellen können. Wo konnte sie in all dem Sicherheit finden?

Wie benommen rutschte Catherine den Pfad hinunter und ließ sich von Roger auf dessen Pferd heben. Sie spürte die Wärme seines Körpers und klammerte sich an ihn, als ob sie plötzlich davongeblasen werden könnte. Sie mußte es wissen, bevor auch dieser feste Halt noch verlorenging. Sie mußte ihn fragen.

»Bring' sie nach Hause, Roger«, befahl Hubert. »Ich muß zugeben, daß du recht hattest. Dies ist kein Ort für Catherine. Ich übernachte heute in der Abtei. Eine schlimme Sache. Eine sehr schlimme Sache.«

263

Auf dem Heimritt fragte Roger: »Was hat er in der Hütte entdeckt, Catte? Ich habe deinen Vater noch nie so besorgt gesehen.«

Catherine schüttelte den Kopf. »Ich weiß es nicht, Onkel. Alles war zerbrochen und durchwühlt. Roger, erinnerst du dich, wie Agnes deinen Ring nahm und ihn in den Mörtel in der Abtei warf?«

»Bewegt dich das immer noch?« lachte er.

»Bitte sag mir, wer die Dame war, die ihn dir gegeben hat!« bat Catherine.

Grinsend spornte Roger das Pferd zu einem Trab an, der Catherine mit den Zähnen klappern ließ. »Eine merkwürdige Frage von einer Frau, die Gott heiraten will«, sagte er. »Bist du eifersüchtig, *ma douce?* Mußt du nicht sein. Es war keine Frau, die ihn mir gegeben hat.«

»Was! Roger, woher hattest du ihn?«

»Also gut. Du brauchst dich nicht so zu sorgen. Ich habe ihn auch nicht gestohlen. Wenn du's genau wissen willst, ich habe ihn beim Würfelspiel gewonnen.«

»Von wem?«

»Warum ist das von Belang? Willst du den armen Sünder in deinen Gebeten erwähnen?« Er klang verärgert. »Ich weiß, daß du Anstoß am Glücksspiel nimmst, aber es war ein harmloser Zeitvertreib, das ist alles. Bist du nun zufrieden?«

»Ja, Onkel«, antwortete sie und sagte nichts mehr.

Er lügt, verkündeten die Stimmen.

Sie wußte es, und es flößte ihr mehr Furcht ein als alles, was sich bisher ereignet hatte.

Vierzehntes Kapitel

In derselben Nacht auf der Burg

Sie [die Nonnen] müssen um Mitternacht für die Mette aufstehen ... daher müssen sie sich früh zum Schlafen zurückziehen, damit ihre schwache Natur diese Vigilien
durchstehen kann ...
PETER ABAELARD
Lehrbriefe

Catherine lag da und starrte in die Dunkelheit. Außer den Wachen hätten eigentlich alle in der Burg schlafen sollen. Neben ihr schnarchte Agnes leise vor sich hin und drehte sich, wobei ein Arm auf Catherines Bauch plumpste. Doch Catherine war sich sicher, daß zumindest Marie noch wach sein mußte.

»Nicht da?« hatte sie wiederholt. »Bist du sicher? Was kann denn damit geschehen sein?«

Sie hatten im Korridor vor der oberen Küche gestanden. Die Diener hatten sich mit ihren Speisetabletts um sie herumschlängeln müssen. Marie lehnte an der Wand. Catherine hatte befürchtet, sie würde in Ohnmacht fallen.

»Alles, was ich weiß«, sagte sie, »ist, daß die einzigen Kisten, die sich noch in der Klause befinden, nichts außer getrockneten Kräutern und Pulvern enthalten. Alle anderen waren verschwunden.«

Marie hatte einen Arm schützend um ihren Leib gelegt. »Derjenige, der Aleran getötet hat, besitzt jetzt den Vertrag«, hatte sie gesagt. »Also weiß noch jemand davon. Es gibt keine Hoffnung mehr.«

Langsam war Marie zu sich gekommen und hatte ihre Pflichten wiederaufgenommen, doch Catherine spürte die Verzweiflung hinter der ruhigen Fassade. Sie konnte nur hoffen, daß ihre Schwägerin weiter Ruhe und Stillschweigen bewahren würde. Ein hysterisches Geständnis würde niemandem etwas nützen.

Besonders deinem gelehrten Steinmetzspitzel nicht, spöttelte ihr Gewissen. *Er hat viele Geheimnisse. Aber du scheinst dich mehr um ihn zu sorgen als um Marie oder um die Wahrheit. Bist du sicher, daß er Aleran nicht umgebracht hat?*

Ja, sagte sich Catherine mit Nachdruck.

Natürlich, erwiderten die Stimmen. *Und aufgrund welches schlüssigen Beweises bist du zu dieser Erkenntnis gelangt? Er hat dich von Anfang an belogen. Vielleicht hat er auch Garnulf belogen und Abaelard ebenfalls.*

Catherine griff sich an die Stirn, um diesen Gedanken, die voll von Unterstellungen waren, entgegenzuwirken.

Weißt du, was du getan hast, Catherine LeVendeur? fragten sie. *Du hast ein Urteil allein auf den Glauben gegründet. Interessant, nicht? Gott muß beweisen, daß er existiert, aber Edgar akzeptierst du aus dem Glauben heraus. Denk' einmal darüber nach, Catherine. Denk' nach. Eine schöne Scholarin bist du!*

Sie wollte nicht nachdenken. Sie wollte den Dämonen in ihrem Kopf nicht antworten. Davon schienen sich auch so schon genug in der Welt zu tummeln. Sie preßte ihr Gesicht

gegen die Stelle, wo die Wandbehänge ein Stück Mauer frei
ließen und sie die kalten Steine spüren konnte.

»... und hat sie verhext«, sagte jemand in ihr Ohr.

Erschrocken fuhr sie zurück. An die Stimmen in ihrem
Kopf hatte sie sich schon lange gewöhnt, aber Stimmen, die
aus der Wand kamen ... nein, das war einfach zuviel. Es
war nicht fair. Sie vergrub den Kopf in ihrem Kissen, aber
bald siegte die Neugier, und sie legte das Gesicht wieder an
die dicken Steine.

»... sie überzeugen ... frei, seine Übeltaten weiter zu
begehen ... müssen etwas unternehmen ...« Es war eine
Männerstimme, dachte sie, mal gedämpft, dann wieder kla-
rer, dann ganz weg und wieder da. Von wem war die Rede,
von Aleran? Aber er bedeutete für niemanden mehr eine
Gefahr. Sie strengte sich an, mehr mitzubekommen. Die
Fetzen, die sie aufschnappte, spannten sie auf die Folter:
»... am Ende ... aufpassen ... da unten ... hol' Sigebert.
Ihr beide holt ... ich warte beim ... Verstanden?«

NEIN! wollte Catherine schreien. Die Versuchung war so
stark, daß sie es beinahe getan hätte, aber die Einsicht, daß
sie dann den anderen Frauen würde erklären müssen, warum sie mit der Wand sprach, hinderte sie daran. Sie hob den
Wandbehang an und drückte das Gesicht fester gegen den
eiskalten Stein.

»... was wir mit der Leiche machen.« Welche Leiche?
Wessen Leiche?

»... in den Wald schaffen, du Simpel!« Ja, es waren ganz
eindeutig zwei Leute, die miteinander redeten. Catherine
bekreuzigte sich. Hoffentlich waren es Menschen. Eine andere Frage wurde geraunt, wurde schwächer und wieder
lauter, als der andere Mann antwortete.

»Mach' nicht soviel Federlesens. Zieh' ihn einfach aus

dem Loch, mach ihm den Garaus und schaff' die Leiche weg.«

»Aber was ist, wenn ... «

Die Stimmen ebbten wieder ab. Doch jetzt wurde Catherine klar, woher sie kamen. Von den Abwasserleitungen in der Burg liefen mehrere durch den Wachtturm, so daß niemand behaupten konnte, ein Feind sei unerwartet eingetroffen, während der Wächter ein natürliches Bedürfnis verrichtete. Die Rohre verliefen alle durch die Wände und mündeten in einen unterirdischen Kanal, der zum Fluß führte. So wie die Latrinengeräusche der Männer wurden auch die Stimmen der Wächter durch die Röhren weitergeleitet und nahmen an Stärke zu oder ab, während die Männer ihre Runde um den Turm drehten.

Sie hatten menschliche Stimmen, sie waren keine Dämonen. Außer in ihrem Herzen, verbesserte sich Catherine.

Jemand schmiedete gemeinsam mit den Wachen einen Plan, Edgar umzubringen.

Das Treffen schien vorüber zu sein. Catherine hörte nichts mehr. Sie ließ das dicke Gewebe herunterfallen. Wann würden sie es tun? Wie spät war es eigentlich? Es ließ sich nicht feststellen. Die übrigen Burgbewohner gingen bald nach Einbruch der Dunkelheit schlafen, sobald die Vesper im kalten Mittwinter endete. Es konnte Mitternacht sein oder fast schon die Zeit der Morgendämmerung. Sie schlüpfte unter der Bettdecke hervor und kroch ans Fußende des Betts. Wie spät es auch war, es spielte keine Rolle. Wenn sie nichts unternähme, wäre Edgar am Morgen tot. Sie beugte sich über den Rand und tastete nach ihren Pantoffeln. Agnes bewegte sich, als Catherine über sie hinwegkletterte.

»Catherine!« murmelte sie. »Was machst du denn da?«

»Die Frühmette«, antwortete sie. *Heilige Muttergottes, vergib mir,* dachte sie.

»Komm' schnell zurück, ich friere.« Agnes kroch unter die Decke und war wieder weg.

Die Gänge waren voller Schatten, als sie sich davonschlich. Jeden Augenblick konnte sich einer davon loslösen und menschliche oder schlimmere Gestalt annehmen. Catherine wandte den Blick ab und betrat den oberen Saal, ging vorsichtig um die verschiedenen Betten bis zum Treppenabsatz, dann tastete sie sich die Treppe hinunter, an der Kapelle vorbei in den unteren Saal. Die einzige Fackel, die dort brannte, schien sie mahnend anzufunkeln. Jeder, der von seinem Lager im Saal aufblickte, mußte sie sehen. Und was für einen Grund sollte sie vorschützen, daß sie sich hier aufhielt? Sie senkte den Kopf, eilte durch den Saal und weiter hinunter bis zur Zelle.

Auf der letzten Stufe geriet sie ins Stolpern und landete auf den Steinen, kurz vor der dunklen Öffnung im Fußboden. Als sie sich hektisch wieder hochrappeln wollte, stieß sie gegen die Leiter, welche mit einem lauten Getöse umfiel, das ihr die Knochen klappern und das Herz gefrieren ließ.

In dem sich anschließenden entsetzten Schweigen vernahm Catherine eine Stimme aus der Grube.

»Und nun?« fragte diese.

»Ich bin's, Catherine«, flüsterte sie.

»Irgendwie habe ich mir das gedacht«, antwortete Edgar.

»Ich habe die Leiter gefunden«, teilte sie ihm mit.

»Das war es also«, sagte er. »Ich habe mich schon gewundert, was Ihr da macht.«

»Ich muß Euch hier herausholen.« Sie schickte sich an, die Leiter an das Loch heranzuzerren. »Ich lasse sie herunter, damit Ihr herausklettern könnt.«

271

Sie war aus massivem Holz. Catherine erreichte den Rand des Lochs und versuchte, die Leiter hinunterzulassen.

»Gebt Obacht!« zischte Edgar. »Ihr habt mir fast ein Auge ausgestoßen. Gut. Ich habe sie. Nun, warum bin ich denn mitten in der Nacht auf der Flucht?«

»Sie kommen, um Euch zu töten, sobald die Wache beendet ist«, sagte Catherine.

»Ja, beim schwelenden Schwengel des Judas, Weib! Warum habt Ihr das nicht gleich gesagt?« Im Handumdrehen saß er neben ihr und zog die Leiter hinter sich hoch. »Wie komme ich hier heraus?«

»Wir müssen versuchen, nach oben in die Kapelle zu gelangen«, antwortete sie. »Das Fallgitter ist über Nacht heruntergelassen, und die Fenster in allen anderen Räumen sind verriegelt und verrammelt, bis auf das eine in der Kapelle. Wenn Ihr da durchpaßt, kann ich Euch an einem Seil herunterlassen.«

»Haben wir denn ein Seil?«

»Nun ...« Catherine ging in die Hocke und begann, sich auf allen vieren auf dem Fußboden entlangzutasten. »Hier müßte eigentlich eins an einem Haken an der Wand hängen.«

»Ach ja.« Edgar hielt sich an ihrem Rocksaum fest und folgte ihr. »Eine freundliche, aber sehr nervöse Frau hat mir heute nachmittag einen Eimer heruntergelassen, damit ich mich waschen konnte und so weiter. Das Seil, das sie dazu benutzt hat, muß noch irgendwo hier sein.«

»Es ist mir bereits aufgefallen, daß Ihr besser riecht«, sagte Catherine. »Das war Marie, Guillaumes Frau.«

»Und sie hat mir geholfen — einem Mörder?«

»Das erkläre ich später. Hier, ich hab's gefunden. Laßt

jetzt meinen Rock los; ich stehe auf. Bleibt dicht hinter mir und seid still.«

»Ich lebe, um zu dienen, meine Dame«, sagte Edgar, in der Hoffnung, daß er dies auch weiterhin tun würde.

Catherine warf ihm einen vernichtenden Blick zu, der allerdings in der Dunkelheit verschwendet war.

Sie krochen die Treppe hinauf, jedes kleine Rascheln, das sie dabei verursachten, klang wie Getöse in ihren Ohren. Aber niemand hielt sie auf. Der Pförtner schlief auf seinem Posten, die Wachen gingen noch ihrer Pflicht in den Türmchen nach. Sowohl Catherine als auch Edgar zitterten, als sie endlich die Kapelle erreichten, ein Raum, der sich auf einer separaten Ebene zwischen dem unteren und dem oberen Saal befand. Das Ewige Licht verbreitete einen weichen, roten Schein von der Altarnische her.

Edgar blickte sich forschend um. Er runzelte die Stirn.

»Man kann das Seil nirgendwo befestigen«, sagte er.

»Doch«, sagte Catherine. »An mir. Wir schlingen ein Ende um meine Taille, und ich stemme mich mit den Füßen gegen die Wand unter dem Fenster.«

»Ihr seid nicht stark genug«, beharrte er. »Ihr werdet mich fallen lassen.«

»Die heilige Katharina wird mir die nötige Stärke verleihen«, versicherte sie ihm. »Los, wir müssen uns sputen.«

»Legt Eure Arme um mich«, sagte Edgar.

Er streckte ihr seine entgegen. Ohne zu zaudern, ging Catherine auf ihn zu und hielt ihn, so fest sie nur konnte. Sie spürte die starke Anziehungskraft zwischen ihm und ihr, stärker als jede Kraft, die sie jeweils für sich allein hätten erzeugen können.

»Ihr entkommt, das weiß ich«, flüsterte sie ihm ins Ohr. »Ich werde die ganze Zeit für Euch beten.«

Ohne loszulassen, lockerte er seine Umarmung ein wenig und lächelte.

»Ich erinnere mich jetzt, wie stark Ihr seid. Ich werde mein Leben in Eure Hände legen«, sagte er.

Catherine spürte, wie ihr Mund trocken wurde. Sie konnte seinen Herzschlag gegen ihre Brust hämmern hören. Auch sein Atem ging schnell. Wahrscheinlich hatte er noch mehr Angst als sie.

»Gut. Helft mir, den Strick festzubinden«, sagte sie. »Und leise! Pater Anselm schläft da vorn im Gang.«

Sie hob die Arme, so daß er das Seil zweimal um ihre Taille schlingen und es dann fest verknoten konnte. Am anderen Ende knüpfte er eine kleinere Schlinge für seinen Arm. Dann rückte er eine Bank unter das Fenster und nahm mit den Augen Maß.

»Könnt Ihr es schaffen?« fragte sie.

»Das muß ich wohl«, sagte er.

Er hob einen Fuß an und drehte sich um.

»Catherine? Warum tut Ihr das?«

Sie hatte bis dahin noch nicht bemerkt, wie verletzlich er wirkte, dünn und blaß und zerlumpt.

»Ich muß wohl verrückt sein«, antwortete sie. »Ach, bitte geht doch, Edgar, bevor jemand kommt!«

Er nickte, holte tief Luft und kletterte zum Fenster hoch.

Es war so schmal, daß er mit dem Kopf zuerst hinausmußte, dann mit einem Arm, einer Schulter, der Brust, dem anderen Arm, mit einer Hand das Seil festhaltend, langsam hinuntergleitend, dann mit den Hüften und Beinen. Als seine Füße von der Bank abhoben, schob Catherine diese zur Seite. Sie verkrampfte sich vor Schreck über das kratzende Geräusch auf dem Stein. Dann brachte sie sich so gut wie möglich in Position und ließ allmählich das Seil hinausgleiten.

Seine Füße verschwanden, und plötzlich gab es einen Ruck, der Catherine gegen die Wand schleuderte. Ihre über dem Kopf ausgestreckten Arme schmerzten, doch sie hielt aus.

Das Seil war immer noch gespannt. Er mußte jetzt wohl hängen, mit den Füßen nach unten. Catherine lehnte sich zurück, stemmte die Füße gegen die Wand und ließ das Seil weiter durch ihre Finger laufen.

»Au ...!« Die Fasern stachen ihr wie Dornen tief in die Handflächen. Sie hatte vergessen, wie empfindlich ihre Rechte immer noch war. Er war so schwer! *O Gott! Was, wenn das Seil nicht lang genug wäre? Was, wenn ich ihn fallen ließe?*

Ihre Arme und Hände schmerzten so sehr. Ihre Zehen in den weichen Pantoffeln wurden gegen den Stein gedrückt. Sie durfte nicht loslassen, aber es tat so weh!

»O Gott, lieber Gott!« begann sie, die Worte flossen ihr aus der Erinnerung zu. »Wenn DU nicht hier bist, wo soll ich DICH suchen? DU wohnst im unerreichbaren Lichte. Wann wirst Du meine Augen erleuchten?«

Es war das Gebet des heiligen Anselm, mit welchem er seinen Nachweis der Existenz Gottes einleitete. Doch Anselm war bereits gläubig und flehte Gott lediglich an, ihm Einsicht zu schenken.

»Lieber Gott«, betete Catherine, während das Seil an ihrem Ende kürzer wurde und das Gewicht stärker an ihr zog. »Sende mir Einsicht, damit ich glauben kann. Mach' die Dunkelheit hell. Lass' mich nicht im Stich. Bitte, lass' mich recht haben, was Edgar angeht. Er würde keinen Mord begehen. Das kann ich einfach nicht glauben. Er muß gerettet werden. Bitte errette uns beide, Herr. Bitte!«

Das Seil wurde glitschig. War das Schweiß oder Blut?

»Herr, verleihe mir Kraft, ihn zu retten, wie auch Du einst vor Herodes errettet wardst. Lass' nicht zu, daß Edgar ermordet wird wie die Unschuldigen Kinder von Israel. Ich weiß. Ich vertraue. Er ist so unschuldig wie sie. Bitte, gib mir Mut. Ich halte sein Leben, Herr. Er hat es mir gegeben. Laß mich nicht scheitern!«

Immer wieder flehte sie, während der grobe Strick Zoll um Zoll durch ihre Hände lief und ihr die Haut aufriß. Dann kam sie ans Ende. Das letzte lose Stück rollte sich vom Boden ab und schlängelte sich zum Fenster hinaus. Die Schlinge um ihre Taille begann sich zuzuziehen und nahm ihr die Luft weg. Ihre Füße begannen zu rutschen.

Dann war die Spannung plötzlich weg, und sie sackte in sich zusammen.

Sie rappelte sich auf und zog das Seil wieder herein. Das andere Ende glitt zum Fenster herein, die Schlinge war noch dran. Catherine schob die Bank zurück und stellte sich darauf, in dem Bemühen, geradewegs hinunterzublicken, doch sie konnte nichts erkennen. War er gefallen oder sicher gelandet? Sie hatte keinen Schrei gehört. Sie mußte einfach davon ausgehen, daß er in Sicherheit war.

Ein metallisches Klirren, schwere Stiefelschritte auf der Treppe. Die Wachablösung. Jetzt würden die Wächter zur Grube gehen und sein Verschwinden bemerken. Das durfte nicht geschehen. Er brauchte Zeit, um zu entkommen. Sie mußte die Wachen aufhalten. Aber wie?

Rasch befreite sich Catherine aus der Schlinge und ließ den Strick hinter dem Altar und damit aus dem Blickfeld verschwinden. Dann stellte sie sich in die Mitte des Raums und fing an zu schreien.

Ein besseres Ergebnis hätte sie sich nicht wünschen können. Das Gepolter auf der Treppe änderte sofort die Richtung und kam auf sie zu. Aus beiden Sälen kamen die erschrockenen, verwirrten Rufe von Menschen, die plötzlich geweckt worden waren.

Als sie in die Kapelle eilten, warf sie sich zu Boden und begann, um sich zu schlagen, ohne ihr durchdringendes Gejammer zu unterbrechen.

»*Baruch atta elohenu haolam!*« kreischte sie. »*Ma nischtana halaila hase mikol halailot!*«

Sie wünschte, Solomon hätte sie mehr Worte gelehrt.

»Catherine!« »Fräulein Catherine!« »Was ist denn los?« »So tu doch jemand etwas!« »Mehr Licht, bringt mehr Fackeln!« »Was hat sie bloß?«

Pater Anselm kam hereingestürzt, nur mit seinen *braies* bekleidet. Im Laufen versuchte er, sich die *chainse* über den Kopf zu ziehen. Er drängte sich in die Menge, die sich um Catherine geschart hatte.

»Sie ist besessen!« rief jemand, und die Menschen wichen ein Stück zurück.

»Nein!« schrie ein anderer. »Ein Engel spricht aus ihrem Mund. Hört doch, die Zunge des Himmels. Wahrhaftig! Und seht nur, seht ihre Hände an!«

Einer der Wächter packte Catherine am Handgelenk und hielt es fest. Im flackernden Fackelschein konnten alle die klaffenden roten Wunden sehen, die quer über die Handflächen liefen. Ein allgemeines Aufstöhnen folgte, danach trat Stille ein.

»Ach, du liebes Jesulein!« Roger kam gerade rechtzeitig, um sich für immer das Bild einer Kapelle voller halbbekleideter Menschen einzuprägen, die ehrfürchtig vor seiner Nichte auf den Knien lagen.

»Stigmata«, verkündete Pater Anselm. »Unserem lieben Fräulein Catherine, erst jüngst errettet durch die Gnade

277

Unseres Herrn, wurde ein weiteres Zeichen ihrer Heiligkeit verliehen.«

Catherine erschlaffte, teilweise vor Erschöpfung, hauptsächlich jedoch vor Scham. Ihr Plan funktionierte weit besser, als sie sich erhofft hatte. Dies war keine Ablenkung; es war eine Gotteslästerung erster Güte! Sie erwartete, jeden Augenblick aufgrund ihres Frevels zu Asche zu verbrennen.

Madeleine schwebte herein, noch nicht ganz wach. »Was ist es denn dieses Mal? Ihr entweiht die Kapelle, halbbekleidet, mit eurem Hühnergegacker. Welche Schande! Was ist los mit euch?«

Sie bekam ein hysterisches Gestammel zur Antwort. Alle deuteten auf Catherine.

Madeleine näherte sich ihr widerwillig. Pater Anselm hob Catherines schlaffe Hände und verwies sie auf die Wunden. Eine Sekunde lang starrte Madeleine darauf, dann fiel sie auf die Knie und bekreuzigte sich schluchzend.

»Das ist ein Zeichen«, hauchte sie. »Endlich ist mir vergeben. O Heilige Mutter! Jetzt kann ich in Gnade sterben. Seht alle her. Gott hat endlich mein Opfer angenommen.«

Roger schob sie sanft von Catherine fort, die sich unbehaglich fühlte wie ein Opferlamm auf dem Altar. Andere knieten immer noch auf dem kalten Stein und warteten auf eine Verkündigung.

Catherines Augenlider flatterten. Dann schlug sie die Augen auf und erhob sich langsam. Damit hatte sie wohl genügend Zeit für Edgar herausgeschunden. Die Wachen konnten jetzt schlecht hinuntergehen und ihn aus dem Gefängnisloch herausholen, während alle wach waren. Sie seufzte und stöhnte leise, als sie sich an Maries Schulter lehnte.

»Was ist denn los?« fragte sie schläfrig. »Ich bin heruntergekommen, um die Mette zu rezitieren. Seid ihr alle gekommen, um mit mir zu beten? Warum seid ihr alle wach?«

»Ein Wunder«, teilte Marie ihr tonlos mit. »Ein göttlicher Geist hat dich besucht. Bist du wieder bei uns, meine liebe Catherine?«

»Bei euch? Ja, natürlich. Ein Geist? Ich erinnere mich an gar nichts«, sagte Catherine schwach. »Ich muß einen Augenblick ruhen. Mir ist so schwindelig.«

»Lass' mich dich in deine Kammer zurücktragen«, erbot sich Roger und streckte die Arme nach ihr aus.

Catherine schüttelte den Kopf und lächelte matt. »Nein, bemüh dich nicht. Gib mir nur ein paar Minuten für mich allein. Ich bin überwältigt von all diesen Menschen.«

»Ich bleibe bei dir«, sagte Marie. »Ich helfe dir hinauf.«

»Danke.« Catherine drückte Marie die Hand und zuckte vor Schmerz zusammen.

Da sich nun nichts weiter zu ereignen schien, kehrten die Bewohner der Burg zu ihren Lagern zurück, ausgenommen die Küchenmägde, die mit Verdruß feststellten, daß es fast an der Zeit war, die Feuer für den Tag zu entfachen. Marie und Catherine warteten schweigend ab, bis die letzte von ihnen verschwunden war.

»Soll ich dir morgen den Heiligenschein und die Krone bestellen, oder bringt der Erzengel Michael sie persönlich vorbei?« frägte Marie.

Catherine sprang auf.

»Hilf mir beim Waschen und verbinde mir die Hände«, sagte sie. »Für das, was ich heute nacht getan habe, sollte ich eigentlich barfuß nach Jerusalem und wieder zurück laufen.«

»Ist es nicht seltsam, daß wir solche Dinge aus Liebe tun und Gott es zuläßt?« war Maries Kommentar dazu. Und sie fügte noch hinzu: »Wenn diese Wunden gereinigt sind, gehst du in deine Kammer. Ich bringe das Seil zurück, wenn ich

279

hinuntergehe, um die Aufsicht über die morgendlichen Arbeiten zu führen. Wo hast du es versteckt?«

Catherine sah ihre Schwägerin erstaunt an. Marie zuckte mit den Achseln.

»Ich weiß, wie Handflächen aussehen, die von einem Seil aufgerissen worden sind, Catherine«, sagte sie. »Ich werde dich nicht fragen, wie du sie dir geholt hast und werde mich auch gebührend überrascht geben, wenn man feststellt, daß der Gefangene entflohen ist. Mir steht kein Urteil über dich zu, so lange du mir den gleichen Respekt erweist.«

»Du hättest ohnehin meinen Respekt, Marie«, sagte Catherine. »Bist du sicher, daß du niemals Platon studiert hast?«

Marie half Catherine zu dem Becken neben dem Altar hinüber, in dem die Meßkelche gereinigt wurden. Es war noch ein wenig mit Essig vermischtes Wasser darin.

»Es wird weh tun«, sagte Marie.

Und das tat es.

Catherine biß vor Schmerzen die Zähne zusammen. Marie tupfte die Wunden ab, so sanft sie nur konnte, um das Blut und die Hanffasern zu entfernen, doch es erwies sich als langwieriges, gräßliches Verfahren. Einige der Fasern waren tief in die Wunden eingedrungen. Endlich verband sie Catherines Hände mit weichem Leinen.

»Ich muß ein *Gratias* beten, bevor ich gehe«, sagte Catherine.

Marie nickte. »Und einen Reueakt.«

Sie knieten vor dem Altar nieder.

»Mein Herr, heilige Mutter, heilige Katharina, ich danke euch«, betete Catherine.

Dabei fing sie hemmungslos an zu weinen. Schmerz, Erleichterung, Erschöpfung; es war nur natürlich, sagte sie sich, als ihr die Tränen über die Wangen rannen und vom Kinn tropften. Marie kniete neben ihr und beugte sich zu ihr herüber. Sie wischte Catherines Gesicht mit dem Ärmel ihres Gewandes ab.

»Jetzt ist es ja gut, Catherine«, sagte sie. »Er ist sicher entkommen, und du hast dein Versprechen mir gegenüber gehalten. Du hast alles getan, was in deiner Macht stand. Es ist vorbei.«

Aber Catherine wußte es besser. Es würde nie vorbei sein. Sie spürte es, stärker als den Schmerz in den Händen oder die Sorge um das Psalmenbuch. Mit Entsetzen wurde ihr der wahre Grund für ihre Tränen bewußt. Edgar hatte ihr sein Leben anvertraut, und sie hatte dieses Vertrauen angenommen. Was und wo auch immer er sein mochte, sie wußte, daß sie sein Leben noch immer in der Hand hielt und hatte furchtbare Angst, daß es immer so bliebe.

Fünfzehntes Kapitel

Auf den Feldern in der Nähe der Burg, um die Zeit der Morgendämmerung

Die Dämonen schrien: »... Hier ist das Feuer, durch deine Sünden entfacht, und jetzt ist es bereit, dich zu verzehren. Sieh, wie sich die Tore von Erebus dir weit auftun, Feuer speiend aus klaffenden Rissen. Sieh, wie die Eingeweide des Styx gierig darauf brennen, dich zu verschlingen und wie die tiefen Abgründe des Acheron ihre schrecklichen Rachen aufsperren« ... Aber der Held Gottes verachtete sie alle.

Felix
Das Leben des heiligen Guthlac

Edgar brauchte einen Augenblick, bis er feststellte, daß er am Ende des Seils angelangt war. Er zerrte daran, aber es kam keine Reaktion. Er bewegte suchend seine Füße, fand jedoch nichts außer der glatten Mauer und Luft. Er versuchte, sich herumzudrehen und nachzusehen, wie tief er sich fallen lassen mußte, doch seine Haltung, mit beiden Armen über dem Kopf, das Gesicht zur Mauer gewandt, erschwerte die Sache.

Er hätte dankbar sein müssen, daß seine Wahlmöglichkeiten beschränkt waren. Doch wie Catherine entdeckte Edgar, daß eindeutige Lösungen im Leben nicht immer so angenehm ausfielen wie in der Philosophie. Es war etwas, worauf sein Vater ihn oft hingewiesen hatte, doch damals hatte er ihm keine Aufmerksamkeit geschenkt. Er bedauerte, daß sein alter Herr nicht zugegen war, damit er ihm Abbitte leisten konnte. Nun, vielleicht würde er nie davon erfahren. Edgar traf die einzig mögliche Wahl. Er schloß die Augen, empfahl Gott seine Seele und machte sich vom Seil los.

Und landete einen halben Klafter tiefer weich in einem Heuhaufen.

Während er sich auf den Boden rollen ließ und dann im Eiltempo über den Hof setzte, stellte er fromm eine Liste der Heiligen zusammen, denen er zum Dank Kerzen entzünden würde, sobald er dazu eine Minute Zeit finden würde.

Instinktiv hatte er auf die Wälder zugehalten, wie ein gehetztes Tier, das Unterschlupf sucht. Doch er bemerkte sofort, daß seine Spur auf dem verschneiten Feld sehr leicht zu entdecken sein würde. Er hielt inne, dann schwenkte er nach rechts und versuchte, möglichst dorthin zu treten, wo der Schnee bereits zertrampelt war. Die Straße war der sicherste Weg, um nicht aufgespürt zu werden, obwohl er sich darauf schrecklich schutzlos vorkam. Doch seine Fußstapfen würden sich dort mit Hunderten anderer Menschen vermischen und verlorengehen.

Im Gehen blickte er über die Schulter zur Burg zurück und stellte erschrocken fest, daß dort offensichtlich bereits eine gewisse Aufregung herrschte. Fackeln bewegten sich flackernd von Fenster zu Fenster; er hörte Geschrei. Sollte seine Flucht so rasch entdeckt worden sein?

Nein. Die Lichter trafen sich in der Kapelle. Sie würden Catherine finden! Er ging einen Schritt zurück. Was würden sie ihr antun? Er mußte ... mußte ... was denn tun? Besaß er ein Schwert? Nein. Wußte er eins zu gebrauchen? Eigentlich nicht. Es gab für ihn nicht einmal eine Möglichkeit, in den Bergfried zurückzukehren. Vielmehr mußte er so schnell wie möglich wegkommen, so daß das, was Catherine sich auch immer als geistreiche Ablenkung hatte einfallen lassen, keine vergebliche Liebesmühe sein würde.

»O, bitte Catherine, sei in Sicherheit«, flüsterte er und marschierte weiter die Straße hinunter, welche von der Burg fort und auf das schlafende Dorf zu führte.

Sein Körper hielt ein gleichmäßiges Tempo, doch Catherine beschäftigte weiterhin seinen Geist. Sie war die seltsamste, verwirrendste Person, der er je begegnet war. Sie konnte sich logisch mit ihm unterhalten, in wohlgesetztem Latein, mit Zitaten, falls notwendig. Sie verfolgte ein Argument bis zum Schluß und setzte sich damit auseinander, ohne mit der Wimper zu zucken. Sie schien über alles stolpern zu können, selbst über ihre eigenen Füße. Ihre Finger waren immer voller Tintenkleckse, ebenso wie ihre Kleider. Wenn sie ein Junge gewesen wäre, hätte man sie nicht von hundert anderen Studenten in Paris unterscheiden können. Solche Attribute waren widernatürlich und unangenehm bei einer Frau.

Warum stieß sie ihn dann nicht ab? Warum spürte er so verzweifelt, daß sie seines Schutzes bedurfte? Und warum hatte er sie so begehrt, als sie in der Kapelle beieinander standen? Er argwöhnte, daß er, falls er auch nur eine Minute länger dort geblieben wäre, auf den gesunden Menschenverstand gepfiffen und direkt vor dem Altar ein Sakrileg mit ihr begangen hätte.

Noch während er sich wegen der stärker werdenden Stiche die Seite rieb, lachte er kurz auf. Vielleicht war das eine Probe. Catherine mochte wohl eine linkische blauäugige Versuchung sein, die ihm der Satan geschickt hatte. Wenn es so wäre, hielt er es für wahrscheinlich, daß er bereits mitten auf dem Pfad zur Verdammnis wandelte.

In diesem Fall war es um so wichtiger, die letzte Abrechnung hinauszuzögern. Edgar suchte nach einer Spur, nach irgendeinem Pfad, der ihn sicher zum Fluß und dann stromaufwärts nach Paris führen würde. Als anonymer Student würde er sich ewig verbergen können. Sie würden lediglich nach einem Handwerker suchen. Selbst wenn ihn jemand sehen sollte, wäre es unwahrscheinlich, daß man ihn mit dem Steinmetzlehrling von St. Denis in Verbindung brächte.

Oder vielleicht sollte er sich einfach nach Norden wenden und nach Hause reisen. Dort wäre er so weitab von der zivilisierten Welt, daß der Teufel es schwer haben würde, ihn aufzustöbern.

Doch eine solche Reise schien ihm jetzt noch freudloser. Zu Hause gab es keine schwarzhaarigen, blauäugigen Paradoxe, die ihn verwirrten. Er schlug die südliche Richtung ein. Doch unterwegs würde er noch einen Aufenthalt einlegen müssen.

Der Morgen begann zu dämmern, als er St. Denis erreichte. Die Chormönche hatten schon begonnen, die Laudes zu singen. Edgar hörte ihnen mit einem Kloß im Hals zu. Was man auch sonst über Abt Suger sagen mochte, er verstand sich darauf, die Andacht in jeglicher Hinsicht schön zu gestalten. Es gab keine rauhe Stimme darunter. Edgar hoffte, daß die unmusikalischen Mönche wenigstens in ein stilles Gebet versunken waren.

Er schlüpfte in die Gemächer des Abts und die Treppe hinauf zur Bibliothek. Catherine hatte gesagt, das Buch sei verschwunden, aber er mußte sich vergewissern. Er stieß die Tür auf.

»Junge, was hast du hier zu suchen?«

Wie vom Blitz getroffen, fuhr Edgar zusammen. »B-b-be-

288

daure, Herr«, stammelte er. »Prior Herveus hat mich herge-
schickt, damit ich ... damit ... ich ...«

Der Präzentor schlug das Buch zu, in dem er gerade las,
ließ dabei aber einen Finger zwischen den Seiten stecken.
Wie einen Schild trug er das Buch vor sich her, während er
auf Edgar zukam.

»Prior Herveus liegt mit Fieber darnieder. Seit zwei Ta-
gen ist er ohne Bewußtsein.« Er betrachtete Edgar genauer.
»Ich kenne dich nicht. Du bist kein Mönch. Du bist ein
Dieb. DIEB!« rief er, während er sich das Buch in die Kutte
schob. »Er hat dich geschickt, nicht wahr? Der Diener der
Hölle! Es ist zu spät! DIEB!« kreischte er noch einmal.

Edgar hatte angenommen, daß ihm keine Energien mehr
zum Laufen geblieben waren. Er sollte sich täuschen. Er
hetzte durch die verschlafenen Straßen von St. Denis. Niemand verfolgte ihn, aber er rannte immer weiter. Er mußte
sofort nach Paris.

Denn das Buch, in welchem Bruder Leitbert gelesen hatte, war Catherines Psalmenbuch.

Als Hubert am nächsten Tag nach Vielleteneuse kam,
wünschte er sich auf der Stelle, er wäre in St. Denis geblieben. Die Verwirrung, die im Bergfried herrschte, war das
reinste Pandaemonium. Von dem Augenblick an, als er den
Hof betrat, umlagerten ihn Leute, die ihm alle als erstes die
Neuigkeiten berichten wollten.

»Schreckliche dunkle Bestien waren das, Herr, sie haben
die ganze Nacht in den Sälen ihr Unwesen getrieben!« verkündete der Stallbursche. »Stampfen und Poltern von allen
Seiten.«

Er wurde vom Pförtner beiseitegedrängt, welcher felsen-
fest behauptete, er habe die ganze Nacht kein Auge zuge-

tan. »Aber was hätte ich gegen die Diener des Bösen denn ausrichten können, Herr? Ich bin doch schließlich auch nur ein Mensch.«

Hubert hätte ihm da nur zu gern zugestimmt, als einer der Wächter mit einfiel.

»Schwerter können ihnen nichts anhaben. Wir haben es versucht. Herr Sigebert hat einen allein angegriffen, und die Klinge ging einfach durch den Dämon hindurch, es zischte wie bei heißem Fett. Es war unmöglich, ihnen Widerstand zu leisten.«

Adulf eilte herbei, um Mantel und Handschuhe seines Herrn zu nehmen.

»Ich habe geschlafen, Herr, und niemand hat mir etwas gesagt. Ich wollte sie besser beschützen. Es tut mir leid!« sagte er flehentlich.

»Sie ist allerdings die einzige, die dem *aversier* hätte widerstehen können«, fügte der Wächter hinzu. »Aber sie haben trotzdem den Gefangenen genommen, trotz all der Gottesmacht, die sie durchströmt.«

»Wer weiß, was ohne sie geschehen wäre?« Der Pförtner erschauerte und bekreuzigte sich. »Keiner außer Fräulein Catherine ...«

»Catherine! Beim Blute Christi! Was hat sie denn jetzt schon wieder angestellt?«

Das löste einen weiteren Tumult aus. Es dauerte seine Zeit, bis Hubert sich einigermaßen zusammenreimen konnte, was geschehen war.

»Wo ist mein Sohn?« fragte er. »Ich möchte auf der Stelle mit ihm sprechen.«

»Herr Guillaume ist mit Herrn Roger und seinen Mannen ausgezogen, um die Wälder nach Spuren des Gefangenen abzusuchen«, antwortete der Pförtner. »Sie werden ihn aber nicht finden.«

»Was der Teufel verbirgt, kann des Menschen Auge nicht sehen«, deklamierte der Wächter. »Sonst wäre er nämlich niemals an uns vorbeigekommen.«

Hubert mußte noch mehrere solcher Geschichten und Beteuerungen erdulden, bevor er sich endlich durch die Menge drängte und sich einen Weg zu den Frauengemächern bahnte, wo Catherine ungnädig Hof hielt. Sie streckte Hubert die Arme entgegen, schüttelte die Magd ab, die versuchte, sich einen Fetzen ihres Handverbandes als Andenken abzuschnippeln.

»Ach Vater«, rief sie aus. »Würdest du bitte allen sagen, daß ich keine Heilige bin und nur in Ruhe gelassen werden möchte.«

»Bist du sicher, daß du dir das wünschst?« fragte er. »Die Situation hat auch ihre Vorteile.«

Er umarmte sie zärtlich, wenn auch mit einem Anflug von Überdruß, dann wandte er sich an die Frauen, die in ihrer Nähe herumlungerten.

»Ihr habt meine Tochter gehört«, sagte er. »Laßt uns allein.«

Er wartete, bis die Kammer leer war, dann setzte er sich neben sie auf das Bett. Sein Gesicht war ernst und ganz und gar nicht ehrerbietig. Catherine machte sich auf seinen Zorn gefaßt. Doch anstatt zu schelten, nahm er ihre Rechte und wickelte den Verband ab. Er untersuchte die Wunde und verband sie wieder.

»Ich hatte letzte Nacht eine lange Unterredung mit Abt Suger«, sagte er schließlich. »Das meiste davon betrifft dich nicht. Doch ich habe ausführliche Nachforschungen über Garnulfs Lehrling angestellt.«

Schuldbewußt zuckte Catherine zusammen. Hubert nickte.

»Bei dem stimmt einfach gar nichts. Nach dem, was der Baumeister sagt, tauchte der Mann eines Tages auf und erkundigte sich nach Garnulf. Irgendwie hat er den alten Mann überredet, ihn einzustellen. Keiner von den anderen Handwerkern hat ihn jemals zuvor gesehen. Niemand weiß, wer er ist oder woher er kommt, abgesehen von seiner Nationalität, welche aufgrund seines Akzents nur allzu offensichtlich ist.«

»Aber Garnulf war mit seiner Arbeit überaus zufrieden«, sagte Catherine.

»Ja. Und er hat ihm vertraut.« Hubert musterte sie streng. »Und Garnulf ist tot. Seit du diesen Mann kennengelernt hast, warst du mehr als einmal in Todesgefahr. Ist das etwa Zufall?«

»Nein! Doch! Ich wäre tot, wenn Edgar nicht in der Abtei gewesen wäre, um mich zur Seite zu drängen. Er hat mich davor bewahrt ...« Catherine biß sich auf die Zunge.

»Vor irgendeiner Gefahr, in die du ohne ihn gar nicht erst geraten wärst«, beendete Hubert den Satz für sie. »Nein, erzähl' mir nichts. Ich bin auch so schon alt und grau genug. Ich weiß zwar nicht, was du im Schilde führst, aber was immer du den anderen Leuten hier weismachen willst, ich glaube nicht einen Augenblick, daß du die letzte Nacht damit verbracht hast, mit dem Teufel zu ringen, außer auf eigenes Betreiben.«

»Vater! Was hältst du denn von mir?«

Er schlug mit der Faust auf die Bettdecke, schüttelte Catherine und wirbelte dabei eine Staubwolke auf.

»O Catherine, Catherine! Warum hörst du denn nicht ein einziges Mal auf die Stimme der Erfahrung? Dieser Mann ist vielleicht nicht gerade der Knecht des Teufels. Das muß er auch gar nicht unbedingt sein, um eine junge Frau zu verhexen, die gerade das Kloster verlassen hat.«

»So ist es doch gar nicht!« beharrte sie, plötzlich voller Furcht, daß dem doch so sein könnte.

»Es ist mir einerlei, wie es ist oder wie du es mit deinen lateinischen Phrasen ausschmückst. Ich weiß sehr wohl, was du letzte Nacht getan hast, nämlich einem Mann geholfen, der mit Sicherheit ein Betrüger und sehr wahrscheinlich auch ein Dieb und Mörder ist.«

»Vater, ich mußte es tun«, sagte sie. »Sie wollten ihn umbringen.«

»Wer?« fragte er. »Doch nicht etwa dein Bruder?«

»Das weiß ich nicht«, räumte sie ein. »Ich konnte nicht genau ausmachen, wer geredet hat. Ich habe sie durch die Leitungsrohre gehört.«

Sie wurde aus seinem Gesichtsausdruck nicht schlau, spürte aber eine plötzliche Spannung.

»Schlimmer, als ich befürchtet habe«, murmelte er. »Aber wer ist es?«

Er kniff die Lippen zusammen, und sie schrak zurück, sicher, daß der Zorn gegen sie gerichtet war. Statt dessen nahm er sie in die Arme und drückte sie, mit einer Hand strich er ihr über die zerzausten Locken.

»Ich wünschte, du hättest deine Großmutter kennenlernen können, Kind«, seufzte er. »Von Tag zu Tag wirst du ihr ähnlicher.«

»Ich wünschte, du würdest mir etwas über sie erzählen«, sagte Catherine.

»Eines Tages werde ich es vielleicht können. Aber jetzt noch nicht«, antwortete Hubert. »Ich habe mit dem Abt auch über dich gesprochen«, fuhr er fort. »Wir waren uns beide einig, daß das Paraklet dir nicht gutgetan hat. Suger hat sich bereit erklärt, dich der Äbtissin von Fontevrault zu empfehlen.«

»Nein, Vater, nein! Dahin kann ich nicht gehen! Bitte! Es tut mir leid. Ich werde alles tun, was du verlangst. Jede Strafe annehmen, die du für mich auswählst. Aber schickt mich nicht fort!«

»Das soll gar keine Strafe sein!« Er schüttelte sie erbost. »Verstehst du das denn nicht, Mädchen? Das hier ist keine Schulaufgabe. Vielleicht überrascht es dich, aber ich liebe dich und will dich sicher und geborgen wissen. Das einzige, was mir dazu einfällt, ist, dich hinter hohe Mauern zu bringen, in die Gesellschaft der strengsten Nonnen, die ich finden kann.«

Die Dinge entwickelten sich zu rasch für Catherine, besonders nach den Strapazen der letzten Nacht. Sie suchte verzweifelt nach einem Einwand.

»Aber ich dachte, du brauchst mich, damit ich dir helfe«, sagte sie.

»Nichts ist wichtiger als deine Sicherheit, Catherine, und damit hat es sich. Ich habe dir das schon einmal gesagt, und ich meine es ernst. Du gehst gleich nach Weihnachten. Stell' dich also darauf ein.«

Catherine legte sich zurück und zog die Decke bis zur Nase hoch. »Ich werde tun, was du wünschst, Vater, aber ich glaube wirklich ...«

»Wage es nicht!« brüllte er.

Ohne ein weiteres Wort stand er auf und marschierte hinaus.

Marie war genauso bestürzt über Huberts Ultimatum wie Catherine.

»Dann ist also alles vorbei«, sagte sie. »Ich habe auf dich gezählt, um das Papier zu finden. Glaubst du, die Flammen der Hölle fühlen sich heißer an als das Küchenfeuer? Ich habe einmal gehört, wie der Bischof gesagt hat, daß sich die Qualen in unserem Geist abspielen, nicht in unserem Leib. Wie könnten sie schlimmer sein als die Qual, die ich jetzt erleide?«

Catherine packte sie, obwohl ihre Hände dabei schmerzten.

»Sag doch so etwas nicht! Du darfst nicht verzweifeln. Ich lasse mir schon etwas einfallen.«

»Ja, natürlich, Catherine.« Marie schnitt eine Grimasse und rieb sich das Kreuz. »Und wenn's dir eingefallen ist, mußt du unbedingt ein Traktat darüber verfassen. Aber für mich ist es dann zu spät. Ich frage mich schon die ganze Zeit, wie Guillaume wohl reagieren wird, wenn er entdeckt, was ich getan habe. Ob er unserem Sohn etwas antun würde? Und dann das Kind, das ich in mir trage. Was, wenn es meine Strafe bekäme? Werden die Sünden der Mütter auch gesucht bis ins fünfte Glied?«

Die Tonlosigkeit ihrer Stimme schreckte Catherine mehr als alles andere. Wie konnte sie ergeben zum kontemplativen Leben zurückkehren und so viel unerledigt lassen? Wie konnte sie es verhindern? Ihr Vater war noch nie so hartnäckig gewesen, und als Madeleine ihre Gebete lange genug unterbrochen hatte, um ihm zuzustimmen, gab es keine Rettung mehr.

Es gab nur noch einen Menschen, der ihr vielleicht helfen konnte. Sie würde Roger auf ihre Seite ziehen müssen, wenn er wiederkam. Er hatte immer behauptet, daß das Kloster nicht der geeignete Ort für sie wäre. Sie hoffte, er würde bald zurückkehren. Sie waren schon seit Stunden fort. Wenn sie die Jagd auf Edgar doch nur aufgeben und nach Hause kommen würden! Warum konnten Guillaume und Roger nicht wie so viele andere annehmen, daß Edgar in eine andere Welt entrückt worden war?

295

»Catherine?« Marie beobachtete sie. »Hast du einen Plan?«

Catherine schüttelte den Kopf. »Aber ich denke mir einen aus. Ich verspreche es«, sagte sie. »Jetzt versuche bitte in deinem eigenen Interesse, dich mit etwas anderem zu beschäftigen.«

Marie lachte bitter. »Natürlich. Ich kann mich leicht mit meinen Haushaltspflichten ablenken. Die Komposition einer Fleischsoße füllt mich ja derart aus! Sie hält mich sicher davon ab, über so eine kleine Sache wie das Ende meiner Welt nachzudenken.«

Sie wandte sich zum Gehen, blieb aber auf der obersten Treppenstufe stehen.

»Ich wünschte, ich hätte es dir nie erzählt«, sagte sie. »Jetzt werde ich mich immer fragen, ob du das, was ich getan habe, gegen mich verwenden wirst.«

»Niemals, Marie«, sagte Catherine. Aber Marie war schon fort.

Roger und Guillaume kamen am Spätnachmittag zurück, durchgefroren, verdreckt und zu Catherines Freude erfolglos.

»Wo ist meine heilige Nichte?« wandte sich Roger an Marie. »Hat sie sich von gestern nacht erholt?«

»Sie ruht noch«, teilte Marie ihm mit.

»Ich möchte mit ihr sprechen.« Roger kratzte sich das unrasierte Kinn. »Wir haben Fußspuren gefunden. Er hat sie verwischt, aber einige waren noch deutlich zu erkennen. Ich kann nicht glauben, daß Catherine ihm ... Er muß sie bedroht haben.«

»Ich weiß nicht, wovon du sprichst, Roger.« Marie machte sich wieder an die Arbeit.

Roger ging, um Hubert Bericht zu erstatten.

»Unter dem Kapellenfenster waren Spuren«, sagte er. »Das Heu war zerwühlt. Er muß durch das Fenster entkommen sein. Wie hat er deiner Meinung nach Catherine dazu gebracht, ihm zu helfen?«

»Roger, du glaubst doch nicht etwa diesen Unsinn, daß Catherine nur noch einen Schritt von der Heiligsprechung entfernt ist?« fragte Hubert.

»Warum nicht?« gab er zur Antwort.

»Roger. Wir sprechen von Catherine. Sie ist achtzehn und nicht ganz unempfänglich für einen Fremden mit einer traurigen Geschichte.«

Rogers Mundwinkel zuckten. »Nein, nicht meine Catte«, sagte er. »Was denn für eine Geschichte? Eine elende Kindheit, eine kranke Mutter? ›Habt Erbarmen, meine Dame, und helft mir?‹«

»Er war einer von Garnulfs Lehrlingen. Wir wissen, daß der alte Mann mißtrauisch geworden war. Ich habe Suger gewarnt. Ich dachte, damit wäre Schluß, als Garnulf abgestürzt ist. Was, wenn er diesem Edgar etwas davon erzählt hatte?«

»Und der hat es Catte weitererzählt? Was hätte er denn wohl Schreckliches erzählen können, was sie gegen uns einnehmen könnte?«

Hubert sah sich rasch um. »Wir reden hier nicht über Geschäfte«, sagte er. »Ich schwöre, daß in jeder Nische dieses verflixten Gebäudes irgendwer lauert. Dieser englische Knabe hat ihr vielleicht etwas über die Juwelen erzählt. Bist du sicher, daß du und Prior Herveus nie beobachtet wurdet?«

»So sicher wie nur irgendwie«, antwortete Roger. »Der Abt hatte entsprechende Anweisungen gegeben, damit jeder, der mit der Abtei zu tun hatte, anderenorts beschäftigt war.«

»Und ihr habt den Mörtel wieder glattgestrichen?« fragte Hubert.

»So gut wir konnten. Keiner von uns ist Maurer.« Roger hielt inne. »Catherine fragte mich nach einem Ring, den Agnes bei der letzten Einweihung hineingeworfen hatte. Ich kann mich nicht erinnern, daß er bei den Sachen war, die wir herausgeholt haben.«

»Das habe ich befürchtet«, erwiderte Hubert. »Dieser Bursche könnte Teil einer Verschwörung unter den Handwerkern sein, welche die Abtei bestehlen. Ein weiterer Grund, Catherine so bald wie möglich wieder ins Kloster zu schaffen ...«

»Ach, Hubert, ist das denn wirklich nötig?« fragte Roger.

»Absolut«, antwortete Hubert. »Catherine hat schon zu viel mitbekommen. Und sie hat ein weiches Herz, was diesen verwahrlosten Steinmetz angeht. Bald findet sie die fehlenden Teilchen und setzt sie für sich zusammen. Und ich möchte ihr nicht unter die Augen treten, wenn ihr die Zusammenhänge klarwerden.«

»Da magst du recht haben«, sagte Roger. »Aber ich kann immer noch nicht glauben, daß sie sich von diesem *avoutre* hat hereinlegen lassen. Wenn ich ihn das nächste Mal sehe, durchbohre ich ihn mit meinem Schwert.«

»Fürs erste sieh zu, wie du die letzte Lieferung los wirst«, sagte Hubert. »Es war wahnwitzig von dir, sie hierherzubringen.«

»Ich mußte es tun; ich hatte keine Zeit«, antwortete Roger. »Hör' auf, dich zu sorgen, Hubert. Meine Catte würde uns nie verraten.«

Catherine hörte die Männer zurückkehren. Das Klirren der Rüstungen hallte durch die Säle. Der gereizte Ton ihrer Be-

298

fehle gab ihr die Gewißheit, daß Edgar ihnen entkommen war. Sie konnte nur hoffen, daß sie sich nicht anschickten, von neuem loszuziehen. Warum kam denn niemand hoch, um ihr zu berichten, was los war?

Unruhig wälzte sie sich hin und her. Sie kam sich albern dabei vor, den ganzen Tag untätig im Bett zu liegen, obwohl sie sich gut fühlte, abgesehen von den Schürfwunden an ihren Händen. Sie juckten. Sie rieb die Verbände hin und her und überlegte, ob sie diese Geschichte jemals wieder vergessen machen konnte. Eine der Mägde hatte sie heute morgen um eine Haarlocke gebeten. Sie wollte sie in Weihwasser tränken und dann als Medizin verwenden. Entsetzt hatte Catherine ihr zu erklären versucht, daß so etwas Gotteslästerung sei. Doch damit hatte sie die Frau nur noch mehr von ihrer demutsvollen Heiligkeit überzeugt.

Von deiner demutsvollen Heuchelei, meinst du wohl! flüsterten die Stimmen.

Catherine seufzte. *Ich weiß, Mutter Heloïse und Meister Abaelard wären entsetzt über das, was ich getan habe.*

Und verspürst du Reue? fragten sie.

Edgar ist entwischt, dachte Catherine lächelnd. *Ich bereue gar nichts.*

Die Stimmen verstummten angewidert.

Catherine lag noch eine Weile so da. Sie wurde immer ungeduldiger. Wo waren denn alle? Warum kam niemand herauf und sagte ihr, was los war?

Schließlich stand sie auf, wickelte sich eine Decke um die Schultern und ging auf die Treppe zu. Unten waren Stimmen, aber sie kamen nicht näher. Sie ging ein paar Stufen hinunter, die Kälte, die durch ihre Pantoffeln drang, ließ sie erschaudern. In einer Treppenbiegung warf sie einen Blick aus dem Fenster.

Roger und ihr Vater luden eine Holzkiste auf einen Karren. Sie schienen Schwierigkeiten damit zu haben. Sie wunderte sich, daß sie keinen der Männer zu Hilfe riefen. Als es ihnen endlich gelang, sie hinaufzuschieben, kippte die Truhe, und der Deckel flog auf. Catherine sah etwas Silbernes aufblitzen. Es kam ihr bekannt vor. Rasch klappte Roger den Deckel zu und ließ das Schnappschloß einrasten. Er sah sich um, als ob er nach Augenzeugen Ausschau hielte. Catherine wich zurück. Hatte er ihr Gesicht gesehen, wie es aus dem schmalen Fenster spähte?

Hinter ihr räusperte sich jemand. Catherine drehte sich um. Sie versperrte den Weg. Agnes, Herr Sigebert und Herr Jehan warteten darauf, daß sie Platz machte.

»Wir wollten gerade zu den Türmen, ein bißchen frische Luft schnappen«, erklärte Agnes. »Ich dachte, du wärst noch im Bett.«

»Ich mußte nur mal eben auf die Latrine«, sagte Catherine. »Ich gehe gleich wieder hoch.«

Die drei starrten ihr nach, als sie zum Treppenabsatz hinaufstieg, von dem aus es in ihr Zimmer ging. Oben angelangt, hörte sie Sigebert ganz deutlich sagen:

»Hab' ja gar nicht gewußt, daß Heilige auch mal müssen ...«

Catherine schlug die Tür hinter sich zu.

Sie setzte sich auf das Bett und kratzte wie verrückt an ihren Bandagen.

Was machte ihr Vater da mit einem der Schmuckkästen aus Alerans Klause? Selbst von weitem hatte sie sie erkannt – die Schatulle, die sie hatte fallen lassen. Mit Rogers Ring, oder vielmehr Maries. Wie war sie in ihren Besitz gelangt? Roger konnte unmöglich so viel Glück beim Würfelspiel gehabt haben. Gehörten die Stimmen, die Edgar in der Hütte

300

gehört hatte, vielleicht Menschen, die gerade den Toten beraubten? Jemandem wie Hubert? Aber dann hätte er gewußt, was ihn in der Hütte erwartete. Jemandem wie Roger? Aber Roger hatte doch den Einsiedler nicht einmal gekannt, oder?

Was glaubst du denn?

Catherine wies die Vorstellung weit von sich. Ja, auch ihr Vater hatte Geheimnisse. Aber zu seinem Geschäft gehörte vieles, von dem er meinte, es sei nicht schicklich für seine Tochter, davon zu wissen. Das bedeutete nicht, daß er in einen Mord und ganz gewiß nicht in Ketzerei verwickelt war.

Und doch — warum hatte er nie von seinen Eltern erzählt? Wer hatte seine Mutter getötet? Sie hatte immer angenommen, es seien Räuber oder marodierende Soldaten gewesen. Was, wenn seine Familie zu denjenigen gehört hätte, die außerhalb des Gesetzes standen? Was, wenn sie — und es erschreckte sie, es überhaupt in Erwägung zu ziehen — etwa Ketzer wären? War dies der Grund, warum ihre Mutter all die Jahre Buße tat, der Grund, daß sie meinte, Gott bestrafe sie? Falls sie wissentlich einen Ketzer geheiratet hatte, wäre sie genauso verdammt wie er.

»Nein, nicht sie!« schrie sie in die Bettdecke. »Es muß eine andere Antwort geben.«

Es waren zu viele kleine Bruchstücke. Sie ergaben keinen Sinn, und doch, spürte Catherine, würden sie schon alle zusammenpassen, wenn sie nur ihren Kopf von diesen nebensächlichen emotionalen Problemen klären könnte. Selbst das Psalmenbuch hatte mit all dem zu tun. Aber das brachte sie nach St. Denis zurück, genau wie der Ring und Garnulf und Edgar. Hubert hatte in der Hütte angesichts der Hinweise auf Zauberei ehrlich bestürzt ausgesehen. Er hatte sich nicht verstellt; er hatte etwas anderes zu finden erwartet. Etwas, für das er ihre Hilfe brauchte. Was?

301

Sie konnte Latein lesen; er nicht. Ob er möglicherweise nach dem Psalmenbuch oder dem Vertrag suchte, den Marie unterzeichnet hatte? Wie hätte er denn von diesen Dingen wissen können? Oder ging es um andere Beweismittel, von denen sie nichts ahnte?

Aleran. Wer war er? Was hatte er damit zu tun? Das war es, was sie vom falschen Blickwinkel aus betrachtet hatte. Aleran war nicht das Kernstück des Problems, sondern der Teil, der nicht hineinpaßte. Was hatten er und seine schrecklichen Verträge mit ihrem Psalmenbuch zu tun? Was für ein Mensch in der Abtei — das waren doch alle einigermaßen gebildete Männer — wäre denn töricht genug, sich mit einem Mann zusammenzutun, der im Grunde genommen nichts weiter als einer von diesen falschen Einsiedler-Heiligen war, welche die Armen und die Leichtgläubigen schröpften?

In drei Wochen gehst du nach Fontevrault, mahnten die Stimmen.

Dein Vater hat dir befohlen, deine Nase nicht weiter in diese Dinge zu stecken.

Ich weiß, sagte Catherine. *Aber ich kann es einfach nicht lassen.*

Es klopfte an der Tür. Ausnahmsweise einmal begrüßte Catherine die Unterbrechung.

»Herein.«

Es war Adulf, der sich geehrt fühlte, daß man ihm Catherines Speisetablett anvertraut hatte.

»Was gibt es heute abend, Adulf?«

»Linsensuppe, mein Fräulein, mit Rüben und sogar mit ein wenig Fleisch«, sagte er.

Linsen und Rüben. Wenn sie das äße, würde sie die ganze Nacht auf dem Abort verbringen und damit ihrer Heiligkeit

Abbruch tun, wenigstens in Sigeberts Augen. Catherine glaubte nicht, daß ihr Magen das vertragen konnte.

»Du kannst die Suppe essen, Adulf«, sagte sie. »Gib mir nur etwas Brot. Los, iß schon. Ich weiß doch, daß du nichts zu essen bekommst, bis alle in der Burg fertig sind.«

»O, danke!« Er holte seinen Löffel aus dem Beutel. »Seid Ihr sicher, daß das in Ordnung ist? Frau Marie hat gesagt, ich soll sie Euch bringen.«

»Aber ich will sie nicht, und du bist viel zu mager«, versicherte ihm Catherine. »Los. Ich verrate nichts. Du und ich, wir können unsere Geheimnisse für uns behalten, oder?«

Er nickte. »Ich habe viele Geheimnisse«, sagte er. »Und ich verrate sie nie, nicht einmal Pater Anselm.«

Eifrig löffelte er die Suppe und kratzte die Schüssel bis auf den letzten Tropfen aus. Sie brauchte länger, um das Brot zu essen. Armes kleines Ding! Jemand sollte sich einmal daran erinnern, wie hungrig kleine Jungen immer waren.

»Als ich klein war, haben Agnes und ich uns manchmal in die Küche geschlichen und vor dem Essen Brotscheiben stibitzt«, erzählte sie ihm. »Sonst hätten wir es wohl kaum überlebt, bis die Älteren fertig waren und wir endlich essen durften.«

Adulf lächelte dankbar und rieb sich den Magen. »Jetzt knurrt er wenigstens nicht, wenn ich serviere«, sagte er. »Habt Dank.«

Er nahm das Tablett und ging die Treppe hinunter.

Der Abend schleppte sich dahin. Ein fahrender Gaukler hielt sich heute abend in der Burg auf, und alle drängten sich in den großen Saal, um ihn zu sehen, ausgenommen natürlich die erst frisch in die Reihen der Seligen aufgenommene Catherine. Sie blieb oben in ihrem Turm, allein mit ihren erhabenen Gedanken.

Mord, Diebstahl, Sakrileg, Ketzerei. Und noch eins. Immer wieder versuchte Catherine zu ergründen, was jemand in St. Denis wohl mit dem Eremiten gemein haben könnte. Was war es, das Aleran von anderen Einsiedlern unterschied, die mit ihren Gebeten nebenbei auch Amulette und Zaubertränke verkauften? Wie ein Blitz tauchte die Erinnerung an sein Gesicht wieder vor ihr auf, als er sich über sie beugte. Das war es! Ein Wahn, der sich in das Böse schlechthin verwandelt hatte.

Gold spielte nur eine Nebenrolle. Garnulfs Tod hatte nichts mit Habgier zu tun. Jemand in St. Denis war auf übelste Art wahnsinnig.

Allein in ihrem Bett, betete Catherine in ihrer Angst. Sie erflehte die Hilfe jedes Heiligen, für den sie jemals ein Responsorium gesungen hatte, sie betete unmittelbar zum erhabenen Heiligen Geist, dem Tröster des Paraklet. Sie betete um Führung, um Schutz, um Mut. Am meisten aber betete sie für Edgar, da draußen in der kalten Welt, ohne zu wissen, welche Gestalt der Feind wirklich hatte.

Es dauerte eine Ewigkeit, bis Agnes und die Mägde ins Bett kamen. Agnes brachte Catherine ein gewürztes Bier, von dem sie endlich einschlief.

Früh am nächsten Morgen ertönte Geschrei aus der Küche.

»Blanche«, murmelte Agnes einer der Frauen zu, »geh' mal nachsehen, was da los ist.«

Blanche fluchte leise vor sich hin, als sie in die Pantoffeln schlüpfte und sich in eine Pelzdecke wickelte. Sie blieb lange fort. Als sie endlich zurückkehrte, zeugte ihre Miene von Bedeutsamkeit und Angst.

»Es ist der kleine Adulf«, teilte sie allen mit.

Catherine spürte, wie sich ihr Magen verkrampfte.

»Sag' es nicht«, flehte sie stumm.

Doch Blanche sprach weiter.

»Sie haben ihn in seinem Bett gefunden«, und zwar mausetot«, sagte sie. »Sein Gesicht war ganz blau, und am Hals hatte er Klauenmale. Die Köchin meint, der Teufel hat ihn geholt.«

Sie hielt inne.

»Andere sagen, er ist vergiftet worden.«

Catherine sah das glückliche Kind vor sich, wie es ihre Suppe verschlang. Sie schloß die Augen, aber er war immer noch da, wie er sie so voller Dankbarkeit und Vertrauen anblickte. Sie fing an zu weinen.

Der Wahnsinn hatte die kalte Welt verlassen und war in ihr warmes Heim eingedrungen.

SECHZEHNTES KAPITEL

In der Burg, am vierten Adventssonntag, Heiligabend 1139

Es paßt sehr gut zu den geheimnisvollen Stellen der Heiligen Schrift, daß die heilige und heimliche Wahrheit über himmlische Intelligenzen verborgen ist ... Nicht jeder ist heilig und, wie es in der Schrift geschrieben steht, ist die Erkenntnis nicht für jeden bestimmt.

DER HEILIGE DIONYSIUS AREOPAGITA

Catherine sprach nicht über Adulf. Sie stimmte weder in das Wehklagen noch in die Gebete mit ein. Sie saß mit einem Kästchen Perlen auf dem Schoß im Fenster und zählte diese, immer und immer wieder. Die Anzahl blieb immer gleich. Das Kind war immer noch tot.

»Du mußt etwas essen«, drängte sie Marie und hielt ihr die Schüssel unter die Nase.

»Siebenundzwanzig, achtundzwanzig«, zählte sie. »Ich habe keinen Hunger.«

»Catte, meine Teuerste«, sagte Roger. »Du mußt damit aufhören. Kinder sterben alle Tage. Du darfst dir das nicht so zu Herzen nehmen.«

»Ich weiß nicht, was du meinst«, antwortete Catherine. »Vierunddreißig, fünfunddreißig.«

Ihre tiefe Ruhe erschreckte Hubert. Er packte sie bei den Schultern.

»Catherine!« brüllte er und schüttelte sie. »Komm zurück. Komm sofort hierher zurück!«

Catherine senkte den Blick. »Deinetwegen habe ich die Perlen fallen lassen«, sagte sie. »Jetzt muß ich wieder von vorn anfangen.«

Sie begann, sie aufzulesen. »Eins, zwei, drei ...«

Schließlich ließen sie sie in Ruhe.

Hubert überließ sie den Frauen und ging hinaus, um mit Roger zu reden, der in den Ställen beschäftigt war.

»Keiner von diesen Burschen hat auch nur die geringste Ahnung davon, wie man mit einem Pferd umgehen muß«, stöhnte Roger. »Dieses Tier ist seit Tagen nicht gestriegelt worden!«

»Melde es Guillaume; er wird sich darum kümmern«, antwortete Hubert. »Hattest du irgendwelche Probleme mit dem Karren?«

»Nein, ich habe ihn zur üblichen Stelle gefahren«, erwiderte Roger.

»Wir hätten alles dort lassen sollen, wo du es gefunden hast.« Hubert schäumte vor Wut. »Jedenfalls hätten wir auf keinen Fall das Risiko eingehen sollen, es hierherzubringen. Was, wenn wir den falschen Mann hätten? Aleran hat vielleicht mit jemandem aus St. Denis zusammengearbeitet. Es gibt keinen Beweis, daß der Steinmetz die Sachen gestohlen und sie dort versteckt hat.«

»Wer denn sonst?« fragte Roger. »Er hatte die Gelegenheit, an die Opfergaben zu gelangen, und wir wissen, daß er etwas mit dem Eremiten zu schaffen hatte. Sie sind in Streit geraten; er hat den Einsiedler getötet und sich mit den Juwelen davongemacht. Es ist eindeutig.«

»Catherine hält ihn immer noch für unschuldig«, sagte Hubert.

»Catherine hat ein weiches Herz«, antwortete Roger. »Sieh dir doch an, wie ihr der Verlust des kleinen Jungen nahegeht.«

»Agnes sagt, daß sie Adulf besonders ins Herz geschlossen hatte.«

»Catherine weint, wenn wir im Herbst die Schweine schlachten«, erwiderte Roger. »Sie möchte glauben, daß alle unschuldig sind.«

Hubert nickte traurig. »Ich wünschte, dem wäre so.«

Roger lachte. »Nicht in dieser Welt, Bruder.«

Als sie in den Bergfried kamen, eilte ihnen Marie entgegen.

»Habt ihr Catherine gesehen? Sie ist nicht in ihrer Kammer.«

»Hast du in der Kapelle nachgesehen?« fragte Hubert.

»Madeleine hat den ganzen Vormittag dort verbracht. Sie meint, wir bräuchten Catherine nicht zu suchen. Sie wäre gen Himmel gefahren.«

Hubert seufzte. »Hat sie denn dieser Himmelfahrt beigewohnt?«

»Natürlich nicht. Entschuldigung.« Marie wischte sich das Gesicht mit ihrem Tuch ab. »Ich weiß nicht mehr, was ich tue. Nein, Catherine war nicht in der Kapelle, auch nicht im Saal oder auf der Latrine. Sie ist auch nicht vom Wachtturm aufgestiegen. Die Wache hätte sie dabei sicherlich beobachtet, denke ich mal.«

»Wie konntest du sie in ihrem Zustand allein lassen?« rief Roger.

»Ich habe noch etwas anderes zu tun, weißt du«, antwortete Marie. »Sie war in der abgelegensten Kammer im ganzen Bergfried. Sie hätte dort in Sicherheit sein müssen.«

»Niemand hat sie gesehen?« fragte Hubert.

»Agnes sagt, sie hat immer noch Perlen gezählt, als die Frauen heute morgen zum Frühstück hinuntergingen«, sagte Marie. »Vor einer Stunde habe ich Blanche hinaufgeschickt, um in Erfahrung zu bringen, ob sie etwas braucht, und da war sie verschwunden. Seitdem suchen wir nach ihr. Sie ist nicht im Bergfried.«

»Muß sie aber sein«, sagte Hubert.

Marie schüttelte den Kopf. »Sie muß hinausgelangt sein, aber wie und warum, kann ich mir nicht vorstellen.«

»Catherine würde nicht einfach so weglaufen, ohne jeden Grund«, sagte Hubert.

»Ohne jeden Grund«, wiederholte Marie. »Sie hat vielleicht einen. Der Tod des Kindes, zusätzlich zu ihren eigenen Leiden, hat sie offenbar um den Verstand gebracht. Ach, ich hätte einen Wächter bei ihr lassen sollen!«

»Unsinn!« beharrte Hubert. »Catherine ist nicht so kopflos.«

»Hubert, was Marie sagt, ist vernünftig«, sagte Roger. »Du hast Catherine heute morgen erlebt. Sie ist weggelaufen, verwirrt im Geist. In letzter Zeit hat sie weiß Gott genügend Schocks versetzt bekommen.«

»Ich kann's nicht glauben«, sagte Hubert.

»Warum nicht?« fragte Roger. »Es liegt in der Familie. Sieh dir meine Schwester an! Madeleine ist seit Jahren verrückt. Wir wissen es alle. Und wir beide wissen, was sie dahin getrieben hat«, fügte er leise hinzu. »Was kürzlich vorgefallen ist, hat Catherine vielleicht auf ähnliche Weise beeinflußt?«

Hubert kniff die Augen zu. Was in der Vergangenheit geschehen war, ließ sich nicht wiedergutmachen. Er würde nicht über etwas nachdenken, was sich nicht ändern ließ.

»Es lohnt nicht, darüber zu streiten«, sagte er. »Catherine muß gefunden werden, einerlei, in welchem Zustand sie sich befindet. Roger, geh' nach St. Denis und schau' nach, ob sie dort ist. Marie, bitte Guillaume, einen Mann ins Dorf zu schicken und herauszufinden, ob jemand sie dort gesehen hat.«

»Und du?« fragte Roger.

»Ich muß ohnehin nach Paris. Möglicherweise versucht sie, nach Hause zu gelangen.«

»Und was ist mit dem Paraklet?« warf Marie ein.

»Aber das ist doch so weit«, sagte Roger. »Und warum sollte sie zu den Nonnen zurück wollen?«

»Vielleicht hat sie genug von der Welt«, sagte Marie.

»Ja, du hast recht«, pflichtete Hubert ihr bei. »Schickt eine Botschaft dorthin, damit sie Ausschau nach ihr halten. Und Marie, beschaff' uns etwas Proviant für unterwegs. Ich kann keine weitere Mahlzeit abwarten, ohne zu wissen, wo sie ist.«

Es war lächerlich einfach gewesen. Sie hatte gewartet, bis alle ihren Pflichten nachgingen, dann hatte sie sich in die wärmsten Sachen gekleidet, die sie hatte finden können. Sie schlang sich eine Decke um die Schultern, um die Kleider zu bedecken und schlüpfte zur Latrine hinunter, die neben der unteren Küche lag. Dort war sie geblieben, bis sie die Küchenmägde herauskommen hörte und setzte ihren Weg durch den Saal fort, angetan mit einem alten Kapuzenumhang, der dort für die Dienstboten bereitlag, und mit einem Korb voller Küchenabfälle ging sie zum vorderen Tor hinaus und zur Müllgrube. Dort angelangt, entleerte sie den Korb und ging damit die Straße entlang, durch das Dorf und immer weiter. Niemand bemerkte sie.

Sie hatte die Perlen in der Burg zurückgelassen und zählte jetzt ihre Schritte, jeder davon trug sie weiter weg von allen, die sie geliebt und denen sie vertraut hatte, von denen, denen sie nicht länger vertrauen konnte. Den Verstand hatte Catherine allerdings nicht verloren. Sie gebrauchte ihn schneller, als sie es jemals zuvor hatte tun müssen.

»Ich muß nach Paris. Ich muß Abaelard finden und ihm alles erzählen. Aber zuerst muß ich das Psalmenbuch finden. Das war meine Aufgabe, und ich bin gescheitert. Nichts kommt wieder ins Lot, solange ich nicht zu meiner eigentlichen Pflicht zurückkehre.«

Sie hatte ihren Plan in den langen Stunden geschmiedet, als sie die bunten Perlen durch ihre Finger hatte gleiten sehen, jede einzelne bedeutete eine Träne, die sie nicht für den kleinen Adulf vergießen konnte. Ihr Körper hatte aufgehört zu funktionieren, so daß all ihre Energie ihrem Verstand zufloß.

Die Straße war vereist, die Furchen waren mit Schneematsch gefüllt, und die unregelmäßigen römischen Steine waren im Dreck schwer zu erkennen. Mehr als einmal glitt Catherine aus. Nur wenige Menschen waren an diesem Sonntag unterwegs. Alle blieben entweder aus Sorge um das Heil ihrer Seelen oder das Wohl ihres Leibes zu Hause. Vielleicht würde sie die zwei Meilen bis St. Denis in weniger als einer Stunde schaffen und dort eintreffen, bevor man überhaupt ihr Verschwinden aus der Burg entdeckte.

Was du vorhast, ist unmoralisch, Catherine, durchbrachen die Stimmen die Ordnung ihrer Gedanken. *Es ist unnatürlich und empörend.*

Catherine fragte sich, wie Schwester Bertradas Stimme wohl Teil ihres Gewissens geworden war.

Es muß sein, widersprach sie. *Die heilige Thekla hat das auch getan, als sie fortlief.*

314

Das waren noch andere Zeiten, sagten die Stimmen. *Und aus dir wird nie eine Heilige.*

Catherine war so in ihre innere Auseinandersetzung vertieft, daß sie den Reiter nicht hörte, bis er sie fast eingeholt hatte. Sie zog sich die Kapuze ins Gesicht und hoffte, es wäre keiner aus Vielleteneuse, der sie bereits suchte. Als er auf gleicher Höhe mit ihr war, wich sie zurück. Zu ihrer Überraschung tat der Reiter dasselbe, er führte das Pferd in einem weiten Bogen um sie herum. Im Vorüberreiten zückte er sein Messer und richtete die Spitze auf Catherine.

»Keinen Schritt näher, du Dreckstück!« schrie er. »Sonst bring' ich dich um.«

Dann spornte er das Pferd an, schneller die Straße hinunterzugaloppieren. Catherine hob die Kapuze an und starrte ihm nach.

»Was in aller Welt ...?« sagte sie. »Beim Spinnrocken der heiligen Martha, was sollte das denn bedeuten?«

Sie setzte ihren Weg fort, durch den Matsch stapfend und immer noch verblüfft. Gedankenverloren kratzte sie an den Bandagen. Sie waren jetzt verschmutzt, mit Dreck von ihren Stürzen und Blut an den Stellen, wo die Wunden wieder aufgegangen waren. Ihre Röcke waren ebenfalls voller Schlamm, und der Umhang wies mehrere Risse auf. Catherine blieb stehen und blickte auf die zerfetzten Verbände. Sie versuchte sich auszumalen, wie sie auf den Reiter gewirkt haben mußte.

Blitzartig kam ihr die schreckliche Erklärung.

»Ach du liebes Jesulein, er dachte, ich wäre aussätzig!«

Zuerst wollte sie lachen. Es war solch ein Kontrast zu der Ehrerbietung, die sie in den letzten paar Tagen erfahren hatte.

Aber dann ging ihr auf, daß es ihren Plan ruinieren konnte.

In diesem Zustand lassen sie mich nie die Tore passieren, dachte sie. *Aber wohin kann ich gehen, um mich zu reinigen?*

Ein wenig später kam sie an die Weggabelung. Nach links führte der steile Pfad zu Alerans Klause, nach rechts die Straße nach St. Denis. Sie ließ ihren Blick auf dem Pfad ruhen und erschauerte, dann biß sie die Zähne zusammen und begann mit dem Aufstieg.

Dort gibt es Wasser und einen Unterschlupf, überlegte sie. *Ich kann es nicht riskieren, daß mich jetzt jemand sieht. Es ist der einzige Ort, wohin ich gehen kann.*

Dennoch kostete es sie ungeheure Überwindung, die dunkle Hütte noch einmal zu betreten. Es war nur geringfügig wärmer drinnen, doch der Wassereimer stand noch da. Catherine wickelte die Bandagen ab und tauchte sie in das eisige Wasser. Gern hätte sie ein Feuer angezündet, aber sie hatte keinen Feuerstein und konnte es auch nicht riskieren, daß jemand den Rauch sah. Sie spülte den Stoff aus, bis er ein einheitliches Grau angenommen hatte und verband sich dann wieder die Hände so gut sie konnte. Sie wendete den Umhang, um den Schmutz zu verbergen. So! Elegant war das zwar nicht, aber sie sah wenigstens nicht mehr so ansteckend aus.

Ihre Hände fühlten sich jetzt taub an. Hätte sie doch nur an Handschuhe gedacht! Sie saß in der Klause und wollte nicht wieder aufstehen. Wenn sie hier nur ein wenig ausruhen würde, käme sie noch beizeiten nach St. Denis. Sie legte den Kopf auf das bereits zerfallende Farnkrautlager.

Dummkopf! Du wirst erfrieren!

Catherine schlug die Augen auf. Die Stimmen hatten natürlich recht. Das Lager war ohnehin unbequem, voller scharfer Ecken und harter Kanten. Auch ihr Kopf lag auf solch einer Ecke. Sie fegte das Farnkraut beiseite, und da fand sie noch eine von den Kisten. Diese hier war aus rohem Holz und mit einem Lederscharnier versehen.

Ein Teil von ihr wollte sie nicht anrühren. Ein anderer Teil mußte unbedingt wissen, was sich darin befand.

Die Neugier siegte. Catherine stand auf und öffnete langsam die Schatulle, bereit, sie jederzeit fallenzulassen und davonzulaufen, falls etwas Unirdisches herausspringen sollte.

Es raschelte, als der Deckel hochging. Catherine zuckte zusammen und wich zurück, doch nichts sprang ihr ins Gesicht. Endlich spähte sie hinein.

Die Schatulle enthielt mehrere unregelmäßige Pergamentstücke, von der Art, wie sie beim Seitenschneiden übrigbleiben. Alle waren beschrieben. Catherine zog eines davon heraus.

Lucifero dyabolo mihi pollicenti hac in vita ego, —— animam meam in vita futura dyabolo die mortis mee dare ut in eternam habeat polliceor.

Ungläubig starrte Catherine auf das Papier. Das war ein Blankovertrag, genau wie in den Korrespondenzbüchern, welche die korrekte Formulierung für jeden beliebigen Brief lieferten, nur die veränderliche Information war ausgespart. Oder wie die Blankoformulare, die ihr Vater sie für die Verbuchung geschäftlicher Transaktionen anfertigen ließ.

Sie wünschte, sie hätte nicht daran gedacht.

Aber wie konnte nur jemand glauben, daß man einen Vertrag über eine Seele abschließen konnte? Es lief jeglicher Kirchenlehre zuwider. Selbst der allerschlimmste

317

Sünder konnte in der Sterbestunde aufrichtig bereuen, und kein Papier der Welt konnte dies verhindern!

Doch Marie glaubte daran. Wie viele andere hatten es ebenso getan?

Catherine ging die übrigen Seiten durch. Keine davon war unterschrieben. Aleran war wahrhaftig tüchtig gewesen, mit all den Verträgen, die für die Kunden bereitlagen. Aber wo waren die ausgefüllten Dokumente? Catherine stellte die Schatulle ab und durchsuchte den Farn, aber dort war nichts weiter versteckt. Der Rest der Hütte war bereits gründlich durchforstet worden. Sie war überrascht, daß man diese Schatulle übersehen hatte. Sie stellte sie dorthin zurück, wo sie sie gefunden hatte, behielt aber eines der Formulare. Sie sah es sich noch einmal an. Irgend etwas an der Handschrift kam ihr vertraut vor. Sie hatte sie kürzlich schon einmal gesehen. Der Schreiber versah sein G mit einem ungewöhnlichen Schnörkel. Sie faltete das Papier zusammen und steckte es hinten in ihren Gürtel.

Sie bemühte sich, auf die Hauptstraße zurückzukommen, ohne ihre gesäuberten Hände wieder zu beschmutzen. Es dauerte länger als beabsichtigt, doch endlich erreichte sie das Dorf St. Denis, welches im Schutz der Abtei dalag.

Als sie durch das Dorf ging, läuteten die Glocken. Die Abteikirche stand den Bewohnern der Stadt zum Besuch der Weihnachtsmesse offen. Sie ging mit ihnen hinein und schlüpfte dann beiseite. Sie hielt sich beim Hospiz verborgen, bis die Mönche vorbeigezogen waren. Mit Erleichterung erkannte sie unter ihnen sowohl Abt Suger als auch den Präzentor Leitbert. Sie wartete, bis das Introit vorüber war und schlug dann den Weg zum Dormitorium ein.

Wie sie sich erhofft hatte, lagen am Eingang einige überzählige Umhänge für die Mönche. Sie zog den in der Burg stibitzten aus und schlüpfte in die dickste Kutte, die sie finden konnte.

Du bestiehlst die Kirche, Catherine.

»Jetzt nicht«, murmelte sie. »Außerdem werde ich dafür bezahlen.«

So mönchisch wie nur möglich gekleidet, steckte sie die Hände in die Ärmel und ging gemessenen Schritts auf die Gemächer des Abts zu.

Es war still in den Zimmern. Jeder sollte an diesem heiligen Tag, der dazu ein Sonntag war, in der Messe sein. Catherine hörte jedes Knacken im Gebäude, als sie die Treppe zur Bibliothek hinaufstieg. Wenn doch das Psalmenbuch dieses Mal da wäre! Da Edgar es nicht genommen hatte, bestand durchaus die Möglichkeit, daß der Urheber der Schändung es inzwischen ins Versteck zurückgelegt hatte. Sie stand auf der Bank am Fenster und tastete danach. Ihre Hand kam staubbedeckt zurück. Kein Buch.

Nicht aufgeben, Mädchen. Denk nach!

Wer immer das Psalmenbuch umgeschrieben hatte, mußte jemand mit freiem Zugang zur Bibliothek sein, also wahrscheinlich ein Mönch oder vielleicht einer der Bauarbeiter. Jedenfalls würde er es irgendwo in der Nähe aufbewahren müssen. Aus der Abtei wäre es wohl noch nicht hinaus, es sei denn, er hätte es bereits Wilhelm oder Bernhard von Clairvaux als Beweisstück zukommen lassen.

Sie wollte sich nicht geschlagen geben.

Sie rückte die Bank an das nächste Fenster und fühlte dort auf dem oberen Fensterbrett nach. Mehr Staub, Spinnweben und ein Buch, *ihr Buch.*

Sie holte es herunter und küßte es, so erleichtert war sie. Jetzt steckten noch mehr lose Blätter darin. Sie hatte keine

Zeit, sie sich anzusehen. Sie schob das Psalmenbuch in den Ärmel, wickelte sich fest in die Kutte, senkte den Kopf, um das Gesicht zu verbergen und ging hinaus.

Sie hatte fast die unterste Treppenstufe erreicht, als die Tür aufging. Sie erstarrte; nirgendwo konnte sie sich verstecken. Bruder Leitbert kam herein. Bei ihrem Anblick fuhr er zusammen.

»Wer ... wer bist du?« fragte er. »Was suchst du hier?«

Catherine senkte den Kopf noch tiefer und schüttelte ihn.

»Ich scher' mich nicht um Schweigegelübde«, sagte Leitbert und griff nach ihr. »Sag' mir, warum du hier bist, oder ich rufe die Wache.«

Catherine ging eine Stufe höher, um sich seinem Zugriff zu entziehen. Sie hielt die Arme unter dem Umhang verschränkt, um sie zu verbergen, aber dadurch konnte sie nur schwer das Gleichgewicht halten. Sie versuchte, sich zu bewegen, erst in die eine, dann in die andere Richtung. Leitbert tat es ihr nach.

»Sag deinem Herrn, er soll aufgeben.« Er grinste. »Der andere hat es nicht bekommen, und du kriegst es auch nicht. Es ist vorbei. Frag ihn, ob es ihm Spaß macht, den Narren zu spielen. Ihr könnt alle sagen, was ihr wollt; keiner wird euch glauben. Satan holt sich das Seine.«

Er schnappte nach ihrem Umhang. Kreischend riß sie ihn weg und stieß Leitbert mit dem Ellenbogen beiseite. Ihr Arm, schwer von dem Gewicht des Buches, ließ ihn zurücktaumeln und zu Boden fallen.

Catherine stob an ihm vorbei. Dabei packte er ihre Röcke von unten und erhaschte das herabbaumelnde Ende ihrer Gürtelkordel. Er versuchte, sich daran hochzuziehen, und der Strick riß, ihn ausgetreckt liegen lassend, während

320

Catherine im Laufen mit einer Hand die Röcke raffte, um nicht darüber zu fallen.

Sie lief, wie von Höllenhunden gehetzt, an der Kirche vorbei, die Gasse hinunter und zum Südtor hinaus; das Psalmenbuch schlug ihr dabei in die Seite.

Sie rannte weiter, bis sie merkte, daß niemand hinter ihr her war.

Sie setzte sich auf einen umgestürzten Baumstamm und versuchte, sich zu sammeln. Hatte der Präzentor sie erkannt? Warum war er mitten im Gottesdienst zurückgekehrt? Noch fünf Minuten, und sie wäre entkommen, ohne daß irgend jemand es bemerkt hätte. Und es war einfach Pech, daß es ihm gelungen war, ihren Gürtel zu erwischen. Jetzt hingen ihr die Röcke unten aus der Kutte heraus. Falls sie sie nicht hochschürzen konnte, würde man sie sofort als Frau erkennen oder als einen sehr unklerikalen Mönch. Auf jeden Fall würde es Aufmerksamkeit erregen. Sie brauchte einen Strick oder so etwas.

Sie stand auf und durchsuchte die Sträucher am Wegesrand. Selbst eine starke Ranke könnte hilfreich sein. Das Papier im Psalmenbuch raschelte, als sie sich bewegte. Papier, was hatte das ...?

»O nein!« Sie fühlte hinten an ihrem Gewand nach, in der Hoffnung, daß das Pergament sich dort irgendwie verhakt hatte. Das war dumm. Natürlich war das Papier, welches sie aus der Schatulle in der Hütte genommen hatte, nicht mehr da.

»Du Simpel!« schalt sie sich. »Es muß in der Abtei heruntergefallen sein, als der Gürtel zerriß. Wunderbar. Irgendwer wird es sicher finden. Ich mußte es ausgerechnet da verlieren, wo jeder lesen kann. Das kommt davon, wenn man sich keine Zeit nimmt. Ich hätte es in den Ärmel stekken sollen. Das ist der einzig sichere Ort, um etwas zu transportieren.«

Es ließ sich nicht mehr ändern. Aber sie mochte sich nicht ausmalen, was Bruder Leitbert wohl tun würde, wenn er es fände. Wenn sie doch nur sicher sein könnte, daß er ihr Gesicht nicht gesehen hatte.

Es gab nichts am Wegesrand, womit sie sich die Röcke hochbinden konnte. Sie würde sie eben so gut wie möglich festhalten müssen.

Catherine sah die Straße hinunter. Sieben Meilen bis Paris. Die Straße schien sich endlos auszustrecken. Und sie wußte, daß sie dem direkten Weg nicht länger trauen konnte. Die ganze Strecke über würden es verschlungene Pfade und falsche Spuren sein. Zu dieser Jahreszeit brach die Nacht früh herein. Die Winterdunkelheit würde sie verloren im Wald vorfinden.

Catherine seufzte, empfahl sich dem Schutz der heiligen Katharina und nahm die erste Abzweigung.

Ihre Fußspuren im verschneiten Weg waren so deutlich wie eine Landkarte. Ein guter Fährtenleser wie Roger würde sie sofort entdecken. Nach kurzer Panik ging Catherine zur Straße zurück und fing von vorn an. Dieses Mal hielt sie die Röcke vorn fest, ließ sie aber hinten schleifen, um damit ihre Spuren zu verwischen. Ein Rehbock kam bald danach heraus und schüttelte mit seinem Geweih den Schnee von den Büschen. So waren denn auch die Spuren im Gebüsch verwischt. Die heilige Katharina wachte über ihre Namensvetterin.

Leitbert war nur außer Atem, als Catherine ihn niederstreckte. Er sprang sofort auf, um den merkwürdigen Mönch zu verfolgen. An der Tür bemerkte er das Pergament. Er hob es auf, sah es an und erbleichte.

»Das ist eine Botschaft!« keuchte der Präzentor. »Das kann nicht sein. Ach, Herr, Herr! Was soll ich jetzt tun?«

Er brach auf der Treppe zusammen, stöhnend und die Hände ringend, so daß die Tinte auf dem Pergament verwischte und seine Finger befleckte. Er gab sich keine Mühe, den stummen Mönch zu fangen. Er wußte, daß der Mann nicht von dieser Welt war. Das Papier war als Warnung vom ANDEREN ORT geschickt worden.

Siebzehntes Kapitel

Irgendwo in den Wäldern nördlich von Paris, am Abend desselben Tages

Ic this giedd wrece bi me ful geomorre, minre sylfre sith ...
Aerest min hlaford gewat heoman of leodum ofer tha gelac;
haef de ic uhtceare hwaer min leodfruma londes wœre.
Tha ic me feran gewat folgath secan, wineleas wrœcca.

*Ich mache dieses Lied aus meinem eigenen Leid ... Zuerst ging
mein Gebieter fort aus seinem Land und über das dunkle Meer; ich
trauerte in der Dämmerung, da ich nicht wußte, in welchen Landen mein Herr nun wandelte. Dann ging ich weiter, um Freunde zu
suchen, in jämmerlicher Not.*
Die Klage des Eheweibs

Erfrieren schien mir immer so ein friedlicher Tod, stöhnte Catherine, *aber mir tut alles weh.*

Ihre Stimmen waren wohl verschwunden, um sich einen wärmen Leib zu suchen, den sie quälen konnten, denn es kam keine Erwiderung. Das Psalmenbuch schlug ihr blaue Flecken in die Seite; ihre Röcke wickelten sich um die Beine und versuchten, sie bei jedem Schritt zu Fall zu bringen. Die Dämmerung brach herein, und es hatte wieder zu schneien begonnen. Catherine wußte nicht mehr, was sie hier zu suchen hatte, ganz allein im Wald, oder warum sie aufgebrochen war. Irgendwas brachte sie dazu, einen Fuß vor den anderen zu setzen, immer in Richtung Süden.

Eine Schneewehe, die einen niedrigen Zaun bedeckte,

hielt sie auf. Sie pflügte sich hindurch, schlug hin und lag langgestreckt da, ein dunkler Schatten auf weißem Grund.

»Papa! Papa!« Zwei schrille Stimmen weckten sie auf. Sie bewegte den Kopf. »Wir haben eine erfrorene Frau gefunden!«

Jemand half ihr auf die Füße. »Hierher, meine Dame. Versucht zu laufen, ich kann Euch nicht tragen. Odo, hilf der Dame!«

Die schleppten sie zu einer niedrigen Hütte in einer Lichtung.

Die Hütte bestand nur aus einem einzigen verräucherten und feuchten Raum, von dem Gestank dort mußte sie würgen. Die Wärme ließ Catherine wieder Hände und Füße fühlen. Sie schrie vor Schmerz auf.

»Na, das issen gutes Zeichen.« Ein uraltes geschlechtsloses Wesen half ihr beim Ausziehen der Stiefel und rieb wieder Leben in ihre Zehen. Mit einem zahnlosen Grinsen blickte sie zu ihr hoch.

»Und was macht 'ne hübsche Dame wie Ihr allein da draußen, hä?« fragte es.

»Ich habe mich verlaufen«, erwiderte Catherine. »Ich habe mich verlaufen, und ich bin müde und hungrig. Ich habe seit gestern nichts gegessen.«

»So lange nich', hä?« Das Wesen kicherte. »Die Herren und Damen nehmen ihre Mahlzeiten gern regelmäßig ein, ja?«

»So mußte nich' reden, Ahne.« Der Mann, der sie hereingebracht hatte, reichte ihr eine Schüssel voll dicker Graupensuppe.

»Den Schweinefraß ißt se nicht«, höhnte die Großmutter.

Catherine nahm die Schüssel unbeholfen in ihre verbundenen Hände. Sie bemerkte, daß alle im Raum auf die Bandagen starrten.

»Ich habe mich geschnitten, weiter nichts. Ich schwör's«, sagte sie. »Ihr könnt nachsehen, wenn ihr wollt. Es gibt nichts zu befürchten.«

Sie aß ein bißchen von der Suppe. Der fehlte zwar das Aroma, doch noch nie hatte ihr etwas so gut geschmeckt. Sie löffelte weiter, nahm sich kaum Zeit zum Kauen. Sie war dem Verhungern nahe.

Über den Schüsselrand sah sie zwei riesige Augenpaare. Die Augen hungriger Kinder, so wie Adulfs. Kinder bekamen immer als letzte zu essen. Catherine fragte sich, wieviel wohl noch im Suppentopf sein mochte.

Glaubst du etwa, in so einem Haus gibt es je genug? schalt ihr Gewissen sie.

Catherine reichte den Kindern die Schüssel. »Das hat sehr gut geschmeckt. Mehr möchte ich nicht, danke.«

Die rückten der Suppe mit Fingern und Zunge zuleibe, und bald war nichts mehr davon übrig.

Es gibt solche, die für ihr Seelenheil fasten und solche, die keine andere Wahl haben, dachte sie. Verstandesmäßig hatte sie das schon immer gewußt, doch so drastisch war es ihr noch nie bewußt geworden. Diese Menschen wußten, was es hieß zu hungern. Die konnten einem die Anzahl der Tage nennen, bis die ersten Frühlingsschößlinge auftauchen würden, um das Ende des Winterhungers anzuzeigen. Sie würden vermutlich Honig und Heuschrecken, die Fastenspeise Johannes des Täufers, als Festmahl ansehen.

Unter den verschiedenen Kleidungsstücken aus Wolle und Leinen, die sie übereinander trug, wurde ihr sofort übermäßig heiß.

»Wenn Ihr mir ein Bett für die Nacht gebt und mir am Morgen den Weg nach Paris zeigt«, sagte sie, »dann könnte ich Euch mit meinem *bliaut* bezahlen. Es ist aus guter Wolle und gibt warme Mäntel für Eure Kinder ab.«

Sie hielt die Tunika mit der mit Goldfinken bestickten Borte hoch. Die Großmutter rieb den Stoff zwischen den Fingern.

»'n guter Handel«, sagte sie. »Gib ihr das Bett, Dadin. Und was krieg'n wa dafür, damit wa sagen, wir hätten Euch hier noch nie gesehen?« fügte sie hinzu.

»Ich habe sonst nichts«, sagte Catherine. »Und Ihr könnt es jedem erzählen.«

»Ahne!« schimpfte Dadin. »Wir woll'n weiter nix.«

Die Alte ließ von ihr ab.

Sie gaben Catherine das einzige Bett, so wie es war, und die Familie schlief in einem Haufen um den Herd. Catherine war erschöpft, jedoch nicht so sehr, daß sie nicht den Zustand der Decke bemerkte, welche Dadin über sie breiten wollte.

»Nein, danke«, sagte sie rasch. »Mein Mantel ist warm genug. Nehmt Ihr sie.«

»Danke, meine Dame«, sagte er. »Ihr seid überaus gütig.«

»Mmff«, antwortete sie aus den Tiefen des Umhangs. Gütig fürwahr! Es war kein Akt der Barmherzigkeit, das Bett nicht mit dem zu teilen, was offensichtlich in jener Decke lebte.

Vermutlich ist es dem verwandt, was im Bett so kreucht und fleucht, schniefte der Geist Schwester Bertradas.

Das war Catherines letzter Gedanke bis zum nächsten Morgen.

Sie erwachte kurz vor Anbruch der Dämmerung, noch war es dunkel, doch die Stille des jungen Morgens war allgegenwärtig. Seltsame Schnarchlaute ertönten im Zimmer, und für einen flüchtigen Augenblick fragte sie sich, ob sie versehentlich in einem Schweinestall eingeschlafen war. Etwas schlurfte über den Fußboden; ein Hund oder eine Ziege? Es stank nach Bock. Wo war sie?

Plötzlich nahm ihr etwas den Atem. Ein schmieriger Lappen wurde auf ihren Mund gedrückt, während scharfe Finger ihre Kleider durchharkten. Catherine packte mit beiden Händen den Arm, der sie niederhielt, aber er war unbeweglich wie eine Eisenstange.

»Keine Bewegung, kleine Lügnerin, oder ich erstick' dich sofort«, krächzte die Großmutter.

Catherine versuchte zu schreien. Der Lappen bedeckte auch ihre Nase, raubte ihr den Atem. Sie blieb still liegen.

»So isses besser«, sagte die Alte. »Nun lass' mal sehen, waste da im Ärmel versteckst. Nur deine Kleider, haste gesagt. Hübsches kleines Fräulein, läuft weg von daheim, hat nix mitgenommen? Willste uns für dumm verkaufen? Was haste denn für deinen Galan mitgeh'n lassen, Mädel, Mamas Schmuckkästchen?«

Catherine leistete erneut Widerstand, dieses Mal zog sie an der Hand, die sich des Psalmenbuchs bemächtigen wollte. Doch die Alte war so stark wie Samson.

»Lass' das«, sagte sie. »Dadin, komm' her und halt unsere feine Dame mal fest, während ich nachguck', wasse versteckt.«

»Ahne, ich bin müde«, murmelte der Mann. Aber er stand auf und packte Catherines Hände, nagelte sie fest, während seine Großmutter das Buch herauszog.

»Am besten läßte ihr ihren Willen«, sagte er zu Catherine. »Die kriegt immer, wasse will.«

»Na, was ham wa denn da Hübsches?« sagte die Großmutter. »Was is' das? Ein Buch? Du bis' doch nich' nur mit 'nem Buch in die Welt hinausgegangen? Bis' wohl nich' bei Trost, Mädel!«

Sie ließ Catherines Mund los, um mit beiden Händen die übrige Kleidung durchsuchen zu können.

»Das ist mein Gebetbuch«, keuchte Catherine. »Aus dem Kloster.«

»Gütiger Himmel!« rief Dadin aus. »Du murkst ja 'ne Nonne ab!«

»Was hatse dann hier draußen zu suchen, möcht' ich wissen. Halt' se bloß fest, bis ich dir Bescheid sag'.«

Endlich fand sie die Kette, die Catherine um den Hals trug.

»Aha, das is' schon besser.« Sie untersuchte das Kreuz. »Holz! Wertlos! Warte, warte, da! 'n Ring, 'n schöner glänzender Ring mit Gold und Juwelen. Das is' besser. Angemessene Bezahlung für 'ne gute Mahlzeit und 'n warmes Bett.«

»Das soll eine Opfergabe sein!« protestierte Catherine. »Ihr würdet die Kirche berauben!«

»Wir gehör'n zur Kirche«, sagte die Großmutter. »Wir gehör'n dem Bischof von Paris bis zum Misthaufen im Hof. Zeit, daß wa was zurückkriegen.«

Sogar Dadin schien interessiert.

»Wir könn' ihn an die Juden verkaufen. Dann ham wa genug, um die nächsten zehn Jahre den Zehnten zu bezahl'n.«

»Bist 'n braver Junge.« Die Großmutter drehte an der Kette, bis sie zerbrach. »Nun, Mädel, nimm deine Gebete und geh'.«

»Soll'n wa se nich' töten?« fragte Dadin.

Catherine fuhr erschrocken hoch. »Aber Ihr habt mich gerettet. Ihr habt mich gespeist!«

»Das war, als ich gedacht hab', daß ich dafür 'ne Belohnung krieg'«, antwortete Dadin. »Aber keiner zahlt was für 'ne entlaufene Nonne.«

»Pfui, schäm' dich, Junge«, fauchte die Großmutter.

»Mord is' 'ne Todsünde. Ich will doch nich' nur wegen 'nem Klunker für immer und ewig im Eis der Hölle schmachten. Sie verrät schon nix, oder, Herzchen?«

Sie tätschelte Catherine die Wange.

»Gebt mir nur mein Gebetbuch und laßt mich gehen«, sagte sie. »Ich erzähle es niemandem.«

»Du glaubst der doch nich'?« fragte Dadin.

»Guck' se dir doch an«, sagte die Alte. »Die ist so starr vor Schreck, dasse sich gleich inne Hosen macht. Is' ja gar nich' erpicht drauf, dasse wissen, wo se is. Diese *jael* will sich nich' findn lassen. Also, lasse man.«

Dadin ließ Catherines Handgelenke los, und sie setzte sich auf. Sie griff nach dem Psalmenbuch.

»Noch nich', Mädel.« Die Alte hielt das Buch über den Herd. »Du has' warme Wolle für die Kinder versproch'n, und Dadins Frau wollte schon immer 'n Leinenrock. Zieh' ihn aus, los. Bei den Gebeinen des heiligen Germanus, Mädel, hamse dir in deinem Kloster denn keine Barmherzigkeit beigebracht?«

»Aber dann erfriere ich ja!«

»Du kannst ja den Mantel behalten. Los.«

Catherine ließ das wollene *bliaut* und die Leinen-*chainse* zu Boden fallen. Inzwischen waren auch die übrigen Familienmitglieder wach und sahen dem Treiben zu, als ob es ein Spiel wäre.

Die Alte reichte ihr das Psalmenbuch. »Habt Dank für Eure Güte, gute Frau«, sagte sie grinsend. »Gottes Segen sei mit Euch. Ach, Ihr habt vergessen, Beinlinge und Schuhe auszuziehen.«

»Aber ich kann doch nicht barfuß laufen«, rief Catherine.

»Dadin, gib ihr 'n Lumpen, damit se sich die königlichen Zehen einwickeln kann. Jetzt nimm schon dein dummes

Buch und sei dankbar, daß ich an christliche Barmherzigkeit glaub'.«

Catherine nahm das Psalmenbuch und eilte in die Kälte
hinaus. Hinter sich hörte sie Kinderlachen.

Der Tag war noch kälter als der vorherige, doch Wut und
Scham heizten Catherine tüchtig ein.

»Dummkopf, Dummkopf, Dummkopf, DUMMKOPF«,
schalt sie sich. »Wofür hast du sie denn gehalten, für freundliche Sklaven aus dem Märchen? Edle Bauern? Die Armen
Christi? Es ist ein weiter Weg von Frankreich nach Jerusalem, und die alte *bordelere* und ihre *mesel* Familie wird nie
in der Stadt Gottes wandeln.«

Catherine! Wo hast du solche Ausdrücke gelernt?

Catherine hörte nicht hin. Sie folgte dem erstbesten aus-
getretenen Pfad, den sie entdeckte, und kam glücklich auf
der Chausée St. Lazare unweit der Stadttore aus. Um diese
frühe Stunde standen sie noch nicht offen, doch sie wußte,
daß es immer eine Pforte gab, durch die späte Reisende hineingelangen konnten. Wenn nur niemand eine Person an-
hielt und befragte, die nichts außer einer Mönchskutte trug
und aussah, als ob sie die Nacht in einem Heuschober verbracht hätte! Catherine kam es in den Sinn, daß jeder, der
erriet, daß sie eine Frau war, sie mit nur allzu großer Wahrscheinlichkeit für eine *bordelere* halten würde.

Zur Abwechslung blieb ihr das Glück einmal treu. Die
Wache kämpfte mit einem mächtigen Kater und sah sie
kaum an, als sie passierte.

Als sie die Straße entlangschlurfte, hielt sie das Psalmenbuch unter dem Umhang an sich gepreßt, als ob es ihre Er-
lösung sei. Ihr Leib schmerzte. Sie konnte sich nicht mehr
daran erinnern, wann sie das letzte Mal ohne Schmerzen

gewesen war. Ihr Herz war zornentflammt, und die Stimmen von Cherubim würden nicht ausreichen, das Feuer zu löschen. Aber sie hatte ihre Mission erfüllt.

Sie überquerte den Grand Pont und setzte ihren Weg durch die Juiverie bis zu dem Haus fort, in dem Abaelard sich aufhielt. Inzwischen begannen die Straßen sich mit Nachtschwärmern und spät heimkehrenden Studenten zu füllen.

Catherine klopfte an die Tür. Keine Antwort. Sie klopfte noch einmal, lauter. Von tief drinnen hörte sie ein Fluchen. Die Tür ging auf. Sie war überhaupt nicht überrascht.

»*Diex vos saut,* Edgar«, sagte sie. »Ich sehe, daß Ihr sicher angekommen seid. Ich bringe das Psalmenbuch. Darf ich eintreten und mich setzen?«

Er öffnete die Tür weiter und trat zur Seite, um sie vorbeizulassen.

»Ihr seht aus, als fühltet Ihr Euch der Ohnmacht nahe«, sagte er.

»Im Augenblick nicht«, entgegnete sie. »Aber ich trage mich mit dem Gedanken.«

»Ihr seht furchtbar aus«, sagte er.

»Danke«, sagte sie. »Ihr seht anders aus. Ich weiß nicht, warum ... ach, doch. Es ist das erste Mal, daß ich Euer Gesicht frei von Schmutz sehe.«

»Catherine?«

»Bitte haltet mich, Edgar, bevor ich hinfalle.«

Er fing sie in seinen Armen auf, als sie in Tränen ausbrach.

»Edgar? Was geht da unten vor?« erscholl Abaelards Stimme von oben.

»Catherine LeVendeur hat uns das Psalmenbuch aus St. Denis gebracht, Meister«, rief Edgar zurück. »Ich kümmere mich jetzt um sie. Schon gut, Catherine. Ich lasse nicht zu, daß Euch irgendwer noch etwas zuleide tut.«

Das brachte sie zum Lachen.

»Nein, nehmt meinen Umhang nicht.« Sie spürte, wie sie errötete. »Ich habe nichts darunter.«

»Was? Was haben sie Euch angetan?« Er nahm das Buch und legte es auf eine Bank, ohne es anzuschauen. Er hatte nur Augen für die schmutzigen Verbände an Catherines Händen. Seine Augen schwammen in Tränen. »Das war ich, nicht wahr?«

»Schon gut«, sagte sie. »Kann sich jemand um mich kümmern? Gibt es hier eine Frau?«

»Ja, ich bringe Euch zu ihr.« Edgar half ihr auf und führte sie zum hinteren Teil des Hauses. Sie nahm das Psalmenbuch mit. Sie würde es nicht wieder aus den Augen lassen, bis sie es Heloïse zurückgeben konnte.

Edgar fragte sie: »Wollt Ihr mir erzählen, was geschehen ist, nachdem ich geflohen bin?«

»Jetzt nicht«, erwiderte sie. »Aber alles ist schiefgelaufen. Ich fürchte, ich kann nie wieder nach Hause gehen.«

»Ihr könnt zu mir nach Hause kommen«, sagte er.

Catherine antwortete nicht. Sie kamen in die Küche, wo eine gemütliche, rundliche Frau frisches Brot auf den Tisch stellte.

»Frau Emma«, sagte Edgar, »das ist Fräulein Catherine, trotz ihrer momentanen äußeren Erscheinung. Sie braucht, was immer Frauen so brauchen.«

»Armes Ding!« Frau Emma drückte Catherine fest. »Edgar, was steht Ihr hier herum? Dies ist kein Ort für Euch!«

»Ach ja, wenn Ihr irgend etwas braucht …«, sagte er.

»Geht nur.« Emma schob ihn zur Tür hinaus.

Sie nahm Catherine den Umhang ab und schüttelte den

Kopf. Mehr über die blauen Flecken als über die Nacktheit, aber sie stellte keine Fragen. Sie brachte ihr heißes Wasser und Kräuter für den Leib, Brot und Honig für den Magen und sanfte Worte fürs Herz.

»Ich habe nichts, was halb so fein wäre, wie das, woran Ihr gewöhnt seid«, sagte sie bedauernd. »Aber ich bin sicher, daß ich anständige Kleider für Euch finde. Werdet Ihr lange bleiben?«

»Ich weiß es nicht«, antwortete Catherine. »Ich sollte jetzt ins Paraklet zurückkehren. Mutter Heloïse erwartet mich.«

»Ins Paraklet? Ihr redet, als ob Ihr einen Spaziergang durch die Stadt machen wolltet. Das ist keine Reise für den Mittwinter. Ihr seid doch nicht etwa eine von den Schwestern dort?«

»Noch nicht. Ich hatte gehofft, nach meiner Rückkehr das Gelübde abzulegen.«

Frau Emma lächelte. »Ich an Eurer Stelle würde noch etwas abwarten. Wenn mich ein Mann je so ansähe, würde ich nicht in irgendein Kloster davonrennen.«

»Es gibt nichts Größeres auf Erden als die Liebe Gottes«, murmelte Catherine.

»Stimmt, meine Liebe, aber in der Bibel steht nirgendwo geschrieben, daß nur die Keuschen in den Himmel kommen.« Emma beschäftigte sich mit der Reinigung der diversen Wunden Catherines. »Tut das weh?«

»Nein, Ihr habt eine zarte Hand«, sagte Catherine. »Habt Dank.«

»Also, ich lege Euch in das Bett in der Krankenstube neben der Küche, wo ich Euch hören kann, wenn Ihr mich braucht. Und einerlei, was die Männer sagen, Ihr steht mir nicht auf, bis Ihr den ganzen Tag durchgeschlafen habt.«

Catherine hatte nichts dagegen einzuwenden. Sie rollte

337

sich in dem warmen Kastenbett zusammen, sie fühlte sich wie ein Kätzchen, das gerade seine Mutter gefunden hat. Das Psalmenbuch hielt sie an ihr Herz gedrückt. Endlich hatte sie Frieden gefunden.

Achtzehntes Kapitel

Paris, den 26. Dezember 1139, dem Tag des heiligen Stephan

Und sie zwangen mich, mein Buch eigenhändig den Flammen zu überantworten ..., und ich beklagte die Verletzung meines guten Namens weit mehr als die meines Leibes. Letztere hatte in der Tat mein Fehltritt über mich gebracht. Aber diese andere Gewalt war nur aufgrund meiner ehrlichen Absicht über mich gekommen ... welche mich getrieben, das zu schreiben, woran ich glaubte.

Peter Abaelard
Über die Verdammung seines Werks auf dem Konzil zu Soissons im Jahre 1122

Als Catherine aufwachte, lag sie auf dem Bauch, das Psalmenbuch zwischen sich und dem Bett eingekeilt, und eine Ecke davon stieß ihr in die Rippen. Sie reckte sich. Ob ihr Körper wohl jemals aufhören würde zu schmerzen? Das winzige Kämmerlein duftete nach Brot und Zwiebeln. Der Geruch zog sie an der Nase hoch und führte sie bis zur Küchentür, wo Frau Emma einen riesigen Haufen Porree kleinhackte.

»Guten Morgen«, sagte Catherine. »Wo ...?«

»Draußen hinter dem Haus«, schniefte Emma. »Der Mooseimer steht da vorn neben der Tür. Zieht Euch besser warm an. Es ist heute verteuf ... äh ... sehr kalt.«

Catherine nahm eine Handvoll saugfähiges Moos mit hinaus. Wie umsichtig von Frau Emma, es drinnen aufzubewahren. Es gab nichts Schlimmeres, als sich mit einem eiskalten Moosklumpen abwischen zu müssen. Als Catherine wieder hereinkam, erwartete Frau Emma sie bereits mit frischem Brot und heißer Suppe.

»Der Meister wünscht Euch zu sehen, sobald Ihr bereit seid«, teilte sie Catherine mit. »Ich habe eine anständige *chainse* für Euch gefunden; aus grober Wolle zwar, doch hält sie den Wind ab. Und ein Paar Pantoffeln, aber die sind wohl leider ein bißchen zu groß.«

Catherine ging ins Zimmer zurück, um sich anzukleiden. Das Psalmenbuch lag unschuldig auf dem Bett, lose Seiten staken heraus. Sie hatten Catherine seit zwei Tagen gekratzt, aber sie hatte noch keine Gelegenheit gefunden, sie genauer anzusehen.

Sie zog die Papiere heraus und sah sie sich an.

»*Lucifero, dyabolo* ...«

Ihr Magen verkrampfte sich. Nein. Wie war es denn bloß möglich ...?

Sie sah sich die nächste Seite an.

»*Ego, Nevelon, vassal du Duc de Normandie* ...«

Catherine wollte den Rest nicht sehen, aber sie konnte nicht aufhören.

»*Lucifero dyabolo mihi pollicenti hac in vita CXXV solidos aureos atque amorem fidelem Beatricis mulieris clare uxoris militis Henrici de Aquaforte, ego, Robertus animam meam in vita futura dicto dyabolo die mortis mee dare ut in eternum habeat polliceor.*«

»*Ego, Raisinde, uxor Evardis,* ...« »*Ego, Aubrée* ...« »*Ego, Gautier* ...« Und so ging es weiter, verzweifelte Toren, welche auf Aleran vertraut hatten, in dem Glauben, sich ihre sehnlichsten Wünsche auf Erden gegen Preisgabe ihrer unsterblichen Seelen erfüllen zu können. Ja, hier war es: »*Ego, Maria, uxor Guillaumi LeVendeur,* ...« Am unteren

Rand die kleine Krone, umgeben von den himmlischen Strahlen. Maries Zeichen. Nun, wenigstens konnte Catherine für seine Vernichtung sorgen und Marie versichern, daß ihr Opfer nie entdeckt werden würde.

Sie begann, die Briefe zu bündeln, als noch einer aus dem Psalmenbuch fiel. Das Datum war erst wenige Wochen alt.

»Ego, Roger, miles Theobaldi Champagne ...«

Nein! Nicht Roger. Roger nie und nimmer! Er war zu stark, zu ehrlich. Er hatte keinen Grund, Satan um Hilfe anzurufen. Es gab nichts, was er wollte, das er sich nicht selbst hätte beschaffen können.

Doch da stand es, Rogers Zeichen, und sein Name. Und das Datum — der Tag des heiligen Leonhard, der 6. November. Catherine versuchte, sich zu erinnern. Was war damals geschehen?

Es traf sie wie ein schrecklicher Blitz, was damals geschehen war. Catherine LeVendeur hatte aufgrund einer Blutvergiftung infolge eines Messerstichs im Sterben gelegen, und ihr Onkel Roger war fortgegangen und hatte ein seltsames Pulver geholt, das ihr das Leben gerettet hatte.

»Nicht für mich, Onkel. Nicht für mich!« schrie sie.

Sie zerknüllte das Papier in ihrer Hand und stopfte es unter die Matratze. Von all den Alpträumen, die sie seit dem Verlassen des Klosters durchlebt hatte, war dies der schlimmste. Wie konnte sie der Tatsache ins Auge sehen, daß sie nur wegen der schwärzesten Sünde eines anderen noch am Leben war? Wie konnte sie jemals Buße dafür tun?

Jetzt verstand sie, was Marie empfand. Es zählte nicht, ob der Eremit tatsächlich ein Agent des Teufels gewesen war. Es zählte nur, daß die Leute daran glaubten. Ebenso gut hätten sie ihre Seelen ausliefern können, denn durch die Unterzeichnung des Vertrags hatten sie alle Hoffnung aufgegeben.

Catherine schaffte es gerade noch rechtzeitig zur Küchentür. Sie erbrach frisches Brot und warme Suppe über den Weg hinter dem Haus.

»Dacht' ich's mir doch, daß Ihr zu schnell auf nüchternen Magen gegessen habt«, sagte Frau Emma, als Catherine wieder hineinwankte. »Trinkt ein wenig gewürzten Wein, dann versuchen wir's aufs neue.«

»Nein, jetzt nicht«, erwiderte Catherine. »Ich muß den Meister sprechen.«

Sie sammelte das Buch und die Verträge auf, alle, bis auf die beiden, die Marie und Roger unterzeichnet hatten, und ging hinauf, um das Problem dem allerlogischsten Denker der ganzen Christenheit vorzulegen.

Abaelard saß mit Edgar in einem kleinen Sonnenstübchen im Dach des Hauses. Das Zimmer enthielt nur einen Schreibtisch und ein paar Schemel. Ein kleines Kohlenbecken gab nur sehr wenig Hitze ab. Doch die Fenster ließen so viel wie möglich von der wäßrigen Mittwintersonne herein und verliehen dem Zimmer einen Anschein von Behaglichkeit. Als Catherine eintrat, legte Abaelard seine Feder nieder und bedeutete ihr, sich zu setzen. Sie erzählte ihm die Geschichte, von Alerans Tod bis zur Nacht in der Hütte des Bauern, wobei sie nur die Namen auf den beiden Verträgen ausließ, die in ihrem Zimmer lagen. Er hörte sich alles an, ohne sie zu unterbrechen. Edgar sprang auf, als sie berichtete, wie die alte Frau sie gezwungen hatte, sich zu entkleiden, doch Abaelard drückte ihn auf den Schemel zurück.

»Sie ist wohlauf«, sagte er. »Du darfst dich nicht durch Nebensächlichkeiten ablenken lassen.«

Catherine stimmte dem zu. Je weniger ihre Dummheit zur Sprache käme, desto besser.

»Ich weiß nicht, wie die Verträge in das Psalmenbuch geraten sind, Meister«, schloß Catherine. »Ich bin mir nicht sicher, wer das Buch verschandelt hat. Aber ich weiß, daß alle Dinge, die sich ereignet haben, irgendwie miteinander verwoben sind. Was soll ich jetzt tun?«

Abaelard wandte sich an Edgar. »Du bist sicher, daß es sich um dasselbe Buch handelt, welches der Präzentor las, als du ihn sahst?«

»Ja, dessen bin ich sicher.«

Jetzt war Catherine an der Reihe, sich zu erregen. »Ihr wart doch nicht etwa in St. Denis, obwohl Euch Onkel Roger mit seinen Mannen auf den Fersen war?«

Edgar lächelte. »Ich wußte, daß Ihr mir genug Zeit geben würdet.«

»Dummkopf!« schrie Catherine.

Abaelard beruhigte sie mit einem Blick. Er schlug das Buch auf.

Er untersuchte die Änderungen im Psalmenbuch und schüttelte angewidert den Kopf. »Plump«, murmelte er, »niemand würde glauben, daß dies von Heloïse oder mir kommt. Wenn wir Gott lästern wollten, könnten wir es auf sehr viel subtilere Weise tun.«

Sein Gesichtsausdruck wurde zornig, als er die Papierfetzen sah, von denen ein jeder eine verpfändete Seele repräsentierte.

»Wie konnte irgend jemand so grausam sein wie dieser Eremit?« sagte er. »Selbst sein Mörder war weniger verdorben. Du sagst, er nahm auch Opfergaben von diesen Leuten?«

Catherine nickte. »In vielfältiger Form.«

»Ja.« Er kniff die Lippen zusammen. »Die bedauernswerten Frauen.«

Er studierte die Verträge erneut. »Warte eine Minute. Hier, sieh dir das an.«

Catherine ging zu ihm und sah sich an, worauf er zeigte.

»Ja, die merkwürdige Form des G war mir auch schon aufgefallen«, sagte sie.

»Sieh her.« Er zeigte auf die Marginalien im Psalmenbuch. Sie und Edgar schauten über seine Schulter. Hinter seinem Rücken nahm Edgar ihre Hand. Sie zog sie nicht zurück, obwohl ihre Wunde schmerzhaft gedrückt wurde. Sie las, was unter dem Bild von dem Teufel und den Nonnen stand.

Wie hatte sie das nur übersehen können? »›Igitur ... ego, Lucifer, te gravido.‹ Wie konnte mir das nur entgehen? Das ist dieselbe Handschrift, sogar dieselbe Wortwahl!«

»Seine Phantasie scheint begrenzt«, bemerkte Abaelard.

»Dann war die Person, welche die Verträge schrieb, dieselbe wie die, welche das Buch verunzierte!« sagte sie. »Doch wie hätte Aleran sich denn Zugang zur Bibliothek der Abtei verschaffen können? Wie hätte er wissen sollen, daß sich das Psalmenbuch dort befand?«

»Ich könnte verschiedene Mutmaßungen anstellen«, sagte Abaelard, »aber ich sehe keine Notwendigkeit, nach dem Unwahrscheinlichen zu greifen. Denk nach, Catherine. Wie gut hat Heloïse dich geschult?«

Catherine stieß einen Seufzer aus. »Ich muß nicht nachdenken. Ich habe es schon seit langem geahnt. Ich erhoffte mir immer eine andere Antwort. Es kam mir so entsetzlich vor, daß jemand aus der Abtei ...«

»Warum?« fragte Abaelard.

»Es sind Gottesmänner«, kam Catherines schlichte Antwort.

Edgar schnaubte.

»Sie sind auch nur Menschen«, erwiderte Abaelard. »In jeder Gruppe von Menschen gibt es diejenigen, die der Versuchung widerstehen und andere, die straucheln.«

»Ich weiß. Ja, wahrhaftig«, sagte sie, während sie an die Verträge dachte, die in ihrem Zimmer versteckt lagen. »Ich möchte glauben, daß die, welche Gott gewählt haben, bessere Menschen sind.«

»Die, welche Gott wahrhaft gewählt haben, sind es, mein Kind. Also«, fuhr er fort, »jemand in der Abtei hat mit Aleran zusammengearbeitet. Die Handschrift ist wie aus dem Schulbuch, also muß es einer der Mönche gewesen sein. Jedoch keiner, der in St. Denis ausgebildet wurde, also brauchst du nicht zu befürchten, daß der gute Abt mit in die Angelegenheit verwickelt ist. Chartres, vielleicht? Jedenfalls scheinen sie ein gutgehendes Geschäft gehabt zu haben: Diebstahl kirchlichen Eigentums, Betrug und Erpressung von Pilgern, höchst wahrscheinlich gemeine Wollust und natürlich letztlich auch Mord.«

»Leitbert scheint mir nicht stark genug, um jemanden zu ermorden«, sagte Catherine.

»Wir haben keinen wirklichen Beweis, daß er derjenige war, der das Buch verunstaltet hat«, sagte Abaelard. »Vielleicht fand er es mit den Verträgen und wollte es Abt Suger zeigen.«

»Meister«, unterbrach ihn Edgar, »mit Verlaub, ich glaube, jetzt seid Ihr es, der sich der logischen Schlußfolgerung verweigert.«

Der selbsternannte größte Denker Frankreichs funkelte seinen Schüler böse an. Dann lachte er. Die Falten um Augen und Mund veränderten sich abrupt. Catherine fiel auf, daß sie ihn noch nie zuvor hatte lachen hören.

»Sehr wohl, gehen wir also davon aus, daß der arme

347

Adam Suger eine traurige Fehlentscheidung in der Ernennung eines Bibliothekars getroffen hat und daß dieser Mann, wie so viele andere Toren, mich so sehr verabscheut, daß er sich der Mühe unterzieht, ein schönes und heiliges Stück Arbeit zu ruinieren«, gab Abaelard zu.

»Und die Verträge?«

Die Falten kehrten an ihren Platz zurück. »Das ist viel erschreckender. Vielleicht hatte der Eremit auch den Präzentor in seiner Gewalt und zwang ihn, die Verträge zu schreiben.«

»Aber warum hat er dann schließlich Aleran getötet?« fragte Catherine. »Und wie?«

»Über das Warum kann ich nur spekulieren«, sagte Abaelard. »Aber du hast vielleicht schon einmal den Spruch gehört, daß es keine Ehre unter Ganoven gibt. Was das Wie betrifft, so kann auch ein Schwächling in großer Not plötzlich Kraft finden.«

»Und was ist mit dem kleinen Jungen in Vielleteneuse?« sagte Catherine. »Adulf hat die Suppe gegessen, die für mich bestimmt war. Und er ist gestorben. Aber Aleran war bereits tot, und wir hatten keine Mönche zu Besuch auf der Burg.«

»Deine Familie denkt, daß mein Schüler, Edgar, Aleran getötet hat«, sagte Abaelard.

»Aber wir wissen, daß er es nicht getan hat«, sagte Catherine.

»Ja, allerdings«, sagte Abaelard.

Edgar sagte nichts. Er ließ ihre Hand los und legte den Arm um ihre Taille. Auch jetzt wies sie ihn nicht zurecht.

»Könnte etwas auf die Burg gebracht worden sein, bevor Aleran getötet wurde?« fragte sie. »Vielleicht war es ein Unfall und gar nicht gegen mich gerichtet?«

»Catherine, nach allem, was geschehen ist, hältst du das für wahrscheinlich?«

Bestimmt waren es seine Augen, dachte sie. Sie hatten Heloïse dazu gebracht, ihn zu lieben, und jetzt drangen sie in Catherine ein und zwangen sie, der Realität ins Auge zu sehen.

Sie wollte sie nicht sehen.

»Ich glaube, jemand in Vielleteneuse wollte meinen Tod«, sagte sie endlich. »Und darum bin ich fortgelaufen.«

Er nickte ernst. »Und ich glaube, du beginnst jetzt, das Problem als Scholarin zu sehen, Catherine. Es kann schmerzhaft sein, wie ich selbst nur zu gut weiß, doch es ist der einzige Weg zur Wahrheit.«

Er steckte die Verträge in das Psalmenbuch zurück. »Ich werde dies für den Augenblick behalten. Wenn du ins Paraklet zurückkehrst, dann nimm doch bitte das Buch mit.«

»Es erleichtert mich, es Euch zu übergeben«, sagte Catherine. »Was muß ich jetzt tun?«

Abaelard sah auf die Sonnenuhr, die in das Fenstersims gehauen war.

»Essen«, sagte er.

»Das Logischste, was ich heute morgen gehört habe«, sagte Edgar.

Sie gingen in den Saal hinunter, wo ihnen der andere englische Student, John, entgegenkam.

»Hubert LeVendeur läßt halb Paris nach seiner Tochter suchen«, teilte John ihnen mit.

»Und die andere Hälfte sucht zweifellos nach mir«, sagte Edgar. »Ich sollte nicht länger bleiben, Meister. Jetzt, wo ich weiß, daß das Buch gefunden und Catherine in Sicherheit ist, gibt es keinen Grund für mich, zu riskieren, hier unter Eurem Schutz entdeckt zu werden.«

»Es war auf meine Anordnung hin, daß du hier hineingezogen wurdest«, sagte Abaelard. »Ich bin für Deine Sicherheit verantwortlich.«

Sie gingen in den mittleren Saal, wo die Tische gedeckt waren. Frau Emma kam mit einer Geflügelplatte herein, gefolgt von einem Jungen, der Brot und Äpfel brachte.

»Eßt aber langsam, Kind«, warnte sie Catherine.

»Meister«, sagte Catherine, »ich sollte meinen Vater benachrichtigen. Er muß krank vor Sorge sein.«

»Catherine, du darfst das Risiko nicht eingehen!« sagte Edgar.

»Es wäre unklug, schon zu deiner Familie zurückzukehren«, stimmte Abaelard zu.

»Ich weiß, daß jemand aus dem Haushalt meines Bruders an der Sache beteiligt ist«, sagte Catherine. »Aber es könnte einer der Ritter sein, Sigebert oder Meinhard. Oder ein Leibeigener aus der Stadt. Jeder von ihnen hätte sich Zugang zur Küche verschaffen können. Einige der Namen in den Verträgen gehören Dorfbewohnern aus Vielleteneuse und St. Denis.«

»Ich weiß noch nicht, welche Kreise das zieht«, bemerkte Abaelard. »Doch auch du fällst jetzt unter meine Verantwortung. Du bist meinetwegen dieser Gefahr ausgesetzt worden.«

John segnete sein Brot und aß es mit dem Apfel zusammen. Er nahm kein Fleisch.

»Mir scheint, der Kern dieses Problems ist Abt Suger mit seiner Sucht nach Ruhm und Ehre«, sagte er. »Wenn der Abt nicht so eifrig hinter den kostbarsten Juwelen hergewesen wäre, um seine Kirche damit zu schmücken, wäre niemand darauf gekommen, sie zu stehlen. «

Edgar nahm sich einen Schenkel von der Platte. Er hatte kein Enthaltsamkeitsgelübde abgelegt.

»Wir können Suger nicht anlasten, daß es Habsucht auf der Welt gibt.« Er gestikulierte mit dem Knochen, während er sprach. »Er will nur Gott und Frankreich verherrlichen.«

»Ja, und er ist so besessen von der Idee, daß er das Übel, das in seinem eigenen Hause gedeiht, übersehen hat«, fügte John hinzu.

»Ich frage mich, ob mein Vater dasselbe getan hat«, sagte Catherine. »Als Kind nahm ich an, er wüßte alles. Aber seit ich nach Hause zurückgekehrt bin, scheint er fahriger, weniger mit Familienangelegenheiten befaßt. Manchmal scheint er sogar Angst zu haben.«

»Noch ein guter Grund für dich, hierzubleiben«, sagte Abaelard. »Edgar, wenn du schon mit deinen Händen denken mußt, könntest du bitte darauf achten, daß sie leer sind?«

Edgar ließ die Keule fallen, die er gerade in Arbeit hatte, und entschuldigte sich bei Catherine, daß er sie mit Soße bespritzt hatte.

Hubert war fast mit seinem Latein am Ende. Niemand in der Burg hatte Catherine fortgehen sehen. Nach allgemeiner Überzeugung hatte sie es durch göttliche Gnade bewirkt, und Marie hatte Mühe zu verhindern, daß man die Kleider, die Catherine zurückgelassen hatte, zerriß, um sie als Reliquien verkaufen zu können.

In St. Denis hatte sie auch niemand gesehen. Die Mönche waren in Aufruhr, weil der Präzentor sich ins Bett gelegt hatte und etwas von einem Angriff seitens eines spukhaften Dämons in den Gemächern des Abts stammelte.

Er hatte gehofft, daß sie ins Pariser Haus zurückgegangen wäre. Er glaubte nicht, daß sie durch den Schock den Verstand verloren hatte. Sie mußte nur den Aufmerksamkeiten ihrer Verwandtschaft entfliehen. Aber nun war er hier, und das Haus war leer. Es gab keinerlei Anzeichen dafür, daß sie dort auch nur Zwischenstation gemacht hatte, um mehr Kleider zu holen.

Hubert saß allein in dem großen Saal seines Stadthauses. Es waren keine Behänge an den Wänden, und der Wind kroch durch die Ritzen. Er rieb sich den schmerzenden Kopf und fragte sich, ob Madeleine vielleicht recht hatte. Sie hatte acht Kinder geboren. Nur drei waren noch übrig. Vielleicht nur zwei. *O Catherine, bin ich es, der dich dazu getrieben hat? Wenn dies Gottes Weg ist, mir zu sagen, daß ich die falsche Wahl getroffen habe, wie könnte ich sie dann korrigieren? Soll ich meine Familie verlassen und zu meinen Leuten zurückkehren? Oder sollte ich alles, was ich habe, weggeben und in ein Kloster eintreten?*

Er seufzte. *Ich wünschte, ich könnte in den Tagen leben, als der Allmächtige noch aus Wirbelwinden und aus dem Feuer sprach und uns klar sagte, was wir zu tun hatten.*

Es hämmerte an der Tür, und dann klirrten Sporen auf dem Steinfußboden am Eingang.

»Hubert!« rief Roger. »Wo bist du? Wir haben jeden Weg von hier bis Vielleteneuse und die halbe Strecke nach Provins abgesucht. Catherine ist verschwunden. Ach herrje, ist das kalt hier drin! Ist denn niemand da, der einen heißen Trunk machen kann?«

»Komm' hierher, Roger«, antwortete Hubert. »Alle Diener haben uns auf die Burg begleitet. Ich habe Feuer im Küchenherd gemacht. Ich erhitze gerade einen Topf mit gewürztem Cidre.«

Roger war in den letzten beiden Tagen nicht mehr als eine Stunde aus dem Sattel gewesen. Er war ausgemergelt, verdreckt und schmutzig. Sigebert und Jehan sahen nicht

352

viel besser aus. Sie machten sich sofort über den Apfelwein
her. Roger blieb stehen, um Hubert Bericht zu erstatten.

»Du mußt dir klarmachen, daß sie vielleicht blind um-
herirrt, nicht einmal ihren eigenen Namen weiß. Sie könnte
überall sein.«

»Warum muß ich mir das klarmachen?« fauchte Hubert.
»Was würde das nützen? Jedenfalls glaube ich das nicht. Sie
ist weggelaufen, um den Mann zu finden, dem sie zur Flucht
verholfen hat. Wenn irgendwas ihr den Verstand verhext
hat, dann das.«

Roger erbleichte. »Nicht meine Catte. Das würde sie
nicht tun. Sie interessiert sich nur für Gott.«

Hubert seufzte. »Wie du meinst, Roger. Du jagst sie auf
deine Art, wenn es dir gefällt.«

Wütend ging Roger im Zimmer auf und ab. Schließlich
blieb er vor seinem Schwager stehen. »Der Junge hat sich
weder wie ein Handwerker aufgeführt noch so geredet.
Wenn er in Paris untergetaucht ist, gibt es nur einen Ort, an
dem er sich verstecken kann.«

»Ich habe auch schon daran gedacht«, sagte Hubert. »Und
wenn sie zum Paraklet wollte, es aber nicht dahin geschafft
hat, könnte sie zu dem Mann gegangen sein, der es gegründet hat.«

»Ich glaube immer noch, daß du dich in bezug auf ihren
Geisteszustand irrst«, sagte Roger. »Aber es ist noch ein guter Grund, auf der Ile zu suchen. Jehan! Sigebert! Ich brauche einige Männer, um das Studentenviertel auseinander-
zunehmen — und der Bischof soll verdammt sein, falls er
versucht, uns aufzuhalten!«

»Roger! Tu nichts Unbesonnenes!« sagte Hubert. »Denke
an die Jahreszeit. Du wirst doch wohl in der Weihnachtszeit
nicht kämpfen?«

353

»Die Vernichtung eines Teufelsknechts wäre ein schönes Weihnachtsopfer, Bruder«, antwortete Roger. »Und falls er Catherine umgarnt hat, schicke ich seine Seele frohen Herzens zur Hölle.«

Abaelard, John, Edgar und Catherine diskutierten immer noch die Verträge in ihrer ganzen theologischen Tragweite, als Frau Emma hereinplatzte.

»Draußen ist alles in Aufruhr!« rief sie aus. »Betrunkene Ritter zu Pferde, die schreien und in Häuser einbrechen. Man munkelt, sie suchen nach einem englischen Jungen, der eine Nonne entführt hat.«

Sie warf Edgar und Catherine einen vielsagenden Blick zu.

»Sie werden es nicht wagen, hier hereinzukommen«, sagte Abaelard.

»Meister, ich glaube nicht, daß es ihnen etwas ausmachen würde, selbst wenn der Papst hier wäre«, sagte Emma. »Der Anführer benimmt sich wie ein Wahnsinniger. Frau Alys hat mir erzählt, daß er mit dem Mädchen verwandt ist.«

»Das muß Roger sein«, sagte Catherine. Sie stand auf. »Laßt mich zu ihm gehen. Wenn er sieht, daß ich wohlauf bin, werden sie abziehen.«

Abaelard hielt sie zurück. »Glaub mir, dies ist nicht der richtige Augenblick, rationales Verhalten zu erwarten. Von dem, was ihr beide mir berichtet habt, wird Catherines Familie kaum die Suche nach Edgar einstellen, wenn man sie gefunden hat.«

»Ich kann nicht schon wieder davonlaufen!« sagte Edgar.

Von draußen hörte man Schreien und Krachen. Jemand schrie in plötzlicher Pein.

»Erinnerst du dich an die Geschichte, die wir aus unserer

Heimat gehört haben, Edgar?« sagte John mit sanfter Stimme. »Von der Familie, die herausfand, daß ihre Tochter mit einem Mann aus dem Kloster durchgebrannt war? Als sie die beiden schnappten, haben die Verwandten den Mann kastriert und« — er warf einen Seitenblick auf Catherine — »ihr die Teile zu essen gegeben.«

»Wißt Ihr ein sicheres Versteck?« fragte Edgar.

»Sehr klug«, sagte Abaelard. »Ich versichere dir, wenn ich eine Warnung erhalten hätte, als Heloïses Onkel seine Männer ausschickte, wäre ich wie ein Hase gerannt.«

Catherine seufzte. »Einverstanden. Wenn er wirklich glauben sollte, daß Ihr mich entehrt habt, kann ich ihn möglicherweise nicht rechtzeitig vom Gegenteil überzeugen. Ihr solltet fortgehen.«

»Du auch, Catherine«, sagte Abaelard.

»Ich? Aber ich bin nicht in Gefahr!«

»Nein? Warum bist du dann hierher gekommen?«

Edgar packte sie am Arm. »Um Gottes willen, Catherine, Ihr wißt nicht, wer versucht hat, Euch umzubringen. Was, wenn er da draußen bei Eurem Onkel wäre? Denkt daran, wie einfach es wäre, die Sache wie einen ›Unfall‹ zu inszenieren. Hört!«

Die Schreie kamen jetzt näher. Stadtleute hatten sich den Rittern angeschlossen, froh, einen Vorwand zu haben, die Studenten verprügeln zu können, die so oft ihr klerikales Privileg mißbraucht hatten. Die Studenten hatten die Herausforderung mit Prügeln und Messern angenommen.

»Wir haben vielleicht zu lange gewartet«, sagte John.

Man hörte splitterndes Holz.

»Sie zerbrechen die Fensterläden im Erdgeschoß«, sagte Edgar. »Gibt es einen Ausweg?«

»Ich weiß einen«, sagte Catherine. »Wenn wir es zur Hin-

355

tertür hinaus schaffen, sind es nur ein paar Häuser weiter bis zum Haus von Eliazar.«

»Warum sollte er uns beschützen?« fragte Edgar.

»Mein Vater hat es mir gesagt. Sie sind schon seit Jahren Geschäftspartner. Er hat gemeint, wenn ich je in schreckliche Not geriete, dann sollte ich Eliazar Tam aufsuchen und meinen Namen nennen. Man würde mich einlassen. Dies ist die bisher höchste Not.«

»Dann geht!« rief Abaelard. »John und ich werden hierbleiben und die Männer mit Syllogismen verwirren.«

John nahm sich noch ein Stück Apfel. Er nickte lächelnd.

Edgar und Catherine eilten zum hintern Teil des Hauses. Emma überprüfte den Hinterausgang.

»Im Moment ist niemand da draußen«, sagte sie. »Haltet Euch von den Straßen fern. Ihr müßt über ein paar Zäune klettern. Meint Ihr, daß Ihr das schafft, Fräulein Catherine?«

»Ja, und wenn ich sie rüberwerfen muß«, sagte Edgar. »Beeilt Euch!«

Sie setzten durch den Hintergarten und über das Tor.

Fünf Minuten später brach Roger mit seinen Mannen in das Haus ein.

»Durchsucht alle Räume«, befahl er Sigebert. »Der Mann war sicher, daß es hier ist.«

Er spazierte in den Saal, wo zwei Männer saßen und mit ernster Miene einen Apfel betrachteten.

»Ja, darüber sind wir uns einig«, sagte John gerade. »Aber was, wenn ich ihn äße oder er verfaulen oder verschrumpeln würde? Könnten wir dann immer noch sagen, daß es sich um eine Manifestation des ›Apfels‹ schlechthin handelt?«

»Ein guter Einwand. Ich glaube, daß die Essenz ...«, warf Abaelard ein. Er blickte auf, scheinbar erst jetzt Rogers Anwesenheit bemerkend.

»Falls Ihr eine Botschaft für mich habt«, sagte er zu Roger, »sagt sie und geht. Ich befinde mich mitten in einer wichtigen Diskussion.«

»Was habt Ihr mit ihr gemacht?« Roger hielt sein Schwert auf sie gerichtet.

Abaelard seufzte. »Die Worte kommen mir so bekannt vor. Ich bin der letzte Mann, den man beschuldigen könnte, ›etwas‹ mit irgendeiner ›Sie‹ ›gemacht‹ zu haben«, sagte er. »Falls Euch das nicht bekannt ist, seid Ihr der einzige Mensch in der ganzen Christenheit, der nichts davon weiß.«

Roger ließ das Schwert sinken. »Meine Nichte, Catherine LeVendeur. Sie ist vielleicht mit einem englischen Studenten hierhergekommen. Sie war Novizin im Paraklet.«

»Sie ist nicht hier«, stellte Abaelard fest. »Und falls Ihr mit dem englischen Studenten John hier meint, so habe ich großes Vertrauen in seine Keuschheit.«

»Danke, Meister«, sagte John.

Sigebert kam herein. Er rieb sich eine Brandwunde am Arm.

»Es ist niemand hier, außer einer alten Frau in der Küche«, sagte er.

»Sie ist mit einem heißen Schürhaken auf mich losgegangen.«

»Vielleicht würdet Ihr jetzt die Güte haben zu gehen«, schlug Abaelard vor. »Und ich würde an Eurer Stelle die Tür reparieren, die Ihr aufgebrochen habt. Mein Gastgeber, Kardinal Guy, wird nicht erfreut sein, wenn er sie so sieht.«

Im selben Augenblick kletterten Catherine und Edgar über

den Zaun in den Hintergarten des Hauses von Eliazar, dem Kaufmann. Catherine hatte sich die Röcke zerrissen und die Pantoffeln verloren. Edgar hatte von einem Sturz her eine Schramme im Gesicht. Beide hatten sie nicht daran gedacht, Mäntel anzuziehen.

Catherine ging zur Hintertür. Sie klopfte leise an.

Nach einer Minute wurde ein kleines Guckloch auf- und wieder zugeschoben. Die Tür ging auf und brachte eine Frau zum Vorschein, dünn und verhärmt, beide Hände mehlverstaubt.

»Ich bin Catherine LeVendeur«, setzte Catherine an. »Mein Vater hat gesagt ...«

Die Augen der Frau füllten sich mit Freudentränen.

»Ja, natürlich bist du's! Ich bin Solomons Tante Johanna, mein Schatz. Kommt beide herein und seid willkommen!«

Neunzehntes Kapitel

Das Heim des Kaufmanns Eliazar, ein paar Minuten später

Es gibt Gelehrte in Paris, die in der ganzen Welt nicht ihresgleichen haben. Tag und Nacht studieren sie das Gesetz, sie sind wohltätig und gastfreundlich gegenüber allen Reisenden, und sie sind wie Brüder und Freunde zu all ihren jüdischen Mitbrüdern.
Benjamin von Tudela

Die Juiverie von Paris bestand aus einem langen Block von vierundzwanzig Häusern und einer Synagoge. In jenem Block hielten sich einige der besten Talmudgelehrten und Philosophen Frankreichs auf. Christliche Theologiestudenten kamen zu ihnen, um sich über die Bedeutung des Alten Testaments beraten zu lassen und um Hebräisch zu lernen. Die Juden von Paris standen unter König Ludwigs besonderem persönlichen Schutz.

Das verleitete Solomon oder seinen Onkel Eliazar jedoch keineswegs dazu, Catherine und Edgar mit größerer Zuversicht bei sich aufzunehmen.

»Seid ihr sicher, daß euch niemand eintreten sah?« fragte Solomon.

»Es war niemand in der Nähe«, antwortete Edgar. »Wenn ihr das Wagnis nicht eingehen wollt, gehen wir.«

Solomon und sein Onkel konnten den Blick nicht von Catherine abwenden. Eliazar zog ein Seidentaschentuch hervor und putzte sich geräuschvoll die Nase, dann wischte er sich die Augen mit dem sauberen Zipfel.

»Ihr Ebenbild«, sagte er. »Wer hätte das gedacht? Rede keinen Unsinn, Junge. Wir werden euch nicht wegschicken. Wir müssen nur vorsichtig sein.«

Edgar sah die beiden Männer an, dann Catherine, die zwischen den beiden saß. Sie lächelte höflich, war aber eindeutig überrascht über den herzlichen Empfang. Solomon erwiderte ihr Lächeln wie ein Spiegelbild. Ihr Teint war ein wenig heller, und seine Augen waren grünbraun. Abgesehen davon hätten sie Zwillinge sein können.

Eliazar sah Edgars Blicke und schüttelte warnend den Kopf.

»Catherine, vielleicht möchtest du dich waschen, bevor wir essen?« sagte Eliazar.

Er brachte sie in die Küche, neben der ein Alkoven mit einem Becken und einem Krug mit warmem Wasser war. Dann kam er zu Edgar zurück.

»Sie weiß es nicht, oder?« fragte Edgar.

»Wir hielten es für das beste, Huberts Kindern nichts von ihrer Abstammung zu erzählen«, sagte Eliazar. »Aber Catherine muß wohl etwas gespürt haben. Sie und Solomon mochten sich schon immer gern. Und jetzt, wo sie erwachsen ist, haben wir die beiden sich nicht zusammen zeigen lassen. Es ist zu offensichtlich.«

Er schneuzte sich erneut. »Es ist, als ob meine arme gemarterte Mutter noch einmal leben würde«, schniefte er.

Solomon beugte sich vor und warf einen Blick auf den Vorhang, hinter dem Catherine fröhlich plätscherte.

»Ihr versteht, was geschehen könnte, wenn dies bekannt würde?«

»Natürlich«, sagte Edgar. »Aber Catherine ist doch Christin, oder?«

»Keine Angst«, sagte Eliazar. »Sie ist vorschriftsmäßig getauft. Ihre Mutter, Madeleine, hat dafür gesorgt. Und auch mein armer Bruder Hubert. Unsere Mutter und unsere Schwestern wurden vor über vierzig Jahren beim Massaker von Rouen umgebracht. Ich war mit unserem Vater auf Reisen. Unsere Brüder, Jakob, der Solomons Vater ist, und Samuel waren in der Jeschiwa zu Troyes. Hubert war noch ein Kind. Er sah die Ritter, die in unser Heim einbrachen und Mutter und unsere Schwestern zum Tempel schleiften. Er sah, wie sie abgeschlachtet wurden. Hubert flüchtete sich zu christlichen Nachbarn, die ihn zu seinem eigenen Schutz taufen ließen. Als mein Vater ihn zurückforderte, wollte der Bischof es nicht zulassen. Hubert blieb Christ, aber er hat nie sein Volk im Stich gelassen.«

»Ja, das erklärt so einiges«, sagte Edgar. »Besonders, warum Catherines Vater solch ein Geheimnis um seine Geschäfte macht.«

»Es mag einige geben, die argwöhnen, daß er zum wahren Glauben zurückgekehrt ist«, sagte Eliazar. »Aber da wir die Kinder einer christlichen Mutter nicht als Juden anerkennen, ist Catherine ganz sicher, falls Euch das beunruhigt haben sollte.«

»Mein Herr«, sagte Edgar, »seit ich Catherine kennengelernt habe, steht das Universum kopf und hat seinen Inhalt über meinen Kopf ergossen. So etwas ist nur noch ein weiterer kleiner Tropfen. Ich bin nach Paris gekommen, um Philosophie zu studieren. Alles, was ich gelernt habe, ist, daß auf nichts, was es gibt, gänzlich Verlaß ist.«

»Es reut Euch also, meine Cousine kennengelernt zu haben?« fragte Solomon lächelnd.

Grinsend gab Edgar zurück: »Nicht einen Augenblick.«

Catherine kam mit Johanna zurück, beide trugen einen Korb.

»Du verstehst doch, Catherine, daß wir deinen Vater benachrichtigen müssen?« sagte Eliazar, als er ihr den Korb abnahm und auf den Tisch stellte.

»Könnt Ihr es so anstellen, daß die Nachricht nur ihn erreicht?« fragte sie. »Ich weiß nicht, wer sonst in dem Haushalt noch vertrauenswürdig ist.«

»Ja. Ich gehe selbst zu ihm, noch heute abend«, versprach Eliazar. »Also, wann wurden diese Verbände zum letzten Mal gewechselt?«

»Heute morgen.« Catherine streckte die Hände aus. »Frau Emma hat sie gereinigt und neu gewickelt.«

»Lass' mich mal sehen, wenn es dir nichts ausmacht«, sagte Eliazar. »Ich habe einiges Geschick im Heilen. Man lernt vielerlei auf seinen Reisen.«

Johanna brachte eine Schüssel mit warmem Wasser, und alle sahen interessiert zu, wie Eliazar die Verbände von Catherines Hände wickelte.

»Auf der Burg glauben sie, ich wäre stigmatisiert worden«, sagte Catherine.

»Lass' sie«, sagte Solomon. »Besser, als wenn sie annähmen, Gott hätte dich gestraft.«

Edgar spähte ihm über die Schulter. Er schreckte zurück, als er Catherines Verletzung sah. »Bei den Steinen des heiligen Stephanus! Ihr habt keinen Ton von Euch gegeben«, sagte er. »Und Ihr habt nicht losgelassen.«

Catherine sah weg. »Ich konnte Euch doch nicht fallen lassen.«

Ein verlegenes Schweigen trat ein. Eliazar hatte die Untersuchung ihrer Wunden beendet.

»Eure Frau Emma hat ihre Sache gut gemacht. Der Heilungsprozeß hat schon eingesetzt. Ich habe eine Salbe gegen den Juckreiz. Johanna, holst du mir bitte meinen Arzneikasten?« bat er. »Keine Angst, es wird nicht weh tun.«

»*Toda rabba*, Onkel«, sagte Catherine. »Oder müßte es ›Vetter‹ heißen?«

Eliazar ließ das Gefäß mit der Salbe fallen. »Onkel. Seit wann weißt du es?« fragte er.

»Du hast es mir gerade gesagt«, antwortete Catherine.

Solomon brach in Lachen aus. »Du mußt es schon vorher erraten haben.«

»Nein, erst in dieser Minute, obwohl ich es hätte ahnen müssen«, sagte sie. »Es gab genügend Hinweise. Doch wurde es mir erst klar, als du meine Hand nahmst. Etwas in der Art, wie du dich vorgebeugt hast, ein Schatten auf deinem Gesicht. Dann, ganz plötzlich, fügte sich eines zum andern. Warum hat man mir das nie erzählt?«

»Zu deiner eigenen Sicherheit, Catherine. Im Augenblick stehen die Dinge hier nicht so schlecht für uns«, erklärte Eliazar. »Aber dennoch: Wenn ein Mann seiner Familie erzählt, daß sie einst Juden waren, dann ... Du solltest deine eigene Welt eigentlich gut genug kennen.«

»Ja, ich gestehe, es ist eine beunruhigende Enthüllung«, sagte sie. »Ich brauche Zeit, darüber nachzudenken, was das alles für mich bedeutet.«

»Für mich bedeutet es, daß wir verwandt sind, Catherine«, sagte Solomon. »Und daß wir dir immer beistehen werden.«

»Danke, Solomon. So wie die Dinge jetzt in Vielleteneuse stehen, seid ihr vielleicht die einzige Familie, die ich habe.« Sie hielt inne, als ihr noch etwas aufging. »Mutter weiß es, oder? Ist das die schreckliche ›Sünde‹, für die sie ihrer Meinung nach bestraft wird?«

Eliazar nickte.

»Aber das ist ... das ist Wahnsinn!« sagte Catherine. »Vater ist ein guter Christ ... oder?« fügte sie mit leisem Zweifel hinzu.

»Hubert ist ein guter Mann«, sagte Eliazar. »Nur das sollte zählen. Er hat sein Leben lang versucht, beiden Seiten seiner Vergangenheit gegenüber loyal zu sein, einerseits gegenüber der Rasse, welche ihn hervorgebracht hat und andererseits gegenüber der Rasse, welche ihn gerettet hat.«

»Armer Vater«, murmelte Catherine. »Er muß sich so einsam fühlen.«

»Er hat kein leichtes Leben gehabt«, pflichtete Eliazar ihr bei. »Aber seine Kinder bedeuten ihm sehr viel. Er hatte immer große Träume in bezug auf dich. Es fiel ihm schwer, dich ins Kloster gehen zu lassen, aber dein Wissen war ihm eine Quelle des Stolzes. Und wo sonst hätte man dir erlaubt, es zu nutzen?«

»Ich habe erst kürzlich erfahren, daß er sich meiner Bildung nicht schämt«, sagte sie. »Wenn ich nur ein Junge wäre, vielleicht hätte er es mir dann anvertraut, damit ich ihm hätte helfen können.«

»Wer weiß?« sagte Eliazar. »Aber er hat es nie Guillaume erzählt. Der Allmächtige entscheidet diese Dinge nach Seinem eigenen Ratschluß. Für uns, da unser Geist beschränkt ist, hat es keinen Sinn, zu zweifeln.« Plötzlich sah er auf. »Was geht da draußen eigentlich vor?«

Der Aufruhr hatte sich von den krummen Studentengäßchen zur Rue Juiverie ausgebreitet. Sie konnten wieder die Schreie hören, verstärkt durch Krachen, Heulen und Klirren von Metall auf Metall.

Solomon ging hinaus, um nachzusehen, was los war. Er kam ein paar Minuten später zurück, zerzaust und mit zerrissenem Ärmel.

»Die Studenten sind übergeschnappt«, berichtete er. »Es gibt hundert verschiedene Gerüchte, die sich immer weiter aufblähen. Ich habe jemanden sagen hören, daß eine Verschwörung entdeckt worden sei, bei der es darum ginge, die Klöster Frankreichs zu plündern und die Frauen an die Sarazenen zu verkaufen. Was das mit den Studenten von Paris zu tun haben soll, weiß ich nicht. Ein anderes Gerücht besagt, daß die Bürger die Ritter bezahlen, damit sie das Viertel verwüsten und die Studenten vertreiben. Ich habe allerdings nichts über Edgar oder Catherine gehört. Anscheinend hat man sie vergessen.«

»Bist du wohlauf?« fragte Johanna. »Du bist ja verwundet!«

Solomon wischte sich über das Gesicht. »Ja, mir geht's gut. Es ist nichts. Jemand hat mich erkannt und angegriffen. Er war betrunken. Ich konnte ihn mühelos entwaffnen. Sie sagen auch, daß der Bischof die Wachen gerufen hat, damit sie die Ordnung wiederherstellen.«

»Hoffen wir, daß sie bald eintreffen«, sagte Eliazar. »Bevor sie alle vergessen, warum sie kämpfen und beschließen, unsere Häuser für das Allgemeinwohl zu plündern.«

Roger war erstaunt über die Reaktion auf seine Bitte, ihm bei der Suche nach Catherine zu helfen. Paris war in der Weihnachtswoche voll von Männern, die gelangweilt oder betrunken waren und deshalb froh darüber, für eine gute Sache randalieren zu können.

»Verdammte Studenten, verdammte Engländer. Warum können sie nicht zu Hause bleiben und ihre eigenen Frauen vergewaltigen?« war die allgemeine Einstellung. »Denen wollen wir's aber mal zeigen!«

Die Studenten waren genauso begierig, den Kampf aufzunehmen. Vor lauter Freude, wieder einmal etwas Richtiges zu tun zu haben, vergaß Roger sogar für eine Weile Catherine. Die hinteren Gassen waren zu eng zum Reiten, und er erlebte ein paar schöne Augenblicke in handfesten Kämpfen von Mann gegen Mann, als er sich durchschlug. Einige dieser sogenannten Kleriker waren verdächtig talentiert.

Allzu bald artete die Suche in eine Keilerei aus. Roger ließ der Sache ihren Lauf, ohne weiter mitzumischen.

Sie hatte also nicht Abaelard aufgesucht. Falls sie überhaupt in Paris war, wohin war sie dann wohl gegangen?

Sie würde zu mir kommen, wenn sie könnte, dachte er. *Entweder ist sie von Sinnen, oder jemand hält sie gefangen oder beides. Ich habe gesehen, wie dieser* avoutre *sie angesehen hat.*

»Roger!« rief Sigebert. »Sie wollen die Juiverie plündern. Los! Du verpaßt den ganzen Spaß.«

Roger schüttelte den Kopf. Vor ein paar Jahren hätte ihm so etwas Spaß gemacht. Jetzt erschien es ihm sinnlos. Er wünschte, er wäre nie in Huberts Arbeit hineingezogen worden, hätte nie etwas mit jenen Menschen zu schaffen gehabt. Inbrünstig wünschte er sich, Aleran niemals kennengelernt zu haben, nur daß der Eremit der einzige gewesen war, der Catherine hatte das Leben retten können. Aber warum hatte es keinen anderen Weg geben können?

»O Catte, wo bist du?« rief er. »Ich brauche dich.«

In diesem Augenblick sprangen drei keulenbewehrte Studenten auf ihn los. Ein paar Minuten lang konnte er sich nun wieder ablenken.

»Das Kampfgeschehen kommt näher.« Solomon stand an der Balkontür und spähte durch einen Spalt in den Fensterläden. »Sie reißen Bretter von Itzaks Ben Gerschoms Ladenfront herunter. Bald werden sie hier sein.«

»Edgar, Catherine, man darf euch hier nicht finden«, sagte Eliazar. »Der Mob hat keine Zeit für Erklärungen.«

»Natürlich«, sagte Edgar. »Wir werden versuchen, über den Fluß zu entkommen.«

Johanna sah nach hinten hinaus.

»Sie werden es nicht schaffen«, sagte sie. »Alle Straßen im Umkreis sind überfüllt. Man wird sie weggehen sehen.«

»Wir können euch nicht noch mehr gefährden«, sagte Catherine. »Dieses Ungeheuer haben die Männer geschaffen, die nach mir suchen. Ich muß tun, was ich kann, um es aufzuhalten.«

»Kind, es gibt nichts, was du tun könntest«, sagte Eliazar. »Ich erlebe das nicht zum ersten Mal. Die, die Vernunft predigen, werden einfach niedergetrampelt. Nein, wir müssen euch noch ein Weilchen länger verstecken. Solomon, bring' sie zum Tunnel.«

»Er wurde zur Zeit des Kreuzzugs benutzt, und selbst jetzt noch nutzen wir ihn zum Lagern von Notvorräten«, erklärte Solomon, als er sie durch die langen Gänge unter dem Haus führte. »Aber wir haben ihn nicht erbaut. An den Wänden sind Zeichnungen von seltsamen Tieren. Vielleicht haben die Römer sie gemalt. Diese Tunnel sind sehr alt.«

Catherines Nacken verspannte sich, als sie unter den Straßen von Paris hergingen. Die Wände waren feucht, die Steine glänzten vor Schleim. An manchen Stellen waren die Wände rissig oder eingestürzt. Teilweise hatte man die Schäden mit Gips und Holzbohlen ausgebessert. Es kam ihr vor, als ob sie auf dem Weg in ihr eigenes Grab sei. Vor und hinter ihr trugen Solomon und Edgar Fackeln, deren Feuer dort, wo die Decke niedrig war, zischend das Wurzelgeflecht zu Asche verbrannte. Etwas davon fiel ihr auf die Nase.

Sie kamen in einen weitläufigeren Bereich, eine Höhle voller Kisten und irdener Krüge.

»Wein, Korn, getrocknete Feigen«, sagte Solomon, der darauf deutete. »Nehmt euch, was ihr braucht. Tante Johanna hat mir diese Decken für euch gegeben. Hier, zündet eure Kerze an meiner Fackel an und gebt mir eure zurück. Ich muß zurück, um zu helfen.«

»Seid auf der Hut, Cousin.« Catherine legte die Hand auf seinen Arm. »Danke.«

»Wenn ich bis zum Morgen nicht zurückkomme«, sagte Solomon, »folgt diesem Gang. Er führt euch in das Backhaus von Baruch Ben Juda.«

»Woher sollen wir wissen, wann es Morgen ist?« fragte Catherine.

»Ihr werdet es hören«, antwortete Solomon.

»Danke, Solomon.« Edgar schüttelte ihm die Hand. »Ich werde Catherine in Sicherheit bringen.«

»Die Kerze leuchtet nicht besonders stark hier unten?« sagte Catherine, nachdem Solomon gegangen war. »Die Dunkelheit ist so undurchdringlich.«

»Es gibt sowieso nichts zu sehen«, sagte Edgar.

Er breitete die Decken über eine der Holzkisten.

»Wo wir wohl sind?« überlegte er.

»Solomon meint, wir würden hören, wenn es Morgen ist, doch ich kann nur den Fluß und dieses Summen hören.« Catherine rieb sich die Ohren mit den Bandagen.

Edgar lauschte. »Das klingt mir ganz nach Gesang.«

Plötzlich brach er in Lachen aus. »Das ist genial! Dies ist der allersicherste Ort!«

»Warum?« fragte Catherine. »Wo sind wir denn?«

»Ich würde vermuten, direkt unter dem Chor der Kirche von St. Christoph.«

»Dann muß es jetzt ...« Catherine konnte zwar keine einzelnen Worte verstehen, aber dennoch erkannte sie ein Muster wieder, das sich ihr tief ins Gedächtnis geprägt hatte. »Meine Güte, ich habe gar nicht bemerkt, daß schon die Zeit der Vesper ist.«

»Im Winter ist sie früher«, sagte Edgar. »Fühlt Ihr Euch jetzt besser, da Ihr wißt, daß Ihr eine Kirche über dem Kopf habt?«

Catherine setzte sich auf die Decke und schlug die Beine unter.

»Nein«, sagte sie. »Ich fühle mich besser, weil ich weiß, daß Ihr bei mir seid.«

Behutsam befestigte er die Kerze in einer Schale, kam damit auf sie zu und setzte sich neben sie. Die Kisten standen dicht beieinander, sie bildeten eine Fläche von der Größe eines schmalen Bettes. Edgar schluckte und überlegte, was er Unverfängliches sagen könnte.

Catherine sah, wie die Kerze flackerte. Sie schien so klein und tapfer in der dunklen Höhle.

»Ist Euch warm genug?« fragte sie Edgar.

»Im Augenblick ist mir sogar ein wenig zu warm«, antwortete er. »Seid Ihr wohlauf? Ihr habt soviel durchgemacht. Ich fühle mich dafür verantwortlich.«

»Dann sollte ich dasselbe fühlen. Meinetwegen mußtet Ihr im Gefängnisloch hocken. Es war meine Pflicht, Euch zu befreien.«

»Sind wir also füreinander verantwortlich?« fragte er.

Sie nickte.

Die Luft um sie herum knisterte. Catherine spürte Funken darin. Ihre Haut kribbelte, und ihr Herz schlug schneller. Einer ihrer Zöpfe fiel ihr über die Schulter. Das Band war abgegangen, und das Ende löste sich auf.

»Stört es Euch, daß Solomon mein Cousin ist?«

»Nein«, sagte Edgar.

Es machte ihm nichts aus. Sein Vater würde vielleicht ein wenig betrübt sein, und die selige Margarita, seine Großtante, würde vielleicht nicht mehr im Himmel für ihn bitten, doch Edgar hatte bereits zu sehr Feuer gefangen, als daß ihn irgendwelche ungläubigen Verwandten in seinen Gefühlen für Catherine hätten beirren können.

Er strich über die Locken am Ende des Zopfes. Sie kringelten sich um seine Finger. Langsam, sehr langsam begann Edgar, Catherines Haar zu lösen. Sie sah zu, wie seine Finger zwischen die Zöpfe glitten, sie lockerten und befreiten. Ihr Haar fiel über die Taille herab, und er brauchte eine Weile, um sich behutsam hochzuarbeiten. Als es sich löste, beendet hatte, breiteten sich ihre Locken aus und wallten herunter, verfingen sich in seinem Ärmel, bedeckten ihr Gewand.

Seine Hände streiften ihr Ohr, als er mit der linken Seite fertig war. Sie rührte sich nicht. Er hielt seine Augen auf seine Arbeit gerichtet. Sie drehte den Kopf, so daß ihr der rechte Zopf über die Schulter fiel. Betont behutsam holte er ihn hinter ihrem Rücken hervor, strich das Band ab und löste ihn ebenfalls, indem er von ihrem Schoß aus anfing und sich hocharbeitete.

Catherine blieb regungslos sitzen, ihr Atem ging flach. Als er mit beiden Zöpfen fertig war, begann er, mit den Fingern beider Hände durch die befreiten Locken zu fahren. In Schulterhöhe hielt er inne, seine Hände hatten sich in den dicken Strähnen verfangen.

Er sah ihr in die Augen. Das Kerzenlicht warf Schatten über ihre Gesichter. Seine Hände noch voll von ihrem Haar, strich er mit den Daumen über die Kurve ihres Kinns. Sie spürte seinen Atem in heftigen kurzen Stößen an ihren Lippen. Er beugte sich ein winziges Stückchen vor und küßte sie.

In ihrem Schoß breitete sie die Hände aus, es gelang ihrem Verstand, dem Wunsch zu widerstehen, ihn zu berühren.

Er zog sich ein wenig zurück, immer noch ihr Gesicht in seinen Händen haltend.

»Vor Gott und allen Engeln, Catherine LeVendeur, ich liebe dich!« sagte er.

Jetzt war die Zeit für Logik, Verstand und Vernunft.

»Vor Gott und allen Engeln, Edgar, ich liebe dich!« erwiderte sie und ließ ihre Hände dorthin wandern, wohin sie wollten.

* * *

Als Solomon Stunden später herunterkam, um sie zu holen, war die Kerze erloschen. Er fand sie in tiefem Schlaf, Edgars Kopf auf Catherines Brust, beide eingehüllt in ihr Haar.

Zwanzigstes Kapitel

Paris, in den Katakomben unter der Stadt, gleich nach den Laudes, Mittwoch, den 27. Dezember 1139, am Tag des Evangelisten Johannes

Denn nichts ist schwerer zu lenken als das Herz — da wir keine Macht haben, ihm zu befehlen, sind wir gezwungen, ihm zu gehorchen.
Heloïse an Abaelard

»Wir konnten deinen Vater gestern abend nicht benachrichtigen«, berichtete Solomon. »Der Morgen dämmerte fast, bevor die Straßen endlich frei waren. Brauchst du Hilfe, Cousine?«

»Nein«, sagte Catherine rasch. Sie versuchte, ihr Haar zu flechten, doch es wollte sich nicht bändigen lassen. Sie sah Edgar nicht an. Jetzt war Morgen. Vielleicht bereute er schon, was er in der Nacht gesagt hatte.

Edgar stand abseits, fühlte sich fehl am Platz. Alles, was er gefühlt hatte — er hätte wissen müssen, daß es irgendwann herauskommen würde. Es war offensichtlich für jeden, der sie zusammen gesehen hatte. Und was nun? Ihre Familie erwartete von ihr, daß sie ins Kloster zurückkehrte und für ihre Seelen betete. Seine Familie erwartete, daß er Abt im Familienkloster oder, falls das fehlschlüge, Bischof von Edinburgh würde. Eine französische Braut heimzubringen, war nicht Teil des Auftrags, den sein Vater ihm erteilt hatte.

Aber er konnte sich nicht vorstellen, ohne sie nach Hause — oder auch sonstwohin — zu gehen.

Solomon hob die zerwühlten Decken auf. Er gab keinen Kommentar zu ihrem Zustand ab.

»Ich werde noch heute morgen zu deinem Vater gehen, Catherine«, sagte er. »Wir werden alles in Ordnung bringen.«

Sowohl Catherine als auch Edgar öffneten den Mund, um zu protestieren. Solomon hielt sich die Ohren zu.

»Ich habe meine Anweisungen«, sagte er. »Catherine bleibt hier. Edgar, dein Freund John war im ersten Licht der Dämmerung hier. Er sagt, er ist froh, daß du wohlauf bist und daß Meister Abaelard dich zu sprechen wünscht.«

»Und was ist mit mir?« fragte Catherine.

»Dich hat er nicht erwähnt«, sagte Solomon. »Vielleicht meint er, genau wie wir, daß du schon genug durchgemacht hast.«

Catherine kniff die Lippen zusammen und zupfte fest an dem Zopf, den sie gerade geflochten hatte. Edgar nahm ihre Hände.

»Ich werde gehen und herausfinden, was der Meister wünscht und dann sofort zurückkehren«, sagte er. »Ich verspreche es.«

Widerstrebend willigte sie ein, auf ihn zu warten.

»Ich wollte keinen Aufruhr anzetteln, Hubert!« beharrte Roger. »Ich wollte Hilfe bei der Suche nach Catherine. Die Brände waren ein Unfall.«

»Du hast sie trotzdem nicht gefunden, oder?« sagte Hubert. »Ich wette, sie ist doch auf dem Weg zum Paraklet.«

»Nein«, sagte Roger. »Der Mörder ist hier in Paris gesehen worden. Evard du Cochon Bleu hat ihn vor zwei Tagen im Studentenviertel gesehen, er trug noch die Kleider, in denen wir ihn gefangen hatten. Catherine ist auch hier. Da bin ich mir sicher.«

»Nun, ich werde mich nicht auf dein Urteil verlassen, um sie zu finden!« explodierte Hubert. »Wenn sie hier wäre, könnte sie in diesem Chaos umgekommen sein. Hast du überhaupt einen Augenblick lang an ihre Sicherheit gedacht? Du kannst von Glück sagen, daß der Bischof diese Angelegenheit nicht auf dich zurückgeführt hat. Jetzt verschwinde aus der Stadt, bevor er es herausfindet! Kehre zur Burg zurück und sieh' nach, ob Guillaume sie gefunden hat. Dann triff mich in St. Denis.«

Roger wurde stocksteif. »Ich bin kein Leibeigener. Kein Mensch hat das Recht, mich so herumzukommandieren.«

Hubert funkelte ihn einen Augenblick lang böse an, dann lenkte er ein.

»Du hast recht«, sagte er. »Verzeih mir. Ich bin halbkrank vor Sorge.«

Roger ließ sich auf die Bank vor dem Küchenfeuer sinken. »Ja, das bin ich auch«, sagte er. »Sie muß bald gefunden werden, oder ich werde auch noch verrückt. Sag' nicht, ich soll nach Vielleteneuse zurückkehren. Ich muß hier weitersuchen.«

»Na gut«, seufzte Hubert. »Aber bitte gehe dieses Mal diskreter vor!«

Er blieb eine Weile vor dem Feuer sitzen, nachdem Roger gegangen war. Er hatte getan, was er konnte. Seine Boten durchkämmten das Gebiet. Er war im Haus, falls sie zurückkehrte. Er mußte den Gedanken an sie verdrängen. Was seiner Tochter auch immer zugestoßen sein mochte, er hatte immer noch seine Geschäfte zu erledigen. Er rieb sich die Wange. Seit einer Woche hatte er sich nicht mehr rasiert. Schade, daß in Paris Bärte nicht mehr in Mode waren. Schwerfällig stand er auf; er war erschöpft. Er wünschte, er könnte seine Energie wie Roger in hektischer, fruchtloser Suche erschöpfen. Warten war unendlich viel schwerer.

Es klopfte an der Tür. Langsam ging Hubert hin, um zu öffnen.

»*Schalom*, Hubert«, sagte Eliazar.

Hubert zog ihn herein und schloß die Tür, dann umarmte er ihn.

»*Schalom*, Bruder«, sagte er. »Gibt es Neuigkeiten?«

»Sie ist zu mir gekommen«, erwiderte Eliazar mit erstickter Stimme. »Als sie Hilfe am nötigsten brauchte, ist sie zu mir gekommen. Und Hubert, sie wußte, wer ich war und hat unsere Verbindung nicht geleugnet. Catherine weiß Bescheid und schämt sich nicht.«

Hubert griff nach seinem Mantel.

»Bring’ mich zu ihr«, sagte er mit Tränen in den Augen.

John ließ Edgar durch den Hintereingang hinein.

»Der Meister war fabelhaft!« sagte er. »Diese Einfaltspinsel konnten nicht mal zwei Worte zusammenstoppeln, um ihn zu widerlegen. Am Ende hatte er sie so weit, daß sie sich erboten, den Dreck aufzufegen, den sie mitgebracht hatten.«

Edgar hatte seine Zweifel. John war bekannt dafür, daß er seine Geschichten gerne ausschmückte. Edgar hegte den Verdacht, daß er wohl eher Kelte als Normanne war.

»Sie haben das Psalmenbuch nicht gefunden, oder?« fragte er.

»Warum sollten sie?« sagte John. »Sie haben ein Mädchen

gesucht, kein Buch. Ach ja, das ist es aber, was Meister Abaelard dir zeigen wollte. Komm mit.«

Er führte ihn nach oben, wobei er die ganze Zeit das Wortgefecht schilderte, das sie am Tag zuvor ausgetragen hatten.

»Ein Glück für Euch, daß sie noch nüchtern genug waren, Euch zuzuhören«, sagte Edgar.

John winkte ab. »Unsinn. Ein agiler Geist siegt stets über brutale Gewalt.«

Edgar hoffte, daß John nie einen Grund haben würde, seine Meinung zu ändern.

Abaelard las einen Brief, als sie eintraten. Er hatte ihn offenbar schon viele Male zuvor gelesen, denn er war sehr zerknittert. Er steckte ihn in seine Kutte.

»Edgar! Ich freue mich, dich heil und ganz zu sehen«, sagte er.

»Ich freue mich, noch in diesem Zustand zu sein«, erwiderte Edgar. »John sagte, Ihr habt etwas über das Psalmenbuch in Erfahrung gebracht?«

»Ja«, sagte Abaelard. Er griff nach dem Buch mit den Verträgen und legte einen davon neben eine Seite, die verunstaltet worden war.

»Ich weiß nicht, was in letzter Zeit mit mir los ist«, fuhr er fort. »Früher hatte ich das beste Gedächtnis von Paris. Ich war mir sicher, daß ich die Handschrift schon einmal gesehen hatte. Ein Schüler von mir, sagen wir vor fünfzehn, zwanzig Jahren. Kam aus Chartres, folgte mir ein paar Monate lang überallhin. Dann befand er, er habe genug gelernt, um mich zu einem Streitgespräch herauszufordern.«

Abaelard lehnte sich zurück und lächelte überheblich bei dem Gedanken daran. »Den habe ich mit drei Sätzen erledigt. Er war ein vollkommener Narr. Er ging an jenem Tag fort. Ich glaube nicht, daß er es jemals wieder gewagt hat, sein Gesicht unter Scholaren zu zeigen.«

»Ihr seid Euch sicher, daß es sich um denjenigen handelt, der dieses hier geschrieben hat?« fragte John.

»O, ganz ohne Zweifel«, antwortete Abaelard. »Das merkwürdig geformte G ist unverwechselbar, aber auch das verschnörkelte L in ›Luzifer‹. Und jetzt, da ich mich an ihn erinnere, kann ich sehen, daß diese verzerrte Auffassung von Logik zu etwas derartig Groteskem wie der Formulierung eines Rechtsvertrags mit Satan führen konnte. Diese armen, bedauernswerten Menschen, die sich überzeugen ließen! Sie waren wohl nicht sonderlich gebildet.«

»Aber wer ist es, Meister?« Edgar bemühte sich, nicht zu schreien. »Wie heißt der Mann?«

»Ach, habe ich das nicht gesagt? Leitbert heißt er. Ein dünner Bursche, mit einer langen Nase und Glubschaugen. Klingt nach ein und demselben Mann?«

Edgar seufzte. »Ja, nur daß er jetzt dicker ist. Es ist der Präzentor von St. Denis.«

Abaelard schüttelte den Kopf. »Bei der Mitra des heiligen Augustinus! Der Mann war immer schon ein wichtigtuerischer Narr. Was mag Abt Suger bloß dazu bewogen haben, ihn zu ernennen? Er muß wohl einen Bischof zum Onkel haben, um bei seiner Begabung solch einen Posten zu bekommen.«

John nickte. »Leitbert muß einen tiefen Groll gegen Euch gehegt haben, und als das Psalmenbuch eintraf, sah er eine perfekte Möglichkeit, Rache zu üben.«

»Dann war Leitberts Geist so konfus wie seine Gelehrsamkeit«, sagte Abaelard. »Ich kann mir keinen anderen Grund denken, ein Buch so übel zuzurichten.«

»Aber warum hätte er sich mit dem Eremiten einlassen sollen?« fragte Edgar.

»Das kann ich mir nicht erklären«, antwortete Abaelard. »Es sei denn, er wäre ebenso bestechlich wie bösartig.«

»Glaubst du, daß er Garnulf getötet hat?« fragte John Edgar.

»Vielleicht«, räumte Edgar ein. »Aber warum ist Garnulf mit seinen Notizen nicht zu mir gekommen? Er hätte Leitbert niemals allein gegenübertreten sollen.«

»Hör auf, dir die Schuld zu geben. Du konntest ihn nicht aufhalten.« Abaelard rieb sich die Schläfen. »Nun, wie kann ich Suger schonend beibringen, daß er einen Gotteslästerer und Mörder unter seinem Dach beherbergt?«

Sein Blick deutete an, daß dies durchaus eine angenehme Aufgabe wäre.

»Und was ist mit Aleran?« Edgar gab sich noch nicht zufrieden. »Hat Leitbert ihn auch getötet? Was ist mit den Juwelen, die aus dem Mörtel gestohlen wurden? Waren Aleran und Leitbert dafür verantwortlich? Wie haben sie sie dann verkauft? Woher kannten sich Aleran und Leitbert überhaupt?«

»Ich verfüge nicht über genügend Informationen, um dazu eine plausible Theorie aufstellen zu können«, sagte Abaelard. »Du wirst den Präzentor schon selbst fragen müssen.«

»Das habe ich auch vor«, antwortete Edgar.

Catherine genoß es, sich von ihrer Tante Johanna verwöhnen zu lassen. Es war eine neue Erfahrung.

»Ich wünschte, ich hätte es die ganze Zeit gewußt«, seufzte sie, als sie zusammen im Sonnenstübchen saßen und die Borte ihres neuen *bliaut* mit Enzianen bestickten.

Eliazars Frau ließ die Nadel sinken und legte Catherine den Arm um die Schultern.

»Es mußte so sein, meine Liebe«, sagte sie. »Ich kenne keinen Ort in der Christenheit, wo wir offen zugeben könnten, daß wir verwandt sind.«

»Ich auch nicht«, sagte Catherine. »Aber ich freue mich, daß ich es herausgefunden habe. Ich wünschte, die arme Agnes könnte es auch erfahren. Sie ist so einsam, allein in Mutters Gesellschaft, und Mutter kommt kaum von ihren Knien hoch.«

»Und du, Catherine«, fragte Johanna, »was hast du vor, willst du ins Paraklet zurückkehren?«

Catherine beugte den Kopf über ihre Handarbeit.

»Ich weiß nicht«, murmelte sie. »Ich habe das Gelübde noch nicht abgelegt, aber meine Familie erwartet es von mir. Ich muß das Psalmenbuch zurückbringen, komme, was da wolle. Aber ich bin nicht mehr die, die vor drei Monaten das Kloster verlassen hat.«

Mit einem bedauernden Lächeln hielt sie die verbundenen Hände hoch.

»Ich bin sogar weniger wert! Vielleicht bin ich für das Kloster nicht mehr von Nutzen. Meine einzige Begabung lag in der Anfertigung von Büchern. Ich weiß nicht, ob ich jetzt noch die Geschicklichkeit habe.«

»In den Bedürfnissen eines Klosters bin ich nicht bewandert«, sagte Johanna. »Aber ich hatte immer den Eindruck, daß der Wunsch, Gott zu dienen, der Hauptgrund zum Eintreten wäre.«

Catherine seufzte, als eine Wolke am Fenster vorüberzog und die Kammer verdunkelte.

»Ja«, sagte sie. »Und ich bin mir dessen auch nicht mehr so sicher wie zuvor. Es wird schon spät. Sollte Edgar nicht längst zurück sein?«

Johanna musterte sie mit zärtlicher Sorge. Eliazar mochte diesen Burschen Edgar, und sein Urteil war in der Regel vernünftig. Aber das bedeutete nicht unbedingt, daß er die Antwort auf Catherines Dilemma war. Sie besaßen ein Haus, welches sie oft an Studenten vermieteten, und mehr als einmal hatte sie ein weinendes Mädchen in ihren Armen gehalten, das sich sicher gewesen war, ein Mann würde ihretwegen das geistliche Leben aufgeben. Und selbst wenn er es täte, könnte Catherine als Frau eines gemeinen Schreibers ohne Perspektive, immer unter dem Dach fremder Leute, glücklich werden?

Sie hörten, wie sich das Vordertor auftat und einen Augenblick später Eliazars Stimme.

»Catherine! Komm', beweise deinem Vater, daß du noch nicht tot bist. Er glaubt es erst, wenn er dich sieht.«

Catherine stand auf, doch ihr zitterten die Knie. Wie sollte sie ihm beibringen, was geschehen war und was sie getan hatte? Wie sollte sie das mit Edgar erklären? Und wie sollte sie ihn davon überzeugen, daß sie diese Sache bis zum Ende durchstehen mußte, daß sie nirgendwohin ginge, bis sie wüßte, daß der Mensch, der für den Tod Garnulfs und des kleinen Adulf verantwortlich war, bestraft würde?

Fest entschlossen, jedoch ohne klaren Plan, ging sie hinunter, um ihren Vater zu begrüßen.

»Ich muß zurückgehen und Catherine holen«, sagte Edgar.

Abaelard und John starrten ihn an.

»Ist sie denn nicht sicher da, wo sie ist?« fragte John.

»Doch, aber ich habe versprochen, daß ich sobald wie möglich zu ihr zurückkommen würde«, erklärte Edgar. »Sie wird das von Leitbert wissen wollen.«

John schüttelte den Kopf und eilte hinaus, murmelte irgend etwas von einem Botengang. Abaelard richtete sich auf, trommelte mit den Fingern auf den Tisch und fixierte Edgar mit einem Blick, der ihn schrecklich nervös machte.

»Edgar«, begann Abaelard, »du kennst meine Geschichte.«

»Ja, Meister, die kennt wohl jeder in Frankreich«, sagte Edgar. »Aber in meinem Fall ist das anders ...«

»Natürlich«, sagte Abaelard. »Aber du wirst mir glauben, wenn ich sage, daß ich wohl weiß, zu welchem Wahnsinn unser Leib uns treiben kann.«

Das räumte Edgar ein.

»Einst habe ich Heloïse gezwungen, meiner hungrigen Wollust auf dem Altar in Argenteuil nachzugeben«, sagte Abaelard. »Noch jetzt erfüllt mich der Gedanke daran mit Scham. Ich habe jegliche Sünde des Fleisches begangen, die du dir denken kannst. Daher rate ich dir aus bitterer Erfahrung. Du mußt dir diese Frau aus dem Kopf schlagen!«

Edgar begann, sich auf die Tür zuzubewegen.

»Danke, Meister. Ich weiß, Ihr habt recht. Ich weiß, daß es Sünde ist, was ich empfinde und kenne die Pflicht, die wir gegenüber unseren Familien haben. Das habe ich mir selbst auch schon gesagt, aber ich bin mir sicher, daß ich lieber ein Leibeigener mit fünf Arpent steinigen Ackerlandes wäre, solange Catherine es mit mir teilt, als Bischof von Rom, und ich sie nie wiedersehen kann.«

»Die Geschichte kommt mir irgendwie bekannt vor«, seufzte Abaelard. »Ich sehe wohl, daß du nicht auf die Stimme der Vernunft hören willst. Also geh'. Ich hoffe, deine Leidenschaft kühlt sich ab, bevor du deine Zukunft unwiederbringlich zerstörst.«

»Bedaure, Meister«, sagte Edgar. »Aber ich habe ihr versprochen, sofort zurückzukehren, und ich habe den ganzen Tag hier verbracht. Sie wird sich sorgen. Darf ich einen der Verträge mitnehmen, um ihr den Beweis zu zeigen?«

Abaelard nickte und winkte ihn fort.

Als Edgar durch die krummen Gassen zu Eliazars Haus rannte, fand er es erstaunlich einfach, das Schuldgefühl darüber, seinen Lehrer enttäuscht zu haben, zu verdrängen. Endlich waren sie zu einem Ergebnis gekommen. Die Verbrechen waren vom Eremiten und dem Präzentor begangen worden. Aleran war tot. Das Psalmenbuch lag bei Abaelard in sicherer Verwahrung. Jetzt hieß es nur noch, Leitbert mit ihren Erkenntnissen zu konfrontieren. Es gab keine Möglichkeit für ihn, den Beweis seiner Handschrift zu leugnen. Dann wäre Garnulf gerächt und er könnte sich der vertrackteren Angelegenheit zuwenden, sich und Catherine aus dem Spinnennetz der Familienerwartungen zu befreien.

Er bemerkte die beiden Männer nicht, die ihn verfolgten, bis sie ihn eingeholt hatten.

Plötzlich spürte er einen Schlag im Kreuz, und seine Arme wurden gepackt und festgehalten.

»*Swatig Hel!*« rief er und erstarrte, als eine Messerspitze ihn am Kinn kratzte.

»Keines von deinen sächsischen Zauberworten!« befahl eine Stimme.

Edgar blickte hoch. Der Besitzer des Messers war jener Trottel Sigebert. Er fragte sich, wer ihm wohl gerade seine Arme auskugelte. Der Schmerz war betäubend. Er schloß die Augen.

»Und keine Beschwörung, *avoutre!*« Sigebert ritzte ihn leicht mit dem Messer, so daß Blut Edgars Hals hinunterlief. Halt ihn gut fest, Jehan. Vielleicht kann er auch andere Gestalt annehmen.«

»Hol' einen Strick«, sagte Jehan. »Wir können ihn fesseln und zu Roger bringen.«

»Damit er den ganzen Spaß hat?« schmollte Sigebert. »Nein, schleif ihn nur in diese Nebengasse hier. Nun, du Dämon, was hast du mit dem Fräulein Catherine gemacht?«

»Nie was von ihr gehört«, sagte Edgar und sollte es auf der Stelle bereuen.

Er hatte eben begonnen, wieder normal zu atmen, als Sigebert ihn erneut schlug.

»Glaub' ja nicht, du kannst mit einem Zaubertrick entkommen«, sagte er spöttelnd zu Edgar. Er zog eine kleines Reliquienkästchen hervor, das an einer Kette um seinen Hals hing. »Siehst du das hier? Da ist ein Haar vom Haupt Johannes des Täufers drin. Du kannst ruhig alle Dämonen Satans anrufen, es wird dir gar nichts nützen.«

»Ich werd's mir merken«, sagte Edgar, als Sigebert ihn in den Magen boxte. Dieses Mal würgte er und erbrach sich.

»Siehst du?« sagte Sigebert. »Es ist das Übel, das da herausbricht. Nun, was hast du mit Catherine gemacht?«

»Nichts!« krächzte Edgar.

»Sigebert, ich meine wirklich, wir sollten ihn zu Roger bringen«, sagte Jehan sanft, ohne seinen Griff um Edgars Arme zu lockern.

»Und riskieren, daß er wieder abhaut? Ich lass' mich nicht zum Narren halten.«

Edgar lag der Hinweis auf der Zunge, daß Gott ihn ohnehin als solchen erschaffen hätte, doch er verkniff ihn sich. Ach, warum hatte er nicht darauf bestanden, zusammen mit seinen Brüdern auf dem Turnierplatz zu üben? Er haßte es, hilflos zu sein. Und wo waren denn plötzlich alle? War Paris denn ganz verwaist, so daß diese beiden Schurken ihn in aller Ruhe meucheln konnten?

Wie es in letzter Zeit mit den meisten seiner Fragen geschah, so blieb auch diese unbeantwortet.

»Sprich, Dämon!« sagte Sigebert und stach das Messer noch tiefer hinein. »Oder ich schlitze dir die Kehle auf und reiß dir deine Zunge mit der Wurzel heraus.«

Edgar stöhnte. Er versuchte, sein Kinn über die Klingenspitze zu heben, doch Sigeberts Hand machte jede seiner Bewegungen mit.

»Was geht hier vor?« Der Schein einer Fackel erleuchtete ihre Gesichter.

»Töte ihn jetzt!« zischte Jehan.

Mit der Kraft schieren Entsetzens riß Edgar sich los, als das Messer an seinem Hals entlangglitt. Sigebert lief weg. Jehan stürzte ihm nach, nicht ohne Edgars Arme ein letztes Mal zu verrenken. Edgar schrie auf und verlor das Gleichgewicht, er fiel bewußtlos zu Boden.

Er kam wieder zu sich durch den plötzlichen furchtbaren Schmerz, als sein linker Arm wieder eingekugelt wurde. Kurz sah er Eliazar und Solomon, wie sie sich über ihn beugten, dann verlor er erneut die Besinnung.

Als er endlich aufwachte, lag er auf einem weichen Bett, und eine Frau summte leise vor sich hin, während sie ihm das Gesicht mit einem weichen Tuch abtupfte.

»Mama?« sagte er.

Johanna lachte. »Ein Wort, das wir alle gleich ausprechen. Nein, mein armer Junge. Du bist immer noch in Paris. Aber du kommst wieder in Ordnung. Eliazar mußte die Schnittwunde an deinem Hals zunähen. Faß sie nicht an! Du wirst wohl eine Narbe behalten, fürchte ich.«

»Ich muß Catherine sehen«, flüsterte Edgar. Seine Kehle war zu wund zum Sprechen. »Es ist wichtig.«

»Das kann warten«, sagte Johanna. »Ihr müßt ruhen.«

»Nein, ich muß ihr sagen ...« Edgar schluckte und versuchte es noch einmal. »Bitte, laßt mich zu ihr. Ich kann beweisen, wer Garnulf getötet hat.«

»Da, eßt erst mal etwas Suppe.« Sie schob ihm einen Löffel in den Mund, und warme Brühe floß hinein. Edgar versuchte, Widerstand zu leisten, doch sie war resolut. Nach dem vierten Löffel schlief er ein.

Als er die Augen wieder aufschlug, war er allein. Die Glocken der Stadt läuteten den Morgengottesdienst ein. Beherzt setzte er sich auf und schwang die Beine aus dem Bett. Er stand auf und schwankte vor Benommenheit.

»Catherine!« krächzte er.

Solomon betrat das Zimmer.

»Ihr erholt Euch rasch«, sagte er. »Gut. Ich habe übrigens einen der Männer, die Euch angegriffen haben, gesehen. Ich würde ihn wiedererkennen.«

»Ich auch«, versicherte ihm Edgar. »Also, ich muß Catherine sehen. Ist sie schon wach?«

Solomon biß sich auf die Lippe. »Sie beharrte darauf, daß Ihr zurückkehren würdet. Sie hat mich sogar ausgeschickt, damit ich Euch suche. Aber sie konnte nicht warten.«

Edgar taumelte auf Solomon zu und packte ihn am Gewand.

»Was ist mit ihr geschehen?« schrie er, so laut es eben ging. »Wo ist sie?«

»Setzt Euch, Edgar. Ihr seid noch nicht gesund.« Solomon führte ihn zum Bett zurück. »Sie ist in Sicherheit. Onkel Hubert hat sie gestern abgeholt. Er hat sie mit nach St. Denis genommen.«

Einundzwanzigstes Kapitel

St. Denis, 28. Dezember 1139, dem Gedenktag des Mordes an den Unschuldigen Kindern durch Herodes

Ohne Zweifel haßt ein Wahnsinniger seinen Leib, wenn er sich im Zustand geistiger Verwirrung ein Leid zufügt.

Doch gibt es einen größeren Wahnsinn als den des reuelosen Herzens und des eigensinnig sündigen Willens? ... Der Mensch, der vor seinem Tod nicht zur Besinnung kommt, muß in alle Ewigkeit in sich selbst verharren.

BERNHARD VON CLAIRVAUX
Über die Bekehrung

Zunächst war Hubert so entsetzt über Catherines Verwandlung, daß er sie nur anstarren konnte. Wann war sie so hager geworden? Ihre Wangenknochen traten deutlich unter den Augen hervor, ihr Teint war so hell wie der des Sachsenjungen. Das konnte unmöglich in den wenigen Tagen seiner Abwesenheit geschehen sein. Wie hatte er nur übersehen können, wie hinfällig sie geworden war?

Doch ihr Geist war so eigensinnig wie eh und je.

»Ich nehme dich mit nach Hause, Tochter«, sagte er.

»Nein, Vater«, erwiderte sie und umarmte ihn.

Er versteifte sich.

»Ich habe dir lange genug nachgegeben, Catherine LeVendeur!« schrie er. »Ich lasse dich nicht mehr aus den Augen, bis du wieder sicher hinter Klostermauern bist!«

»Ich muß hierbleiben und auf Edgar warten«, erklärte sie. »Er und ich müssen für Mutter Heloïse und Meister Abaelard arbeiten.«

Doch Hubert ließ sich weder durch Argumente noch durch Tränen erweichen.

Noch am selben Nachmittag reisten sie ab.

»Solomon.« Catherine zog ihn beiseite, als ihr Vater sich für die Reise rüstete. »Lauf' zu Edgar. Sag' ihm, wo ich bin. Lass' ihn nicht nach St. Denis gehen, um mich zu suchen. Dort ist er nicht sicher.«

»Keine Angst, Kusine«, sagte Solomon. »Ich kümmere mich schon um ihn.«

»Danke, Kusin«, sagte Catherine. »Ich wünschte, er wäre irgendwo, wo *ich* mich um ihn kümmern könnte.«

Hubert erriet den Inhalt dieser Flüsterkonferenz.

»Ich habe deinem Onkel Roger eine Nachricht geschickt«, sagte er zu ihr. »Wir treffen ihn in St. Denis. Von dort aus kehren wir alle nach Vielleteneuse zurück. Und ich will kein Wort mehr über den Jungen hören. Er hat dich verhext und betört. Die Zeit wird diesen Wahn heilen.«

Catherine bemühte sich nicht, ihm zu widersprechen.

Ach, vielleicht lernst du endlich Besonnenheit, sagten ihre Stimmen, als sie sich aus Paris herausbegaben.

Vielleicht bin ich nur zu erschöpft, um zu kämpfen, erwiderte sie. *Schlaft weiter.*

Warum hast du deinem Vater nicht alles erzählt? bohrten sie weiter.

Ich weiß es nicht. Laßt mich in Ruhe!

Was hatte sie denn tatsächlich davon abgehalten, Eliazar oder Hubert von der vergifteten Suppe zu erzählen, die für sie bestimmt gewesen war? Warum hatte sie das Psalmenbuch Hubert gegenüber nicht erwähnt? Waren es Zweifel oder Angst oder nur die Befürchtung, sie würden lachen und ihr nicht glauben wollen?

Stolz, Catherine, flüsterte eine Stimme.

»Ich habe gesagt, ihr sollt still sein!« erwiderte sie.

»Was ist?« fragte Hubert neben ihr, im Reiten halb vor sich hin dösend.

»Nichts, Vater.«

St. Denis war eingeschneit, gespenstisch lagen die Gebäude da im winterlichen Zwielicht. Die Statuen und halbfertigen Mauern waren zum Schutz bis zum Frühling mit Sackleinen und Stroh umwickelt. Kerzen leuchteten in den Fenstern, um Reisende zur Zuflucht zu geleiten. Hubert brachte Catherine sofort zum Gästehaus.

»Heute abend darfst du dich ausruhen«, sagte er. »Dann wirst du mit mir zu Abt Suger gehen. Ich meine es ganz ernst. Ich werde dich nicht mehr von meiner Seite lassen, bis du sicher der Obhut einer Äbtissin überantwortet bist.«

Zur Abwechslung sah Catherine keinen Sinn darin, spontan zu protestieren. Ein Ablenkungsmanöver mußte jetzt her.

»Vater, warum hast du mir nie was über deine Familie erzählt?« fragte Catherine.

»Du hast lange genug in dieser Welt gelebt, um die Antwort darauf zu kennen«, sagte er.

»Aber wenn es lange her ist und du jetzt ein guter Christ bist, was macht es dann? Der Gegenpapst Anaklet kam selbst aus einer jüdischen Familie.«

Hubert guckte sich um, suchte sogar hinter den Vorhängen nach eventuellen Lauschern.

»Abt Suger macht bevorzugt mit mir Geschäfte, weil ich ›ein guter Christ‹ bin. Und viele andere Leute auch. Die Tatsache, daß ich den Kontakt zu Eliazar oder meinen anderen Brüdern nicht abgebrochen habe, würde die Aufrichtigkeit meiner Bekehrung in zweifelhaftem Licht erscheinen lassen.«

Catherine seufzte erleichtert auf. »Das ist der einzige Grund für die Geheimniskrämerei bei deiner Arbeit? Du hast nichts mit den Juwelen zu tun, die aus dem Mörtel gestohlen wurden?«

Hubert packte sie so fest am Handgelenk, daß die Wunde wieder zu pochen begann.

»Woher weißt du das?« sagte er mit rauher Stimme.

»Garnulf wußte es«, stammelte Catherine. »Aleran hatte sie in seiner Hütte. Ich habe den Ring gefunden, den Agnes hineingeworfen hatte, aber der Leibeigene hat ihn mir gestohlen.«

»Der Wer hat was getan?« Hubert lockerte seinen Griff nicht. »Nein, sag nichts. Der Einsiedler hat also die Juwelen gehabt. Ich war sicher, daß es da noch jemanden geben mußte. Ich habe ihm ja gesagt, daß wir beim Harken nichts übersehen haben.«

»O Vater!« schrie Catherine. »Du hast doch nicht etwa Gott bestohlen?«

»O, Herr, hab' Erbarmen mit mir, daß ich solch ein Kind habe!« explodierte Hubert. »Catherine, warum mußtest du da hineingeraten? Du verstehst alles falsch.«

Er nötigte Sie, sich hinzusetzen und stand über ihr, hielt sie bei den Schultern, als ob sie wegfliegen könnte, bevor er fertig war.

»Die Spenden wurden zur Ehre Gottes gegeben«, sagte er behutsam. »In vielen Fällen konnten sie in anderer Form einem besseren Zweck zugeführt werden. Der Bau der neuen Kirche ist sehr teuer: Material, Arbeiter, Handwerker. Wir haben schlicht und einfach die Opfergaben genommen und sie in andere, nützlichere Opfer umgewandelt. Ich nehme nur einen kleinen Prozentsatz, um meine Kosten zu decken. Der Abt sorgt dafür, daß alles übrige nur für die Kirche verwendet wird. Verstehst du?«

»Ja«, sagte Catherine. Aber es störte sie trotzdem. Sie wollte fragen, wie klein der Prozentsatz war, hielt diesen Augenblick aber nicht für geeignet.

Hubert ließ sie los. »Morgen«, sagte er, »wirst du Suger alles beichten.«

»Wirklich alles?« fragte Catherine.

Hubert wollte wieder böse werden, doch in seiner Miene lag eine Spur von Scham.

»Nein, Tochter«, seufzte er. »Erzähl' ihm alles, was du sagen darfst. Ach, Catherine! Ich bin die Geheimnisse leid!«

»Lieber Vater«, schniefte Catherine. Sie fiel ihm um den Hals. »Ich ja auch! Aber ich fürchte, nur die, die schon im Himmel sind, tragen nichts in ihren Herzen, das sie verbergen müssen.«

Es war später Nachmittag, bevor Catherine und Hubert in Sugers Haus vorgelassen wurden. Abt Suger war in der Abtei mit adeligen Besuchern beschäftigt, und Hubert und Catherine hatten zu warten. Sie saßen schweigend auf der harten Bank vor seinem Zimmer. Beide befaßten sich mit dem, was ihnen jeweils das Herz schwermachte, daher fuhr Catherine erschrocken hoch, als sie die dunkle Gestalt vor sich stehen sah. Sie blickte in Bruder Leitberts Glupschaugen.

»Ein Bote sucht nach Euch«, sagte er zu Hubert. »Der Burgvogt von Vielleteneuse hat ihn geschickt. Er möchte Euch sofort sprechen.«

»Dann laßt ihn kommen«, sagte Hubert.

397

»Er ist sehr schmutzig«, entgegnete Leitbert. »Ich will nicht, daß die Gemächer des Abtes so aussehen wie der Vorraum einer Pariser Schenke.«

Hubert erhob sich. »Na gut. Catherine, dein Umhang.«

»Eure Tochter braucht nicht mitzugehen«, sagte Leitbert. »Der Abend ist bitterkalt. Ich werde bei ihr bleiben, bis Ihr zurückkommt.«

»Ihr müßt versprechen, sie nicht einen Moment aus den Augen zu lassen«, warnte ihn Hubert.

»Wie Ihr wünscht«, sagte Leitbert.

»Ich bin in ein paar Minuten wieder da«, sagte Hubert zu ihr. »Rühr' dich nicht von der Stelle.«

Catherine saß unruhig da. Sie versuchte, Leitbert anzulächeln, der sie böse anfunkelte. Hatte er in ihr den Mönch erkannt, der das Psalmenbuch gestohlen hatte?

»Es ist gütig von Euch, zu warten«, sagte sie.

Leitbert knurrte und fuhr fort, sie anzufunkeln. Endlich sprach er: »Genau an dieser Stelle habe ich mit einem Dämon gerungen.«

Catherines Augen weiteten sich. »Erst kürzlich?« erkundigte sie sich.

»Du glaubst mir nicht«, sagte er. »Die anderen werden es dir bestätigen. Überall auf der Treppe und bis ins Kloster hinein waren dampfende Fußabdrücke.«

Catherine schluckte. »Ich glaube Euch.«

»Er hat mich angepackt«, fuhr er fort. »Ich habe noch das feurige Mal seiner Hand auf meiner Brust. Willst du es sehen?«

Catherine schüttelte den Kopf.

»Es ist keine Hand, weißt du …« Er senkte die Stimme. »Es ist ein Hufabdruck. Zwei tiefe Wunden vom Bocksfuß des *aversier!*«

Die metallbeschlagenen Ecken des Psalmenbuchs müssen scharf gewesen sein, dachte Catherine. Also hatte er sie nicht erkannt.

»Bist du sicher, daß du es nicht sehen willst?« Er kam näher heran und öffnete seine Kutte.

»Nein!« schrie Catherine. »Geht weg!«

Verblüfft trat er zurück. »Aber alle anderen wollten es sehen.«

»Catte! Was hat er dir getan?«

»Onkel!« Catherine streckte ihm die Arme entgegen. »Ich bin so froh, daß du da bist.«

Der Präzentor sah beide abwechselnd an.

»Das ist deine Catherine?« fragte er. »Die da? Für die hast du deine Seele hergegeben? Du mußt wahnsinnig sein.«

Roger sprang ihm an die Gurgel. »Schweig still, oder ich reiße dir die Zunge heraus«, sagte er ruhig, dann schleuderte er ihn unsanft auf die Bank.

Er wandte sich wieder Catherine zu. »Catte, hör' nicht auf ihn. *Er* ist derjenige, der hier wahnsinnig ist. Er sieht Dämonen.«

Catherine ging auf ihren Onkel zu, streichelte ihm die Wange und flüsterte: »Schon gut. Ich weiß von dem Pakt mit Aleran. Ich liebe dich für deine Sorge um mich, Roger, aber wie konntest du an so etwas auch nur denken? Du mußt doch gewußt haben, daß Satan nicht mit sich handeln läßt.«

Rogers Gesicht wurde aschfahl und völlig emotionslos. Er öffnete den Mund und schloß ihn wieder. Endlich sprach er:

»Du solltest nie davon erfahren, Catte.« Er schloß die Augen. »Ich bin wegen der Arznei zu ihm gegangen. Er hat mich ausgelacht und seinen Preis genannt. Ich habe es für einen Scherz gehalten. Das war etwas für die Frauen und

Bauern, die ihn für göttlich hielten. Aber er hatte schon so lange Wunder vollbracht, daß er sich für einen Abgesandten des Teufels hielt. Und das war er wohl auch. Die Arznei hat gewirkt.«

»O Roger«, sagte Catherine leise. »Weißt du denn nicht, daß ich lieber gestorben wäre?«

»Ja!« Er ging wieder zu Bruder Leitbert. »Darum mußte ich mir den Vertrag wiederholen und ihn verbrennen. Aber er war nicht da. Die Schatulle war weg. Ich dachte, der englische Junge hätte ihn. Aber er war es wohl nicht, oder?«

Er schleifte den Präzentor von der Bank und begann ihn langsam zu würgen.

»Du hast ihn genommen, nicht wahr?« Er schüttelte den Mann so heftig, daß Catherine befürchtete, der Kopf würde ihm abfliegen. »Was hattest du damit vor, *bricon?* Wolltest ihn mir sicherlich zurückgeben, was?«

»J-j-j-ja, Herr Roger«, konnte Leitbert hervorstoßen. »Aber der *aversier* in der Bibliothek, er hat ihn mir gestohlen.«

»Schon wieder dein Dämon?« Roger schüttelte ihn noch fester. »Du lügst! Der einzige *aversier* bist du!«

»Nein! Nein! Hilf mir!« röchelte Leitbert, seine Augen flehentlich auf Catherine gerichtet.

»Tu' ihm nicht weh. Es stimmt. Es gab einen Dämon, Roger«, sagte Catherine. »Ich war's.«

»Was?« Roger ließ den Präzentor los.

»Was?« kam Leitberts Echo, als er wieder Luft bekam.

»Alerans Verträge steckten in dem Psalmenbuch, das ich angefertigt habe. Jemand hat es geschändet, und ich wollte es nur zurückhaben. Ich wußte nicht, daß sie da drin waren. Ich haben deinen Vertrag versteckt, als ich ihn gefunden habe.«

Leitbert gaffte Catherine aus der Hocke an.

»Wo sind sie jetzt?« flüsterte er entsetzt.

»Meister Abaelard hat sie«, erklärte Catherine. »Nur Rogers nicht. Er wird dafür sorgen, daß man dich bestraft, du böser Mann. Du bist derjenige, der mein Buch ruiniert hat, nicht wahr? Und du hast den armen Garnulf getötet. Hast du auch den Eremiten erstochen, um an die Verträge zu kommen? Und wie ist es dir gelungen, mein Essen zu vergiften?«

Sie hielt inne. Wie hätte er das tun können? Er wußte nicht einmal, daß sie etwas mit der Sache zu tun hatte.

»Ich wollte Garnulf nicht töten«, schluchzte Leitbert. »Er hat uns dabei ertappt, wie wir die Juwelen herausgeholt haben. Ich habe ihm einen Anteil angeboten! Was war bloß mit ihm los? Er wollte zum Abt gehen. Ich wollte ihn nur bewußtlos schlagen, aber er ist ausgerutscht. Das ist alles! Ein Unfall!«

»Und Aleran?« fuhr Catherine fort. »Ist er auch ›ausgerutscht‹ und dabei in sein Messer gefallen?«

»Nein!« schrie Leitbert. »Damit hatte ich nichts zu tun. Wie denn auch? Er war doppelt so groß wie ich. Wir haben gute Geschäfte miteinander gemacht. Ich habe nie ...«

»Lügner!« schrie Roger und zückte sein Messer. »Mörder! Du hast versucht, meine Nichte umzubringen! Glaub ja nicht, deine Mönchskutte könnte dich schützen!«

Leitbert kreischte.

»Roger! Nein!« Catherine warf sich auf ihn, aber er war zu schnell. Das Messer bohrte sich in das Herz des Präzentors. Röchelnd sackte Leitbert in sich zusammen.

Roger wischte das Messer sorgfältig an Leitberts Kutte ab. Er steckte es in die Scheide zurück und richtete sich auf.

Catherine starrte ihn voller Entsetzen an.

»Sieh mich nicht so an«, sagte er. »Jemand mußte für Gerechtigkeit sorgen. Man hätte ihn wegen des Mordes an Garnulf vor den Abt gebracht, ihm ein paar Gebete auferlegt und ihn freigelassen.«

»Aber er hat gesagt, daß es ein Unfall war«, sagte Catherine.

»Das glaubst du doch nicht im Ernst«, sagte Roger lachend.

Catherine starrte ihn unverwandt an. Sie fühlte sich genauso wie damals, als sie in die Leere in Alerans Augen geblickt hatte. Es war der Körper ihres Onkels, aber ETWAS ANDERES lebte darin. Und sie wußte, was ES getan hatte.

»Doch, das glaube ich. Leitbert war widerlich und rachsüchtig, aber die Art Rache, die er wollte, bekam er, indem er andere schmähte und nicht, indem er sie ermordete. Er war kein Mann der Tat. Du hättest ihn dem Abt überlassen sollen«, sagte sie. »Oder hattest du Angst vor dem, was er über dich sagen würde?«

Rogers Miene verhärtete sich. »Du weißt gar nichts darüber, Catte. Du hast keine Ahnung. Ich bin mein Leben lang für andere der Botenjunge oder Soldat gewesen. Ich hatte ein Recht auf etwas Eigenes. Niemand hat das wenige vermißt, was wir genommen haben. Suger hat so viele Juwelen, daß er sie gar nicht alle zählen kann. Es ist ja nicht so, als ob wir den Armen das Brot gestohlen hätten.«

»Das mußt du mit deinem Gewissen abmachen, Onkel«, sagte Catherine. Sie bewegte sich auf den Ausgang zu. »Warum hast du die Verträge nicht an dich genommen, als du den Einsiedler getötet hast?« fragte sie.

»Weil ich nicht lesen kann!« schrie er, zu überrascht, um es zu leugnen. »Überall lagen diese Papiere herum. Ich wußte nicht, welches meines war.«

»Du hättest sie alle vernichten können«, sagte sie. Sie war unheimlich ruhig. Hatte auch von ihr irgend etwas Besitz ergriffen?

»Nein, das konnte ich nicht.« Er kam näher, fest entschlossen, es ihr zu erklären. »Ich brauchte die anderen. Man hätte mich gut dafür bezahlt. Durch den Handel mit den Verträgen hätte ich mir alle Wünsche erfüllen können. Ich habe sie versteckt, aber er hat sie mir gestohlen! Das wäre unser Glück gewesen. Ich habe es für dich getan, Catte.«

»Nein, nicht für mich.«

Sie wich vor diesem Fremden im Körper ihres Onkels zurück.

»Für wen denn sonst?« Er stellte sich zwischen sie und die Tür. »Du weißt, daß ich dich liebe. Weißt du, was das in mir ausgelöst hat, als du ins Kloster gingst? Ich hätte dich damals geholt, aber ich besaß ja nichts. Kein Land, kein Geld, keine Macht. Aber jetzt bekomme ich das alles. Aleran hat es mir gegeben, durch seinen Meister. Du siehst also, daß du die Verträge zurückholen mußt. Sie gehören uns. Es ist alles für dich.«

»Nein, das ist nicht wahr. Wenn du es für mich getan hast, warum hast du dann versucht, mich zu vergiften?«

»O Catte, meine Teuerste.« Er kam einen Schritt näher auf sie zu. Ist es das, was dich bedrückt? Das habe ich nie getan.«

Catherine entfuhr ein Seufzer.

»Ich bin so froh«, sagte sie. »Wenn du das nicht fertigbringen konntest, dann besteht noch Hoffnung. Der arme kleine Junge!«

»Dieser hinterhältige, schnüffelnde kleine Verräter, meinst du wohl. Er sah mich aus der Hütte herauskommen.

Wer weiß, wie lange er mich dort beobachtet hat? Hat mir gesagt, ich sollte mir keine Sorgen machen, er hätte ›viele Geheimnisse‹. Na, jetzt wird er sie alle für sich behalten.«

Catherines Herz erstarrte.

»Er hätte es nicht erzählt«, sagte sie. »Er wollte ehrenhaft sein, wie ein echter Ritter.«

»Ein echter Ritter! Diese Art von Ehrenhaftigkeit würde dir im Schlaf die Kehle durchschneiden«, sagte Roger. »Meine Seele war sowieso verloren. Für mich stand *hier* zuviel auf dem Spiel, als daß ich auch noch Schwierigkeiten wegen eines Kindes hätte in Kauf nehmen können.«

»Roger, hör' mir genau zu. Was du getan hast, ist abscheulich!« Catherine mußte versuchen, es ihm verständlich zu machen. »Aber du darfst nicht glauben, daß du nicht erlöst werden kannst. Bis zum letzten Atemzug haben wir eine Chance. Wenn du jetzt bereust, aufrichtig, und dein Leben änderst, wird Gott sich deiner annehmen.«

»Catte, hast du nicht zugehört?« Roger kam noch näher und nahm ihre Arme in seine Hände. Er rieb sie auf und ab, von den Ellbogen bis zu den Schultern, während er sprach. Die Reibung erwärmte ihre Haut wie ein kleines Feuer unter dem Bratrost.

»Ich habe es mit Gott versucht«, sagte er. »Aber Gott beachtet Männer wie mich nicht. Er hat den Himmel für die Mönche und die ewigen Heulsusen wie Madeleine erschaffen. Die einzigen Ritter, die erlöst werden, sind die Templer, und ich wollte nicht Keuschheit und Barmherzigkeit geloben, wo ich doch Reichtum wollte … und dich.«

»Roger, du bist mein Onkel. Eine Heirat zwischen uns ist verboten.«

»Catte, Stehlen ist verboten, aber Suger und dein Vater leben gut davon. Töten ist verboten, es sei denn, man bringt

404

Ungläubige um. Inzest ist verboten, es sei denn, man kann den Papst bestechen und erhält einen Dispens. Wenn man alle Gesetze im Namen Gottes brechen kann, fährt man mit der Hilfe Satans sogar noch besser. Verstehst du das denn nicht? Alles, was ich getan habe, ist, den Deckmantel der Heuchelei wegzuziehen.«

»Roger, nur weil die Menschen käuflich sind, heißt das noch lange nicht, daß es Gott gefällt.«

»Doch, Catte.« Er zog sie an sich. »Die Regeln sind klar. Gott und der Teufel wollen beide unsere Seelen. Aber Gott läßt uns dafür bezahlen. Wir leiden und hungern und ver- leugnen uns ein Leben lang für einen Platz im Himmel ohne Macht und Sinnenlust. So stelle ich mir die Wonne nicht vor. Aber Satan ist bereit zu verhandeln. Er gibt uns jetzt etwas. Er hat mir dein Leben geschenkt; er hat mir Reichtum und Ruhm versprochen.«

»Aber Roger, ein paar Jahre Ruhm für eine Ewigkeit vol- ler Pein?«

Catherine mußte ihn zur Einsicht bringen, bevor es zu spät sein würde. »Ewige Qualen ... denen willst du dich doch sicher nicht aussetzen?«

»Die einzige Qual ist, dich wieder zu verlieren, Catte. Komm' mit mir.«

»Wohin, Roger?«

»Weit weg, wo man uns nicht kennt.« Er lächelte sie an, wirkte fast kindlich in seinem Vertrauen. »Wir können ins Heilige Land gehen, wenn dir das gefällt. Ich habe jetzt Ju- welen, für die ich ein Schloß kaufen kann. Du kannst Seide haben und ... und alle Bücher, die du dir wünschst. Unsere Kinder können in Jerusalem getauft werden.«

O heilige Katharina! Wie kann ich ihm nur helfen?

»Roger, ich gehe mit dir nach Jerusalem, aber nur als Pilgerin, barfuß und arm, um meinen Anteil an deinen Sünden zu büßen. Sie drückte ihn fest, wollte ihm das Böse austreiben. »Bitte, Onkel! Welche Buße man dir auch auferlegt, ich will mit dir leiden. Aber du mußt das ganze furchtbare Ausmaß deiner schrecklichen Tat verstehen.«

Er hielt sie fest und seufzte: »O Catte!«

Sie sah zu ihm auf. »Dann gehst du also zu Abt Suger, um zu beichten?«

»Kommst du mit?«

»Natürlich.« Sie nahm ihn bei der Hand.

Sie traten in die Nacht hinaus, ließen Leitberts Leiche in einer sich immer weiter ausbreitenden Blutlache liegen.

Im Gästehaus fand Hubert nicht den Mann aus Vielleteneuse vor, sondern Solomon und – zu seiner Überraschung und Wut – Edgar.

Edgar wartete keine Formalitäten ab.

»Wo ist Catherine?« fragte er. »Was habt Ihr mit Ihr gemacht?«

Hubert ignorierte ihn.

»Solomon, was hast du mit diesem Menschen zu schaffen?« verlangte er zu wissen.

Solomon zog sich die Stiefel aus und schüttete den geschmolzenen Schnee auf den Herd, wo er zischend verdampfte.

»Ich versichere dir, daß mir dies kein Vergnügen bereitet, Hubert«, sagte er. »Du solltest ihn anhören. Du hast mir gesagt, Catherine sei unerfahren in weltlichen Dingen. Was sie aufgedeckt hat, ist viel schlimmer als alles andere, wovon wir bereits wissen.

»Wo ist sie?« unterbrach ihn Edgar. »Ihr habt sie doch nicht etwa allein gelassen?«

»Natürlich nicht«, brüllte Hubert. »Der Mönch, der die Aufsicht über die Bibliothek führt, ist bei ihr.«

Beide Männer sprangen auf. Edgar stürzte zur Tür, trotz seiner bloßen Füße.

»Alter Dummkopf!« schrie er. »Ihr habt sie ausgerechnet bei dem Mann gelassen, der ihr mit größter Wahrscheinlichkeit Schaden zufügen will.«

»Was sagt er da?« schrie Hubert zurück. »Erzähl mir nicht, wie ich auf meine Tochter aufpassen soll!«

Im hinteren Teil des Gebäudes hörte sie die Wärterin und verriegelte die Zwischentür.

»Der Mann stand mit dem Eremiten im Bunde«, erklärte Solomon. Er wollte sich die nassen Stiefel wieder anziehen.

Hubert hielt ihn auf.

»Keine Sorge«, sagte er. »Auf dem Weg hierher bin ich Roger begegnet und habe ihm gesagt, er soll mit ihr warten.«

Solomon entspannte sich, doch Edgar schüttelte nur den Kopf.

»Ich weiß nicht, warum ihr alle diesem Mann vertraut«, murmelte er. »Ich kann Euch sagen, so wie ich ihn, unter seiner Stiefelspitze liegend, erlebt habe, sehe ich keinen Anlaß, an seine Redlichkeit zu glauben.«

»Roger hat Catherine vergöttert, seit sie ein kleines Kind war«, sagte Hubert. »Nun, Solomon, erzähl' mir alles. Von Anfang an.«

Edgar verging vor Ungeduld, als die Geschichte ihren Lauf nahm. Solomon besaß die Gabe, eine Erzählung zwar interessant, jedoch nicht gerade kurz zu gestalten. Roger war ein Ritter — na und wenn schon! Edgar hatte vier Brüder, die Ritter waren, und nur zweien würde er nicht zutrauen, daß sie ihm ein Messer in den Rücken jagen würden, falls es ihnen zupaß käme. Mochte ja sein, daß er sie vergöttert hatte, als sie klein war, doch Edgar erkannte wohl, daß es nicht mehr die gleiche Art von Hingabe war, die der Mann jetzt empfand. Was war denn nur mit diesen Franzosen los? Hatte ihnen der Wein das Gehirn erweicht? Nach einer halben Stunde voller Erklärungen, als Solomon so gerade eben bei der Schändung des Psalmenbuchs angelangt war, beschloß Edgar, daß es ihm reichte. Er schlüpfte in seine Stiefel und ging hinaus, um Catherine zu suchen.

Die Nacht war klar, aber mondlos. Im Hof gab es keine Laternen. Edgars Augen waren noch vom Licht im Inneren des Hauses getrübt, doch er fand den Weg aus der Erinnerung.

Er klopfte an die Tür des Hauses, in dem der Abt wohnte. Es kam keine Antwort. Er klopfte stärker, und die Tür schwang auf. Er trat ein. Der Raum war dunkel.

»Catherine!« rief er. »Catherine! Was ...?«

Er war in etwas Klebriges getreten. Er hob seinen Fuß und setzte ihn auf einen Körper.

»Catherine!« Er beugte sich hinunter und tastete hektisch die Kutte ab. Erleichtert atmete er auf, als er den Kopf mit der Tonsur fühlte. Einerlei, wer es war. Er bekreuzigte sich rasch und murmelte „*In nomine Patris* ...« über dem toten Mann. Dann rannte er die Treppe hinauf, um Catherine zu suchen.

In der Bibliothek war niemand. Edgar sah aus dem Fenster und überlegte, wo er als nächstes suchen sollte.

Die Sterne verbreiteten so wenig Licht. Die Welt bestand nur aus grauen und schwarzen Schatten. Der Turm mit seinen leeren Fenstern ragte hoch über der Abtei auf. Der Hof war leer, die Mönche im Dormitorium bereiteten sich auf das nächste Stundengebet vor. Wohin konnte sie gegangen sein?

Für den Bruchteil einer Sekunde wurde die Dunkelheit an einem der Fenster unterbrochen. Das Flattern eines weißen Schleiers; er blähte sich auf und sank zu Boden. Langsam schwebte er herab, wie eine verwundete Taube, die immer noch versucht, mit einem Flügel davonzufliegen. Edgar sah ihn nicht landen. Er war schon die Treppe hinunter und raste über den Hof.

Zweiundzwanzigstes Kapitel

St. Denis, irgendwann zwischen Vesper und Komplet, wo die Zeit keine Rolle mehr spielt

Seit langer Zeit nun kämpft die Weisheit gegen das Böse, und darum steigt auch sie jetzt herab, in die Arena dieser Welt.

Gueric von Igny
Weihnachtspredigt

»Roger, lass' uns zuerst Vater holen«, sagte Catherine, als er sie über den Hof führte. »Er wird dir helfen, das weiß ich. Ich glaube ohnehin nicht, daß Abt Suger jetzt in der Kirche ist.«

Roger änderte die Richtung nicht.

»Ich möchte, daß du dir zuerst etwas ansiehst, Catte«, sagte er. »Wenn du dann immer noch nicht überzeugt sein solltest, gehen wir zum Abt.«

Sie waren fast am Eingang zum Westturm angelangt. Catherine wollte sich zurückziehen.

»Nein, Roger«, flehte sie. »Du hast gesagt, du würdest beichten.«

Roger zog sie ins Innere des unvollendeten Turms.

»Komm' mit mir«, sagte er.

Sie konnte sein Gesicht nicht sehen. Sie wollte es auch gar nicht.

413

»Roger, nein!« schrie sie.

Sie schrie noch einmal.

»Sie werden dich nicht hören«, sagte Roger ruhig. »Mein Meister hat ihnen die Ohren verstopft. Aber er wird deine öffnen. Komm' mit mir. Wenn wir oben sind, wirst du es verstehen.«

Sie versuchte wegzulaufen, doch er hielt sie an den Rökken fest, pakte sie dann bei den Hüften und warf sie sich über die Schulter. Dann begann er die Treppe hochzusteigen, ignorierte dabei ihr Geschrei und das Trommeln ihrer Fäuste auf seinem Rücken.

»Er hat dich mir versprochen, Catte«, erklärte Roger. »Du würdest gesund, und wir könnten für immer zusammenleben. Für immer, Catte, nicht nur in dieser Welt, sondern auch in der nächsten. Im Himmel gibt es keine Sinnenlust, aber in der Hölle können wir sie genießen. Für immer, mein Schatz, in alle Ewigkeit. Sie werden dich nie wieder von mir trennen.«

»Roger, hör' mir zu.« Das Sprechen fiel schwer, wenn der Kopf nach unten hing. »Was, wenn Aleran dir das nur so erzählt hat? Warum solltest du das glauben? Der Teufel hält sich nicht an Vereinbarungen.«

»O doch, Catte«, sagte Roger im Gehen. Er war nicht einmal außer Atem. »Hat Marie nicht einen gesunden Sohn bekommen? Und hat die Gemahlin von Henri de Aquaforte ihn nicht wegen Robert, dem Ritter, verlassen?«

»Ich dachte, du kannst nicht lesen«, erwiderte Catherine.

Roger lachte. »Aleran hat es mir gesagt. Was glaubst du wohl, was mit den einhundertundfünfundzwanzig Goldstücken geschah, die Robert haben wollte? Ich stand höher in Satans Gunst, und daher habe ich sie bekommen. Wie du siehst, hab' ich auch dich bekommen.«

Während er sprach, gab Catherine ihre vergebliche Gegenwehr auf und begann, sich den Kopfputz abzunehmen. Sie waren fast oben. Wie fand er seinen Weg so sicher im Dunkeln? Sie nahm ein geringfügig helleres Rechteck und einen Windstoß wahr. Mit aller Kraft warf sie das Tuch hinaus und betete, daß es nicht wieder hereingeweht werden würde. Roger erreichte die Spitze der Westfassade. Genau die Stelle, von der Garnulf abgestürzt war. Er setzte sie ab.

»Du mußt über den Rand schauen«, sagte er zu ihr. »Ich will, daß du siehst, wie klein die Welt ist.«

Er schleppte sie bis an die Mauerkante und hielt sie dort fest, bis sie hinabsah. Voller Verzweiflung bemerkte sie, daß niemand da war.

»Siehst du, Catte«, sagte Roger sanft. »Die Abtei, das Dorf ... sieh', wie rasch sie sich im Wald verlieren. Dort ist Dunkelheit und Chaos. Dort regiert niemand. So ist sie, die Welt, ein kleiner Fleck der Ordnung. Außerhalb ist nichts sicher. Ich habe mich dem stärksten Herrn verschworen, den ich in diesem Leben finden konnte. Und tat es auch für das nächste. Satan wird uns belohnen, Catte. Er gibt uns alles, was wir uns wünschen.«

Verstört begann Catherine, das Vaterunser zu beten. Roger schüttelte sie, bis sie mit den Zähnen klapperte und sie die Worte nicht mehr herausbekam.

»Das darfst du nicht tun!« schrie er. »Du weißt nicht, gegen welche Macht du dich stellst!«

»Du auch nicht«, flehte Catherine. »Halte ein in deinem Wahn, Onkel!«

Er begann, sie zur Treppe zurückzuschleifen. »Also gut, Catte«, sagte er. »Du mußt es lernen. Ich nehme dich mit, und du wirst sehen, daß uns nichts aufhalten kann. Zuerst gehen wir nach Paris, damit ich meine Verträge zurückbekomme.«

Dieses Mal war Catherines Schrei laut genug, um Mönche und Besucher an die Fenster zu locken. Hubert und Solomon rannten in den Hof hinaus und suchten nach der Quelle. Solomon deutete auf den Turm.

Edgar hatte schon die halbe Treppe genommen.

Roger hielt ihr den Mund zu.

»Warum tust du das? Warum erkennst du die Wahrheit nicht?« Er weinte vor Verzweiflung.

O, wo waren jetzt bloß ihre provozierenden Stimmen? In welcher Predigt oder welchem Syllogismus konnte sie die Antwort finden, um Roger aufzuhalten?

Edgar hatte die oberste Treppenstufe erreicht und stand keuchend und benommen da. Catherines Schrei hatte ihn hinaufgetragen, als ob es Drachen gewesen wären. Noch nie in seinem Leben hatte er sich so schnell bewegt. Er wischte sich den Schweiß aus dem Gesicht. Verdammte Nacht! Wo war Catherine?

Er entdeckte die Gestalten auf dem Gang. Er konnte sehen, wie die kleinere versuchte, sich zu befreien.

Mit einem Urschrei stürzte sich Edgar auf Rogers Rücken.

Selbst in seinem Wahn war Roger einem unbewaffneten, untrainierten Kleriker weit überlegen. Blitzschnell drehte er sich um und traf Catherines Schulter, als er auf Edgars Arme einstach. Edgar schrie auf und ließ los. Roger richtete sich auf und ging auf ihn los.

Catherine versuchte stehenzubleiben, das Blut zu stillen und mitzubekommen, was geschah. Nur ersteres wollte ihr gelingen. Von unten hörte man Rufe und das Klirren von Metall.

Wie groteske Schatten, die sich in der Dunkelheit rauf-

416

ten, nahm sie Edgar und Roger wahr. Rogers blitzendes Messer hob sich von der Schwärze ab. Er kam näher.

Edgar hatte kein Messer.

Sie dachte nicht einmal nach. Edgar war in Gefahr. Sie rannte auf ihren Onkel Roger zu, in der vagen Absicht, ihn zu erwürgen, stolperte über ihre zerrissenen Kleider und fiel mit ihrem ganzen Gewicht auf ihn.

Er stürzte.

»Edgar, hol dir sein Messer!« schrie sie, als sie aufzustehen versuchte.

»Catte! Roger streckte die Arme nach ihr aus. »Du gehörst mir! Du darfst nicht ...«

Er war zu gut trainiert. Er war wieder oben, bevor Edgar ihn erreichte. Aber jetzt stand Catherine zwischen ihnen.

»Du wolltest meine Seele«, sagte sie. »Du wirst sie dir holen müssen, bevor du diesen Mann verletzen kannst.«

»Catherine«, sagte Edgar leise. »Nicht!«

»Du kannst ihn nicht wollen, Catte«, sagte Roger. »Was hast du ihr versprochen, *avoutre?* Du kannst ihr unmöglich mehr geboten haben als ich. Catte, süße, liebe, wunderschöne Catte, komm' mit mir. Wir werden uns heute nacht in der Hölle lieben.«

Er eilte auf Catherine zu. Edgar schubste sie aus dem Weg und packte Rogers Arm, wobei er seine beiden Arme gebrauchte, um die Klinge nach oben gerichtet zu halten. In diesem Augenblick trafen Hubert und Solomon ein.

»Hubert, hilf mir!« schrie Roger. »Er wollte Catherine entführen.«

Hubert zückte sein Messer und ging auf Edgar los.

»Vater!« Catherine erwischte ihn am Mantel. »Es war Roger! Er hat Aleran getötet. Und Adulf. Er ist besessen. Halte ihn auf!«

417

Hubert hielt inne. In dieser Sekunde riß Roger sich los.

Statt den Angriff zu wiederholen, lief er auf die Außenmauer zu und kletterte zwischen den Zinnen hoch.

»Nun sieh die Macht meines Meisters, Catte.« Er lächelte. »Er bringt mich in Sicherheit. Keine Angst. Ich komme dich bald holen.«

Er sprang vom Turm. Catherine sah, wie sich die Zuversicht in seinen Augen in Unglauben verwandelte und dann in Entsetzen, bevor er verschwand, um unten im Hof zu landen.

»Roger!« kreischte sie. »Niemand kann fliegen! Niemand ...«

Unwillkürlich mußte sie an Simon den Magier denken. Auch dem hatte der Teufel keine Flügel verleihen können. Wie hatte Roger bloß so vielen Lügen Glauben schenken können? Sie fing an zu weinen.

»O, mein Kleines.« Hubert streckte die Arme nach ihr aus.

Aber Catherine ging auf Edgar zu.

»Es war, als ob er mich in eine andere Welt ziehen wollte«, sagte sie. »Ich hatte entsetzliche Angst, er könnte mich dorthinbefördern, bevor du kämst. Wie bist du von Paris hierhergekommen? Woher wußtest du, wo ich zu finden bin?«

Edgar sah sie an.

»Willst du die Wahrheit hören oder daß ich sage, daß ich immer weiß, wo ich dich finde?« sagte er.

Catherine öffnete ihren Umhang und umarmte ihn, wickelte sie beide darin ein.

»Das ist die Wahrheit«, sagte sie.

Epilog

Paris, Sonnabend, den 6. Januar 1140, Epiphaniastag

Ante Luciferum genitus, et ante secula dominus, salvator
noster hodie mundo apparuit.

*Vor Luzifer gezeugt und Herr von Ewigkeit zu Ewigkeit, ist unser
Heiland heut' der Welt erschienen.*
Aus dem Brevier des Paraklet
Liturgie für Epiphanias

»Es tut mir leid, Catherine«, sagte Hubert. »Aber wir sind alle der Meinung, daß deine Mutter dich nicht sehen sollte, wenigstens solange nicht, bis sie sich von der Trauer über Rogers Tod erholt hat.«

»Aber Vater«, widersprach Catherine, »Agnes sagt, sie zündet schon Kerzen für *mich* an!«

»Ich weiß, aber es gibt ihr Trost, und« — Hubert schnitt eine Grimasse — »es beruhigt sie. Ihr Geist ist schon so verwirrt, daß es sie mehr verletzen wird, dich am Leben zu wissen, als daß es ihr hilft.«

»Du willst also, daß ich ins Paraklet zurückkehre und so tue, als ob nichts geschehen wäre?«

»Ja, Catherine, das möchte ich«, sagte Hubert. »Wenn ich mich recht erinnere, wolltest du das auch.«

»Ich weiß«, antwortete sie. Dann sah sie Edgar an.

Sie saßen um den Herd in Eliazars Haus. Das war der einzige Ort, an dem sich sowohl Edgar als auch Catherine mit Huberts Einverständnis aufhalten durften. Seit dem Moment auf dem Turm wußte er, daß es zu schwierig sein würde, sie zu trennen.

»Später, Hubert«, hatte Eliazar gewarnt. »Catherine wurde soeben furchtbar verraten von jemandem, den sie liebte und dem sie vertraute. Gib ihr ein paar Tage, um sich zu erholen.«

Aber ein paar Tage waren vergangen, und während Catherine sehr wenig über Roger gesagt hatte und abgesehen von ihren Wunden und Prellungen fast schon wieder die alte war, gab es keinerlei Hinweise darauf, daß sie ihr Interesse an Edgar verlieren könnte. Hubert starrte säuerlich auf diese Komplikation im Leben seiner Tochter. Edgar lächelte ihn nervös an.

»Was hat Abt Suger gesagt, als Ihr ihm alles erzählt habt?« fragte Edgar.

Hubert knurrte.

»Nichts«, sagte Eliazar. »Sogar Abaelard hat ausnahmsweise zugestimmt, daß die Wahrheit niemandem nützen würde. Suger glaubt, daß der Präzentor von einem Dieb getötet wurde und daß Roger bei dem Versuch umkam, diesen zu fangen. All jene, die mit den Diebstählen in der Abtei zu tun hatten, sind jetzt verschwunden. Es würde den Abt nur unnötig schmerzen, zu erfahren, was wirklich geschehen ist.«

»Und er könnte den Glauben an jene verlieren, denen er seine Geschäfte anvertraut hat«, bemerkte Catherine.

»Erbarmen, Catherine!«

Sie sah sich erschreckt um. Das war keine von ihren Stimmen. Wer hatte da gesprochen?

»Aber Herr«, fuhr Edgar fort, »seid Ihr sicher, daß alle Beteiligten tot sind? Ich weiß, daß ich zwei Leute gehört habe, als ich bei Alerans Hütte war. Falls er selbst schon tot war, müssen das wohl Roger und Leitbert gewesen sein. Aber ich könnte schwören, daß Roger annahm, ich hätte diesen Vertrag mit dem Satan.«

»Es gab noch einen anderen«, antwortete Hubert. »Er ist jetzt hier. Er hat mich angefleht, mit Euch sprechen zu dürfen, bevor er wieder geht.«

Hubert verließ für eine Minute das Zimmer und kam mit einem großen Mann im grauen Büßergewand zurück. Er ging gebückt und wirkte schüchtern, und Catherine brauchte eine Weile, bevor sie ihn erkannte. Doch selbst dann konnte sie es nicht glauben.

»Sigebert?« fragte sie.

Laut stöhnend warf er sich auf den Boden.

»Verzeih mir, Catherine, obwohl ich deiner Vergebung nicht würdig bin!« rief er. »Ich habe den Honigworten des Teufels gelauscht und seine Befehle ausgeführt. Ich verdiene dein Verzeihen nicht, dennoch ersehne ich es.«

»Sigebert?« sagte sie noch einmal. »Was soll das?«

Er weinte zu sehr, um antworten zu können. Hubert klopfte ihm auf den Rücken und wollte ihn zum Aufstehen bewegen, doch er blieb liegen, von tiefer Rührung überwältigt.

»Er ist vor ein paar Tagen zu mir gekommen«, erklärte Hubert. »Er diente Aleran und Leitbert als Bote. Sie hatten ihm versprochen, sein Bruder würde bald ohne Erben sterben und er könnte ihn beerben. Er hat wirklich an Alerans Macht geglaubt. Rogers Tod hat ihn verstört, doch schlimmer noch, er erfuhr kurz danach, daß die Frau seines Bruders gesunde Zwillinge geboren hat. Sogar Sigebert kann ein Zeichen erkennen.«

»Stimmt das, Sigebert?« fragte Catherine.

»Stimmt alles«, röchelte er. »Ich bin ein elender verdammter Sünder!«

»Sigebert hat sich erboten, den Kleriker John zu all denen zu begleiten, die ebenfalls Verträge für Aleran unterzeichnet haben. Sie sollen das Papier zurückerhalten und in der orthodoxen Doktrin göttlicher Vergebung unterwiesen werden. Wenn das getan ist, will er nach Cîteaux gehen.«

»Warum denn bloß?« fragte Edgar.

Sigebert schaffte es, sich in eine kniende Position zu bringen. »Ich will den Abt bitten, mich als *conversus* in den Orden aufzunehmen«, sagte er.

»Du? Ein Laienbruder?« Catherine schüttelte den Kopf, um einen klaren Gedanken fassen zu können. »Du willst mit den Bauern auf den Feldern arbeiten?«

»Ich muß für meine Sünden zahlen«, sagte Sigebert schlicht. »Wenn ich es hier nicht tue, dann muß ich's später unter größeren Qualen.«

»Du meinst es wirklich ernst!« sagte Catherine. »Wenn das so ist, dann vergebe ich dir frohen Herzens und wünsche dir alles Gute.«

»Danke.« Er stand auf. »Vergebt auch Ihr mir?« fragte er Edgar.

Edgar kämpfte eine Minute mit sich. Es erzürnte ihn weniger, daß er gefesselt und geschlagen worden war; es waren die Demütigungen, als er im Gefängnisloch hockte, die ihn noch wurmten. Dennoch konnte er wohl nicht weniger tun als Catherine.

»Ja, natürlich«, sagte er. »Auch ich vergebe Euch.«

Sigebert stammelte Worte der Dankbarkeit ob ihrer Güte und ging fort.

»Nun, Catherine«, sagte Hubert, als sie sich von dem Schock erholt hatte. »Was soll ich nun mit dir machen?«

»Bitte, Herr«, unterbrach ihn Edgar, »ich würde sehr gern Eure Tochter heiraten.«

Hubert knurrte schon wieder. »So wie sie sich in letzter Zeit benimmt, glaubst du wohl, daß ich mich durch dein Angebot geehrt fühlen sollte. Dir ist vermutlich nicht klar, daß ich ihre Mitgift dem Kloster gespendet habe, als sie dort eintrat. Wie wollt ihr denn leben? Ich sehe es direkt vor mir, ihr beide in einer einzigen Kammer über einer Schenke, nur mit Büchern, aber ohne Essen oder Feuer.«

»Das klingt wunderbar«, sagte Catherine.

»Das tut es nur, weil du immer gespeist und bekleidet worden bist, Tochter. Ich lasse mich über glühende Kohlen legen und rösten, bevor ich dir erlaube, sie auf deine gottverdammte Insel mitzunehmen.«

»Ich wäre bereit, in Frankreich zu leben«, sagte Edgar. »Ich glaube kaum, daß mein Vater mich zurückhaben will, wenn ich ihm sage, daß ich nicht in den geistlichen Stand einzutreten beabsichtige.«

»Das ist ein weiterer Punkt«, sagte Hubert. »Wer ist eigentlich dein Vater? Ich weiß, daß ich mich hier auf schwankendem Boden befinde, aber ich gebe meine Tochter auch nicht jedem.«

»Wenn Ihr ihn fragt, so wird er sagen, er sollte König von England sein. Aber im Augenblick ist er der Laird von Wedderlie«, antwortete Edgar.

»Wo zum Teufel ist das denn?«

»In Schottland.«

»Aber du hast doch gesagt, du bist Engländer«, unterbrach ihn Catherine.

»Bin ich auch«, sagte Edgar geduldig. »Aber falls es dir niemand gesagt haben sollte, England wurde vor fast fünfundsiebzig Jahren von den Normannen erobert. Die Familie meines Vaters floh nach Schottland. Meine Abstammung ist zwar vornehm genug, doch, wie ich zugeben muß, habe ich wenig Aussichten. Ich bin der jüngste von fünf Söhnen. Alle meine Brüder sind verheiratet, und drei davon haben schon eigene Söhne. Alles, was ich habe, ist ein Stück Land aus der Mitgift meiner Mutter, welches sie mir hinterlassen hat.«

Den letzten Teil bekam Hubert nicht mit. »Fünf Söhne, hast du gesagt? Und sie haben auch wieder Söhne?«

Er betrachtete Edgar mit ganz neuem Respekt.

»Weißt du, Hubert«, bemerkte Eliazar, »in unserem Volk war es von jeher Brauch, daß ein Mann, der es zu gewissem Wohlstand gebracht hat, einen armen Studenten in sein Haus aufnimmt und ihn unterstützt, damit er an Weisheit wächst, ohne zu darben. Das ist dann eine *Mitzwa*. Natürlich sollte er eigentlich ein Talmudschüler sein, aber dennoch ...«

»Fünf Söhne«, wiederholte Hubert.

»Ich würde nicht arm sein«, sagte Edgar. »Ich kann mein Erbteil meinem Bruder Egbert verkaufen. Und wenn ich meine Rechtsstudien beendet habe, könnte ich Euch in Eurem Beruf von einigem Nutzen sein.«

»Das würdest du tun? Ein Adliger läßt sich dazu herab, die Rechte zu studieren?« fragte Hubert.

Während ihr Vater und ihr Geliebter die korrekte Übergabe ihrer Person erörterten, stellte Catherine ebenfalls Überlegungen an.

»Ich habe ebenfalls andere Verpflichtungen«, sagte sie. »Ich muß zum Paraklet zurückkehren.«

»Was?« schrie Hubert. »Bei der heiligen Ursula und den elftausend Jungfrauen, worüber diskutieren wir dann überhaupt?«

»Du willst mich nicht?« Edgar war plötzlich ratlos.

»Ich habe versprochen, ich würde das Psalmenbuch Mutter Heloïse zurückbringen, und das habe ich immer noch vor«, sagte Catherine. »Es ist auch meine Aufgabe, dafür zu sorgen, daß es instandgesetzt wird. Außerdem fühle ich mich dazu gedrängt — selbst wenn Meister Abaelard mir versichert, daß Roger«, an dieser Stelle mußte sie schlucken, »daß er mit Sicherheit von einem Dämon besessen und vor Gott nicht für seine Taten verantwortlich war —, einige Zeit für seine Seele zu beten. Er hat mich geliebt.«

»Catherine, du darfst dich nicht dein ganzes Leben lang deshalb quälen«, flehte Edgar.

»Mein Leben lang habe ich nicht gesagt«, antwortete sie. »Du hast gerade angekündigt, daß du nach Hause fährst, um dein Erbe zu veräußern. In etwa vier Monaten dürftest du zurück sein. Wenn du deine Meinung bis dahin nicht änderst und ich nicht beschließe, doch noch den Schleier zu nehmen, dann werde ich dich heiraten.«

»Catherine!« sagte Hubert. »Die Entscheidung liegt nicht bei dir!«

Catherine lächelte. Sie hielt Edgar beide Hände hin.

Hubert sah von ihr zu ihm. Beide waren dünn, vernarbt, arg zerzaust und abgekämpft. Wenn sie sich jetzt liebten, dann vielleicht auch in Zukunft, ein riskanter Auftakt für eine Ehe, doch durchaus nicht ohne Beispiel. Ein letzter Rest von Argwohn hielt noch seinen Sinn gefangen.

»Catherine LeVendeur«, fragte er salbungsvoll, »hast du diesem Manne beigewohnt?«

»Nein, Vater«, antwortete Catherine. »Doch mit deiner gütigen Erlaubnis würde ich das sehr gerne tun.«

Fünf Söhne, dachte Hubert.

»Also gut«, willigte er ein.

Die Stimmen des Klosters hatten keine Abschiedsworte.
Sie hatten dies die ganze Zeit kommen sehen.

GLOSSAR DER ÜBERSETZERIN

Zum hier verwendeten Latein: Die Autorin hat mittelalterliche Quellen verarbeitet, deren Grammatik und Rechtschreibung durchaus nicht dem klassischen Latein entsprechen. Die in lateinischer Sprache abgefaßten Verträge mit Luzifer in Kapitel 16 und 18 sind mit französischen Brocken durchsetzt und nicht eigentlich »korrekt«, da sie von einer halbgebildeten Person verfaßt wurden.

Es werden im folgenden nur Begriffe und Personen erwähnt, deren Bedeutung sich nicht mühelos aus dem Zusammenhang erschließen läßt.

ABAELARD Peter Abaelard (1079–1142): Scholastischer Philosoph, Geliebter und heimlicher Ehemann der Heloïse; auf seine Entmannung durch Heloïses Onkel wird im Buch immer wieder angespielt.

ADONAI (hebr.): Ehrfürchtige Anrede für Gott

ARPENT: Altes französisches Flächenmaß

AWAERIS THU!: Angelsächsischer Fluch

BARUCH ATTA ELOHENU HAOILAM ... MA NISCHTANA HALAILA HASE
MIKOL HALAILOT (hebr.): Catherine zitiert hier aus dem Passah-
ritual, allerdings nicht ganz korrekt, weil sie die Sprache nicht
richtig beherrscht. »Gesegnet seist DU, Herr [König] der Welt.
Was ist heute nacht anders als in anderen Nächten?«
BASILISK: Mordendes Fabelwesen
BEHEMOTH: In der Bibel erwähntes riesiges Tier, vielleicht ein Nil-
pferd
BEINLINGE: Lange Strümpfe
BELLATORES (lat.): Krieger
BERNHARD VON CLAIRVAUX (1091–1153): Zisterziensermönch und
Kirchenlehrer; Gegner Abaelards
BLIAUT (altfrz.): Frauengewand, teils mit prächtig bestickter Borte
(Tier- und Pflanzenmotive)
BORDELERE : Prostituierte in einem Freudenhaus
BRAIES (altfrz.): Bruch (kurze Hose)
BROTSCHEIBEN: Dienten als Unterlage oder Teller für das Fleisch
BUCHSTABEN, DIE SIE ZUM RECHNEN BENÖTIGTE: Siehe GIMEL

CHAINSE: Beidseitig geschlitzte Tunika für Männer und Frauen
CHANSON DE GESTE: Von Spielleuten vorgetragene Liebes-, Trink-
und Scherzlieder
CHRISMA: Salböl der katholischen Kirche

DENIER: Kleine Münze
DIEX VOS SAUT! (altfrz.): Gott schütze Euch!
DORMITORIUM: Schlafsaal im Kloster

ELEONORE VON AQUITANIEN (ca. 1122–1204): Zunächst mit König
Ludwig VII. von Frankreich, später mit Heinrich II. von England verheiratet
EREBOS: die personifizierte Dunkelheit (in der griechischen My-
thologie der Sohn des Chaos und der Bruder der Nacht) und
eine dunkle Höhle, durch welche die Schatten in den Hades
wandern
FRÜHMETTE: Siehe STUNDENGEBET

GAUFRE (frz.): Waffel
GIMEL: Dritter Buchstabe des hebräischen Alphabets und gleich-

zeitig die Ziffer Drei (die Buchstaben werden auch als Zahlen verwendet)
IN HEBRÄISCHEN LETTERN: Siehe GIMEL
HELOÏSE (1101–1164): Äbtissin des Paraklet, siehe ABAELARD

IGITUR ... EGO, LUCIFER, TE GRAVIDO: Also schwängere ich, Luzifer, dich
INTROIT: Einleitung der Messe

JAEL: Straßendirne
JESCHIWA: Talmudschule
JUIVERIE: Judenviertel

KANONIKER: Geistlicher einer Domkirche
KOMPLET: Siehe STUNDENGEBET

LAMIA: Weiblicher Dämon, der Kinder verschlingt; im Mittelalter Bezeichnung für Hexe
LEVIATHAN: Biblisches Ungeheuer, vielleicht ein Krokodil
LUDWIG DER DICKE (= Ludwig VI.; 1108–1137): Vater Ludwigs VII.
LUDWIG VII.: König von Frankreich 1137–1180

»MAGISTER! EGO, CATHARINA, PARACLETI NOVICIA, REQUIRO ADIUMENTUM DE TE!«: Meister! Ich, Catherine, Novizin des Paraklet, verlange Eure Hilfe!
MANICHÄER: Anhänger der von Mani (= Manichäus): Im 3. Jh. begründeten gnostischen Weltreligion
(DIE SELIGE) MARGARITA: Margarita von Schottland (Edgars Großtante), 1251 von Papst Innozenz IV. heiliggesprochen, war eine Großnichte Eduard des Bekenners von England. Vor den Normannen floh sie nach Schottland, wo sie König Malcolm heiratete und sich durch ihre Barmherzigkeit und Frömmigkeit auszeichnete.
MASSWERK: Gotische Fensterverzierung
MESEL (altfrz.): Aussätziger (Beschimpfung)

»›NON ANGLI, SED ANGELI‹«: Nicht Engländer, sondern Engel [sollen sie werden]; berühmter Ausspruch von Papst Gregor beim Anblick anglischer Sklaven

PANDAEMONIUM: Reich der bösen Geister

PARAKLET: griechischer Name des Heiligen Geistes (Tröster, Helfer); das Kloster Paraklet wurde von Abaelard gegründet.

PELAGIANER: Jünger des Ketzers Pelagius; dieser war ein walisischer Mönch, dessen Name Morgan (»Meer«) latinisiert wurde; er lehnte u.a. das Dogma der Erbsünde ab.

PRÄZENTOR: Lehrer

REFEKTORIUM: Speisesaal des Klosters

RESPONSORIUM: Wechselgang in der Kirche

ST. DENIS: Die Abtei wurde 623 von Dagobert I. gegründet, unter Karl dem Großen und Abt Suger wurde sie durch einen Neubau erweitert, wie im Buch geschildert

SAPIENTIA (lat.): Weisheit

SCHOLAR: Mittelalterlicher Begriff für Schüler oder Student

SIMON DER MAGIER (lat. Simon Magus): Zauberer aus dem Neuen Testament

SOLIDUS: Oberbegriff zur Bezeichnung des Geldwerts einer Ware, nach einer byzantinischen Goldmünze

SPIRITUS MALIGNUS (lat.): Böser Geist

STUNDENGEBET: Dazu zählen u. a. die im Buch erwähnten Versammlungen zum Gebet wie Mette, Laudes, Vesper, Komplet

SUGER: Adam Suger (ca. 1080–1151): Geschichtsschreiber und Staatsmann, seit 1122 Abt von St. Denis

SYLLOGISMUS: Logische Schlußfolgerung (vom Allgemeinen auf das Besondere)

TEMPLER: Geistlicher Ritterorden, zum Schutz der Jerusalempilger gegründet

TJOST: Ritterliches Kampfspiel

TODA RABBA (hebr.): Vielen Dank

TURNEI: Teil des Turniers oder auch Oberbegriff für Turniere

TYMPANON: Das reichverzierte Bogenfeld über dem Kirchenportal

VESPER: Siehe STUNDENGEBET